U0530241

大鱼
有爱的青春陪伴者

好风景

张叙 / 著

上海故事会文化传媒有限公司
上海文化出版社

图书在版编目（CIP）数据

好风景 / 张叙著. -- 上海：上海文化出版社，
2025. 9. -- ISBN 978-7-5535-3238-7

Ⅰ. I247.5

中国国家版本馆CIP数据核字第2025XL8243号

责任编辑　蔡美凤
特约编辑　李　娜
装帧设计　刘　艳　唐卉婷
封面绘制　HENG-YUE
印务监制　周仲智
责任校对　言　一

好风景

张叙　著

出　　版	上海文化出版社	
出　　品	上海故事会文化传媒有限公司	
	（201101 上海市闵行区号景路159弄A座3楼 www.storychina.cn）	
发　　行	长沙大鱼文化传媒有限公司发行中心	
印　　刷	天津睿和印艺科技有限公司	
开　　本	880×1230　1/32　印张 9	
版　　次	2025年9月第1版　印次　2025年9月第1次印刷	
书　　号	ISBN 978-7-5535-3238-7/I.1258	
定　　价	42.80元	

版权所有　翻印必究

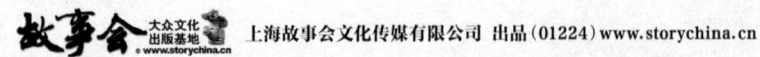

上海故事会文化传媒有限公司　出品（01224）www.storychina.cn

本书如有印装问题，请与印刷厂联系调换。联系电话：022-29432903

目 录
CONTENTS

第一章·念念不忘? /001
比眼睛更快的,是我的第六感更早认出你。

第二章·空白旧书 /030
神佛不常出现,可他的救赎似乎一直都在身边。

第三章·殊途,同归 /060
幸好周遭人声鼎沸,能稍微掩饰心底的兵荒马乱。

第四章·我们要不要在一起? /094
爱,原是自卑弃暗投明的时刻。

第五章·青春,有时难堪有时耀眼 /123
成为同学,成为朋友,甚至成为雨天里支撑彼此的一把长伞。

第六章·天悬地隔的差距 /154
她还在看他,但他知道,自己被吞噬得心甘情愿。

目录

C O N T E N T S

第七章·恒久停留的雨天 /185
他们之间始终隔着一张网,是他亲手织的,
是无名的阶梯也是所谓的配不上。

第八章·理想主义者 /216
他不是非要功成名就,
他只是不希望自己的阴影遮住了她的光。

第九章·人间好风景 /243
这是他滚烫的青春,亦是她要为此奋斗终生的事业。

番外章·栗木生谷,一种千收 /255
那道朝阳下挺拔的身影,
在那个最平淡的清晨悄无声息地驻扎进了她心里,
此后多年,都不曾游离。

后记·树 /281
不是每个人都要在蓬勃的春天里茂盛生长,
晚一点也没关系。

/第一章/
念念不忘？

比眼睛更快的，是我的第六感更早认出你。

时隔八年重回故地，平芜的第一感受是水土不服。

路途漫长，火车里气味繁杂闷热，不过刚走出出站口，她就奔向最近的垃圾桶吐了个昏天黑地。

灌了半瓶矿泉水进肚，胃里的那点不适有所缓解，平芜直起身体，慢悠悠地折返走回台阶前被人群簇拥的队伍最后。

燕北县地小落后，难得见到国家级的专家们前来调研，所以县里格外重视，一大早就开始准备。大巴车停在火车站旁的马路上，红色横幅上写着"欢迎各位专家莅临指导"的显眼大字，电视台里扛着摄像机的记者们也纷纷将镜头对准他们一行人。

领导们跟教授握手这工夫，走在她前面的师兄张哲突然回过头看她。

"没事吧？要实在难受你先休息，我跟主任说下乡你就先别去了。"张哲看她手里水瓶中的水所剩无几，又从背包里拿出一瓶未开封的水递给她。

"没事，我能行。"

平芜摆摆手拒绝，还是打算坚持。这趟出差不是寻常调研，这个课题是她坚持要做的，如今正赶上机会，哪能在这时候先退缩。

他们两个一来一回小声交谈这会儿，站在队伍最前侧的主任王企德打了个手势让她上前。

平芜小跑几步，额前的碎发被风吹得凌乱。这阵子睡眠不佳，她出差也顾不上收拾自己，洗脸后只抹一层防晒再扎个马尾匆匆了事，都是怎么方便怎么来。

"这是我学生平芜，我们团队里最年轻的研究员，现在挂职到你们县板栗研究所，三天后的培训会也是由她主讲。"

王企德言简意赅地向站在自己面前的这位主管农业的副县长介绍，对方心领神会，打过招呼后又叫来身后紧跟的农作站站长，礼貌握手交接工作，而后热情地迎着众人上了大巴车。

汽车在室外暴晒许久，真皮座椅气味明显，混着车内浓烈的柑橘味香薰一股脑儿地钻进她鼻腔。

平芜坐在靠窗位置，竭力压制下胸腔那番不适。正逢路过即将拆迁的老城区，她视线聚集，看向窗外轻声感叹一句："变化好大。"火车站那般陈旧，如同20世纪80年代的产物，但城区内高楼频起商户紧密，到底跟从前日新月异。

"小平老师来过我们燕北吗？"她座位前方的农作站站长突然回头看她，有些好奇。

窗外街景一一划过，平芜目视前方，轻声回答道："高中在这儿读了三年。"

"那算是半个故乡啦。"

她没否认，脑海短暂略过几个回忆片段。当年在这儿读书是不得已，燕北落后至此，升学率却高得惊人，若不是她父亲当时因为工作停留在此，恐怕她与这里的羁绊也不会如此深刻。

故地重游应该置身事外，就算有也只是以前。

领导们的话题有迹可循，大多围绕着经济和发展，而后很快步入正题。大巴车渐渐驶离城区，副县长抬手示意秘书，拿了一箱特产逐一给众人分发到手，绿色真空包装袋朴素简明，最上方清晰写着几个大字——燕北好礼，贡品板栗。

农作站站长起身介绍手中这一小袋栗仁的来源："我们县一共有18个乡镇，是一个栽植板栗有两千多年历史的深山平原，全县共计两千六百余万棵栗树，100年以上树龄的栗树就有几万株，可以说是燕北祖祖辈辈的铁杆庄稼。一会儿我们要去的峪河镇就是这些板栗的主产地，各位可以先尝一尝，看看燕北的板栗有什么特别之处。"

平芜想起她之前做过的实验分析，全国各个产地因为地理气候乃至土质类型都不相同，所以生长出的板栗也都各有特点。

南方板栗坚果较大，果肉偏粳性，淀粉含量和水分较高，含糖量低不耐储藏，适宜菜用。而北方靠近燕山山脉各地区因为得天独厚的土壤和气候条件，所生板栗肉质细糯，含糖量高，品质极佳适合炒食，在市场上有更大供应需求。但各地品种老化，良莠不齐，因此燕北板栗在全国市场上还未打出太大的名气，发展之路仍然任重道远。

"你不吃？"张哲看她盯着包装发呆，用眼神示意她，"尝尝，挺不错的其实。"

车子有些颠簸，她好不容易才压制下胃里那股翻江倒海的不适，平芜微微摇头，将视线再度移向窗外。

三月初，太阳温暖，但真正的春天尚未完全到来。

大巴车驶入层层叠叠群山之中的乡镇，道路安静，只有偶尔经过的货车发出声音，周遭群山寂寥，漫长的冬季还没彻底过去，黄土遍地的山间耸立着无数光秃秃枝条的板栗树。

大巴车停在村口一块写着村名的石头前，提前等候的村主任临时引路，带着众人上山进栗园，燕北山很多，不算平缓。村主任看起来不过五十几岁，身形瘦小却很精干，体力比他们这些人好了不少，一口气爬上半山腰时也没有气喘吁吁，笑呵呵地回头跟他们介绍。

"我们燕北的古栗树特别多，光我们村里一百年以上的板栗树就有一千棵，树干最粗的地方周长能到五六米！

"这里原本是座荒山，前些年移栽了栗树苗，如今长得倒也很好。

"只是近两年山脚下的树产量有点缩减，病虫害也多了起来。"

平芜盯着满山的栗树思绪飘远，背手站定平息呼吸的王企德突然开口叫她："平芜啊，你说说这减产是怎么回事？"

她急忙上前，有些费力地踩着土块，跟随着老师们的视线一起向下看，认真地回答："是山脚下的栗树种得太多了，栽植距离很近，又在背光坡，要想恢复产量至少得减去一半。"

"这是个历史遗留问题了，以前老人们没什么文化，就按照一代代传下来的方法种下去，以为多种一棵就能多长些果，没有考虑到合理密植。"

农作站站长及时解释，末了总结道："致富路上，还是离不开科学种植啊！"

村主任应声点头，黝黑的脸露出笑容："自从县里下了政策后我们一直在让农户学习，村部发的种植百科书也一直在看，这不马上就要春剪了，最近家家户户都在上山。"

二月底至三月初是栗树修剪的最佳时期，一般从冬季落叶到第二年春季萌芽前进行，休眠期树体养分回流到根系，这时候修剪可以使修剪养分降到最低，并且通过修剪达到增产。

张哲对板栗不太了解，更好奇山坡上交叠排列的树坑，坑与坑连通，形成一条条宽2米~3米的半月形壕沟，远远望去规律又协调，有种别样的精致，他十分疑惑："这是，梯田？"

平芜侧过头低声解释："山地建园要保证水分，这是鱼鳞坑，用来保护水土不被流失。"

都是农民们的智慧啊，荒山建园保持产量，还能一代又一代地保持下去。

"你说有没有可能我们这代人已经不会种树了，即使是生长在农村的人，如果不长期在这儿，估计到老了也是什么都不会，没准连结果枝都分不清呢。"张哲不由得有些感叹。

可总要有人做不是吗？有人造火箭，有人植树种田，都是为了祖国做出自己的贡献。平芜学农的原因也简单得很，不过只是因为校训那一句"解民生之多艰"。

他们踩着落叶和土地，走进更深的山坡。

"我刚才的话好像也不太对，你看那是不是个年轻人？"

顺着他手指的方向看过去，弯坡之下的树群中站了一道很年轻的身影。

阳光之下，山坡之间，男人脊背挺拔地站在树边，一身普通的灰衣灰裤，但肩宽腿长比例很好，所以在这荒山中颇为惹眼，有点不合时宜的格格不入，不是说山抑或是人不好，只是看起来不太搭配。

可下一秒，这人身体力行地用他手上的动作改变了平芜方才脑海中的第一印象。

栗树修剪重在平衡树势，保证结果量从而使产量丰收，所以在树形的修剪上跟其他树木完全不同，修剪时注意事项比较多，要尽量让枝条往四处展开，呈放散状的开心形。

站在树下的高瘦男人拿着高枝剪，仰头确认枝条，而后双手微微用力"咔嚓"一声剪掉，动作娴熟麻利迅速。

"这个年轻人剪得还行啊，看起来像是懂点技术的。"在一旁默声观察了好一会儿的王企德突然笑了笑。

农作站站长经常来村里指导，眯缝着眼打量问："这是小袁吗？"

村主任微笑着点点头，很快面向那人喊了一句。

"袁景！快过来。"

平芜突然滞住，大脑一瞬间宕机，所有记忆瞬间涌到眼前，连带着上眼皮也突突跳了起来。

"这是我们村的人，幸亏是有他帮忙，要不然这些山顶的栗树就要荒废了。"村主任如实回答。

她不可置信，怔怔瞧着不远处缓缓走来的身影，多年过去，很多事情都模糊起来，可在这一刻，她还是一眼就认出来了。

确实是他，是八年前那个拒绝心意赶她离开的袁景。

想来这人生有时候比戏剧更加荒谬，竟然能让他们两个在这么灰头土脸的地方重逢。她想过或许会在燕北遇见他，毕竟这是他的故乡，可是她怎么也没想到竟然是这样她接受不了的场面。

平芜轻声叹气，微微抬脚往张哲身后挪了挪，尽量让自己看起来不那么显眼，但往往越想躲避就越欲盖弥彰。

张哲侧头看她一眼，声音压得极低："怎么，你认识？"

他这师妹他是知道的，大学四年最出名的战绩是有一次在试验田里抓出过一条捣乱的蛇，八卦心是人都有，他自然也不例外，何况认识这么久，还从没见过她有过这么闪躲的时候。

话音刚落，张哲口中的男人已经走到众人面前，阳光之下，他眉眼越发明显，是一张不输演员的俊脸，只是目光有些冷淡。

平芜下意识想要忽视他在自己眼前，可那双不听话的眼却还是暗自移上前。

她只觉得自己此时蓬头垢面，殊不知伫立在旁的男人也并没有好过多少，这不是她想象中的重逢场面，至少，至少他们两个都不该这么落魄慌乱。

她不由得暗自感叹，白月光这东西，到底还得是本人来才能亲自打破。

"你树剪得不错，学过？"

"没有，是村里的老人教的。"

周遭安静几秒，王企德最先开口搭话，打量袁景许久，眼里露出几分欣赏，不过也委婉地指出了问题："你剪的树形是对的，但是不能光用一种方式修剪，每一棵树所处的地形不同，修剪的时候要做一些调整。"

言罢，他又一次转身向后，镜框下视力不济的目光搜寻平芜身影。

"平芜啊，你去拿上剪子教教他，不同栽植环境的整形应该怎么做。"

王企德语气平常到只是像老师在课上随机点名学生回答问题一样，只是场景不同，平芜成绩很好，以往在课上乃至实验里都很少有回答不上来的时候，但此时此刻，她真想当一个什么都不会的差生。

她私心不想在这时候跟袁景上演一场尴尬的久别重逢，但没办法，她的专业水平让她不得不上前了。

袁景在听到平芜名字那一刻眼里闪过短暂的停滞，视线从她身上掠过后便很快恢复如常，鞋子踩在稀松的土地上扬起细微黄土，他拿着工具，缓缓跟着她的脚步走到离他最近的一棵栗树下。

这场景似乎隔了很多年，他们两个人的距离并不远，平芜从他手里拿了果树剪后跟他避开视线，只留下一道清浅的侧脸。

"山坡最下面那些种得很密的树要增大受光面，所以在修剪的时候要把枝条放开，也就是俗称的开心形。"她的声音很平静，是在认真教授他知识，感觉到眼前的树不太典型，又迈开步子往前走了走，伸出手指向符合自己要求的树前，"但是像这种主枝比较细的，就不能用开心形了，那样会分去它根部的养分。"

平芜十分认真，比面对考试还要专注百倍，怕自己说得不清楚，直接举起高枝剪向他示范："像这样，主枝留三到五个，呈45度或50度辐射状分布，主枝旁边再培养两三个侧枝就够了。"

完全是手把手的教学，最后她剪完累得出了点汗，抬手擦脸时在阳光下清清楚楚看到袁景的脸。

其实他怎么没变，透过指缝时的一眼还像从前，只是青涩褪去，五官棱角分明，虽然还带着少年气，但终究不是少年了。

"懂了吗？大致就是这个意思。"见他在一旁沉默，平芜又轻声问他。

袁景点点头，右手摸索着从外套口袋里掏出一小包湿巾，跟着顺势刮起的微风一起递到她面前。

"谢谢。"平芜从他手上接过，胡乱擦了擦后回到方才的位置，王企德夸她教得不错，她谦虚着说是老师教得好。

时间接近中午，一行人原路返回往山下走，平芜跟在队伍最后，没去注意，也不会回头。

直到回了大巴车在座位上往窗外看时，这才瞥见那道熟悉身影慢悠悠下了山。

或许是太阳直视有些刺眼，她竟觉得眼眶微微泛酸。

记忆里关于他的最后场景，是一个酷热夏天的夜晚，凌晨的街边烧烤摊烟熏火燎，他们两个并肩走在满是油污的路边，他突然停下脚步，眼里只有仅剩的决绝和不耐烦。

"平芜，你离我远点吧。

"我们不是一类人。"

这么多年过去，平芜始终记忆犹新，她嘴边漾起一丝没有弧度的轻笑来，何必执念呢，过去那么多年，再记仇也是没必要了。

往事如烟散。

袁景进门时，袁向富又一次把支在床角小桌上的饭菜摔到了地上。面条粘成一团，腻腻地摊在石砖上，像是刚被人呕出的秽物。

这座老房子住了快三十年，最初建筑时的橙色的石砖经由岁月浸进深黑色的泥土，如今是怎么洗也洗不出来了。

有些泥垢是扎根的，表面清洗也无济于事。

"赶紧给我滚！

"煮这么烂，你是当在喂猪吗？"

木床上，盖了两层厚被子但下身依旧平平整整的床铺，袁向富半靠在床头，黝黑的脸上看不出因生气而变红的怒色。

隐在暗处，却也不掩饰满脸的沟壑纵横，这是一个折腾了大半辈子，却依旧两手空空，只余愤怒的中年男子。

人生失意，行动被困囿在尺寸之间，自然没有一丁点的好脾气。

"对，对不起袁哥，叔叔，叔叔他不让我……"

缩在墙边的小仁转头看向袁景，脸颊的肌肉都在耸动，不停闪烁的眼里露出几分恐惧，特别着急地开口。他只比袁景小两岁，从小被遗弃在村里，因为发烧导致智力低下，所以没办法像正常孩子那样入学，村里支撑着他上了几年特教学院，他自己受不住跑了回来，到这年纪了没有家人没有工作，只能在村周边找点体力活糊口。

袁景怕他受欺负，所以一直让他住在他家。

"没事，你别怕，我来就行。"

袁景看他发抖，急忙上前伸出手轻轻去摸他的头。

感觉到他没什么事了，他才转身迈出门槛，拿了屋外墙边放置的扫把，回到屋里把地上整理干净。

对袁景来说，父亲的行为他早就习以为常了，甚至是漠然，一切尖锐意外的，出言责骂的，他通通选择视而不见。

如果不是院子里还有刚才跟他一起下山的村主任，他可能连眉头都不会皱一下，但现在，袁景收拾好再次出门时，脸上却不那么平静自然了。

"张叔，您等我一会儿。"说话间，他手脚麻利地将簸箕里的东西倒入井边的深色泔水桶里，抬眼再看向眼前的人时，目光里闪过短暂的难堪，"我给我爸做点饭。"

尾音掩在呼啸的风中，袁景转身走进院子西侧的厢房，那里是个小厨房，他放了煤气罐，省去生火的麻烦。屋内逼仄气味发潮，光线很暗，仅存的明亮是窗下一角，狭窄的油腻腻的台面上摆放着各色调料，他拿了抹布逐一擦拭，开火煮粥。

围簇着漆黑锅底的蓝色火焰幽异照到眼前男人的脸，二十几岁，五官俊朗，眼里毫无光彩，仅仅剩下的是被生活打磨琐碎的颓然。

"人呢？"

"袁景！给老子进屋！"

"快点！"

三声粗重的叫唤让他手间一抖，青菜粥恐怕会咸了。

"知道了。"袁景胡乱答应一声，眼皮轻抬，手上动作加快，关火盛粥，又端上一碟小菜进了屋。

"让你干点什么怎么这么磨蹭。"袁向富疾言厉色地看了他一眼，仰着头懒懒地伸手指向身下被褥，"给我擦擦，我刚才没憋住。"

不用他说，袁景在屋内停顿的这会儿时间也足够他闻到了，他放下粥，在小仁准备上前帮忙时抬手将他制止："你出去吧，我来就行。"

小仁眼睛睁得圆圆，微张着嘴巴点点头，很快走出去了。

袁景熟练地掀开被子，打了盆温水为床上的袁向富清洗，最后再换上一张新的产褥垫。

他脸上全是逆来顺受，是早就习以为常的泰然，手上动作很快，脸上也没有不耐烦，只是重新换过被子后轻声嘱咐他下次提前叫他。

不过说了也是白说。

"粥你想喝就喝，不想喝就吃点鸭蛋，村主任有事叫我，我先出去了。"

袁景按照惯例向他交代自己的行踪，尽管局限在床上的父亲从不关心他要去哪儿，但他还是一次又一次地告诉，仿佛这样就像是家里有人在等他。

末了他重新换过衣服，拉开窗户一点缝隙透气后出了门。

"小景啊，你爸总这样你受不住的，不行雇个人照顾他吧，你这么年轻，总不能把自己困死在这儿啊。"

张五看他从小长大，这孩子实在可怜，按老话说是没托生在一个好家，打小妈就离婚将他抛下，又是那样一个混账的爹，腿还在时喝了酒便动辄打骂，不务正业只想赌钱，连孩子的学费都能输得一干二净，欠下巨债气死自己亲爹，一场车祸最后落得这么一个结果。

他在床上一瘫就是八年，疗养院换了好几个，半年前彻底回到老房子养着,袁景也就这么伺候着。

任谁看都是心疼不已。

"你这些年已经尽到你做儿子的义务了,又帮村里修路又盖新房子,可是你爸他这样时不时就折腾你的性子,我们看了都难过。"院子正中间是一座水井,井盖上盖着很厚一层的水泥,张五抽着烟坐在上面,不由得替他叹气。

能怎么办呢,袁景总觉得这是他该受着的,既然生在这样的家庭里,那一切都是他必须承受的。

这么多年,他没工夫去想别的,只一味扎根在眼前处理命运带给他的诸多考验,痛苦和贫困挣扎着长出藤蔓,像恶魔般一圈又一圈缠绕在他身边,无处可逃,挣脱不掉。唯一能做的,不过是尽力延缓自己能够呼吸的时间。

袁景再开口,声音有些哑然:"没事的,张叔,我没事。"

一支烟燃到尾端,张五扔在地上踩了踩,起身提了提裤子走到袁景身边,拍了拍他肩膀。

"过两天县里有个种植技术培训会,你去代表村里参加吧,提前了解了解,对你之后有帮助。"

"好。"

回到县城后开了一下午的会,彻底结束工作时外面的天都黑了。

他们一行人被安排在燕北县级别最高的卓越酒店,每个人都是套房,晚饭是大家一起在会议室吃的工作餐,三菜一汤的盒饭,平芜没吃多少,到了晚上八九点肚子又饿了起来。

拿上房卡准备出门觅食,刚出了房间就撞上跟她一样心思的张哲。

"去吃饭吗?"

"去吃饭吗?"

两人异口同声,嘴角笑容明显,平芜熟悉地方,出了酒店直接带他往附近最热闹的夜市一条街走去。

其实也算不上夜市的程度,只是在公园最宽的道路两旁支起很多小摊,一年四季都会有,天气越暖人越多,小吃种类繁杂,夜晚人群聚集,各类香气弥漫。

平芜选了一家烧烤摊,拿着菜单在塑料板凳上斟酌许久,快十分钟才彻底点完。

张哲从隔壁凉饮摊买完饮料放到桌面,眼睁睁看着系围裙的老板等她半天，唇角一勾，开口问她："你什么时候能改改你这选择困难症的毛病？"

"我这是深思熟虑。"平芜反驳，插上吸管尝了一口，原本以为只是普通的勾兑饮料，没想到还不错，瞳孔短暂发亮，拿起杯子又喝了一大口。

烤串上桌，平芜放下凉饮拿起肉串大快朵颐，那模样跟白天在火车站时完全判若两人。

她这人有时候就跟她手底下试验田里的青苗一样，拥有脆弱又蓬勃的生命力。

看着她这样，张哲突然就想起了方才的一件趣事："你猜猜刚才从酒店出来之前谁给我打电话了？"

平芜正吃盘子里的烤蔬菜，眼皮抬也没抬，尾音懒散："方植呗。"

"这就猜出来了？"张哲推了推鼻梁上的眼镜，有点意外。

"除了他还能有谁这么无聊。"

平芜毫无波澜，一脸意料之中的神情。

大学里平芜的追求者众多，她长得漂亮性子又随和，跟谁相处都是笑盈盈的，学习好又优秀，旁人很难不被她吸引。

方植是她下届的师弟，算是众多追求者中最有毅力的那一个，不屈不挠地追了她好几年，按照别人的话说就算是块石头也该焐热了，但平芜冷淡彻底，从第一天一直拒绝到现在。

爱不是天道酬勤，精诚所至金石为开这种模式不该放到感情里，与其说是她心里暂时还封闭着，不如说恋爱在她的生活里占据的比例实在太小了。她那点为数不多的耐心只能用来呵护自己试验田里的青苗，她没有别的精力，怕一切状况之外的麻烦，索性清静到底。但她知道，她也曾有过炙热的爱意。

"他问我咱们的酒店地址，说要给你订礼物，还让我好好照顾你。"张哲如实告诉她方植在电话里表达的核心意思。

平芜听得心惊肉跳，突然放下吃了一半的烤肠，双手合十："师兄你给我留条活路，千万别告诉他。"她现在光是听见这个名字都有点PTSD（创伤后应激障碍）了。

张哲笑容愈浓，认真看她后点了点头："你放心，我不会多说一句。"

话虽如此，可他还是有些好奇。

"今天在栗园里那个人，是不是认识？"

"以前的高中同学。"

平芜没想遮掩，大大方方承认了那些过去，其实本来也算不上什么的，都过去这么久了。只是在熟悉的地方提起,脑海里那根藏得很深的弦难免突然绷紧,像是触动到某处开关,他的样子很快浮现在眼前。

"只是同学?"张哲意味深长。

平芜看向对面八卦的男人有些无奈,眸光微凛:"你就这么好奇啊,小心我告诉傅师姐你欺负我!"

她在团队里算是最能说的,平时大家做专业论述也经常吵架,她每次都是给别人说得哑口无言的那一个,但现在,她输给了目光如炬的张哲。

"可我觉得像前男友。

"难道不是?"

看她有些沉默,张哲又连忙告诉她不想说也没事。

烤串放了足足的辣椒粉,平芜整个喉咙间都被灼烧着,末了她喝了一口饮料,不置可否:"这你都能看出来?"

"那当然了,你眼里有心疼。"

爱或许能装出来,可那一刹那的心疼是装不出来的。她自以为用尴尬把旧相识掩饰得很好,可在她抬眼望去的那瞬目光中就暴露了。她何曾有过那样的神情去看一个陌生男人?

平芜干笑两声,看着此刻这片无比熟悉的空地,渐渐低下了头。

"你没猜对,师兄,其实都算不上前男友。"

大概是太辣了,她鼻音也有些加重,眼眶被周遭炭烟熏得涩痛。

中考结束后不久,平芜的父亲平建瓴作为总设计师要到燕北建造半山公园项目,母亲也随着跟去,她不想一个人在京平当"留守儿童",于是提及自己或许可以去那里上高中,主要也因为考试没发挥好,跟自己心仪的高中失之交臂,有那么点自暴自弃的意思想要逃离当下的环境。

燕北虽然落后,但是教学模式在全国都很出名,父母再三劝告,这里跟她以往接受的精英教育完全不同,每一天都是紧凑排满的课程,属于自己的空闲时间少之又少,甚至一切都是军事化管理,汪女士凭借着她在新闻上看到的为数不多的报道,极力劝说她。

平芜一脸无所谓,反而还觉得新奇,对她而言,这是全新的生活,她也喜欢去往不同的环境。平建瓴和汪女士拗不过她,一家三口就这样在十年前人人都想走出去时,步调相反地带着各自的任务来到了这个不能再小的小县城。

她到现在还清晰地记着刚来燕北时的新鲜,没有高楼林立,没有行色匆匆的路人,每一天都松弛且平静,除了,她那时刻都紧节奏的新校园。

第一次见到袁景是在军训的第八天。

连着一个星期不带荤腥只吃馒头青菜的平芜总算是撑不下去了，在训练结束后软磨硬泡借用了宿管大姨的手机给汪女士打了电话求救，她装得可怜兮兮告诉家里想吃炸鸡，汪女士非但没同意，反倒大骂她一顿，坚持杜绝给她开小灶，声称不能违背学校的规矩。

话虽如此，不过平芜到底还是吃到了。

她爸亲自来送的，平建瓴这么体面一人在校门口得知不能送东西后示意平芜跑到学校小操场的墙壁，穿着皮鞋踩上墙，爬到一定位置后又找了根棍子把层层包裹好的炸鸡递了过去。

平芜心满意足，站在里面小声喊着："老爸，你简直是超人！"

"行了你，好好训练，有事找我，别跟你妈说了。"

她笑得不行，看着平建瓴离开的背影后拿着东西悄悄溜回去，这个点大家都在回宿舍的路上，几乎没人会注意这片黝黑的区域。

除了，无意在此路过的袁景。

夜色朦胧，穿着迷彩服的高大身影笼罩在身前时把她吓了一跳，平芜在心里想了一百种方式应对，丝毫没注意眼前这张清隽的脸，只干笑着对上他深邃的眼眸，把手里装着炸鸡的盒子往前递了递。

"同学，别告诉老师，我请你吃炸鸡。"她语气雀跃，在那一刻傻得可以，竟然想着只要把旁观者变成共犯就能长长久久地捆绑在一起。

袁景微皱着眉，对她这句话有些错愕，更不想理会，于是准备忽视她的身影往前走。

结果下一秒，就被拿着强光手电筒在各个角落巡逻的教导主任将光对准他俩面前。

"哪个班的！这都几点了还不回寝室！"

突如其来的一嗓子吓了平芜一跳，几乎是条件反射，上前拉住他的手就往后面跑。

那是他们俩荒谬且搞笑的第一面，像是两只慌乱逃窜的老鼠。即使过了这么多年，她每次想起来也都觉得还像昨天。

张哲看出她情绪不对，递上纸巾一句也不再多嘴，平芜觉得自己有点没出息，用笑容极力掩饰自己纷乱的思绪。

回到酒店，收好所有东西后，她坐在书桌前写下第一天的调研实录——

3月3日，燕北县峪河镇老栗园，枝干符合标准，部分坡下存在栽植不当。

三天后的培训照常举行。

只是平芜没想到的是，举办地点竟然是她从前的高中。三年前新校区落成，这里就暂时被县里征用，有什么大型活动也都是在这里举行。

下午两点，阶梯教室里人员很多，一排排已经裂皮的纯木座椅上坐着来自各个镇、乡乃至村里的技术代表，黑压压的一片。

平芜进门前简单扫视一圈，发现上了年纪的叔叔和阿姨占多数，这是再平常不过的事，某种程度来说，他们这些在实验室里研究各项数据的研究员在某种时刻其实远不如这些脚踏实地的种植者。

连上电脑打开课件，黑板最上的幕布缓缓降下来，她在台前站定，从容不迫地做起自我介绍。

"大家好，我是平芜，从今天开始，为期半个月的'板栗技术培训会'将由我带领大家进行学习。下面我将从虫害防治，嫁接修剪以及栗园管理三个方面开始讲解，理论部分结束后我们会有实操测验，希望在这段时间里能够真正帮助大家，切实解决现有的实际问题，让大家能够有所收获。"

她声音清脆，一字一句传入众人耳中。

人群之中，教室最后一排座位上的袁景总算抬起头。他目光紧锁，似乎只有在这时候才能毫不掩饰地看向她，跟上次见面不同，与从前相比更是完全判若两人，她穿着有些正式的白色衬衫和西装裤，长发在身后挽起，温婉气质中添了几分干练。

"板栗缺钙时在叶片上的症状并不明显，只会在成熟期或是运输储藏中增加一定的烂果率，对于栗果缺钙的应对措施，土壤pH值在5以下时可以使用生石灰，每平方树冠投影面积80到100g，但是需要注意，北方栗园使用石灰会破坏土壤结构，容易被土壤固定。"

她讲课时很认真，神情专注，讲到关键地方会放慢语速，总是会下意识地皱眉，袁景这时候才隐约窥探出几分从前的影子来，也幸亏是在这时候，因为她在专注时不会注意。

实际上，平芜刚进来的时候就看到他了。

很奇怪，其实平芜的视力并不好，可在那熙攘挤簇的人群之中，她第一眼就发现了袁景。

以前看过的一个杂志上说，牵绊过深的人会有心灵感应。

比眼睛更快的，是我的第六感更早认出你。

培训结束时，外面下起了淅淅沥沥的小雨。

大家抱怨这场雨来得太不合时宜，平芜站在讲台前收拾东西，眼角余光晃过这旁嘈杂议论着慢慢走出教室的人群。

直到那抹再熟悉不过的身影经过讲台，她才停下手里欲盖弥彰的动作，拿起早就合上搭扣的包，抬起头叫他："袁景。"

平芜的声音不算轻，甚至感觉还有点急。

袁景后知后觉地站定，侧过身对上她的视线，面无表情地看了她一眼，没说话，神色平淡，一如外面阴云密布的天。

"好久不见。"

平芜佯装平和，嘴角勾起一抹很淡的笑意，总算说出了这句所有八点档泡沫剧里主角们重逢必说的话语，尽管，这句话其实并不适合他们两个。但她管不了那么多，既然还有疑虑，那就得问清楚："你还记得我吗？"

她完全忘了她妈汪女士曾对她的教诲，两性关系里先主动的那一方总是不被珍惜，女性天性敏感，所以经历感情时更加不能急切，尤其不要给人一种上赶着的感觉，要不然再怎么喜欢也是枉然，她妈怎么说的来着？万事皆生意，什么都要经营，可平芜恰恰觉得，有些规则也不是一定都要遵循，就跟她从小到大都没正儿八经听过汪女士的话一样。

但她忽略了最重要的一点，就是对方的想法是否跟你一致。

显然，袁景不是。

他听完她这话后只是挑眉，微微牵动一下嘴角："我们不是前两天才见过？"

平芜瞬间哑然，大脑飞速转动几秒后呛了回去："是，所以你那天为什么没跟我说话？"

她还是这样，什么事都是她有理。

袁景不禁失笑，眼前这个场景比那天在山上还要更令人混乱，在他从前最熟悉、每次得奖受表彰的阶梯教室里，平芜一如从前抬眼看他，那道视线让他一瞬间停滞，有点恍惚今夕何夕。

跟她在一起的每一刻都像一个梦，无论何时。

末了，他别开目光，到底还是如实开口："不知道说什么好。"

他总有一句话把天聊死的能力，即使过了八年也还是如此，无聊、无趣，寡淡得像一杯无色无味的水，只有在她面前极少时候才会主动沸腾。

没劲。

平芜"哦"了一声，走下讲台，像一阵风在他身边迅速掠过。

等他有些懊恼地反应过来时，那道身影已经离他很远，袁景下意识脚步放快,几乎一路小跑着从走廊里出来。

室外空气潮湿,雨势没有一点要停的样子,地面是经雨击打过后淋漓的水汽。

平芜站在教学楼前的大厅门口,仿佛一早就料定了他会跟她出来,双手交叠安静地对上他慌乱的视线,嘴角笑容更开。她没说话,但眼角眉梢里是预料之中的泰然。

这个人即使过了八年,也还跟从前一样。

"你住哪儿,我送你回去。"袁景平复呼吸,看着屋檐下不间断的雨滴,开口问她。

平芜没回答问题,只盯着他两手空空的身前,似是在提醒他没有伞还说什么这种话。

"车停在外面了,你在这儿等我,我去买把伞。"

他认真起来让人无法反驳,草草交代她两句就要冒雨往外走。

平芜眼疾手快,在他下完最后一节楼梯前拽住了他手臂,下一秒,她放在包里的一把折叠伞被撑开,罩在他们头顶。

她有些急,走过来时还踩了下他的脚,狭窄的水泥台阶湿漉漉的,因为站了两个人而有些拥挤,距离过近,近到平芜不用怎么注意就能看到他喉结处的小痣和低垂着的睫毛,他没怎么变,那双眼清澈一如从前。

平芜别开视线,跟他隔开一些距离:"我跟你一起走出去就行。"

袁景仰头看了下头顶上勉强护住他们两个人的黑色伞面,这应该是她平时自己用的遮阳伞,一个人用的话绰绰有余,但要是两个人就显得有些拥挤。

"你确定?"

她认真地点头,没再开口。

到这地步,再多问显得他矫情。于是他从她手中接过伞,放慢脚步和她一起往外面走,为了避免走起来淋到雨水,他把大半部分的伞都往平芜那面倾斜,两人身高悬殊,从教学楼到大门口这一段路不算长却不太好走,袁景右侧的肩膀被雨浸湿,卫衣贴在皮肤上黏糊糊的有些难受。

"那家板面店还开着呢吗?"

周遭寂静,只能听见纷纷乱淋漓的雨声,平芜停下脚步,站在校门口想要顺着从前的记忆找到那家小店的位置,不过到底还是离开太久,学校周边的小店七七八八全都换了新,怎么找也找不出来了。

"一直开着呢,不过挪去了杨柳街那边,你要是找不到,下次我带你过去。"

袁景很自然地回答，意识到有些不对，他又很快补充道："不过现在点外卖也挺方便的。"

平芜"嗯"了一声，跟随他走到一辆绿色出租车前，袁景打开了副驾驶的门让她先进去。她迟疑片刻，看着他关上车门后撑着伞绕到另一侧，十分娴熟地上了车。

她在这时涌现出一百个想要问他的问题，但好像怎么说都会失礼，最后平芜环顾车内一周，将视线定在离自己眼前最近的一个葫芦挂饰，勉强打了个圆场："这葫芦挺好看的。"

袁景看了她一眼后回答："我自己种的，所以形状不太好。"

"这是你种的啊？"

平芜突然来了兴致，看他打着方向盘掉头，往前凑了凑看得仔细了一点，看起来跟文玩市场上卖的也没什么不同，只是不太光润，小巧标致。

最后她仔细看过，提了一句建议："可能是施肥的比例不太对，今年再种的话可以适当调整一下。"

袁景很轻地牵了牵嘴角："好，听专业人员的再试试。"

校门口这边路窄，下了雨有些堵车，道旁有个正在淋雨的阿姨，头上顶着背包在车前摆手，看起来有些岁数。他犹豫片刻，转头问她介不介意，得到确切回应后，这才将车开到前方停下。

"哎呀呀，这雨真是太大了。"后座关上车门，阿姨把包扔在脚下，一面擦着脸一面说道。

"您到哪儿，我先送您。"袁景看了眼后视镜。

大姨善解人意地摆摆手："我住嘉苑小区，有点远。小伙啊，你先送你对象吧。"

他俩极短地惊讶了一瞬后，平芜笑了笑说不是。

赶上红灯，袁景踩了下刹车，又问了一遍她还没来得及回答的问题。

"你住哪儿？"他声音里有几分清冽。

她这才想起来他还不知道，连忙回答："天宝街那边，卓越酒店。"

离学校不远，拐两条街就到了，只是赶上晚高峰，原本七八分钟的路硬是拖到二十分钟才到。

车子稳稳停在酒店大门口，平芜解开安全带跟他说了句谢谢，也不等他回答，拉开车门就下了车。

袁景盯着那道身影进了旋转门，这才驱车离开。

后座的大姨八卦心依旧旺盛，观察了他许久，话里有点惋惜："我还以为你们俩是一家子呢，你也别怪大姨多嘴哈，我做婚介快二十年了，还没有看走眼的时候，你俩呀，从模样到气性都特别般配。"

袁景实在不擅长跟陌生人闲聊，他这才发现姜顽这兼职有多难做，平静开车没什么，但要碰上热情的乘客，他实在无力招架，只能尬笑着回应一句您说笑了，然后加快油门给人送到地方下车。

夜幕将至，天渐渐擦黑，雨依旧没停，路灯下细丝蒙蒙，将周遭一切都染得不太真实。

车停在寂静路旁，他从口袋里拿出手机，拨出最近联系人打了过去。

听筒里持续很久的忙音，过了十几秒后总算被接起。

"情况怎么样？"

他屈指搭在方向盘上，有一搭没一搭地敲着，可随着电话那头的话，他也突然停下了手上的动作，目光微怔，眉头无意间拧了起来。

袁景尽量让自己的声音听起来还算平静，把手机从耳边稍微拿远："我待会儿给你转一笔钱，你先用着，不够了再找我。"

那旁姜顽情绪突然激动起来，大声拒绝："景儿，我不用你的钱，我有钱，家里还有一堆事呢，挣钱哪那么容易，创业的事怎么样了？"

"行了，我挂了。这两天跑车的钱放车里了。"

袁景挂断电话，点开微信找到姜顽头像，转完账后却觉得手机屏幕有些刺眼，他眼眶干涩，在黝黑的车里任由悲伤将其吞噬。

他有时候觉得上天待自己已经够好了，不能再有太多奢求，可现在，他是真希望这世界上有神佛可求。

平芜刚进房间时，手机铃声便响了起来。

她从包里掏出来，坐到书桌前打开台灯接通了视频。

"闺女，工作怎么样，还顺利吗？我看天气预报燕北明天又降温了，你要是出门下乡记得多穿点，听到没？"

是她爸打来的，平建瓴自从平芜来了燕北后每天最少要发十条微信，怕打扰她工作所以得到她回应后就不会再多说，但今天给她发了五六条都没回，这才直接打了视频通话。

汪女士说平建瓴是个不折不扣的"女儿奴"，夫妻俩整个一慈父严母，天差地别。

"我挺好的，您就别操心我了，您怎么样，我妈说你去南淮出差了？"

平芜心情很好,笑着开口问道。

平建瓴点点头,把手机镜头换成后置,给她看会议室外南淮的瑰丽夜景。

"是啊,我就在南淮呢,等爸爸忙完这趟回去看你。"

说完后又把镜头转过来对准他自己,仰头靠在座椅上笑容满面,隔着镜头将她仔仔细细看了个遍,最后不放心地嘱托道:"忙工作也要记得吃饭,我再多给你打点钱过去,要营养均衡!"

平芜无奈地笑了笑,挂断视频后没过一分钟就收到平建瓴的转账。

她这爸完全把她当猪养了,不对,十万块钱都能开家小型养猪场了。

这场雨下了小两天,把原本要转暖的天气又一次降至零度以下。

燕北县地处辽阔的北方平原,冬季漫长春季短暂,每年的三月份就是混乱穿衣的时候,往往是棉服刚脱下,就又要穿上。

培训会因雨天暂时中止,平芜回到团队里跟着大家到其他乡镇调研,出门前几乎是把行李箱里所有能穿的厚衣服穿了个遍,但连着两天的辗转奔波,到底还是不可控制地病倒了。

她每年春天都要有这么一阵子,冻着了咳嗽几天,慢慢也就好了。

平芜没当回事,随便买了点感冒冲剂喝着,直到所有乡镇调研基本结束,她又连轴转地开始培训。因为进度延误,不得不加快讲课速度,原本两节课的内容压缩到一节课,但这样下来要三四个小时不间断地讲话,稍微有些好转的症状却加重了。

袁景连续两天听她咳嗽非但没好反而越来越严重后,下课时在讲台前停下了脚步。

平芜抬眼,先看见的是他干净的指腹,玻璃小瓶里面灌满了浓稠的褐色液体,瓶身干干净净,没有标注任何药品名称。她大概真的病得糊涂,看到的第一瞬间竟然觉得这像是个缩小版的百草枯。

"怎么拿了瓶农药?"

剧烈咳嗽过后,她淡淡开口,许是嗓音沙哑,玩笑话落入耳中都觉得生硬冰冷。

"中药糖浆,治咳嗽的。"袁景拿药的手停了下,眼皮低垂,"你好像很严重。"

岂止,她咳得整张脸都白了,看起来难受到了极点。

可就算这样,在他面前依旧保持着冷静和客气。

"我没事,老毛病了,一会儿去医院开点药就好。"

话音刚落，刚开完会的张哲突然出现在阶梯教室门口，他手里提着一袋子药，轻敲门板提示着："好了吗平芜？"

她转头看一眼张哲，从包里拿出湿巾擦了擦满是粉笔灰的手："好了，我这就出来。"

袁景抬起目光看向门口处站立的男人，是那天在山上一直站在她身旁的人，文雅斯文，戴着一副银边眼镜，他有一瞬间失神，伸出的手连带着药一起缩回身侧。

"我先去医院了，袁景，你走的时候记得把门锁上，钥匙放门卫大爷那儿就可以。"平芜走到门口似乎才想起来他还在屋里，转身撂下几句交代就匆匆转身出去。

他站在原地，看着那两道般配身影一点点消失在眼前。

走出阶梯教室，张哲把手里的一袋子药提起来给她看："都是方植找人送来的，再三嘱咐让我交到你手里，怎么样，好点没？"

"辛苦师兄了，我说你今天怎么有空来找我。"

平芜挑起袋子看了一眼，各种各样的感冒药，种类之繁多令她不由得咋舌。她不经意地皱起眉："不过方植怎么知道我病了？"

张哲想到这儿有点好笑，跟她回忆着："就下雨那天，咱们下乡的时候我录了个视频发朋友圈，我哪知道他看得那么仔细啊，连你咳嗽的声音都能听清，你说他有这能耐下什么地啊，当警察去得了，或者参加个什么听声辨音，一猜一个准儿。"

"他还真是……"平芜想了一下类似的形容词，但都有些不妥，轻声叹气，"得了，一会儿我给他打个电话吧。"

说话间已经走到校门口，张哲开口问她："用不用我陪你去医院？"

"不用，你对燕北人生地不熟的，我自己去就行，也不是什么大病。"

虽然是同门师兄，但毕竟不是可以随便麻烦的关系，要适当避嫌，她自己反而更自在，送走张哲后直接拦了一辆出租车，学校离医院不远，不到十分钟就到了。

春季多发呼吸道疾病，走廊里挤满了一直咳嗽的孩童，平芜挂完号后把口罩捏紧一些，在排队等待的时候从联系人里翻出方植的微信直接打了语音电话过去。

那旁当即就接了，声音雀跃："平芜，你可算理我了！我买的药你拿到了吗？"

他这人就这样，没心没肺，丝毫不记得她临走前拒绝他的那番话，少爷脾气惯了，只考虑自己，我行我素，完全不顾及别人是否答应同意。

平芜没去理他这句连名带姓的称呼，说话前轻咳一声："方植，我能不能拜托你一件事啊。"

"好好好，你说。"

她尽量保持语气平缓，贴紧耳边避开周围嘈杂："就是你能不能别总是麻烦人家张师兄了，大家都挺忙的，他也没义务天天围着我转圈，我不想给任何人添麻烦，成吗？"

虽然张哲本人不会说些什么，但平芜心知肚明总是这样下去不成，她以前还是对他不够决绝坚定，以至于方植知道找了别人她便不会拒绝，她也知道他其实是好心，可自以为是的好心、一腔热血要以别人的付出来完成，那就有些自私了。

平芜待人处事有些一板一眼，表面上看着跟谁都能相处得来，其实心里总有自己的一套标准，平建瓴当初一度觉得她不擅长跟人交际，所以才同意她学农，避免她会搞砸的社交。

"不管怎么说，还是谢谢你的药，一会儿我把钱转你，记得收。"平芜言简意赅挂断电话，看到显示屏里正好叫到她的号，给方植转了一千过去后就收起手机往诊室里走。

抽血化验，拍了肺部CT，确诊是支原体感染引起的肺炎。医生看完片子后建议她直接住院，平芜连连摇头说工作实在忙不开，开点药就行，她态度坚决，医生听了她的话却有些生气："工作重要还是身体重要？你们这些年轻人啊，太不拿自己的身体当回事了。"

看她执着，最后医生松口让她去急诊吊水，先把炎症消下去。

平芜有针头恐惧症，从小到大都是宁吃药不打针，但现在没办法了，她不想刚来燕北就病倒，影响工作不说，那也太没出息了。

急诊输液室里人很多，且一大半都是五六岁的孩子，一眼望去几乎没有空位，她环视两圈才在角落里找到地方坐下去。

护士走过来叫了下她名字，确认无误后蹲下身给她消毒，平芜移开眼不看针头扎入血管那一场面，转头时却看到了一双太过熟悉的眼。

"平芜？"

陈路嘉小声开口试探，口罩之上弯弯的眼瞬间亮了起来。

"是你吗？你不是说还要一阵子才能回来吗？"她激动不已，急忙坐到平芜身旁的最后一个空位，也顾不得是在医院，摘下口罩就笑了出来。

故友重逢，还是高中时关系最好的挚友，做过两年同桌三年对铺，毕业时真情实感地哭哭啼啼舍不得对方，尽管后来因为工作生活联系渐渐变少，可再见面时还是发自内心地开心。

有些东西或许会随着时间逝去，情谊却不会，两个二十六岁的大人再面对彼此时还是像十年前初次相识那般的心潮澎湃。

平芜点点头应了一声，冰凉液体进入血管时好像也没那么疼了。

"工作临时提前了，我还没来得及告诉你呢。"话说得断断续续，因为激动，中途又咳嗽了几声，平芜眼睛也有点红，"本来打算空下来就去看你的，一直没有时间。"

陈路嘉看她这样有点心疼，刚想开口，自己也止不住地咳嗽了两声，于是连忙把摘下的口罩又戴上，伸出手摸了下她额头，确认她不发烧后稍微舒了口气。

"不发烧就还好，我前两天差点烧得下不来床，要不是梁兴回来我还打算强撑呢，生病了就要看医生，现在病毒多，你免疫力又差所以更得注意。"

陈路嘉看向平芜，最后确定她是穿得太少了，冲她指了指自己身上的羽绒服，口罩下声音有些含糊不清："你得像我这样，穿这么多。"

她还是像以前一样热心肠，絮絮叨叨地说个不停，幸好大厅里的其他孩子也很吵闹，倒不显得她们这两个病号特别了。

说话间，梁兴买了苏打水回来了，离得老远就看到他那一向健谈的女朋友跟人聊着天，口罩都挡不住这份热情，他笑着走上前，却怎么也没想到会是平芜，看到她那一刻短暂地惊讶了一下。

"嘉嘉说你会回来，怎么还在医院见上面了？"

他递上手里的两瓶苏打水，平芜也有些无奈，她也想好好跟他们这些故友光鲜亮丽地见面的，但她的想法每次都没能如愿，无论是现在病容憔悴在医院，还是那天蓬头垢面地上山。

"我也不想的。"最后她笑着总结一句。

陈路嘉兴奋不已，见到平芜的这份开心让她完全忽略了自己还不太舒服的身体，挨着往她那边坐了坐。两个人一点距离也没有，一如从前，什么话都聊，没有丝毫别扭，平芜也来了精神，在旁边认真听她说，有问有答地说了自己的工作安排，告诉她自己被借调在这儿一年。

"那你能参加我跟梁兴的婚礼了。"

这才是重要的事，平芜听了后发自内心地替她开心："当然了，即使我不在燕北也会回来参加的。"

毕竟是陪她度过人生最美好最真挚的三年青春时光的人，离得再远她也都要回来的。

"太好了,到时候咱们好好聚聚,就差袁景了哎……"陈路嘉无所顾忌地开口,后知后觉地意识到这句话有点不对,但再想收回的时候也晚了。

"所以,他一直都没有联系过你们吗?"

周遭无声几秒,平芜十分自然地接过了话茬,迎着目光看向两人,倒也没觉得是什么不能提及的话题。

梁兴上学时跟袁景关系最好,闻言也诚实地摇摇头:"自从高中毕业就再也没见过他了。"他话音低落难掩伤感,自嘲地笑笑,"这小子还真心狠。"

袁景不光是在平芜一个人面前销声匿迹,是在所有人面前都寻不到踪影了,即使燕北小到骑电车就能在县城里绕圈,不想见的人也是怎么见都见不到的,总有一千一万种方式不出现。

也好,故人就该留在过去的岁月里,实在是没什么大不了的。

"好了好了,咱们不说这个,平芜你晚上想吃点什么,好不容易碰上了咱们就一起吃个饭。"陈路嘉察觉气氛不对,很快笑嘻嘻地转移话题。

她一早就想过了,如果平芜回来,一定要好好跟她叙叙旧,讲一讲这几年身边的事,甚至还打算带她去看自己装修完的新家。这些年虽然身边朋友来来往往无数,但她最想念的就是平芜。

他们这些人生长在燕北,无论走得多远都还是要回到这片土地,可她早就知道平芜的根不在这里,她的前路是辽阔无垠的,很难停留。好不容易见到,又怎么能轻易让她回去。

"我跟梁兴亲自给你下厨怎么样,你还没去过我家呢!"陈路嘉热情邀请,满脸期待地希望得到她的肯定回答。

平芜看着眼前盈亮的视线,沉声应下:"好。"

于是拿出手机给主任发了条信息,算是报备。出差调研有纪律,凡是外出必须告知,尽管王企德事先已经从张哲口中得知她生病,不过平芜还是按照该有的流程请了假。

就这样,一个病号输完液后被另一个病号带回了家。

梁兴跟陈路嘉是典型的校园情侣,高中毕业在一起后无比幸运地被同一所大学录取,度过相同轨迹的四年后又选择同时回到家乡。一个考上了公务员,另一个继承了家里的饭店,朝九晚五,平淡却也幸福。

平芜在进门时看到眼前这个窗明几净的温馨客厅,不由得想起学生时代陈路嘉跟她说过的人生格言,她说她没有太远大的理想,不想过跌宕起伏的人生,只要一眼就能望到头的日子,有自己一家小店,心爱的人在身边,平平淡淡最好。如今,确实是在一步步实现。

"你先看会儿电视,饭很快就好。"

陈路嘉洗好水果端着盘放到平芜面前,怕她无聊,又拿遥控器打开了电视。

家宴是最高级别的招待,陈路嘉下定决心这顿饭必须拿出她最好的水平。

平芜坐在沙发上看着他们两个的身影在厨房忙碌,脑海中短暂闪过一丝不真切的幻想。有工作有爱人,家人朋友都在身边陪着,可能这样的日子才是最好的吧。

相反她竭力读了这么多年书,虽然顺利入职了自己喜欢的单位,可总觉得差了点什么。工作是她想要的,但生活不是,抛开能让自己斗志昂扬的工作,生活里她常常觉得自己是一潭死水,唯一那点乐趣,都在旁人看不懂的世界里。

厨房里煎炸翻炒络绎不绝,飘起缕缕饭香,平芜不知道他们俩忙什么,直到一个小时后端出满满一大桌菜,丝毫不比饭店逊色。梁兴还炖了排骨,因为考虑到她生病,所以口味上特地清淡了一点,主食是韭菜馅饼,也不知道是出自他俩谁手,烙得金黄酥脆,内里调的馅料更是入味。

许是因为太久没吃,又带了些从前的口味,平芜吃了一顿自生病以来最饱的饭。

九点半陈路嘉开车送她回酒店,路上经过学校时车子速度放慢,平芜跟她说起自己最近都在这里培训,陈路嘉认真听着,侧眼看她时瞳孔发亮。

到了酒店门口,陈路嘉也解了安全带跟她一起下了车,绕了一圈走到平芜这边,张开手臂,笑容灿烂:"抱一下。

"平芜,我真开心能在燕北见到你。"

陈路嘉目光真挚,在黑夜里似乎还有一点转瞬即逝的湿润,平芜被她触动,心下一暖,走上前结结实实地将她抱住:"我还要在这里工作一年呢,又不是见不到了。"

她是感动的,感动有这么一个人没在时间流逝中将自己忘得一干二净,并似乎时刻铭记着她们过去的那些记忆。

平芜真心怀念那时候的自己。

翌日是个好天气,阴沉灰蒙蒙好几日的天总算是彻底放了晴。

许是药效管用,平芜觉得身体有了些力气,虽然咳嗽但没那么头晕了。

调研小队来到燕北县唯一一家专门做农产食品的公司参观,"栗洲"这家公司在燕北名号响亮,差不多负责了整个县域内所有加工出口的板栗,是一家集科技研发、生产加工、市场营销于一体的综合食品加工企业。老板贺全洲也是个能人,早年创业几经波折,硬是靠着一股拼劲才把不起眼的小作坊做成了如今省级的重点企业。

不过更令人意外的,还是这家公司别具一格的风格。

他们这一行人不过刚下车就被门口迎宾的礼仪员领到宽敞的院内,紧接着是周围敲起的鼓声唢呐,平芜长这么大第一次看见这么惊人的欢迎仪式,不是鞭炮不是舞狮,而是一群上身彩袄下身长裙的演员踩在高跷上表演绝技,绝在哪儿呢,绝在这群穿着戏服的演员后背上还背着站得笔直的两个小演员。

远远望去就像是少年踩在成人的肩上跳舞,跟随着音乐扭动做戏,她没见过这样的场面,也不知道这是燕北的非遗民艺"背杆",怔怔站在原地静静看着,一直到鼓点音乐结束还有些意犹未尽。

巨大的新奇感和吸引力让她觉得燕北这个地方永远能带给她惊喜,时时刻刻都有值得挖掘的新东西。

看完表演,人群中穿着一件蓝色工服的中年男人小跑上前,主动向王企德握手表达尊敬。

"王教授您好,我是贺全洲,刚才的节目是我们燕北的非遗艺术,我们所有人都热烈欢迎诸位莅临我司检查指导。"

男人看起来五十左右,跟她爸差不多的年纪,却跟平芜以往见过的老板不同,没那些乱七八糟的花架子,更没在人前把自己重视到每一根头发丝都抹了发油,恰恰相反,贺全洲看起来随和朴素,没有隆重的西装革履,笑容亲切,跟他们这些人一一打过招呼。

最后简单介绍完基本情况后换上无菌服,带着他们先进到了分拣车间。

厂房里机器有条不紊地运转,一颗颗带皮的生板栗在传送带上被筛选品类、高温消毒后进入剥皮程序,各区分工明显,仪器精密有序,身处其中只能听见机器转动的声音。

"我们公司有板栗、山楂、蜂蜜等冻干和膨化食品六大系列,七十多种单品。

"在全县一共建设了十二个符合有机板栗标准化的基地,所有板栗产品从原料分级到剥壳去皮,冷冻加工罐装以及产品出厂,全程要经过25道工序，精挑细选反复检测，确保出厂的合格率达到百分之百。"

贺全洲说起板栗滔滔不绝，从生产线上引进的精密仪器讲到智能装箱和新型冷库，一直讲到离开车间到会议室也没有停止。

王企德听得认真，也有几分佩服，更觉得坚持做农产品的企业不易，趁着秘书给他们倒茶的空隙向他询问选择做板栗的原因。

贺全洲笑了下，伸手指向身后墙壁高挂的燕北县地图，讲起一件陈年旧事："我是燕北人，从小长在农村，我记得在几十年前燕北的板栗市场主要是出口日本，九几年开始，板栗、核桃这些干果产品才持续发展起来，但是那时候出口国家单一，客商压价，燕北县几十万亩的板栗产业大却不强，优质板栗没有卖出好价钱，那些普通板栗卖不出去，我那时候看着村里的老人们因为卖不出去所以砍掉山上的栗树特别心疼，当时就在想，如果有朝一日能把板栗卖出高价钱就好了。"

他心中有份情怀让他坚持，在全县矿产开采最激烈那几年毅然决然选择做绿色产业，贺全洲始终坚信，绿水青山就是金山银山。

王企德不由得赞许："您现在已经做到了，听说栗洲公司收购价一直高于周边地区，不止以高价收购栗农手里的板栗，还帮助他们返利，正是因为有您这样的企业家，才有如今的燕北板栗。"

参观流程进行到最后，平芜跟在众人身后下了楼，楼梯走廊的墙壁上挂满的各项证书，她仔细看着，想得出神，丝毫没看见站在前台处的熟悉身影。

要不是张哲抬了下胳膊戳她一下，估计她还真不会发现袁景。

不过就算是看见，她也并没有打算特意开口，只是在即将擦肩那刻视线短暂交汇，很快便各自向前。

"怎么不说话，不是你同学吗？"张哲有点不解，转身看她一眼。

"没什么可说的。"

平芜声音平淡，目不斜视跟着大家走出大厅。她前两天恐怕是真糊涂才会主动跟他说话，都过去那么久的事了，应该就要留在过去。

更何况，不告而别的人是他。

就算辗转回头，那也要他先来低头道歉。

太阳热烈，晒得人身上和心里都暖和和的。

送走这一群专家领导，贺全洲心情很好地吹起口哨，往回走时路过大厅前台，慢悠悠地停下脚步："怎么不上去啊，杵着跟一块石头似的，我都没看见你。"

贺全洲北方口音明显，性格随和，见谁都是笑呵呵的，一把年纪了也没个正形，不像个大老板，倒像在街角笼络生意的热情商贩。但他长得又有些粗犷，不穿正装时尤其像是年代剧里的混混头。

见袁景一脸若有所思地看向外面，也仰头跟着他的视线看了看。

"小景，耳朵坏了啊！"

"大门口是有花儿还是有草，看得这么认真？"

袁景早习惯这位的脾气了，对他的各种插科打诨也能应对自如，收回目光时瞥到他身上的衣服，悄无声息地反客为主："看您呢。"

"合着您今天就穿这么一身迎接领导啊，是不是有点太随意了，不知道的还以为您是哪个负责装配的车间主任呢。"

"你啊你，好好一人长了张嘴，赶紧改改你这毛病，嘴不甜可娶不上媳妇。"贺全洲伸出手指他，说到这儿又想起一件事，笑着问，"话说你为什么拒绝小秦，人家姑娘多好一人啊，长得漂亮工作又好，跟你也般配，你说说你到底想找什么样的？"

无论什么人，只要上了年纪都爱做这样保媒拉纤的事，贺全洲也不例外，他是觉得大好年华应该热烈感受，千万别像他这样，到了这年纪仍旧孤身一人，尽管他自己觉得这样很好，可袁景到底是不同的，越是经历坎坷困苦，便越能感受细微之处的温暖，他太压抑太痛苦了，谈恋爱转换转换心境也好，总不至于在人生最美好的二十几岁成天表现得苦大仇深。

无论是作为长辈还是朋友，贺全洲都希望袁景能彻底挣脱开如今的禁锢，而不是守在原地画地为牢，越来越后退。

"我现在挺好的。"袁景声音平淡，言外之意就是还不想找。

贺全洲知道他心事重，说了个缘分没到把话茬圆了过去，大手一伸，揽过他的肩膀带他上楼梯："跟我待会儿，正好给你尝尝新买的茶叶。"

办公室就在二楼会议室边上，布置简单不大不小，从配置上看，确实能感觉到他这人骨子里的朴素属性，没一味追求浮夸的豪华摆设，也没刻意装作自己有文化贴几张书法，除了书桌后的黑色书架外再没别的布置，唯一多余的不过就是窗前的茶桌，他爱喝茶，不过却不怎么高雅。

"基地和民宿选址的事怎么样了？其实我真得劝劝你，以峪河的现有条件来说，我觉得还不足以建设成一个崭新爆火的旅游村。"贺全洲是个有情怀的商人，他佩服并欣赏有勇气一往无前坚定初心的人，可抛开这些，他也有最基本的商业嗅觉和敏锐度。

"我知道这事很难。"袁景沉思片刻,"但我今天来是有别的事想找你帮忙。"

认识这么久了,贺全洲是第一次听见袁景这样的口气,这孩子坚韧,遇到什么事都想着自己扛,再困难的情况,他也从来没有让他帮过一点忙,甚至他救了贺全洲一命,也并未借此要他做任何回报,年纪虽小,却始终秉承着君子之交淡如水的基本准则,贺全洲也是真心喜欢这个忘年交。

"是不是你爸的事,等养老院建成你还是送他去吧,要不然……"

"不是。"袁景打断他,"我之前放你这儿的那笔钱恐怕要先拿出来,姜顽他现在情况不太好。"

贺全洲在脑海里想了一下这个名字:"你那个发小?"

袁景点点头,说到姜顽,难免想到他在视频里苍白的脸,心脏像是被刀剜了一块。

"他怎么了?"贺全洲迟疑了下,但还是转过身绕到办公桌前拉开抽屉,从钱包里翻出那张浅绿色的银行卡。

"白血病,现在在京平呢,我订了票下午去看他。"

袁景声音低落,贺全洲却怔了怔。

"什么时候的事?我上次见他他还邀请我结婚去吃酒呢,现在怎么就……"

"就前些天,他婚检的时候血常规异常,做了骨穿刺后确诊的。"袁景如实回答。

"都好几天了你不想着告诉我?你那手机是摆设啊!"贺全洲有点生气,主要也是替他着急,快走两步把卡塞到他手里,"我都不知道说你什么好,这么大的事你不第一时间告诉我,行了行了,你赶紧去,我让司机送你到火车站,有什么事尽管跟我说,不要自己硬撑着。"

贺全洲气他总是把自己当外人,每次见面都是贺总贺总的生疏,殊不知他心里把袁景当成自己的孩子,正因如此,才更心疼。

袁景沉默片刻,他确实挺没用的,总是一而再再而三地把事情搞砸,这些年早就习惯了万事靠自己,原本他自己是能解决的,只是手里的积蓄都压在创业上,仅剩的余钱又给山上修了路,能拿出来的那些钱全都给姜顽打了过去,但是后期还要骨髓移植,恐怕也是杯水车薪。

"我是不好意思,原本都说好了这钱算是投资,如今又要回来算怎么回事?"

袁景拿起那张卡看了看,竟然还是他当年给贺全洲的那张,就这样原封不动地又回到了他手上。

贺全洲笑着拍拍他肩膀，语气也逐渐平缓："我本来也没想过要用你的钱，当初是想着你到公司来，算你入股，谁承想你这小子志不在此，非要留在你们村里做什么新型基地，也好，这么年轻，想做的事就要去做，实在不行还有我能给你兜底呢，快去吧，别误了车。"

话说完，贺全洲的司机也到了，站在门口等着并未上前。

袁景以为自己有很多话，可到这时候还是匮乏得不行，转身前又看了贺全洲一眼。

他很感激，能在这样灰暗的时光里有这么一位亦师亦友的长辈在他身边提点指引，一个人摸爬滚打太久时间了，似乎早就习惯黑暗，稍微温暖一点的光和人掀开那厚重的窗帘，他便无所适从。

下午两点，平芜按时走进阶梯教室内。

课程已经过半，最后一小节理论知识讲完后就剩下实操部分了，按照进度是板栗常见的病虫害识别以及防治，她把书放在讲桌上就直入正题。

"危害板栗的虫害主要有栗大芽、金龟子、天牛、透翅蛾、栗实象虫、介壳虫。

"病害主要是板栗溃烂病、根腐病、白粉病、煤烟病和炭疽病。"

平芜点开多媒体的遥控器，把课件里的照片一一放大："这是这几种病害发病时的照片，大家可以先简单看一看，对于这几类病害应该做到及早防治，在发病时就做到对症下药，根据板栗的物候期不同，防治以萌芽期、新梢生长开花期、果实发育花芽生理分化期、果实成熟期、落叶休眠期五个不同时期分别进行防治。"

她让开屏幕，向外站了站，才发现后面没拉窗帘，阳光直射幕布，上面的照片根本看不清楚。

几乎就是在意识到这一问题的下一秒，平芜将视线对准最后一排的某个位置，往日戴着鸭舌帽安安静静坐在那儿的人今天不在。

"需要拉窗帘吗，平老师？"倒数第二排靠近过道的一个大叔举手向她提问。

平芜又看了那个空着的座位一眼，这才微笑着点点头。

对方起身，窗帘很快被拉严。

短暂停滞片刻，平芜收回那道视线，清了清嗓子后继续讲课："对于病害的防治主要是有以下几个方面……"

平芜这一堂课讲得很慢，也很细致，快结束时甚至还特地拿出照片一一提问，出乎意料的是，这些台下看起来有些年纪的村民代表都有着超出她预期的表现。每次上课提早赶来不说，学习态度更是无比专注，她分散着逐一提问了很多，还包括前期的一些知识，竟然无一例外都回答正确了。

越是这样，她便更对那个唯一旷课的学生生了气。

她有点费解，虽然自己很不想承认，可她确实好奇袁景，好奇他旷课的理由，更好奇他现在到底在做些什么。

自从回了燕北，她似乎就一直陷在这种迷惑缠绕的怪圈，疑惑他所有看起来令人不解的所作所为，像一道风一样突然刮到你身边，结果你还没想着拢紧衣服保暖，人家就又一次悄无声息地离开了。

下课时平芜没着急走，坐在讲桌的座椅上翻出包里的手机，培训会开班之前县里特地拉了一个大群，为了通知协调时间，所以要求每个人都进去，平芜想着袁景或许会在里面，于是点开界面置顶的群聊，在那一百多个特色鲜明的头像中逐一查验。

从头看到尾，最后她也累了，手机一扔不再执着。

他总是这样，习惯半途而废，更习惯不声不响地消失。

她也早就习惯了。

/第二章/
空白旧书

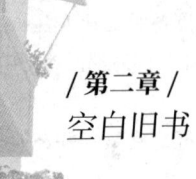

神佛不常出现,可他的救赎似乎一直都在身边。

袁景抵达京平时天已擦黑。

外面华灯初上,高铁站前的广场人群熙熙攘攘,他随手拦了一辆出租车就直奔医院。

到病房时姜顽正坐在床上喝汤,塑料碗里漂着一小层油花的骨头汤放在支起的小桌上,拿着勺子的手背上插着留置针,原本粗壮的肌肉在此时显得有些刺眼。

"姜顽。"

眼前的一幕远比视频冲击力更大,袁景脚步发沉,语气尽量轻松一点。他知道疾病对人的打击是无形的,所以在这一刻他使自己看起来跟从前见他时一样。男人们情绪内敛,很少在人前大悲大喜,真有眼泪也往心里流,他这时候就有点鼻酸。

"你怎么来了?我不是说我没事嘛。"

姜顽愣了下,放下手里正在喝的汤,四目相对,病床上光秃秃的他率先红了眼,他干笑一声,眼眶里的晶莹也随着跳了跳。

"你跑这儿来找我,谁给我开出租车啊。"

袁景僵硬地扯了下嘴角,含糊着跟他玩笑:"出车能挣几个钱啊,你赶紧治好回家帮我,还等着你为建设新村出一份力呢。"

他们两个谁都清楚,此时过分刻意的玩笑不过是掩饰彼此的拙劣表演,可就算如此,他们俩也还是心照不宣地演下去了。发小的默契就是这样吧,对彼此的所有痛苦心知肚明,却仍然愿意配合着你让彼此宽心。哪怕,只是那么一小会儿也好。

"你放心,我肯定回去,到时候我就住你新房子里,把你最大的那间房间让给我住,我可以白给你干活不要工资。"

姜顽依旧笑着,继续跟他说这些没头没脑的话题,只是话到最后,他将头低下避开他的视线,袁景的那双眼是绿洲亦是熔岩,他只看一眼就能轻易被灼伤,男儿有泪不轻弹,他想给自己留一个体面。

可再怎么藏也藏不住他语气里的颤音,他明明觉得自己可以忍住的,或许眼前这个人是袁景,他在他面前总是会输。

"你这个人就是太操心了,我好得很,你看看不缺胳膊不少腿的,不过就是化疗嘛,没什么大不了的,隔壁病房那个十五岁的小姑娘人家都比我坚强,我肯定也能行。"姜顽絮絮叨叨,到底还是没能遮住悄声滑落的泪滴,他伸出手擦脸,自己都没注意到手有些抖。

袁景拿了床边柜上的纸巾抽出几张递给他,看他这样,他胸腔那股悲伤也快要溢出,若不是正赶上打完热水的姜阿姨进了屋,袁景觉得他恐怕也要忍不住。

"小景啊,这大晚上的你怎么从燕北过来了?"

姜淑华一夜间苍老了很多,早年丧夫独自劳苦了半辈子的她总算能在儿子身上得到些慰藉,好不容易日子好过一些,马上也能看着他成家,谁承想他们母子的命运竟然这般曲折。

"我不放心姜顽就过来看看。"袁景走上前,很自然地从姜淑华手中接过热水壶。

姜淑华空着手走到病床附近,拿了把椅子放到袁景跟前:"你坐,别站着。"

"我坐了一下午车,现在也坐不住,您歇歇吧,今天晚上我陪床。"

姜淑华余光里看到病床上姜顽掩面擦泪的动作,再看向袁景时也红了眼:"小景,我正好有件事还不知道该怎么办,姜顽那套在永郡花园的房子,你看看能不能挂出去卖了,我们俩现在也回不去,之后就回村里住,这套房子也就没用了。"

"那,姜顽他……"

"他用不上了,这个婚也结不成了,总不好拖累人家女方。"

姜阿姨再说话时已经坦然,是彻底接受了现实,可姜顽视线躲避,背对着躺在病床上不发一语。

这套婚房当初还是袁景陪着他一起签的合同,在燕北县最好的地段,是视野开阔的大平层,周边的医疗、教育配套设施也完善,那天姜顽特别开心,指着沙盘上属于他的那一小块告诉袁景:"从此以后,哥们就有家了,我这楼层跟倩倩的生日还是同一个数字,你赶紧抓点紧,争取早点结婚跟我当邻居。"

场景历历在目,他的话也清清楚楚,袁景沉默许久,想到这儿不免有些心酸。

到这份上,谁也不会劝他留下那套房子,生命面前,一切身外之物的财产都显得无比苍白,只是日益延缓痛苦的救命药水,再多金钱也抵挡不了意外。

末了他答应下来,在病房里只剩下他们两个人的时候,袁景把揣在兜里的那张卡轻轻放到姜顽枕边:"卡里有七十万,你先用着,不够再跟我说,你给我好好治病,有什么药都要用最好的,我会抽时间来看你,你也得好好保重你自己。"

姜顽抬手拒绝,话音轻颤:"我说了不要。"

袁景早料到他这样,开口问起一件很多年前的旧事:"咱俩九岁那年,都到十一月了我还没有合适的棉裤穿,每天穿着那条破了洞还露一截腿的保暖裤冻得哆哆嗦嗦去上学,你看见我没有,就让姜阿姨给我做了一条新棉裤,那天咱俩站在你家的炕檐下面,看着她往那两块布里絮棉花,当时你跟我说了什么还记得吗?"

姜顽没有回答,任凭眼角滑落泪滴,无声无息。

有回忆涌现脑海,袁景吸了口气,话里掺杂着些鼻音:"你说,不要见外不要客气,我的就是你的。"

他这二十多年来得到的少之又少的温暖是小太阳姜顽给予的,他不想看着自己身边的光一点点黯淡。

连着吊了四天水,平芜咳嗽好了很多。

许是炎症减轻不少,她觉得身体里那点病恹恹的懒怠一扫而空,精神头一足,马上恢复生龙活虎,工作热情空前高涨,丝毫没因为课上少了的某个人影响进度,只不过按照课程要求,培训全程有不认真、迟到、早退乃至旷课的都会影响各村乃至是各乡镇的总成绩。

平芜拿出那张总分表看了又看,最后还是拿笔在袁景名字后面那一空栏里划了一个大大的叉,上学时班主任不厌其烦地讲一个人影响一整个班级的成绩,她这时候才总算明白这句话,只是换谁也想不到,现在这个无故旷课三次的反面教材在学生时代可是名列前茅的好学生呢。

看来这世界上最一成不变的,就是永远在变。

收起那张表,平芜跟着所有的学员移步到县城周边一个还没进行春剪的小栗园里进行实地教学。

从修剪开始,每个人一棵树,修剪前将所有的要点说一遍,再逐一背诵枝条的类型及特征。

她在土地和树木面前永远饱满热情,即使春季风沙遍天,在山上站的时间久了,脸上嘴里都是尘土,可她没有半分偷懒,跟着栗园主人一起查看所有修剪完成的作业,又跟这些比她年长的学员一起爬上爬下地拉枝。

上完这节课后平芜腰酸背痛,内心却有种雀跃欢喜,回去的一路都轻快不已,公交车慢悠悠地绕过城区,远处山边赶上落日,余晖洒进视线里,目光所及都是耀目的金黄色。

好心情终结在王企德突然打来的工作电话,老师和风细雨地通知晚上要去县里开研讨会,并且嘱咐她把整理好的资料也带去。平芜应声答应,挂断电话后在包里翻找了一圈也没看到U盘,心瞬间提到了嗓子眼,仔细回想着可能会落下的地方,最后不得不返回学校查看。

落日下,车流川息,穿着牛仔衬衫的年轻女生提着包从公交车上下来小跑上前。

结果下一秒,她毫无征兆地撞入那道太过熟悉的视线。

袁景伫立在警卫室门前,头发比上次见稍短了些,瞳仁漆黑深邃,原本面无表情的脸在余晖的映照下添了几分柔和。

"平芜。"他先开口,沉沉唤她一声。

他是来跟她解释的,解释自己无故旷课的理由,在来的路上想了无数种方式要跟她说明情况,可真面对她时又觉得无从说起,好像怎么说都像是借口。

"有事吗?"她声音懒散,听起来有些不快。

袁景盯着她此刻微微皱起的眉间,在她眼里看到了一丝不耐烦。

怔愣一瞬,他意识到她如今对自己很讨厌,内心某处因她此刻的神情悬了悬。他很快垂下眼,干涩的喉间溢满悔意:"我前两天没来得及上课,之后我一定不会再缺席了。"

大概是周遭刮起风来,所以他这句话也有些不真切,落到耳朵里只觉得轻飘飘。

不坚定,左右摇摆,像他这个人一样。

"袁景,你这人真挺讨厌的。"

平芜静静看他,夕阳下上扬的嘴角却并不自然。

"我以为我的课你或许能稍微给点面子呢，原来也算不上什么，我到现在才发现你跟以前挺不一样的，明明最烦别人三心二意不坚定，自己却三天打鱼两天晒网，旷课这样以前你最嗤之以鼻的事也做得心应手了。既然参加了培训，为什么不好好坚持？人家比你年纪大了两轮的叔叔阿姨每天都能风雨无阻，你的时间是比别人都要宝贵吗？"

她清清楚楚看到他再抬眼时目光黯淡。换作以往，她这些话是断然不会说出来的，大概是此刻情绪不好，连带着这八年销声匿迹的旧账也都一一算了进来。

袁景哑然，试图解释："不是这样的，我是……"

她嗤笑一声，很快打断他未说完的话："你没理由告诉我你的去向，我只希望你有始有终，无论因为什么原因参加培训，至少要坚持完吧，还是说，你更习惯半途而废然后不告而别啊？"

平芜越过他的肩膀径直向前，冷漠地甩下最后一句话语："这课你不用上了。"

袁景久违地感受到那股钝痛。

因为眼前这道越来越远的背影，太阳穴突突跳了起来。

他后知后觉，突然发现这一幕像极了分道扬镳那晚，只是身份对调，往前走的人换成了她。

他怔在原地，看到她衣角被风吹起，原本挽在身后的发也散落至肩侧，被落日余晖染成浅棕色，她没有回头，快步走上台阶。袁景太过清楚，她这是真的动了气。

但他知道，这都是他活该，根本怪不得她。

或许他根本就不该出现在这场培训会上，他该在重逢那刻就继续销声匿迹。

袁景思绪偏离，门卫室里紧闭的推拉窗户"嘭"一声发出声响，一手端着茶缸的门卫大爷慢悠悠地把窗户推到最后。

他在里面听了半天，耳力不济却心如明镜似的，笑容和煦地趴在窗框上，低声跟他交谈："小伙啊，你也太老实了，姑娘家哄哄就行了，你怎么一句话都不知道说呢？"

他一时没反应过来，回过神看到大爷意味深长的眼这才明白，干笑着叹了口气。

大爷看他不为所动，替他着急，拿了电动遥控把门开到最大，冲他摆手：

"我放你进去,就当没看见你。"

袁景摇摇头,谢过对方的热情好意,到这地步,什么都没必要了。

他转身挪开脚步往外走,低头时看到自己脚上崭新光洁的白鞋踩在这条走过无数次的路上,内心隔了许多个年头感受到她在这一刻的沉重,他确实太没用了,无论是以前还是现在,都一样怯懦无能。

平芜烦躁不已,生怕自己会弄丢东西,毕竟这几天没少上山下地,要真掉在别处就麻烦了。不过她一进门就放下了那颗悬着的心,讲桌上粉笔盒旁边躺着那枚小小的银色U盘,她也是这时候才想起,那天光忙着在群里翻找袁景的联系消息,被他搅得一团乱,所以走的时候也粗心了。

这个人无论过去多久,好像总是能轻而易举将她冷静理智的思绪打乱。

再见袁景是两天后。

依旧是在山上碰的头,赶上声势浩大的植树节活动,调研团队和乡镇的基层工作人员都扎在峪河镇这处尚未栽植的荒山上,埋头拿着锄头耕地种树。

袁景被村主任特意分到跟平芜一组,张五听说他被扣了分,有心求情,希望通过这半天的植树活动能挽回他的课程,别上了这么多天最后连证书也拿不到,一个劲儿在后面推搡袁景让他上前。

平芜穿着笨重的雨靴,向前走的每一步都很费劲。

"就在这儿吧。"平芜选定栽植位置后告诉身后的两个组员,可等她再回头时只剩下拿着铁锹离她不远的袁景。

"张主任呢?"她将手放在额前抵挡刺眼的阳光,开口问。

"去后面拿树苗了,一会儿就过来。"

袁景声音有些哑,往前走了两步在她正对的方向站定,因为身高的原因,他很轻易就替她挡住了阳光。

平芜在他遮挡住的阴影中垂下那只放在额前的手,拿起铁锹准备挖坑。袁景愣了一下,看她手臂动作娴熟地发力,也很快弯腰帮忙,虽然提前清理过杂草也翻过地,但山上的土还是很紧实,平芜有些费力,可他却不到十几下就将树坑挖了大半。

阳光下袁景脊背渐弯,认真的侧脸中她竟看出几分坚毅,平芜看着他手脚并用,用力向下铲后再将土壤抬到一边,动作无比熟练,有那么一瞬间,她其实很想问问他这些年到底都在做什么。

农具都是村民家里的,尖头铁锹上的木柄有了些年头,并不光滑,甚至还有细小木刺,平芜走了神没太注意,再次伸手向下铲土时掌心被小刺扎了一下。

她停下动作，把手举到面前借着阳光去看，很小一根刺扎进皮肤里，估计有一点难取。

"是不是划到手了？"袁景挖好坑后直起身看她。

"不是，应该是有个小刺在我手心里。"她蹙眉，神情专注地用指甲试着往外拔。

"这样不行，应该用针挑。"袁景急忙走上前，也没管两人这时候还没完成任务，伸手抓住她手腕就要带她下山。

他额上出了些汗，周身气息随着风朝她扑过来，明明还没到夏天，可她好像闻到了植物根茎被碾碎的味道，混着飞扬的黄土，是鲜活又蓬勃的气味，令她陌生又熟悉。

平芜被他带出几步，硬生生地停下，回头看一眼被扔在地上的铁锹，光速从他温热的掌心抽回了手："不用了，我一会儿回去了自己弄吧。"她不习惯半途而废，关键的事还没来得及做，不过是一根小刺，顶多刺痛一阵，也没什么。

袁景看她拒绝意味明显，眼中情绪暗了暗，正逢张五跟其他村民提着一大捆树苗走过来了，于是两人沉默着回到刚才挖坑的位置，继续弯下腰低头栽植。

挖坑、栽苗浇水，一上午忙个不停，结束时平芜后背出了一身的汗，她身上到处都是土，雨靴边沿更是泥泞，下山走到村口时张五热情叫她先去家里洗手，一面说一面指向他们面前不远的房子。

平芜笑着答应，跟着张五一起向前走，身后村民拿着农具各自回家，她扫了一圈却没看到袁景。

正疑惑着他的行踪，却在路过的一座老房子的院里看见他的身影。

与此同时，她看到了此刻盖着毯子坐在轮椅上晒太阳、在阳光下面目狰狞的袁向富。他声音不小，指着晾衣绳下晒被子的袁景破口大骂："你小子翅膀硬了是吧，想把我弄走根本不可能，我死也要死在这个家！"

看到院外经过的众人，更是扬起嗓子伸出手："大家快来看啊！我这个儿子要把我扔到疗养院去不管我，你们快给我评评理，有这样对他老子的吗？"

袁向富声如洪钟，一点不像久病中人，越说反倒越激动："是谁把你养到这么大，你要是没老子能活到现在吗，你还要把我甩下，我告诉你，袁野，只要你活在这世上一天，就别想离开我半步！"他早已经没有体面，更不会在意自己儿子在村里的脸，他内心阴暗，自己无法直面阳光，也要拉着别人堕入地狱。

袁景隐忍许久，在听到那句名字后终于忍无可忍，他额角青筋暴出，回过头大声嚷向他，反驳："我不叫袁野！"

他双手死死扣住轮椅两侧的扶手，俯下身看向父亲时眼睛很红，他愤怒着，发泄着，用这一句话来表示他的反抗。

可冷静过后，他平复情绪转身准备关上大门时，却在那一众村民习以为常的面庞中看到了那双不该出现的眼眸，平芜目光澄澈，看他时有些错愕。

那一刻，袁景全身发抖，胸腔一颗悬着的心脏因为各种情绪而翻滚跳动，他手一软，低下头关门时眼里也只剩下绝望。

他的人生早就完了，只是他自己还不想这样接受现实，如今，他终于接受了。

平芜跟着村主任向前走，脑海里却始终是方才的场景。

身后有人小声唏嘘，她听不太清，张五看她神情怔愣，却也不好开口讲起方才，领着她到自家院子里洗了手，又让他媳妇拿了水果给平芜，热情张罗她留下吃饭。

平芜看着跟前穿花布衣服的大婶，笑着摆手拒绝："您家针拿出来我用用行吗，刚才上山的时候扎了个小刺。"

"这有什么不行的。"大婶笑容爽朗，踩着小布鞋快步走到屋里，让她坐在院里凉亭的椅子上，借着刺眼阳光帮她把掌心的刺挑了出来。

平芜不再耽搁，跟两人道过谢后就往外走。

路过那扇严实紧闭却生了锈的铁门，她停下脚步，思虑许久，到底还是伸出手去敲门上对称的铁扣。

"袁景。"她重重拍了几下门，依旧喊着他的名字。

叫到第三声后，嘎吱作响的大门被拉开，不过却是一张陌生的面孔。

小仁看着她，慢腾腾地开口："你有什么事吗？"

"我有事找袁景。"平芜向后看了眼空空荡荡的院里，心念一动，"你让他帮我找根针，就说我有用。"

小仁重重地点了点头，转身向后进了屋。

平芜静静站在门口等着，她没多看这处破败不堪的老房子，好像那样对袁景是亵渎一样，垂下头等他出来，说不出心里到底是什么感受，她只觉得很酸，酸到她连掌心那处破了皮的疼都忘了。

袁景过了好一会儿才出来，他换了件衣服，看起来很新，脸也应该是洗过了,额间的碎发湿漉漉,走到她面前时还能闻到清爽的肥皂香。

可那双眼还是很红,眼皮微肿,但他视线躲避,她也看不太真切。

"给你。"袁景递上手间那根小针,应该是不太好拿,所以他把针插在一小卷线上给她。

平芜接过来,触及他的手时感觉到有些粗糙,他指肚和掌心都有薄茧,这么近的距离看得很明显。

"袁景。"她轻声叫他,对上那双在她面前移开的目光,"那天的事我向你道歉,只要是事先说明事由的请假就不算旷课,我回去会把扣分抹掉。"

这感觉真的很别扭,平芜觉得内心五味杂陈,她声音放到最轻,也不知道这算是安抚还是同情。

"你把手机拿出来,我拉你进到培训班的群里,这样之后的实训课你就能看到课程时间了。"

袁景没说话,看她一秒后很快垂下头。

"不用了。"袁景声音清明,是真的经过了深思熟虑,"谢谢你来找我,这些天的课给你添麻烦了。"

他不想在她面前这么难堪,可还是就这样发生了,跟从前一样,自以为掩饰得很好,可有些东西是怎么藏也藏不住的。他这个人,他这个遭乱的家庭,怎么藏也藏不住。

平芜看着他脊背微弯,再一次走进昏暗敞开的前门。

他此刻的背影太过熟悉,脑海里有什么影子在这一刻重叠,山间滑下的风扑了她满脸,令她不合时宜地打了个冷战。

自那天之后,平芜确实没再见到袁景。

他就这么退出了培训会,一直到三月末正式结束培训也没露面。

这时候的天已经很暖,迎春花悄然开放,春天彻底到了。

平芜给所有学员一一发过证书合影留念,与此同时,调研小队的工作即将结束,王企德一行人不日将返回京平,她也正式入职燕北县的板栗研究所。

临走前一晚,县里组局为这些专家们践行,王企德推托不过,到了饭店看只是特色菜并不铺张便也放下心来,平芜很少参加这样的饭局,她一开始就秉持着话少观望的状态,坐在张哲跟另一个师兄中间一心沉默着吃菜,能不搭言就不搭言,尽量让自己在这一群人中不那么显眼。

出人意料的是,这些人全程没有喝酒,末了还十分尊重地跟她介绍起板栗研究所的所长。

王企德也在平芜端起茶杯时顺势开了口,语气谦逊,极其为她考量:"我这学生一毕业我就带着她,这几年积攒了不少经验,我私心是想让这孩子留在我跟前和我们一起做研究,但是她有她自己的考量,今后就拜托您费心提点了,俗话说,师傅领进门,修行在个人,我今天就正式把她撂在燕北了。"

平芜人正感动着,结果对面坐着的所长也连忙起身向她回敬,言辞诚恳,甚至声称她到这里就是整个研究所的光荣。她这时候才发觉不对,于是趁着众人继续吃饭时找了个空当从包间出来,走到洗手间给平建瓴拨了通电话。

那边很快接通,老平声音一如既往的温柔:"怎么了闺女,今儿可算有空想起我来了啊?"

大理石台面上摆了几盆绿萝,在昏暗的光线下看起来不太新鲜,平芜掬了捧水给叶子上洒了洒。

"爸,我问你个事,你得如实回答。"

平建瓴早已猜到她这通电话的缘由,于是笑呵呵地转移话题:"你还要审问我啊,闺女,你别一打电话就是问这问那的,你也关心关心我成不成啊,你怎么不问问我吃饭没、忙不忙、身体怎么样。"

"您声如洪钟,我听着像是刚吃了三碗饭的样子。"

平芜声音平淡,没再跟他兜圈子,直接问:"爸,您是不是又让人关照我了。"

听筒那边静默一瞬,她更加确定了这个答案。

平建瓴试图让她理解,语气柔和,十分耐心地跟她讲道理:"闺女啊,你这工作东跑西颠风吹日晒的,因为你喜欢,所以我跟你妈从来都是支持你,但是你一个人在燕北,我们怎么能放心得下啊,爸爸好歹在那儿待过三年,捎带手提了你一句,这有什么可大惊小怪的,我又不是让他们给你开后门,你总不能让我看着你一个人在那陌生地方无依无靠吧。"

平芜深吸一口气,看着镜子里此刻的自己:"爸,可我是个大人了,我不想总是受您庇佑。"

她挂断电话,走出洗手间时饭局已经结束,酒店跟吃饭的地方离得不远,王企德看她脸色不对,放慢脚步拉上张哲提议他们仨散步回去。

"平芜啊,别有压力,好好做。

"有什么事拿不定主意还可以问我,不管在哪儿,都要时刻记得你不是一个人,你身后有团队,有领导,更有那些需要我们这些人的无数农户,凡事不要急躁,慢慢来。"

他们这群人的工作不止靠兢兢业业的勤勉才能完成,更重要的,是责任心。

王企德看她心事重重,说到这儿停下来拍了拍她肩膀:"我相信我自己的学生,所以你更得相信你自己。"

平芜重重点头,在这一刻倒有些不舍:"您放心,我绝不给您丢脸。"

只要是想做的事,那就拼尽全力去做到自己能力范围内的最好。

三人边聊边走,身旁是条热闹的街道,经过一家门庭若市的面馆,她闻到一股很久违的辣椒香。

张哲也停下脚步向里面看了看:"来燕北这么长时间了,总听人说板面,这算是燕北的特色小吃吗?"

"燕北可没什么特色。"平芜诚实地回答问题,抬头再看,发现是家很熟悉的面馆,只是换了新店面,名字却始终没变。

她晚上吃的饭并不多,这会儿被屋里飘来的辣椒勾引得食指大动,张哲也是如此,饭局上光顾着人情世故了,哪顾得上夹筷子。

王企德了解这两人,背手站定,读了一遍牌匾上颇有意思的名称,到底给了眼前这两个馋学生一个台阶下:"反正明天也走了,我就跟你们俩一起去尝尝吧。"

得到老师同意,平芜弯弯嘴角走上前为老师拉门。三人一起走进店里,鼻间最先感受到的是挥之不去的辣椒香气,不呛且很好闻。张哲环视一圈发现座无虚席,只有靠墙最里一桌还空着,于是跟前去点单的平芜指了下方向就径直走过去。

刚到附近,一个穿了身黑色衣服的男人拿着瓶冰镇饮料先他们一步落了座,张哲近视眼,看了两眼觉得眼熟却没想清楚到底在哪儿见过,还是王企德目光如炬,一眼认出这是那天在栗园的人。

"是你啊,小伙子。"

袁景闻声抬头,看到王企德后也起身打了个招呼,话刚说完不久,目光瞥到身后平芜端着两盘小菜走了过来。

"是不是没位置了。"她停在桌子附近笑着开口,看到袁景那一刻有点意外,本来想说没位置就算了,王企德却摆手说没事,正好老板娘走过来说可以拼桌，王企德随和地问向袁景介不介意，得到他确切回应后便笑着挪开凳子落座。

四方桌，张哲和王企德坐在对面，她便只剩下袁景身旁的空位。

"那我坐你旁边了。"平芜先放下盘子，微微俯身问了句袁景。

他看了眼对面戴着眼镜的张哲，收回视线后缓慢地点了下头，挪着椅子往里坐了坐，给她留出了一块很大的空间。

张哲看他俩一来一回，打量袁景许久，想了好一会儿总算恍然大悟——算不上的前男友，他笑容爽朗："你跟平芜很早就认识啊？"

他随口一问，可这话落到袁景耳朵里似乎多了点旁的意思，他不知道眼前这个人跟平芜是什么关系，怕人误解，于是直截了当地开口："高中同学。"

王企德也有些意外地看了一眼平芜，目光里似乎在问她为什么不早点向他介绍。

"原来是同学啊，你好，我叫张哲，是平芜师兄，身边这位是我们王教授。"店里人多，面条上得慢，张哲极其自来熟地跟袁景聊得火热。

"所以你家就是燕北的，那你是大学毕业就回来了吗？"

袁景停顿一瞬，对上张哲视线，浅笑着摇摇头："我没上大学，一直就在家里这边。"

他语气平淡，只是闲聊的状态，平芜却眉间一凛，转头看向他此刻棱角分明的侧脸。

张哲意识到自己不该问这句话，可是现在说什么都晚了，幸好面条这时候也被老板娘端了过来，他能暂时从眼下这个尴尬的场面逃出来埋头吃面。

"你看起来很像是我们的同行。"最后还是王企德夹了两筷子面条后，云淡风轻地揭过方才的话题。

袁景笑了笑："您抬举我了。"

张哲大快朵颐，吃了几口面后抬头看向平芜："这家店真不错，你应该早点带我跟老师来尝，要不然就吃不上了。"

"这种小店我带师兄来，岂不是显得我不太尽地主之谊，而且这一个月太忙了，等下次？再来燕北我给您做个攻略。"平芜淡声回答，手上筷子正在挑她碗里多余的辣椒。

明明知道自己没立场，袁景还是问了这样一句没头没脑的问题："你们要走了啊。"他用的是肯定句，一说出来就有些后悔。

大概是屋内有些热,他思绪也不太清楚了,可他并没吃辣,这会儿冷静得很。

所幸平芜并未看他,自然也不知晓他在等待她回答这一刻时眼底一闪而过的惆怅。

"嗯,明天就回京平了。"她随口回答,并没有思考他这句问题其实并不合适。

袁景胸腔微涨,似乎还想说点什么,但是手机铃声却在这时突然响起,他走出闹哄哄的店面接通,十分钟后结束通话返回时先到前台结账。老板娘看他拿出手机扫码,告诉他已经付过了,他回过头,看见他们三个这时候正在往外走。

"平芜。"袁景推开玻璃门走出去,叫住她。

平芜停下脚步,目光在他手机上停了一下:"怎么了?要把刚才的面钱还给我?"

她笑了下,看到袁景因为她这句话也扬了下嘴角,明知道他不是这个意思,可是平芜还是不愿意好好说话。她甚至玩心大发,从包里翻出手机,顺便把微信添加好友的二维码亮了出来:"也行,那先加个微信吧,省得我找不到人。"

明明是句玩笑话,可她说出来的那一瞬间,两个人的心都沉了沉。

袁景沉默片刻,轻声回答她:"好。"

平芜看着他低垂的眉眼,自己都没发觉正在盯着他看,直到手机里添加好友的提示音响起才回过神。

与此同时,她看到手机里他的头像,那是一张有点模糊的风景照,深绿色的群山中,照片右下角是个穿了白衬衫的少年的背影,那阵子她痴迷拍照,偷偷拿到学校后几乎是抓到谁就拍谁,这张算是偷拍,所以拍得不好。

她顿了顿,似乎没想到他还留着这张,嘴角笑容突然僵硬。

只能淡笑着敷衍一句:"想不到你还挺念旧。"

袁景对这个问题不置可否,耳尖的一抹微红却在这时候出卖了他。

"这是我拍的照片,你经过我同意了吗?"平芜放大看了一眼,话里话外不难听出调侃。

她觉得他今晚挺新鲜的,两个人几乎说了重逢以来最多的话,路灯昏暗,她沉默着对上他的目光,看着他在光下更显深邃的眼,袁景喉结微动,很不自然地别开了视线。

过了好一会儿，他才一字一句地纠正："但是里面的人是我。"

言外之意，这还是他的照片。

平芜看他这样，到底忍不住笑笑，她眼睛生得很漂亮，只是静静注视着，便觉其中是浩瀚星海，引人沉溺，更不要说此刻因为明媚笑容而渐弯的眉眼。

两人视线短暂交汇，袁景抿了抿唇，神情认真："平芜，祝你今后一切顺利。"

他知道她也要回京平，所以才这么坦然地拿出手机加她的微信，他明白他们不会再见，纵使知道她那句话里是十成嘲讽，可他还是这么做了。在她面前，他永远都有无法说服自己的私心意愿。

尽管，他现在的行为看起来还是很混乱。

"你是在跟我告别？"

袁景诚实地问："你明天不是要回京平了吗？"

平芜一瞬不瞬地望着他，过了好一会儿才回答："我没说我要走啊。"

袁景顿了顿，眼里闪过不确定的迟疑："所以还有工作没完成吗？"

"那不然呢，难不成是为了你留下来吗？"

她反问一句，说完这话后笑容更盛，可他却像是被人戳破心思一样难堪。他试图解释，脸上的表情极不自然，平芜余光瞟到前面走着的两个人已经离她很远，抬手看看时间也已经很晚，没再跟他聊下去，摆摆手跟他再见。

"跟你开玩笑的，我先走了。"

她走得很远时又回头看他一眼："袁景，下回见。"

袁景驻足良久，看着她的笑容似朗月清风，柔和又不留痕迹地在春日里轻拂周身。这一刻当即映到他脑海，挥之不去的，是她在夜风中清晰的脸。

这一晚入睡前，他躺在床上捧着手机将她微信里不到十条的朋友圈翻来覆去看了个遍，甚至只是一条转发的链接也要打开把里面分享的文章从头至尾细细读一遍，这种心情很难形容，又或者说自从跟她重逢，他内心里就有无法言说的悸动和感触。

时间接近凌晨，袁景下床倒水时瞥见窗外夜空中的星星点点，到底难得没有像以往那样失眠。

神佛不常出现，可他的救赎似乎一直都在身边。

翌日平芜起了个大早，先去送行，回来后准时到研究所报到。

赶上周五，所里除了实验室的人都下乡了，所长江清河亲自带她熟悉环境,把还在所里的同事一一向她介绍,最后才领她到了她的办公室。

"我们的工作节奏应该比京平好很多,白天能完成的事,我都不太会让大家加班,当然,特别忙的时候也是挑灯夜战。今天时间比较赶、人又不全,等过两天稍微不忙了给你开个欢迎会,大家一起热闹热闹,以后工作上有什么事尽管开口,我也会组织所有一线的研究员多跟平老师学习,咱们一起进步嘛。"

江清河看起来四十左右,人很精神,虽然梳着显老的背头,却跟单位里长期坐办公室的人区别很大,谈吐儒雅,说话随和,同样是衬衫扎进皮带里,他没有人到中年不得已露出的啤酒肚,反而因为脸上的笑容为他增加了几分人格魅力。

平芜听到最后不自觉地摆了摆手:"我来也是跟大家学习的,您叫我名字就行。"

"那好,反正你有什么问题都可以随时找我,对了,你是不是还没有住的地方呢?"江清河问。

平芜点点头,这些天太忙,租房子的事被自己抛在脑后了。

"咱们所给外地员工分配了单人公寓,就在旁边小区,你今天没事的话先去安顿一下吧,我让人带你过去。"

江清河很耐心地跟她讲,话音刚落又转头喊了声。十几秒后,她隔壁办公室的门被打开,一个跟她年纪差不多梳着麻花辫的姑娘走到他们跟前。

"小向负责带你过去,今天你先安顿吧,好好休个周末,下周一咱们准时开工。"

"好的,谢谢您。"

江清河交代完就走,背着手消失在走廊。

等他走出很远,站在她身旁的姑娘主动伸出手:"平老师你好,我叫向菁菁!"

女孩子一张娃娃脸,眼神明亮地瞧着她。平芜被这清脆且热情的声音感染到,心情也不可控地明媚起来,尤其看到眼前向菁菁俏皮的穿搭,一条嫩绿色的半身裙搭配浅色衬衫,她在燕北很少见到这么鲜艳色彩的衣裙,觉得原本死气沉沉的深色办公室里都添了一抹绿色。

她笑了下:"菁菁你好,别叫我老师了,叫我平芜吧。"

向菁菁性格开朗,第一面就觉得这个平芜跟她投缘,带她去公寓的这一路上说个不停,越聊越起劲。平芜难得遇见这么自来熟并且不讨厌的人,她在她语气过快的话中猛然想起上一次让她有这种感觉还是大二那年接新生遇见的方植。

那一位也是像她这样,喋喋不休却又热情洋溢地告诉她每一个她并不好奇的问题,唯一不同的是,向菁菁比方植讨喜,女孩子总是更愿意亲近女孩子的。

所里分配的宿舍是标准的单身公寓,三十几平方米,一室一厅一卫,屋内只有几件简单的家具,几乎是她在京平时房子的零头,好在方便整洁。

"你这间可是最好的了,听说一直空着也没有人住过,你要是住进来还都是新的。"

向菁菁关上门,眼里毫不掩饰地露出羡慕。她是隔壁苹县人,考到燕北研究所也是费了很大的力气,她原本觉得她在楼下的公寓不错,可现在跟这位的一比,简直天差地别,虽然都是一样的格局,但是她那间住到她的时候已经是第三个人了,墙上的壁纸都污了很多。

"还行,我可以再重新布置一下。"

平芜环视四周,脑海中已经有了一个初步的想法,冰箱买一个,沙发也得换新的,她对环境不挑,虽然在家里是掌上明珠,但出来后一点都不矫情,学这个专业后更是大风大浪都见过了,没什么不能吃的苦,只是她在安稳的工作里更要求自己的生活质量。

向菁菁有点惊讶她这时候的话,从上至下打量一下她的穿搭,视线定格在她手上的包后,将心底那句尚未说出来的话收了回去。

时间快到中午,平芜以麻烦她为由邀请她一起吃午饭,也算是熟悉熟悉。

向菁菁爽快答应,跟她推荐了自己认为不错的一家火锅店,等两个人打车到了地方,平芜发现这是陈路嘉的店铺。

不过她忙着筹备婚礼没在店里,所以平芜也没打电话麻烦她,按照向菁菁给她推荐的一一点了单。

研究所下午事情不多,平芜整理完之前还没收尾的数据,突然想起来自己落了点事,于是拿起手机在购物网站上一一下单需要的家具用品,她记性不太好,买到一半截了张图给陈路嘉发了过去。

"怎么突然买这么多东西?你要在燕北长居了啊!"陈路嘉立即给她打来电话,十分好奇。

平芜无奈,轻声跟她解释:"所里分了一个宿舍给我,什么东西都没有,我这不得慢慢添置嘛,但是我在这方面没什么经验,你再帮我想想有没有什么落下的。"

"你这都挺全的了啊,冰箱、茶几、沙发还有书柜,好家伙,你这跟留在燕北也没什么区别,一个宿舍用不着买这么多东西吧?"

陈路嘉认识她不是一天两天了,不管什么时候都佩服她那不食人间烟火且财大气粗的魄力,到什么地方都得先把自己安顿好了才能好好工作,换成其他人,谁会在意自己下班后的那几个小时啊,都是怎么凑合怎么来。

"好歹要住一年呢,不舒服不行。"这是平芜最基本的要求了,尽管她有时候也觉得她自己三分钟热度,之前到各地调研时再糟糕的宿舍也住过,可到了燕北自然是不一样的。

"也是,衣食住行都很重要,要不然明天我陪你逛逛吧,咱俩去家具店里看看,你在网上订了也不是这么快就能到的。"陈路嘉想了想后跟她提议,最重要的是,她明天要去试婚纱,平芜不打这个电话,她也要找她的。

平芜听她这么一说也觉得有道理,随即答应下来。

也确实,有些日子没见到她了。

一个月以来,这是平芜第一次休息。

紧绷多日的神经得以松散,她这一觉直接睡到了上午九点。如果不是陈路嘉连续打来电话,估计她还能继续睡下去,挂断电话匆匆忙忙下床洗漱,拿了件新衣服就出了门。

太阳很好,周遭空气里都是清新的花草香,燕北四季分明,春天短暂但温度很舒适,她最喜欢绿色,觉得这时候不冷不热的气温刚刚好。

陈路嘉在车里等她许久,看她走出酒店后降下车窗示意,平芜朝她挥手,很自然地开门上车。

"你昨天是几点睡的,起这么晚?"陈路嘉贴心地把带来的早餐递给平芜,弯腰替她系上安全带。

"别提了,最近都没睡过一个整觉,昨天还算早睡呢,估计是这阵子折腾的。"

平芜打开纸袋,是肉松三明治和酸奶,微微温,估计是等她时间太长了,她揭开保鲜膜咬了一口,问:"你从哪儿买的?"

"我做好带给你的,猜到了你不吃早饭,要是太凉了就先别吃了。"陈路嘉发动汽车,转头看她一眼。

平芜确实没有吃早饭的习惯,工作以后把早上这顿省略成午餐了,大多时候喝杯牛奶糊弄过去,有时候不吃也不觉得饿,今天应该是起得早,也或许是陈路嘉厨艺一流又加上了解她的口味,她最后把一整个三明治都吃完了。

陈路嘉定好的婚纱店离平芜住的酒店不远，周末城区车多，晃悠二十分钟到了地方。小县城就这点方便，稍微好点的商场和铺面都密集建在一处，不太分散，所以很快能到。这家婚纱店是去年新开的，对外宣称对标中高端顾客，店里装修也很考究，婚纱风格种类很多。

店里没什么客人，四五个店员一齐跟在她俩身后，陈路嘉事先选了几件自己喜欢的备选，不过再看到店里新上的婚纱后又有些眼花缭乱。

"平芜，你说我选蕾丝的还是带钻的？"

她思绪游离时，陈路嘉突然抓住她的手，指向面前最近的两件。平芜抬眼细看，都是裙摆很大的花苞款，看起来差不多，以她的喜好，肯定是缎面，但想到陈路嘉是酒店婚礼，所以还是伸手指向了带钻的这件。

店员眼疾手快地拿下来，带着她进到里面的试衣间，平芜顺势坐到外面的沙发上，陈路嘉隔着一道围帘跟她讲起自己的近况："说实话，筹备婚礼真是一件累死人的事，我有好几次都烦得不想结婚了，你说我是不是有点婚前焦虑，这两个月都没怎么睡好，脾气一点就着，稍微有点气不顺就得跟梁兴吵上半天，哎，你说人为什么要结婚啊，是每个人都有属于自己的报应吗？"

平芜闻言笑了笑，觉得她说得有点夸张，但是对于婚姻，她也没什么发言权，感情史几乎是空白的人没资格跟一个即将结婚的人分享自己的感受。

末了，她温声宽慰："你这话可不对，梁兴多好啊，你俩这初恋修成正果，再焦虑，那别人还过不过了？"

"初恋算什么，我觉得我俩现在有点七年之痒那意思了，说实话，感情都大差不差，只不过谈到我俩这阶段，已经成了不可推卸的责任了。"

陈路嘉说话间已经换好，拉开帘子走出来，身边三个店员弯下腰帮她整理婚纱。

平芜眼睛亮亮，起身笑着跟她说好看。

店员站在一旁也夸起陈路嘉的身段，边说边把她垂在身前的头发往后拨。

陈路嘉站在镜子前看了看，心满意足地提了提裙摆，而后对上身后目光明亮的平芜，到底还是没忍住问了她的个人问题："话说你这几年，有没有遇见过什么还算看得上眼的人，家里催不催你结婚啊？"

怕问得太直接，所以她每说一个字都在仔细观察平芜的表情，其实没什么必要的，认识这么多年，即使没天天联系，也依然是什么都能说的关系。

平芜想也没想就回答她:"没有,看谁好像都差点意思,可能我要求太高了?"

陈路嘉笑了笑:"你要求高再正常不过了,我要是你啊,我就把眼睛放头顶上,就照最好最帅的挑。"

说起这些,多大的人也避免不了少女心性,陈路嘉讲到帅哥突然亢奋,连忙跟她讲起自己最近新追的一个男演员,末了还似安利一般,拿出手机给她看壁纸。

"怎么样,我新墙头,是不是特别有少年感?"陈路嘉一脸骄傲,站在一旁的店员也抿嘴笑了笑。

平芜看了两眼,赞同地点头:"还行,可是你别忘了你结婚了,再这样我告诉梁兴了。"

"我就是认识梁兴太早了,我俩但凡不是初恋,估计早就无疾而终了,你有没有听过一句话,初恋直接影响你以后的择偶标准,其实他上学那会儿也不是很帅,但你就是觉得,谁跟他比都好像差了一点。"

人的感情实在奇怪,爱的萌发更是没有任何道理,陈路嘉语气平淡,平芜听完后却顿了顿,她思索片刻有些感慨:"其实我也没觉得自己有什么要求,这些年好像丧失这个想法了,内心里只有一个念头,感情这样的事如果不是自然而然地发生,只是单纯为了结婚或者是到了年纪,掺杂太多外界因素,反而没什么意思。"

或许是她理想主义,也可能是情感洁癖?平芜归根结底还是觉得自己有问题,很难喜欢上一个人,可如果真的喜欢上了,便再难转圜。她有时候也觉得是袁景的原因,如果这人当年不在她的青春里那般浓墨重彩,说不定她也能轻描淡写地忘记过去。

"有件事我一直没告诉你,其实我回燕北的第一天就遇见袁景了。"

陈路嘉惊讶地转头,脸上不难看出意外:"那他,他现在在干什么呢?他一直在燕北吗?"

平芜在脑海中想了一下这几次见到他时的场景,她摇摇头,到底没说出个确切的回答。

"不知道,应该是吧。"

这八年里,她不止一次问过自己,如果有机会再遇到袁景,会跟他说什么?是不是要先骂他一顿顺下这些气才行,就像电视剧里消失几年的爱人再相遇时的质问和歇斯底里。可她没有,他们不是爱人,她没有任何身份去支撑她的质问,她想了无数种情况也没预料到这一种,她最怕的就是这样的情况，她以为自己已经释然忘记，事实却并非如此。

有些东西藏得深，全挖出来还得费些时间。

陈路嘉选完婚纱后直接带平芜去了自己常去的家具店。

"你这宿舍又住不了太久，买点看得过眼的就行了，要不然到时候倒腾起来麻烦。"

平芜想了想也是，只要方便顺眼就行，所以进店后按照自己的喜好随便选了选，店主服务态度不错，问了她的具体地址后告诉她下午就能送。

累了一上午是彻底逛不动了，两人不约而同按照就近原则找了家馆子，吃过午饭后陈路嘉又送她回了酒店。

平芜短暂地睡了个午觉，快到三点时拿上公寓钥匙出门。

令她意外的是，酒店门口街道处的树荫下，站了一抹熟悉的身影。男人长身玉立，似乎比从前更高了些，纯白色衬衫在影影绰绰的阳光下有些刺眼。

像是瞥到她身影，袁景很快走了过来。

他在她对面一米的位置站定，声音温和："上次你落了东西在村里，村主任让我拿给你。"

是她找了好几天也没找到的手表，平芜原本想着找不到就算了，原来是那天洗手的时候摘下来了。

她从袁景手里接过，再把手表戴上后抬眼看他，目光里多了点审视："你有事找我怎么不发微信啊？"

他很轻地笑了下，看着她那只红色表带将她本就细白的手腕衬得像玉一样，视线短暂停留便移开。

"我发了，但是你没回。"

平芜这才后知后觉地打开微信，确实有几条红标信息，她挠了挠头："好吧，我刚才睡觉来着，没看见消息。"

袁景缓慢地对上她的视线，这表不便宜，估计也就是她丢了这样的东西还丝毫不在意。

"没事，你收到就行了，我先回去了。"

平芜点点头，却在这时候接到了家具店送货工人的电话，她迟疑几秒，在袁景还没走远之前将他叫住。

下午太阳很烈，可她却一点不觉得热，时不时吹起的风刮乱她头发，平芜故意把脚步放慢走到他面前。

"开车了吗?"

袁景以为自己听错,过了几秒才微微颔首。

再之后,他听见平芜一反常态地说:"那你送我一段吧,我直接打你的车。"

她表情认真,应该是有什么着急的事,他听见她接了个电话。

袁景拿出车钥匙解锁,带她一起走到街道边停着的一辆黑色越野车旁,平芜有些迟疑地看着他,站在车前一直没有上车。

"你那出租车呢?"

袁景拉开车门,轻声替她解惑:"那不是我的,是替一个朋友开了几天。"

他的车里很干净,没有任何多余的东西,平芜拉上安全带,觉得鼻间萦绕着一股青草香气,可是他并没有挂任何香薰,那气息似乎更像他这个人,干净、清冽。

这感觉熟悉又陌生,更有一点很难言明的别扭。

袁景问完她地址后就不再开口,一路沉默,平芜恍惚间觉得自己真是打了辆出租车。

不过这样也好,他们两个似乎也没办法真正平静地坐在彼此身边畅谈,彼此心里都有那么一个过不去的地方尚未转弯。

平芜偶尔将视线从窗外绿化带里繁盛的迎春花中移开,短暂地向驾驶座上的袁景投去一道不易察觉的视线。

他开车安静且缓,不会心急地加速插队,遇到堵车也不会不耐烦,这样平和温暾的人,表面上看,性格跟高中时几乎没怎么变,到底是经历了什么样的事,才会忍无可忍歇斯底里地将那些怒气暴露在众人面前呢?

她想不通,可她心里的天平还是无条件偏向袁景,倒不是因为过去的那点私情,主要是她高中时亲眼见过袁向富的无赖行为,平芜内心鄙夷且替袁景抱不平,这样自私自利的人,是没资格做一个父亲的。

平芜走神这会儿,袁景已经把车开进了小区大门。

他放慢车速:"几号楼?"

"八号。"平芜因他这句话清醒,伸手给指了指方向,"左边的这栋。"

袁景把车开到单元楼门口,只是前面停了一辆货车,平芜急忙解开安全带,绕到车前跟在台阶上坐了有一会儿的两个送货师傅率先致歉:"过来的路上耽误了几分钟不好意思,我家在六楼,咱们先搬沙发吧。"

两个师傅都很好说话，看她到了也就起身上车卸货，动作麻利，一点时间也没耽搁。

袁景听不太清她在车外说的话，但看眼下的场景也明白了，于是把车开到停车位里，直接下车走到她身边。

"你不忙吗？"平芜看他折返，疑问道。

他神色平淡："你一个女孩子自己不安全，我等他们搬完就回去。"

话已至此，平芜也没再让他离开，袁景考虑周全，甚至在她没开口前就主动帮忙，跟着师傅们一起搬运了沙发和书柜，又在人走后蹲在玄关处帮她组装被遗落下还未成型的鞋柜。

他专注时默不作声，平芜无端想到上实践课时老师让她们到地里除草时所说的眼里有活，他大概就是那类人，干什么事好像都很认真。

"应该不难吧？"她拿起说明书看了一眼，看不明白后又主动扔在地面，怕袁景搞不定，所以又给他留了个台阶，"你要是搞不定，我打电话叫师傅回来。"

袁景拿了工具在拧螺丝，按照说明书上的步骤一一组装。

"这不难，你去歇会儿吧。"

他抬头看她一眼，四目相对，两人都突然安静下来。

大概是屋里太小，平芜觉得空气有些稀薄，明明不热，她周身的毛孔却好像都在出汗。

末了她搬了把椅子放到袁景跟前，转身背对时伸出手在脸颊两侧扇了扇风。

这才四月份，室内明明是阴凉的。

二十分钟后，袁景把鞋柜摆放整齐后告诉她好了。

平芜从沙发上起身，走过来看到他额头上起了一层汗，几乎是下意识拿出包里的纸巾递到他面前，在他接时又觉得应该要倒杯水给他喝，结果脚还没挪，就突然想起这屋子里的东西还不齐全。

"你渴不渴，我去楼下商店买瓶水给你。"

她说完就要越过他出门，袁景在她走到身侧时伸手拉了下她手腕："不用，我这就回去了。"

他掌心温度很热，隔了层布料却也很清晰地向她传来，她心悬了悬，低下头看时他正在慢慢松开。

袁景清了清嗓子："我洗下手可以吗？"

平芜侧身让开，又打开一旁洗手间的门让他进去。

水龙头的水流很大,冰凉的液体灌满手心也没能完全降温,袁景搓了搓手,匆匆洗了下就出来。

他也觉得方才自己有些鬼迷心窍,简直没有一点逻辑和理智。

因为刚才这点细小变化,两人心中都有些说不清道不明的情况在。

平芜送他下楼,沉默许久,在他拉开车门那刻又叫住他:"袁景。你有时间吗?我请你吃晚饭。"

大概是觉得自己说得有些急切,平芜又急忙找了个无法反驳的理由,她笑了下:"就当谢谢你刚才帮我忙。"

袁景侧过身看她,落日余晖下,她微微泛红的脸在阳光下更显生动,眼中能看到的情绪都是柔和的,他应该答应她,他更求之不得。可他就在这时候突然接到了小仁的电话,袁向富又在折腾了。

"对不起啊,平芜,我这有点急事需要处理。"

他挂断电话,眉间无意识皱起,是很为难又苦恼的神情,虽然也只是那一瞬间。

"那你去忙吧,不用对不起。"平芜很快回答。

袁景跟她说了句再见,上车后又带着歉意看了她一眼,这才慢慢驱车离开。

平芜站在原地看着那辆车越来越远,抬头看到天边壮丽斑斓的晚霞,在这一刻突然想明白了。

何必呢?一本遗失了八年的旧书,即使书的封面没有变,可书里面的内容是不是从前的样子,谁也不敢保证,人生又有几个八年可以让她浪费,有句话怎么说来着,相逢不如怀念。

峪河镇离燕北县区很远,袁景家所在的小石村又在镇子的最里面,最快车速也要开快一个小时才能到,这几年国家政策好,多远多偏的村子都重新修了路,清一色水泥路铺到地面,再也不是小时候的黄土漫天。

这条路他走了许多遍,小路两旁的山更是翻过无数遍,记忆里上小学那会儿他就要跟姜顽翻过眼前的这座山,那时候山上栗树不多,满目绿色,却都是些说不上名字的植被和野树,每每经过,身上都要被刺槐扎过一身,如今再抬眼,周遭是随处可见的栗树和尚未种植的农田,这季节树还未发芽,黑色枝干挺拔地伫立在山间,像是永远不会弯下的脊梁。

他在那树的姿态中,找到自己生活乃至人生的意义,他想要堂堂正正,顶天立地地活着。

袁景进屋前特地调整过情绪，他早就习惯了，所以即使推开门看到地上一片狼藉后也只是见怪不怪，可他在看到小仁惊慌失措站在一边，脸颊上还有明显撕打的伤痕时彻底忍不下去了。

袁向富半躺在床头，看见他进屋，直接把床头柜上放着的饭菜通通扔到地上。

"你还知道回来啊，你心里有我这个老子吗？"

"你把这么一个半脑壳扔下陪着我，这就是你做儿子的责任了？"

袁向富声音越发尖锐，伸手指向此刻还要蹲下身收拾地面的小仁。

袁景深吸一口气，走上前拉住小仁让他站起来，他轻拍他手臂让他离开："我买了你爱吃的水果在车里，你拿下来都放到咱们冰箱里。"

小仁点点头往外走，关上那扇嘎吱作响的门，屋内光线变得昏暗，漏洞的木板上微微透出几道不明显的光线，袁景站在屋子中间，盯着墙壁上因为糊了很多年而泛黄的报纸，以及他小学时得过的，如今已经碎成角的奖状。

他坐到床边，平静地对上袁向富那双阴郁发怒的眼。

"我应该有什么责任？你不是成天说我是野种吗？你还想要我给你什么责任？你欠下的那些钱我一点点帮你还完，我牺牲我自己未来几十年的人生在这儿陪你耗着，我还要有什么责任，难不成要我每天把这个羞辱折磨我的父亲寸步不离地带在身边吗？"

他从未说过这样的话，即使这些字眼袁向富每时都在骂，可他这些年从来没像这样在他面前自轻自贱。今天或许是掺杂了些别的原因，他一见到平芜就不免又想起从前，想到袁向富贪得无厌的嘴脸。

"小仁跟你没有任何关系，你要发疯你要折腾也犯不着去为难他，你作践我一个人还不够吗？还是你想要把我也逼死最后没人给你送终？"

袁景声音很淡，话里几乎听不出任何情绪，可他再看袁向富时，眼里已经没有畏缩和恐惧了。他本来也不会恐惧的，袁向富站不起来了，就不会像以前那样在他说出违背反抗的话语后伸出那双大而有力的手重重打他，他不会再像一个孩子那样躲在年迈的爷爷身旁，他永远都不会再经历过去的那些痛苦了。

袁向富哼哧哼哧出一口气："你别以为我不知道你的心思，那天那个人我看见了，她是你高中同学对不对？"

他笑着，上扬的嘴角是毫不掩饰的鄙夷和嘲笑。

"袁景，都这么多年过去了，你还惦记着这块天鹅肉呢！

"你怎么不撒泡尿照照你自己，看看你自己现在什么样，你以为你挣了点钱你就比别人高出一等了？"

袁向富怎么会忘记当年挺身而出借钱要他别再骚扰袁景的小姑娘，他当时还觉得他儿子有本事，这么一个木头葫芦似的人竟也有人喜欢，所以毫不客气毫无脸面地登了人家门要攀亲，他到现在还记得，那两位待人真诚知礼的父母在看到他那刻的错愕，可他们到底还是没把他打出去不是吗？虽然腿是在那天没的，但他这么多年都未曾后悔。

袁向富看袁景不说话，支起手微微起身，嘴角依旧是那抹轻蔑的笑。

"我告诉你吧，你这辈子都是穷命，这辈子都配不上人家一根头发丝！"

袁景沉默许久，直至听到床上袁向富打起的阵阵鼾声。

他弯下腰，捡起地上一一散落的物品。

再出门时天已经彻底黑了，村庄掩在错落的群山之间，高耸的山峰挡住最后那一点微弱的光线。不知道是不是因为路灯太少，他总觉得乡下的夜晚更静谧幽黑，没有流光溢彩，只有伸手不见五指的黑暗。

幸亏他早已经习惯，走多了也就能在夜晚中辨清方向了，更何况，两座房子本来就离得不远。

袁景回去后直奔二楼卧室，拿了压在枕下的一本书就要走，失眠到了一定程度，如今只能借助外力入睡了。

"哥？"小仁听见他上楼梯的脚步声，开门从隔壁的房间走了出来。

"你是回来拿药吗？"他从上至下看袁景一眼，目光停在他原本应该拿药瓶却换成书的右手。

"你放心，从今以后我不会再吃那药了。"

袁景笑了下，上前把他披在肩膀的外套往上提了提，声线温和："你早点睡，晚安。"

小仁反应过来，懵懂地点点头："那就好那就好，晚安。"

袁景替他关上卧室门，下楼前在半开着的书房门前停下脚步。

吊灯垂坠的明亮灯光下，他清楚地看到书架正中摆放着的，在黑夜中点点幽光流淌的金色奖杯，过往的记忆在这一刻涌入脑海。

那只垂在身侧的手动了动，到底还是没有进去。洁白的墙壁，年少时他梦寐以求的书房，这处新房里有他所有的理想，可他仍觉得自己一无所有。

拥有的，都将会失去。失去的，也终不会再回来。

周一上班前,平芜把留在酒店的所有东西悉数搬到了公寓。

彻底收拾好后,她坐在沙发上看着眼前被自己布置得焕然一新的温馨小家,到底是心满意足地舒了口气。她这人在工作里吹毛求疵,生活里也是差不多的,从小到大最忍受不了的两个字就是将就,所以无论到哪儿都得把自己这个窝整理好,哪怕从前下乡的时候只有一个床铺,她也要把床铺得柔软舒适。

只有休息好才能好好工作。

八点半,江清河召集所有人到大会议室开会。

正式会议开始之前,平芜在江清河的示意下见缝插针地跟大家做了个自我介绍,全所人不太多,全部到齐也只有不到五十个。

有人开会时喜欢磨磨蹭蹭,一句话能说完的事他能跟你说三句,一个月的工作计划他能从今年聊到明年。江清河也是如此。平芜从头至尾坐在椅子上快一个小时,唯一深刻感受到的是,他这个"长话短说"可是真长啊。

"我们下一步的工作重点仍是全县板栗增产丰收,以及选育新的优良品种进行改革。

"今天先分到各自包干的乡镇去检查各村春剪完成度,为了之后的嫁接做好准备。"

总算熬到结束,平芜跟着大家一起鼓掌。

人群渐散,她拿上向菁菁给她的工作证正准备离开时,主位上一直没动的江清河开口叫她:"小平啊,你是不是还没有具体负责的乡镇呢,既然你一开始调研跟进的就是峪河镇,那你就还去这里吧,小石村的栗树不少,你可以这一周抽时间慢慢看,我让小向跟你一组。"

平芜一瞬间没反应过来,想了一会儿才想起这好像是袁景他们的村子,于是点头答应,跟着向菁菁一起出了门。

室外太阳刺眼,到处桃红柳绿,研究所门外两侧的海棠开得正好。

向菁菁轻车熟路领着平芜走到研究所外面不远的公交车站,边走边跟她解释:"咱们所的车太少了,所以我们下乡从来都是公交车,现在各村线路都开通了,比较方便,平均一小时就有一辆。"

平芜站定,看了下后面站牌的线路图,这条以研究所为起点通往峪河镇的"乡村专线",原本就是为了那些出行不便的老人设定的,整条线不过十几个站点,距离确实不算离得太远,不过她心里还是觉得出行有些耽误时间。所以买车这件事暂时提到最近的日程上。

"你们以前平均一周下几次调研?"平芜问。

"板栗研究所跟其他的不太一样,我们忙都是有节点的,每年三四月修剪嫁接的时候平均一周有四天都在乡下,六月份栗园除草的时候就好一点偶尔去看看,最忙的时候是八九月,跟农户一样,他们打成熟板栗,我们要去计算今年的果率。"

向菁菁说到最后,把头上戴着的棒球帽向上调了调,她弯弯嘴角,在迎面照耀的太阳下有些好奇地问她:"听说你是京平农科院的,留在京平多好啊,为什么要调到这么一个穷乡僻壤的地方啊?"

平芜佩服她的直率,闻言也轻扬嘴角,对上她百思不得其解的眼,想到去会议室之前路过其他办公室时听到的对她的谈论,故意玩笑着:"当然是为了来镀金的。"

这话是别人形容她的,如今自己说出来倒也觉得还好,并没有像听到的那般刺耳。

正逢公交车停在两人面前,平芜先她一步上了车,向菁菁快步跟在她身后,穷追不舍地落在她旁边的座位。

"你可别把他们说你的话安在自己身上,这群人年纪大了,因为学历不够评职不顺,稍微看到一个优秀点的年轻人就眼红得跟什么似的,我没有要误解你的意思,你不想说也可以不说,只是想不明白,如果是我的话我才不会来这里呢。"

向菁菁快人快语,平芜想了一下自己来这儿的理由,好像又觉得没什么原因,沉默片刻,最后说了句模棱两可的回答:"其实在哪儿都是一样的,工作都差不多,如果要说原因,那就是我对燕北有执念吧。"

大概是中途横生的故土情怀,可她不过也只待了三年,真要说的话,可能是因为见证过从前的贫困,所以更加希望自己所学能为这里带来改变。至于离开京平,也有考虑自由的因素在。

十一点半,平芜跟向菁菁准时到了小石村。

她们俩兵分两路不想耽误时间,向菁菁去村委会告知,平芜则是直接上山进了栗园。上次来是半个月前,交叉纷乱的枝条经过修剪后显得无比整齐,就连山脚下过密的栗树也加大了修剪力度,仔细看下来都是符合标准的。

临近清明,村里拿花祭奠的人不少,田地里偶尔隆起的坟堆因为各色鲜花的装饰在远处看也像一座座小山丘。春季护林,防火是重中之重,虽然去年县里连上了卫星,高清摄像头下,上坟烧纸的人少了大半,可还是有不听劝的老人无所顾忌。

没想到下山时还真被她遇见了一个。

"您这样不对!"平芜看到一旁地里跪着准备点燃纸钱的老人,开口制止,觉得自己词穷,目光瞥到道边树上挂着的红色条幅,继续劝,"现在是防火期,禁止一切野外用火。"

对方斜着眼淡淡看她一眼,话里很不耐烦:"你这娃起开,我给我自己家人上坟碍着你什么事了?"

老爷子说完很快转过头来继续,拿了根棍子在坟前画了个圈,腿边捻起几张纸放在打火机上点燃。

他嘴里念念有词,平芜听不太清,应该是所谓的风俗习惯,可是后面是满山的栗树,要真起了火,那后果不堪设想,何况很多山林起火都是因为烧纸。

她心下一悬,因为感受到突然刮起的风有些明显,目光紧盯着眼前的这点火苗,生怕会被刮走。

"二爷爷!"

身后有道声音响起,平芜转头去看,袁景正快跑着上前。

老爷子原本平静的脸突然着急起来,像是怕他一样,把手里还剩下的一沓没烧的纸钱全部放到一起点燃,因为太多了,也正逢刮起的大风,突然将烧了半张的纸钱吹到别处,平芜心惊肉跳,抄起跟前的棍子追着那点火苗跑到一旁的山坡上拍灭。

袁景总算跑到两人跟前,话里都是着急和生气:"您怎么说话不算话呢?不是说好了在家怎么又跑出来了,现在有规定,不能烧纸钱。"应该是跑得太快,连尾音都沙哑起来。

"我是答应你了,但你爷爷昨天晚上给我托梦了,他说他在地下没钱买酒喝,让我给他送点钱。"老爷子拽着袁景的胳膊站起身,仍不死心地狡辩,"我好歹跟你爷爷认识了这么多年,他都这么说了,你说我能不来吗?"

袁景无奈,弯腰拍了拍他膝盖上的土:"我爷爷可不喝酒。"

"那是以前他舍不得,要把买酒钱省下来给你,现在看你也用不着他操心了,那还不能在底下享受享受自己的生活啊。"

老人家讲起"道理"来根本无处可辨,袁景只得蹲下来看着最后一点纸钱慢慢成了灰烬,这才彻底放下心来。

他再抬眼看到平芜,她手上还拿着棍子站在矮处的山坡上,他想到方才过来时她情急之下快跑上山的样子,目光停留在那根棍子上,不由得笑了下。

换回八年前,他无论如何也想不到并且不敢想她以后做的工作会是这样的。

袁景走到她跟前,踩着一块石头伸出手扶她:"没吓着吧?"

平芜停顿一瞬,把手放在他手腕处支撑着走下来,也笑了笑。

"怎么了?"他有点疑问,对上她直白的视线,脸上竟有点不太自然,"是我脸上有东西吗?"

平芜摇摇头:"我笑每次见你都在山上。"

都是一副蓬头垢面,又沧桑局促的样子。

没有影视剧里故人重逢的诗情画意,只有脚踏实地的人间烟火。

"小景,这闺女谁啊?"

三人一起下山往村口走,老爷子看着平芜走到两人前面,拉过袁景到一旁低声问他。

袁景侧耳倾听,瞥了二爷爷一眼不想回答,直接把他刚才说过的话一一又扔回给他:"你刚不还说人家多管闲事吗?"

"你这孩子,我那话都是随便说说的,要问你点什么真是费劲。"老爷子生气地把他胳膊松开,放快脚步走到平芜跟前。

他笑得慈眉善目,跟方才在坟前掷地有声的顽固老人简直不是一个人。

怕突然问显得冒失,于是他轻声开口:"姑娘啊,你是干什么的,不是我们村的人吧。"

"我是研究所的,来看山上的栗树。"平芜说。

"哦,那是好单位。"老爷子点头若有所思,看到身后马上跟过来的袁景,心念一动,"那你认识我们小景吗?"

平芜干笑一声,刚想回答是同学,但老爷子没给这个机会,忙不迭开口:"你多大了,结婚了吗?"

袁景听这话茬不对,急忙跑上前,扶着二爷爷的胳膊径直拉着他往前走。

"马上要吃午饭了,我二奶奶还在等您呢!"

他声调上扬,听起来十分急切。平芜看着他半拉半扶着把人从她跟前带走,又一次被眼前这个场景逗笑。

等两人走出大老远,袁景这才松开手。

"小景,你这是干什么呀?"

袁景很认真:"二爷爷,您这是干什么,怎么遇见谁都要跟人聊几句我。"

"你这都不懂？"

二爷爷微微瞪大眼睛瞧着他，袁景摇摇头，明知道他的意思也不想开口。

"我看这姑娘长得不错，跟你年纪也相近，所以就问问她结婚没，你也不小了，别一天到晚瞎忙活，这要是在我们那时候，你都二十七了还不结婚那就只能打光棍了，你爷爷都着急了，他说你这辈子要孤苦无依了。"

袁景无奈地笑笑，苦恼地搓了搓脸："他又托梦告诉您的？"

"那可不。"

"那他没告诉对，他应该给我托梦告诉我。"

话说完，他径直往前走，身后老人看着他这副死猪不怕开水烫的样子连连叹气。

打光棍就打光棍吧，毕竟时代也不同了。

/第三章/
殊途，同归

幸好周遭人声鼎沸，能稍微掩饰心底的兵荒马乱。

平芜下山后直奔村委会，她走进院里时向菁菁也正好出来。

"我跟村主任说过了，下午咱们俩去看后山那片栗树就行。"

向菁菁看了下手表，觉得自己耽误了时间不好意思，明明是要两个人一起却让平芜自己先看完了，于是俯到她耳边跟她讲起逗留的原因。

"刚才有老人申请五保户，村主任自己弄不明白电脑，我帮他录入的信息。"说到最后又跟她强调，"我可不是故意偷懒啊！"

平芜觉得她直爽可爱，自己完全没想到这一层，于是开口回答她："没事，你要不说我都不觉得你耽误了。"

两人相视一笑，张五从屋里出来看到平芜也在，热情地邀请她俩留下吃午饭。

倒是难得默契，两人同时开口回绝不用麻烦了。

向菁菁来的次数多，对峪河镇早已经了如指掌，拽拽平芜衣袖低声告诉她："外面镇子有家馆子特别不错，我领你去，不过咱俩得借个车。"

这么说着，她早已经瞄到院里停着的一辆电动车，于是伸手指了指，笑着看向张五。

"张叔，我俩去镇上吃个午饭，能不能借用一下你的电动车啊？"

"你骑吧，等我去给你拿钥匙哦。"

张五去屋里拿了钥匙递给两人，向菁菁插上钥匙对平芜拍了拍后座。

"你会骑吗？"她走到车前，犹豫几秒，到底还是迈腿坐上去了。

向菁菁笑着："电动车有什么不会骑的，你别耽误时间，晚了吃不着好吃的。"

平芜看她这么说也不再质疑，调整好坐姿，伸出手拽住她腰两侧的衣摆，向菁菁一路聒噪，跟她讲起自己之前来这儿的经历。她坐在后座其实听不太清，偶尔看向道路两旁变绿的柳树，人间四月天，太阳正好，风也柔和，平芜伸出手感受着，觉得心情特别好。

向菁菁诚不欺她，表面上看起来是个蝇头小馆，却把普通的家常菜炒得很好吃。平芜原本因为天热没什么胃口，到最后却把碗里的饭都吃光了。最后向菁菁拿了两瓶冰镇老汽水，打开瓶盖后放到她跟前。

"咱俩得庆祝一下，这以后就是下乡搭子了。"向菁菁朝她举起玻璃瓶。

平芜放下筷子，拿起汽水跟她碰杯，颇为认同地点点头："好，那咱俩下午好好干，争取早点回家休息。"

话说到这儿，她俩也不想再耽误时间，歇了不到十分钟就准备回去，结账的时候向菁菁先她一步扫了码，义正词严地说上一次就是她请的，这次换她来。

平芜笑了笑，又把手机揣回兜里。

回去的路不像刚来的时候顺利，镇子里一月一次的集市经过一上午已经没什么人了，摊贩们吃过饭后装箱整齐开车回去，本就狭窄的柏油路因为这些货车变得拥挤。

向菁菁大概是有些冒险主义精神，看不得其他车在她前面，一路简直快要把那辆慢吞吞的两轮电动车飙成摩托车，幸亏电动车怎么拧都是慢的，不过平芜还是下意识在她身后攥紧，连连提醒她注意安全。

"你放心吧，我这水平特别好，绝对不会不安全的！"

结果下一秒，在即将进村的岔路口，向菁菁因为太颠簸没止住刹直接连人带车扑倒在了地面。

平芜大脑空白几秒，反应过来后赶紧把车支起来，忍着脚上被压的疼痛，扶完车又去扶已经呆滞的向菁菁。

"你没事吧？"

她从上至下检查了一下，向菁菁看起来没什么外伤，只是自己右手掌心被磕破了皮，靠近手腕处沾了土的伤口正在流血。

向菁菁这才反应过来，后知后觉地发现自己有些腿软，看到平芜手上的摔伤后更是一脸愧疚："啊！你手在流血，都怪我。"

向菁菁自知惹祸，再没了刚才的豪言壮语，肉眼可见地变得慌乱。

"车好像没事，我去找张叔承认错误，要不你还上来，我带着你去消毒？"

平芜安慰她没事，但也不敢再上车了，摆手让她先去，自己走路进去。

"你能行吗?"向菁菁皱眉看她。

"能行,你快去吧。"

这一天简直精彩,平芜拍了拍衣服上的土,又气又笑地往村里走,只不过还没走到村委会,就在半路上遇到了袁景。

他视力很好,一眼看到她衬衫上的污渍,以及身下不太灵敏的脚。

"你摔倒了?"

她还没回答,这人就像风一样到她跟前,再一抬眼,便能看见他认真微蹙的眉眼。

"手都流血了,怎么弄的?"

袁景神色慌乱,有些着急地拉过她胳膊查看,其实并没有那么严重,但他脸色沉了下来,伸手拉过她就往前走。

平芜觉得这场景有些熟悉,就像上午他拉那位二爷爷离开一样。

"哎,哎,我的脚。

"袁景,你走太快了。"

她开口提醒,自己都没注意这句话无比熟悉,脱口而出那瞬间愣了愣。

他也突然回过头,手上没松开,声音却不比刚才:"脚是不是也崴到了?"

平芜也不太确定:"就是有一点疼,可能是被车压了一下。"

袁景瞪大双眼:"车?"

"不不不,是电动车,你想象力还挺丰富,要是汽车,我现在还能活生生站在你面前吗?"她急忙开口反驳。

袁景有些哭笑不得,自知说不过,便放慢脚步带着她往前走。平芜也不再别扭,大大方方扶着他,路过一座跟周围朴素民房格格不入的白色别墅,她侧过头好奇地看了一眼。

袁景带着她进去,两人穿过宽敞的庭院,推开前门进客厅,他扶她坐在沙发上,自己则是转身去储物柜里拿了医药箱过来。

"这是你家啊?"平芜看他拿了碘伏棉签坐到她旁边,后知后觉地问了句。

尽管是无关痛痒的话题,也总好过什么都不说。

袁景"嗯"了一声,抬起她手腕给她消毒,两人离得太近了,平芜觉得他指腹的温度越发灼热,可随着棉签落在伤口上的,还有他很轻很轻的呼吸。

平芜噤声,静静看着此刻在眼前放大无数倍的认真面庞,她应该移开视线的,大脑清明的思绪让她在这时候不去看袁景,可她的眼却不听她做主,窗外有风刮得树叶微微作响,她荒芜许久的心脏某处突然过了一阵细弱电流,只是一刹。

"回去以后别碰到水。"

袁景贴好创可贴后很快蹲下身来:"我看看你脚腕严不严重。"

他神情认真,看她没反应后又一次抬眼对上她视线,轻轻唤了声平芜。

"啊?"她怔怔回过神,完全没听清楚他在说什么。

袁景不厌其烦地又重复一遍,平芜这次总算听清楚了,提起裤脚露出一小截脚腕。

他专注地看了看,没发现红肿,只是破了层皮,于是拿了云南白药给她喷,并没伸手去碰。

似乎有阳光照到他侧脸,她看到他耳尖微微泛起了晚霞的颜色。

"好了,我没事了。"

平芜察觉到他低垂的目光,松了裤脚盖住轻微破皮的脚腕。

其实本来也不严重的,她觉得疼,应该也是一时间没有缓过来而已,倒不至于伤到骨头,只是腿软行动不便,原本没想麻烦他的,却就这样撞见了。

还是村子太小的缘故。

"谢谢你,我得先走了。"

她从沙发上起身,袁景也条件反射一般站起来扶她,手伸到一半,才意识到她这会儿不需要他的搀扶了。

袁景收回顿在空中那只手,再看向她时已经恢复自然。

"你要回县里吗?要不我开车送你吧。"

"不用了,我还有点工作没完成呢,我跟同事一起回去就行。"

平芜说完后径直往外走,正逢手机铃声响起,向菁菁找不到她了。

"我这就出去,你等我一下。"

袁景看她熟练地接电话回答,在她推门前先一步走到她身后替她把门打开,跟在她身后护送一路到外面的小道上。

向菁菁的视线在两人面前转了转,很机警地捕捉到一些不易察觉的故事。人跟人之间的氛围是很神奇的,有时候不在交谈和距离上,就像他们两个现在站得并不近,甚至给人一种刻意疏远的陌生感,可向菁菁就是无比笃定,这两人绝对不一般。

果不其然，等她告诉平芜下午她自己上山让她休息平芜却拒绝时，站在一旁沉默的袁景到底还是没再安静下去。

他转头看向平芜，满脸不可置信："脚都伤了还要上山？"

平芜很认真地点了点头，她觉得她们俩一起比较快，而且向菁菁自己拍照肯定忙不过来。

"你是不是觉得自己脚好得太快了？"

袁景对上她执拗的眼，眉间有一缕苦恼将他笼罩，意识到自己这话有些过分，他将语气放缓："我替你去，你别上山了。"

平芜觉得他有点莫名，刚想说不用，结果他已经很自然地背对着她们两个往后山的方向走了。

她小跑两步跟上他，拒绝得很快："不用了袁景，我们要去看枝剪程度，你能看得懂吗？"

这话一出，他突然停下脚步。

"也是。"

袁景转过身避开她的视线，罕见地牵了下嘴角，只是那笑容里却有几分苦涩。

是的，他根本帮不上她什么忙，反而还给她徒增麻烦了，他早该清楚自己现在是什么样子的，却还是一次又一次，无法控制不对她关心。

"那你忙，别再受伤了。"

平芜点点头，叫上向菁菁一起背对着袁景往后山走，这场面有点分道扬镳的意思，向菁菁扶着她的胳膊频频回头。

末了，她笑意颇浓："真没想到他原来是这样的人。"

平芜有些疑问，向菁菁主动跟她讲起以前见过袁景的情形，最后又补充了一句："性格太高冷了，不爱说话，看着也冷冰冰的。"

平芜闻言笑了笑，下意识地为他正名："他以前就这样，其实性格挺好的，只是慢热。"

跟板栗很相似，外皮布满密密麻麻的细刺，轻易不肯开口，只有足够熟悉了，才会发现内里蕴含着像珍珠一样宝贵的褐红色果实。

向菁菁意味深长地看着她，露出一个总算被我猜对的神情，亮晶晶的瞳仁里都是熊熊燃烧起来的好奇心，不过她到底没有多问，闲聊两句就进入工作状态，到山上后让平芜找了个阴凉空地休息，自己则是拿着相机逐一拍照记录去了。

下午将近五点钟，两人拖着一身疲惫回到研究所。

办公室里的人陆陆续续都在下班,该回家的回家,该接孩子的忙着接孩子。平芜在电脑上整理了今天的下乡记录,写到一半有人敲了敲她办公室的门。

她转头一看,竟然是平建瓴站在门口。

"爸?"她突然精神起来,十分错愕并吃惊,"您怎么来了?"

平建瓴温和地笑了笑,给自己找了个看不出破绽的绝妙理由:"到隔壁县开个会,正好路过燕北就想着来看看你,你妈让我给你带了些薄衣服,在门口的时候碰见你们所长,就顺便进来看看你的工作环境。"

其实他是怕他闺女因为上次的事生气,所以特地过来的。

平芜关上电脑走到他跟前,平建瓴虽戴着眼镜可还是第一时间看出她此刻的狼狈。当父母的都这样,在孩子面前无比敏锐。

"你这手怎么了?还有这脸,怎么感觉灰扑扑的。"

平建瓴仔仔细细、从头至尾看她一遍,原本因为见到闺女而开心的脸却在这时候变了变。

"我下乡来着,摔了一跤所以脏了点,还没来得及回去收拾。"怕他担心又说起调回京平的类似话语,平芜连忙挽起平建瓴的胳膊往外走,"您还真是及时雨,正好我饿了,赶紧带我吃点好的。"

父女俩各怀心思,彼此心知肚明的话没有说出来,平建瓴看她执着,也不好直接干涉,到底选了家最好的餐厅。

饭吃到一半,平建瓴放下筷子给平芜盛汤时试探着开了口:"闺女,爸能不能以朋友的身份问你一个问题?"

平芜听着这过分熟悉的话茬,猛然想起自己上学时在书房写情书被他发现的场景,当时她以为平建瓴会生气,会口不择言地教育或训斥,可他没有,非但没有责怪她一句,反而还跟她一起看了那封情书,点评说她文笔不错,只是最后的最后跟她说了长篇大论的"不是时候"。

她现在都还记得那天老平的话,他说爱很美好,可以你们现在的年龄还无法守护。

平芜的思绪短暂游离,回过神时平建瓴正在看她。他目光睿智,隔着一层镜片对上她那双跟自己极为相似的眼,试图想以一个过来人的心态看出她深埋不言的想法,可是她自己不说,他也不敢确定。

过了好一会儿,平建瓴才沉下声音问她:"你申请调到燕北,是不是有过去的因素在?"

这话一出,平芜沉默了。

她鲜有这样说不出话来的时候,这一刻,再说什么好像都显得苍白,她自以为掩饰很好的小心思其实早就昭然若揭。

"我跟你妈始终不同意你来这儿,先不说你在这一个人,就说说你这成天上山下乡的工作状态,今儿摔了明个又受伤了,我看你都提心吊胆的,闺女,这样辛苦没必要。"

表面上看,平建瓴对这个唯一的女儿算是有求必应。平芜从小到大一直温顺听话,遇到什么事都想着跟他们商量,唯独这次工作调动,是她自己先斩后奏的决定。当时汪敏得知消息后没压住火,母女俩大吵了一架后母女俩到现在也没有联络。

平建瓴虽然比妻子好说话,却也想不通平芜这迟来的叛逆,思前想后,不过是从前的原因。他想劝女儿回去。

平芜看了看面前已经快放凉的汤,思虑再三后坚定地开口:"爸,这是我自己的决定,我认定的事无论别人说什么都没用,您可以不支持我,但我不会轻易放弃的。"

话已至此,平建瓴也不好再多说了,纵使他内心不愿也只能答应。

她要追求人生价值,那就随她去吧,可身为人父心疼孩子,总想要让她活得更轻松。

吃完饭平建瓴换了辆新车送她回公寓,司机开着另一辆商务车跟在车后一直到了小区楼下。

"这车给你的,有车你下乡也方便,手续都办好了,车里还有几张加油卡你记得用。"

平建瓴停好车把车钥匙交给她,声音一如既往的温和,他常年拿笔画设计图的手掌粗粝宽厚,从掌心传过温热,在她幼时,这双手无数次牵着她上学,摇摇晃晃走路摔倒时最先抱她起来,抹去眼泪。

平芜想到这儿有些感触,伸出手抱了平建瓴一下。

"老平,你怎么这么好。"

平建瓴笑着推开她的手臂:"多大个人了,我不对你好对谁好啊,再说了,你爸我不是一直都这么好?"

平芜松开手,嘴角翘起来:"您可真自恋。"

借着路灯的光仔细看了看这辆车,她在车上的时候完全没注意,如今环顾车外一周却觉得好像有些扎眼。

"您随便买一辆给我就行,干吗还选这么好的?"

她倒不是觉得受之有愧,只是不太方便罢了,天天下乡尘土飞扬的,再好的车也经不住。"

平建瓴听了这话有点生气,曲指轻轻弹了她额头一下,笑嘻嘻地纠正道:"我闺女就得用最好的。"

省着被某些不知天高地厚的傻小子惦记,得让他们知道,他闺女不是什么人都能追得上的,当然,这是平建瓴的私心之语,他唯一担心的,不过还是怕她惦记着从前的那些事。年少时的执念若没能很好地得到化解,便会一次又一次地反复试探直到结束抑或是重来。他必须从一开始就制止这种不理智的感情。

但这些话他没说,嘱咐平芜几句注意身体,从后备厢拿了她的衣服后就让她上楼,一直看着平芜进了单元门后好一会儿才回到车上。

平建瓴坐在宽敞的车后座沉思片刻,等了许久的电话终于在这一刻打了过来。

"我替您打听过了,袁景一直就没离开过燕北县,从高中毕业之后就到处打零工,最近在筹备跟栗洲集团合作有机板栗基地,应该就住在村里。"

车窗被降下一点,平建瓴顺着灌进来的风往外看:"那社会关系呢,结婚了吗?"

听筒那旁声音模糊,他又将车窗关上。

平建瓴不愿做狗血电视剧里的那一出棒打鸳鸯,可有时候,人避免不了要违背自己的内心。

四月中,所有的枝剪检查告一段落,平芜下乡的次数也开始减少。

但她在所里的工作却突然忙了起来。

江清河也不知道是念着她从京平农科院下基层又或是觉得她专业性强,总而言之,稍微重要的大事小事,几乎都指名道姓要平芜亲自执行,正逢所里培养许久的新改良品种板栗苗即将投入实地应用,她忙得天昏地暗,从实验室出来又要去所里的试验田实地考察,为即将进入农户栗树上的嫁接码子计算成活率。

几天下来,平芜甚至找到点从前的工作状态。

不过,她也遇到些苦恼的事。

自她那天无意把车开到所里之后,原本说她"镀金"的那几个同事似乎变本加厉了。

"这所里又不是只有她一个人,凭什么都交给她啊,大家人人有份,没道理人家吃肉咱们连汤渣子都喝不着吧。"

"哎哟，你可别说这话，人家背景那么硬，有朝一日直接在这儿升职当主任也不是不可能，再说了，咱们没工作就歇着呗，正好早点下班去接孩子。"

"你们都没看到她的衣服和包吗？就说她每天戴的手表，一般人能为了这几千块钱的工资到这儿来吗？而且她的车比咱们所长的贵了好几倍，不是镀金谁信啊，咱们这代人啊可是完了，比上比不了勤奋，比下比不了投胎，只能慢慢混日子了。"

女厕所最后的一个隔间里，平芜坐在马桶上清清楚楚地听到了来自一门之隔长吁短叹的议论。她抬手看了看自己的手表，嘴角漾起一个无奈的笑。

末了，她起身用力按了下冲水按钮，推开门慢悠悠走了出去，洗手池旁站着的三人回过头面面相觑，在不间断的水流声中各自移开视线。

平芜没说一个字，脸上甚至看不出任何表情，打开水龙头仔细洗手，擦完手后将纸巾扔到垃圾桶，像没看见这三个人一样，比起不屑，她目光里更多的是不在意。

本来就没什么好在意的，她越争执想要自证，反而陷入内耗自己的圈套中，不如左耳朵进右耳朵出，毕竟这些话也算不得什么。

她不理会，向菁菁却是个直性子，虽然跟她认识时间不长却仗义得很，在办公室里听见点什么风吹草动就直接开始还击，口齿和条理清晰出众到平芜佩服不已，一个脏字不带却里里外外把人骂了个遍。

平芜心里感激，但还是跟她说了自己不在意。

向菁菁一开始以为这大小姐有受虐症，性格懦弱，直到那天在大家一起讨论"山地栗园选取合适的嫁接方法"的论述会上，她被故意为难，被人提出过于刁钻的问题，结果非但没被噎到反而字字珠玑用自己过硬的专业理论彻底堵上了那些人的嘴。

甚至平芜还主动请示费力不讨好的新品种下乡的推荐会，用实际行动证明她不是要在这儿抢谁的功劳，而是发自内心地想为板栗栽植的农户们做一些实际的事。

"山地一号算是咱们研究了好几年的新品种了，所里的各项实验数据和生长情况也都表明这个品种具有很强的抗旱性和不错的丰产成果率，不过农户们接受新鲜事物的态度可能是超乎你们想象的抗拒，他们多数只相信自己种了几十年的树，即使那些根本算不上是什么好的品种，所以这个事还是挺困难的。"

江清河实话实说，散会后只留下了平芜和向菁菁。这两人年轻又聪明，还都是高才生,虽然他私心里并没有管什么所谓的背景和人脉,不过在驭下之术上也多有自己的考量,培养新人是要的,做出成绩也是重要的,所以他选来选去都还是这两个人最合适。

专业还有干劲儿,最重要的是,精力旺盛,他们干这行的就需要这种打了鸡血的精神程度。

但他也得做好万全之策,毕竟这事儿太容易搞砸了。

"你们俩好好想想,怎么样用最简单的方式让这些农户不仅接受咱们的新品种,还要争先恐后地抢,必须让他们知道只要用了咱们山地一号的码子,就肯定能长大枝多结果。"

江清河说完后自己也觉得这有点难,他了解那些种植时间长了的农户们,都有些冥顽不灵,对专家们的建议更是不屑一顾。他不能一来就让人碰大麻烦,以后知难而退了他就没法开展工作了。

思前想后,他笑了笑:"算了,这事还是得咱们大家一起来。"

平芜皱了皱眉,极力争取:"别啊,所长,我尽力试试,等下星期陆续开始嫁接了我就拿着咱们的码子到各村去。"

向菁菁也点头,一副舍命陪君子的坦荡神情:"是啊,我跟平老师先试试,就先到那几个野生栗树最多的村里推荐去。"

这事儿就这么定下了。

谷雨一过,原本稍微安静了些时日的群山和农田再度热闹起来。

这时节温度正好,春季树体汁液流动,栗树开始萌芽,是最合适嫁接的时候。

嫁接是板栗丰产中最不可或缺的一环,顾名思义,是将两种不同的植物体合并在一起,通过创面紧密结合使它们在体内互相生长,相互依存,形成一个新的整体。

在专业上来说,嫁接不仅能促进树木的生长发育,提高其抗逆性和适应性,更有助于优化栗树种植结构,通过合理运用技术,可以实现不同品种乃至不同特性之间的优势互补,形成多样化种植,提高效益和果树质量。

平芜起了个大早,在食堂随便吃了一口后跟向菁菁一起搬了两大桶湿润的接穗苗,等她把那堪称像缸一般大的白色塑料桶放入车后备厢时,脑海中第一时间的想法是感谢老平。

幸亏是越野车,不然断断放不下这样惊人的东西。

"你这车跟着你可是太糟蹋了。"向菁菁拿了湿巾递给她擦手,看她把所有接穗苗都整理好后感叹了一句。

平芜不作回应,抬抬下巴示意她上车,等两人都系上安全带,她打开手机地图开始导航。

"咱俩先去哪个村?所长说都是野生栗树的那个村叫什么来着?"

"牦岭沟,在隧山镇那边,有点远。"

平芜不太确定,向菁菁直接伸手在她手机上输好又放回到支架上,隧山镇偏远,土路更是坑坑洼洼,汽车颠簸一路,才总算抵达山间下的稀疏村落。

村口有棵粗大柳树,不太忙的老人和妇女们拿了板凳在树下乘凉,平芜停好车,把一桶接穗苗先搬到这里,又回车里拿了一沓所里事先印好的推荐手册。

一开始大家以为她们是来卖树苗的,所以都好奇地围过来看,直到平芜发了手册介绍她们俩来自板栗研究所,这群原本颇有兴致的大爷大妈便黯然失色,连连背手往回走,甚至还把手册放在板凳上充当垫子去坐。

平芜无奈,闻声赶来的村主任笑容和善地走到她俩跟前,带她俩上山时讲起这些树的历史渊源。

"我们村原本就不丰产,这些栗树都很多年了,果树院来人研究过,说是很早引进的日本栗,因为适应山地气候所以一直栽植得很好,但在市场上卖不出什么大价钱,之前也嫁接过别的品种,但因为原本砧木的特性,最后还是没能成活,现在除了我们这些长在村里的老人还能上山种植,也没什么人再去想着改变改变了,毕竟这么多年都是这样过来的。"

村主任说这话也完全属实,对于这样劳动力不足的村落,再怎么提高农业水平也是没用的,因为最基本的生产力都很缺乏。

向菁菁搀扶着跟平芜一起上山,看到田地边三三两两长势缓慢的栗树,跟她讲起自己家那边也有这样的情况,只能面对现实。

"日本栗比较梗性,不容易剥离又含糖量低,只适合深加工而不能直接炒食,在燕北的收购价格确实比普通品种还要少一半。"

平芜叹气:"正因如此才需要嫁接品质好的啊。"

"没办法,有些事就是这样的,最先开辟的那条路总是格外艰难。"向菁菁拍拍她肩膀回答。

忙活一上午还是一无所获,两人都不可避免有些失落,尤其是平芜,再上车前她把车钥匙扔给向菁菁:"我已经完全没斗志了,你来开车吧。"

向菁菁有些发蒙地接过车钥匙,看她脸色发沉所以开口逗她,话音一转说到上次的意外事件,她笑着:"你不怕我技术不佳把你车刮坏啊?"

平芜还真笑了下,一脸无畏地拉开车门坐上副驾驶,一如既往地相信她。

"不怕。

"反正所长说你以前经常开车。"

话音刚落,平芜安静了一上午的手机响了起来。来电人正是她刚才念叨过的江清河,他应该已经预料到她们两个的结果,所以接通电话后直奔主题,告诉她把所有的接穗苗送到小石村的栗园,那里正在做新树嫁接。

就这样,她们又辗转驱车到了小石村,半个月没来,青山浓重,景色也跟之前大不相同。

由村口通向栗园山上的一条上坡路,两旁都是些快几十年树龄的梨树,因为花朵盛放而宛若纯白海洋,向菁菁被眼前景象吸引,把车停下后就去拍照了。平芜按捺着坐在车里向外望去,是一片难得的春日盛景,因这漫山遍野的绿色中突出这份隆重的纯净,似乎更像一处世外桃源了。

张五和小仁下山来拿接穗苗,平芜下车绕到后备厢,送走两人后看见一抹熟悉身影正在往这边走。

阳光和煦,纯白花瓣随风飘动,轻轻柔柔地落在来人身上,倒像是雪花一般。

这场景太过赏心悦目,她鬼使神差举起手机向下,极不坦荡地偷拍了一张阔别很多年的照片。

各自脚步临近,毫无征兆地停下来站在彼此面前,树荫下两人身姿挺拔,袁景在看到她那刻眼眸晃了下。

周遭无声无息,无法忽视的是鼻间萦绕不散的梨花香气。

沉默片刻,他轻声叫她名字。

下一秒,平芜感受到他似乎伸出手在她头顶处碰了下,很轻很轻,像是个在摸头的小动作,她怔愣一瞬,脑海中闪过某个片段。

平芜对上他的目光,眼波流转间,她看见他先避开了她的视线。

"有朵花瓣,我帮你拿下来了。"

"嗯。"

袁景因为板栗基地的审批手续跑了趟市里,自己开车往返两个半小时,回来后已经累得不行,他跟小仁一起做了午饭,简单吃了点就准备休息一会儿,结果刚躺下不到二十分钟,就被张五叫起来了。

嫁接算是大事,他这个老板还是要去"监工",张五振振有词,袁景也觉得自己不在不太合适,而且这群负责嫁接的老人都是村里种了几十年栗树的,技术精湛,他去观摩也能好好学习,于是用冷水洗了把脸清醒,换了件衣服就准备上山。

大概是午后太阳热烈,晒得人头脑昏沉,袁景也没想到,在自己混沌朦胧思绪不清的时候,看见平芜站在梨树下的身影。

他在这条路上走了无数次,但他太清楚自己只有今天走得最慢,每一步都在向前,每一步又都舍不得向前。

"这里很美,像世外桃源。"平芜四处看看散落在地的花瓣,闻着这股清香跟袁景感叹。

"春天就是这样的,有花有树的地方都会很漂亮。"

袁景跟随着她的脚步,一前一后缓慢悠闲地往栗园走。青山绿水是美的,可到了冬天,万物凋零,便只剩下如土一般的荒芜和冰冷。

"最近很忙吗?"

大概是氛围太好,这么美好的景色只是经过也可惜,他暂且抛弃心中不太真切的幻想,轻声问起她的近况。事实上,自重逢后,袁景在平芜面前更多的是个倾听者,抑或是,他根本就少言寡语,今天主动开口,或许是看到她眼角流露出的一丝疲惫。

平芜原本在认真走路,时不时低头看着脚下避免踩到落花,听到他这话后抬起头,唇边漾出一抹很淡的笑容。

"怎么看出来的,因为我一直没来?"

她说话时那双眼似乎更亮了,袁景对上她的目光仔细看着,注视了好一会儿才摇头说不是:"你眼睛下面都黑了。"

他神情专注,平芜听完却有点窝火,虽然最近因为工作确实在护肤上懈怠很多,但她觉得自己也没到这么不修边幅的程度吧。这话听了生气,要是以前,她肯定直接动手教训,可现在身份特殊,到底还是压下那些只有在他面前才容易生出的小情绪,回头看一眼在后面不紧不慢的向菁菁,想也不想就直接抛下两个人自己走。

大概是心里憋着一股气所以健步如飞,等袁景反应过来他是不是说错了什么时,人都已经走出大老远了。

平芜背影单薄,却不难看出一股倔强,她从前就是这样的,明明生气却还装作若无其事,但了解她的人总是一看背影就能知晓。

袁景突然有些懊恼,为自己总是不经意间搞砸跟她的见面而后知后觉,在她面前,他好像一直都很不成器又十分迟钝。

于是他颇为着急地追上她的脚步,很快对着她的背影开口解释:"刚刚对不起,我不是那意思,你有黑眼圈也好看的。"

袁景声音不大不小,平芜循声转头看他时,离他俩不远的栗树下拿刀削接穗的老人们纷纷抬起头来,像是听到了什么,脸颊带笑看着此刻站在一起很是般配的男女,虽未发一语,但八卦之心不言而喻。

"你真是……"平芜想了想此刻出现在脑海中的诸多形容词,但在看向他那张脸时都觉得有些过分,嘴角扬起几分无奈的笑意,过了好一会儿才将这句停顿续上,"你真是跟以前不一样了。"

他从前从来不会说这些轻浮的话语的,一个字都不会。

大概人认识久了总会被条条框框的滤镜困住先入为主,这也是不可避免的事,因为她对他的了解确实只停留在八年前。

"我没生气,你说的也属实,最近确实挺忙,刚才来之前还跑了趟隧山镇呢,每天都是团团转。"

袁景对上她的眼,确认她神色如常后短暂地舒了一口气,他思索着问:"隧山那边的栗树产量很低,而且都没人管,研究所是要在那边引进新的品种吗?"

他觉得这个提议并不好,因为那里的栗树无论是品种还是质量都远远不够。

"不是,但也差不多,你们今天的接穗苗全都是所里的新品种,本来打算先用在隧山那边的野生栗树上的。"

平芜也不知道自己怎么就跟他说起了遇到的困境,将上午发生的事挑挑拣拣跟袁景说了大半,讲到最后不免惋惜,看着此刻刚刚萌芽不久的满山栗树,有些无能为力。

她知道难,眼前的很多情况是延续很多年的,一时之间改起来很艰难。

从无到有,这个过程谁也不敢随便夸下海口,更何况是她。

"以前在实验室里,觉得没什么比研究数据难,一次又一次矫正记录,周而复始,但我现在反而觉得最难的那部分在土地上面,我们能控制数据,可没办法控制人心。"

她似乎到现在才明白实际运用里的诸多困难,也知道了教授们一直坚守推广科学种植技术的意义,用自己所学的知识一点点去帮助那些在技术上欠缺的人们。现在,农业的功能性被忽视,从事农业的人收入降低导致乡村无力挽留原本长居的人口。可有时候,种植的选择又在个人身上,总会有人衡量取舍,坚持抑或是放弃这片土地。

平芜轻声叹息："我好像有点看不到自己坚持的意义了。"

这话虽然丧气，但确实是她此刻的真实言语。

袁景默不作声地带她往前走，直到走到坡下土畔边的一棵细小栗树旁，他伸手指给平芜，声音像山间轻拂的微风沁人心脾。

"你看这棵树，一开始我们都以为它活不了的，因为当初嫁接新枝的时候它并没发芽，原本应该在春天的时候发芽的，结果它到了快盛夏的时候才开始生长，树有时候需要时间，人也是一样的。"

人跟树也差不多的，埋在土地里自下扎根汲取养分，可能发芽也可能不会，甚至会有很多年无人问津，但早晚有一天，认真积极野蛮生长的人会得到收获的。

不必心急，不要心急。

不是每个人都要在蓬勃的春天里茂盛生长，晚一点也没关系。

"平芜，你现在做的事就是有意义的，现在才春天，我们等秋天的时候再来看，这棵树一定比你想象中还要厉害。"

袁景认真看向她，烈日之下，那双眼似乎格外真挚，漆黑的瞳仁短暂燃起火花，跳跃着在她眼前蹦出流星。

平芜感受到他眼中毫不掩饰的热烈，对视片刻后便移开视线。

她笑着夸赞："想不到你现在还挺会安慰人的。"

他们俩不知不觉走到很高的地方，周围是层峦叠嶂的青山，远处是纯白色的花团锦簇，脚下是不甚平坦但却能令她安心的土地，这一切都在慢慢地将她那点失意逐渐散去，越发心旷神怡。

袁景垂在身侧的手动了下，依旧一瞬不瞬地望着她。

"我只会安慰你。"

他听见自己声音低到就快微不可察，怕她听见又怕她听不见，像是觉得彼此会尴尬，所以在安静几秒后很快再次开口："我带你下山吧。"

他恢复如常，声音也变得清朗，只是在转身背对她那一刻感受到眼眶不可控制的一热。

他从没忘记过，有些事越想忘，记得就越深刻。八载春夏秋冬，日日夜夜被拖进泥潭的痛苦过去，他只是不敢去想。

不敢想自己还能见到她，更不敢想他们会有如今这样的时刻。

他自知他没资格。

平芜跟向菁菁出师不利，回到所里的第一件事就是到江清河办公室主动承认错误，没了那天高谈阔论的雄心壮志，站在一块时头一个比一个低。

"我又不会说你俩，怎么搞得跟犯错了一样？"江清河拿着保温杯小口小口喝着水，轻描淡写地宽慰两人，"不都把接穗苗送到小石村了吗？没事，隧山镇不行咱们就继续发展峪河镇呗，这事不能急，还是得慢慢来。"

他本来也没指望这两人在第一天就创造什么奇迹，虽然是高才生，但到底各有所长，燕北的形势还需要靠时间一点一点渗透，今天也只是让她俩先摸清这个情况。

"路漫漫其修远兮，我俩绝对不退缩。"

平芜看向江清河身后墙壁上挂着的"部分重点板栗生产乡镇地图"，正思考时就听见向菁菁说了这样一句有力量的话，她笑了笑，表示赞同重重点了下头。

还没汇报完她在回来路上跟向菁菁讨论过的实践方法，就有人敲门来叫她："平芜，门口有人找。"

她正疑惑着谁会来，等走到大门处才发现是袁景。他站在车前，看到她走过来时冲她招招手。

"咱俩不是刚见过？"

平芜百思不得其解，而且他也太突然了，让她恍惚并且有些始料未及。

袁景却很是一副平常的样子，淡淡对上她目光，轻声提醒她忘了些东西。

平芜从头至尾看了自己一眼，确定自己应该没像上次那样丢三落四："没有啊，我今天都没戴什么东西的。"

他笑了笑，打开车后备厢拿出那两个已经空空如也的塑料桶，是用来放接穗苗的，平芜走的时候还跟村主任特意说过，用完了先放在村里就行。

她微微瞪大双眼，伸出手指了指，有些不可思议："所以，你大老远来这就为了还我这两个塑料桶？"

袁景十分认真地点点头，平芜却觉得自己的脸色好像更难看了，说不清是因为想笑还是无语，只得无奈地搓了搓额头。

落日余晖下，他看到她脸颊也被染上点点绯色，柳絮从他身边飘过，划到手背那刻有些发痒，袁景鼓足勇气，想要把那天尚未完成的事弥补回来。

正欲开口时，身后有道声音却跟着他一起叫了声。

"平芜……"

"平芜！"

马路对面停了好一会儿的商务车前，平建瓴西装革履缓缓走了过来。

那一瞬间，袁景无端记起自己过往记忆中最不愿意回想的一幕，她一向和颜悦色的父亲在面对一个撒泼的无赖时也依旧保持着自己的礼貌。

袁景怔了怔,将原本要说的话咽了回去。这么多年,他依然还是个只能在暗处逃窜流转的蚂蚁,微不足道,更不配站到她的身边。

平芜稍显惊喜,在看到平建瓴走过来那刻就露出了笑意:"您怎么又来了?"

平建瓴不满她这句提问,像是他这个父亲打扰到了她一样,短暂皱眉一瞬,而后笑着反问她一句:"没事我就不能来看看你了?"

说话时目光在袁景身上短暂滑过,意味深长但依旧明知故问。

"这位是?"

"我高中同学。"平芜声音低了低,没敢介绍名字,怕老平想起情书里的收件人,内心在此刻焦灼不已。

袁景礼貌点头:"叔叔您好。"

"你好你好,我刚订了餐厅,不如跟我们一起吧?"

平建瓴眸光锐利,虽然在笑,可是上扬的嘴角并没有一丝温度,与其说是客气,更像是撵人离开的逐客令。

平芜听不出,袁景却心知肚明,他声音温和,挑不出一丝错处。

"我只是来还东西,谢谢您的好意,我先走了,再见。"

"那好那好,等下次有机会。"

平建瓴言语热情,看着袁景上了车,一直目送着直到那辆车驶出很远。

平芜觉得老平不太对劲,在他目不转睛时伸手在他眼前晃了晃:"有什么可看的,您怎么看得这么认真?"

平建瓴回过头,打量平芜一眼,试探问道:"我是觉得你这个同学有点眼熟,他叫什么名字来着?"

平芜咳嗽了一声,见状赶紧转移话题,拿起面前这两个塑料桶就准备往院里走:"您等我一会儿,我把这两个送回去就出来。"

平建瓴看出她小动作,伸手拽住她的胳膊:"我就随口一问,你这一来一回的多耽误时间,行了,你忙吧,我走了。"

这回轮到平芜蒙了,她顿了顿:"您不是说要跟我一起吃饭吗?"

"是啊,原本想着跟你吃饭的,但是我又突然想起来我还有点别的事。"平建瓴眼中难得闪过一丝不自在,"下次爸爸有时间再来看你,你注意身体啊。"

平建瓴说完后就上了车,平芜觉得他是真有急事所以也没多想,于是拿上塑料桶回去。晚饭是在食堂里吃的，她最近为了节省时间休息所以很少外出，跟陈路嘉也只是在不忙的时候约着见一面，人长大后就这件事没意思，不能再像以前那样随心所欲地见一个人。大家都有自己要忙的事，不得不为了工作乃至生活忙碌奔波。

想到这儿，平芜才突然记得刚才袁景好像有什么事要跟她说，回到公寓洗漱完，她敷了片面膜躺在床上把袁景的聊天界面找出来看了好几遍，思前想后，删删减减，到底还是把她想说的话发了出去：你刚才是不是有话要跟我说来着？

那旁显示着对方正在输入中，可她等了好几分钟，这人也没回，平芜把手机扔到床边，起身把脸上的面膜揭下去洗脸。

她发现他有时候是真的挺奇怪的，或许是性格使然，有什么事都愿意藏在心里，完全让她摸不着头脑，人的血液七年就要更新一次，分开八年，他是否已经完全重塑变成了一个令她彻底陌生的袁景呢？她觉得他没有，至少在她面前他还是从前那个样子。

但很快，袁景身体力行地打破了她这点不切实际的想象。

平芜从洗手间再回来时看到屏幕上亮着一条新信息，那边袁景惜字如金：没有。

这两个字跟她的问题对比起来有些刺眼，她似乎察觉到了什么，手指飞速在屏幕上点触，继续问他：好吧，那你明天有时间吗，我请你吃饭？

平芜想起上次没能约定成功的事，在这条发送出去之后又很快补充：反正你上次欠我一顿饭呢。

她心里想着，这次自己已经说得够明白了，袁景绝对不会拒绝她的，反正以前无论她提多难的要求他都不会跟她说一个不字，想到过往某些时刻，平芜在等他回答这十几秒内弯了弯唇。

可令她猝不及防的是，袁景这次还真拒绝她了：不好意思，我没时间。

平芜嘴角笑容凝固，因他这句冷冰冰的话更觉得自己可笑，她是真的脑子进水了才会一次又一次试探他，她还是太过心软，即使他八年前一声不吭销声匿迹，她在重逢后见到他那样的情况也还是愿意相信他有苦衷，但现在他并没有要跟自己解释的意思。

平芜将跟他的对话框删除，嘲弄地笑了笑自己，破镜不能重圆，何况眼前这面镜子，似乎从来没有完整意义上的圆满过。

工作依旧忙碌，之后的两周平芜照常跟向菁菁下乡，辅助查看各处的嫁接情况,也会跟着所里的其他人一起进行山地一号的新品推广。

偶尔她因为工作情况停留在小石村,在栗园里上上下下的水泥道上跟袁景擦肩而过,但他不再开口,她也像个陌生人一样缄默。两人之间的氛围无比冰冷,就连不常跟平芜交谈的村主任张五都能看出来不对,更别说是天天陪在她身边的向菁菁。

她们两个在一起的时候,向菁菁会关心问她几句,不过平芜没法回答,所以每次都含糊着敷衍过去。

她确实说不清楚,因为她自己也是一团乱麻,冷静下来后,她也打算直截了当地问袁景一次,只是工作太过忙碌,她还一直没找到合适的机会。

直到那天栗洲集团的老板贺全洲带着袁景来研究所申请有机板栗的鉴定,开会途中他接了个电话从会议室往外面走,平芜找准机会跟在他身后,可还没等她开口,就看到从袁景车上走下来一位年轻女士。

对方穿了件及膝的粉色套裙,巧笑倩兮,温温柔柔地站在他身旁。平芜原本正在下台阶的脚突然停住,被眼前这一场景刺痛眼眶,是了,她想过无数可能,唯独,唯独忘了这一种。

他是会向前走的,不是谁都会固执己见地为过去那点情愫将自己困在回忆里。

她迅速转身回到实验楼,再上楼梯时却觉得浑身无力,方才眼前的一幕始终在脑海里挥之不去,胸腔那颗心脏跳动得毫无规律,更像是被人用力攥紧。

大概是跟自己这股情绪较劲,平芜拿出手机,熟练地点开微信删掉袁景的联系方式,她不用再直截了当地问他了,因为他们俩本就没有任何关系,陈芝麻烂谷子的事又有谁会记得呢。

她应该忘掉。

再进到会议室时谈话已经进行到最后,贺全洲拿起茶杯喝茶间隙看到平芜,记起她是上次去公司考察专家队中的人,和善地向她报以一笑。

平芜礼貌回应,江清河滔滔不绝向贺全洲介绍她的履历,言语中是欣赏和夸赞,称她调到燕北是所里天大的福气,贺全洲却只是疑问地看她:"以后都不回京平了吗?"

平芜解释道:"一年后还是要回去的。"

话音刚落,她看到袁景走进屋内,于是也不再多聊,告诉江清河自己还有点工作就急忙转身从后门离开,速度快得像是见了瘟神一般避之不及,旁人察觉不到,但当事人心知肚明。

"秦记者送回去了？"贺全洲看他回来，拍拍身侧的椅子示意他。

袁景落了座，心不在焉地收回目光："走了，我给她打了辆出租车。"

"嘿，你这孩子，我不是让你开车送她回去吗？"

贺全洲别有用心，故意给两人创造机会，所以特意把专访时间压缩在来的路上，为的就是这两人能有机会多相处相处。可景呢，非但一句话不说，还故意避开送人回去，他百思不得其解，不过念着现在的场合到底还是把尚未说出口的话——压了下去。

袁景一本正经地反驳，没去纠结此刻内心堵塞的难受。

"您让我送她回去，又没说我要亲自送。"

贺全洲又气又笑，但也发现他今天有些不太对劲，离开研究所回去的路上，他为了方便跟他聊天所以特地坐在副驾驶。

"跟我聊聊？"

"咱聊什么，聊您给我介绍的那位秦记者啊？"

贺全洲觉得这小子总有把天聊死的趋势，于是连忙摇头告诉他不是："今天是人小秦特意找我，你放心，我以后绝对不给你介绍相亲对象了，让你孤独终老，总行了吧。"

袁景目视前方，神色认真，过了好一会儿才缓缓开口："那您呢，您一辈子没结婚，是因为厌烦束缚还是因为什么别的？"

其实认识这些年，贺全洲没少在他面前插科打诨，外人面前他是雷厉风行的老板，但袁景知道，他心里也有自己过不去的坎和悲伤。

贺全洲短暂沉默一瞬，依旧是那副漫不经心的笑模样。

"我这是因为想娶的人没娶到，所以才自暴自弃的，你跟我不一样，你还年轻呢。"

袁景笑了下，因为他这句年轻和想娶的人没娶到越发难忍，他心里清楚，在这样光速变化的快餐时代，感情和超市货架上的商品一样都有日期，真心也只是在有效期内算数，他不愿意成为货架上被人比较挑选的商品，也不愿意自己成了那个权衡计较的人。

可再纯粹的感情都要回归现实，婚姻更是如此，有些差异是无形的，他知道人人平等，可爱之间总有鸿沟，他跨不过去。

终究是，殊途难同行。

五一假期，平芜因为要参加婚礼所以并没有回京平。

婚礼前一天，她在陈路嘉父母家帮忙布置房间时，汪女士罕见地打破了两人冰封的僵局。

"咳,"电话那旁汪敏清了清嗓子,故作平静,"我来你公寓打扫卫生,正好有个快递,快递员说是你要改签到燕北的?"

平芜心里一怔,浑身开始发冷。拿着手机走到阳台没人的地方,声音压低:"妈,你为什么又不经过我同意到我家里?"

她现在尚且不去关注快递,隔着听筒像是站在汪敏面前。从前她也是如此随意,不打招呼直入她的领域,用自以为对她好的方式在暗处给她加压力。

此刻也是如此。

汪敏浑不在乎,冷哼一声:"你家不也是我跟你爸爸花钱给你买的?行了,我帮你把快递寄到燕北,买的什么东西啊?"

说着说着,汪敏拿过玄关上包装精致的礼盒拆开。看到是某家的一款菱格包后絮絮叨叨地直言:"是包啊,这款不保值的,而且我记得之前给你买过啊。"

平芜心里憋着一口气,所有的忍耐都到了临界点。

她努力保持冷静,不想在这时候跟母亲争吵,缓和语气解释:"是我送朋友的新婚礼物,你让快递员改签一下地址,送到燕北县永郡小区。"

汪敏"嗯"了一声,刚要问她五一放不放假就被平芜挂断了电话。

母女俩话不投机,平芜在汪敏无孔不入的"高压"之下只能选择逃离。

"怎么了?"陈路嘉看她脸色难看,走到阳台轻声问。

平芜收起手机,也没再看微信里汪敏那几句挽尊的话语,看到一旁桌面上还没吹完的两袋气球,又跟着陈路嘉一起继续布置她家里。

陈路嘉没找太多人,只有给她当伴娘的两个妹妹跟着平芜一起布置,她也是第一次做这样的事,看着周遭入目的"喜"字和鲜花就觉得新奇,虽然动手能力不强但好在擅长学习,三个人一起,很快布置完床头墙面的所有装饰。

当晚,平芜被陈路嘉要求留在这里,她们两个时隔很多年睡在同一张床上,有点回到学生时代的感触,那时候宿舍里的单人床空间有限,两个人挤凑在一起第二天准保腰酸背痛,陈路嘉学着以前那样紧紧贴着她的头,想到某些事后不知不觉笑出了声。

平芜睨她一眼:"傻乐什么呢?"

陈路嘉竭力控制自己嘴角无法掩饰的笑意,支起胳膊认真地打量她。

"我就是想到了你高中的时候每天晚上睡觉前都要把你的头发卷好,

你说你这么爱美一人怎么想起来去学农了呢,天天面朝黄土背朝天的。"

其实更多的是感慨,平芜这个人总是做出一些看起来跟她反差很大的事,比如她第一印象觉得她是个风吹吹就坏的美人灯,结果这人高一第一次运动会就拿了个长跑冠军,爱玩爱闹学习却又丝毫没耽搁。

"你这可是典型的刻板印象了,这跟臭美没一点关系,怎么样也不影响咱们为祖国的农业事业做发展。"

平芜连忙开口纠正她,经她这么一提醒也不由得笑了笑。

卷头发这个事还挺有意思的,因为学校要求所有女生留齐耳短发,平芜觉得不好看,所以特意买了因为韩剧大火的卷发的塑料卷,晚上睡前很别扭地卷在发尾弄出弧度来,睡觉的时候还不得不保持着同一个姿势。

青春期的时候多美好啊,那时候年轻,对一个人有好感就总是想着把自己最好的一面展示给他,连课间十分钟在教室里看不到他就要一通乱找,结果在走廊撞上了还会刻意装作路过。

现在想想,真的挺傻的,但也真的挺怀念。

"其实我当时报考的时候也没想那么多,我这个人你还不知道,从小到大喜欢的东西好像都三分钟热度,很少有一件事能坚持这么长时间的。"见陈路嘉没开口,平芜又继续若有所思地跟她分析道。

其实,当年只是一个临时起意,觉得只要离开家里就好,她迫切地需要自由,如今亦是。

两个人就顺着过去这些回忆打开了话题,越说越多,越说越兴奋,一直到了凌晨还没有丝毫睡意。末了,平芜实在撑不住,闭眼时听到陈路嘉告诉她自己有些紧张,平芜隔着被子伸手拍了拍她的后背,因为困意,话里拖了些长音,她声音又轻又柔。

"不要紧张,我会在台下好好看着你的。"

作为青春的共同经历者,看着她嫁给自己十七岁就喜欢的人,这本身,就是一件很有意义的事。

但平芜没想到结婚原来是这么烦琐且麻烦的事。

新娘子凌晨四点起来化妆,换上衣服后任人摆弄造型拍照,然后在一众闹腾的接亲游戏结束后被父母喂几口面条彻底出门。鞭炮齐鸣的震声中,平芜跟在叔叔阿姨身后目送着陈路嘉上了婚车,看到在车里因为感动或是不舍流下眼泪的陈路嘉时她也有些被触动到,这一幕任谁看都会有些触景生情,父母的爱永远深沉且无私。

平芜一晚上没睡好,回家拿快递的时候顺便上楼补了个觉,她事先定了闹钟，睡了一个小时后就起来，重新洗过脸换好衣服，估算着时间差不多了就拿上礼物直接开车去了酒店。

宴会厅已经快要坐满人，婚庆公司的工作人员也在做最后的调试，平芜先到化妆间里看了眼刚换下秀禾服的陈路嘉，把手提袋递给她后就先一步出来准备观礼。

结果她还没搜罗好合适的座位，就被路过的一个女同学热情地拽到了跟前桌上的空位。

顶棚主灯变暗，平芜适应了好一会儿才认清刚才拉她坐下的人，再转头环顾四周，这一桌都是高中同学，只是人来得不太全，除了两个已经发福认不出的男同学外，其余都是女生，难得凑到一起，大家七嘴八舌地闲聊着。

看到平芜出现那刻，气氛比原先更热闹了些，他们恨不得把所有好奇的问题都一一问了，从工作聊到生活，如果不是主持人拿着话筒喂喂了两声，估计要不折不挠问她结婚没有。平芜倒不是觉得在老同学面前陌生，只是不得不承认，毕业后的时间快得令人猝不及防，婚姻成为一道泾渭分明的分水岭，在她还觉得自己尚且年轻还是小孩心态时，跟她同龄的同学们早已不乏一部分直接步入了人母阶段了。

平芜挑挑拣拣地回答几句，感受着有些久违的热情。

大家因为见到她十分惊喜，但更令众人没想到的是，袁景竟然也来了。

这俩从前在学校里的绯闻男女主，如今阴差阳错又凑到了一起。

准确来说，是坐到一起。

仪式开始前一分钟，梁兴急匆匆领着袁景走到这桌附近，他应该是着急，所以在看到平芜身旁唯一一个仅剩的空位时想也不想就直接替他做了决定："就坐这吧。"

袁景微微点头，伸手挪开椅子，坐过来时带起一小缕不易察觉的清新香气。

平芜在余光中看了他一眼，他大概是穿了件颜色亮眼的衬衫，因为色系偏浅，将那张原本棱角分明的脸衬托出几分清隽，或许是因为这张脸分毫未变，也或许是因为此刻在桌前他跟别人对比颇为显眼，总之，自他落座那一瞬间，众人齐齐将目光投到他身上，就连一旁坐着的那两个发福的男同学也直勾勾看着他。

唯独平芜，神色平淡没有一点波澜，但桌上的其他人几乎是在当下同时惊呼出声。

有人好奇发问，质疑他俩见到怎么一点惊讶也没有，窥探着他俩是否早就暗通款曲，不过是些从前未能得到解释的八卦之心，平芜没打算回答，正好仪式开始她有了不说话的理由，于是省略掉身旁某人的目光，在音乐声中将注意力继续放到台上。
　　陈路嘉这个婚礼花费了很多心思，最开始用了一个时空胶囊的回忆形式讲述了他们两个人恋爱长跑的这么多年，大屏幕上闪过一张又一张他们俩过往的照片，在陈路嘉身着婚纱缓缓走上台前，原本穿着西服的新郎官却换上一身因水洗次数过多有些发旧的高中校服。
　　他在众人的注视下悄悄走到自己妻子身后，在合适的位置停下伸手轻拍她的肩膀，陈路嘉回头，是十七岁和二十七岁的少年在这一刻重合，成为她的丈夫。
　　两人紧紧相拥，周遭掌声雷鸣，歌词正唱到"I promise I'm yours（我保证我是你的）"，平芜被这份热烈感染，很没出息地在这时候红了眼眶。
　　她微微低下头让自己不太明显，却在桌下看到一只事先预料已经伸出来的手，袁景敏锐地捕捉到她在灯下变得晶莹的眼睛，又把纸巾往她面前递了递。
　　"不用。"
　　平芜只是看了一眼就推开他的手，像是有点较劲，当然也是因为看到那包纸巾的包装上花花绿绿，一个大男人怎么会用这种带香型的纸巾，光是想到这儿，那天那个漂亮的身影又在脑子里晃了一圈。
　　她才不要用别人的东西。
　　袁景愣了愣，自己也觉得这一遭太过鬼迷心窍。
　　跟梁兴重逢是很偶然的一天，他来政府咨询部分乡村项目，刚出门就撞到梁兴。几年没见，两人简短又粗略地概括了这段对方未能参与进来的时间。临走时梁兴给他发了请柬，末了又特地嘱咐一句平芜也在。
　　袁景回去后沉思许久，平建瓴的出现给他敲了一记警钟。可拿起手机试图联系平芜，又看到了她拉黑自己的消息。
　　于是几经思考，还是不管不顾地放任自己继续矛盾着。
　　知道自己跟她始终悬殊，却还是不受控制想要靠近。
　　台上司仪的声音打断了袁景的思绪。
　　主持人拿着话筒号召所有的单身男女去新娘子身后准备接手捧花，平芜本想安安静静坐在位置上装死，结果几个女同学不打算放过她，像是学生时代回答不上来问题连忙求助学霸，平芜跟袁景被大家怂恿着一起上了台,陈路嘉看到他俩也觉得不可思议,但还是笑着对她招了招手,背过身去,在主持人喊到第三声时伸长手臂往后一抛。

平芜当然不打算去接捧花,可是陈路嘉这家伙似乎拿出了以前运动会扔铅球那劲来对付她,一条圆弧的抛物线由她而起,越过挤凑在前面的人群,直直掉落到她怀中。

平芜下意识地往后躲,高跟鞋没踩稳,身体倾斜的下一秒,有人在她摔倒前从身后牢牢将她托住。

回头来看,袁景依旧稳稳当当地站在她身后。

棚顶吊灯直直映照的死亡角度下,他的五官却很意外地抗住了,又因为过分泛白的冷光,在此刻给他整个人多添了几分不食烟火的清冷。

她清楚地感受到她后背撞到他坚硬的胸膛,尽管他的手只是虚浮在她腰际,可这一刻,平芜的心还是很没出息地沉了沉。

平芜不得不承认自己在这一秒有点色令智昏,他那张脸无论十七岁还是二十七岁都总是还有可取之处,幸好周遭人声鼎沸,能稍微掩饰心底的兵荒马乱。

不过袁景已经在她站稳的同时松开了手,她理智尚存,被主持人叫到陈路嘉和梁兴身边,视线晃过正在下台的袁景,接过话筒说了些百年好合之类的吉祥话这才回到座位。

大家吃饭时话题仍然没闲下来,女人们围绕着自己的家庭和孩子聊得热火朝天,那两个被冷落在一旁的男人则是忙着喝酒吹嘘,期间倒酒时还不忘邀请袁景一起,他却挡住空杯开口拒绝:"我不喝酒。"

"多少沾沾喜气嘛,男人不喝酒怎么行?"

那人笑嘻嘻举起酒杯要跟他对碰,袁景态度坚决,倒了杯果汁算是代替,对方见状也就不再执意邀请,喝下杯里的白酒后问起他的近况。

"哎,袁景,你现在做什么呢,咱们全班第一如今在哪儿高就啊?"

"这么多年没见你,估计是跑哪闷声发大财去了吧!"

袁景笑着不置可否,说自己现在在村里,平芜转头看他一眼,他神情坦然,看起来倒真是一点都不在意。

大家也以为他在玩笑,对这真正的回答并没有在意,甚至还顺着他的话茬继续说了下去,最后提出问题的男同学还一脸正经地告诉他没工作的话直接去工地找他,袁景点头说了句好,也是无心的玩笑,桌上却因为他这句话变得更加热闹。

只有平芜安静地坐在一旁，未发一语。

他似乎一直都是这样的一个人，有就是有无就是无，正直磊落，永远不会为了虚无的外界声音而舍弃自我。

十六七岁，自尊心是天的年纪，他能跟着年迈的爷爷蹲在菜场一角大声叫卖瓜果，不会因为看到熟人就下意识躲闪，更不会为了那些关注可怜的视线而放低声音。他知道自己是长在阴暗角落的小草，可这并不代表他不能继续向上，事实也证明了他确实拥有顽强的生命力，竭力将自己带出了那片痛苦泥沼。

他只是一贯在爱里无措。

陈路嘉和梁兴走过来敬酒，隔壁邻桌一个梁兴的男同事也紧跟在他们俩身后，目标明确，弯下腰站在平芜椅子旁边。

"你好，我是梁兴的同事，我叫祁航，能不能跟你加个微信认识一下啊？"

男人声音清朗，语气也很礼貌，袁景听到后很轻地皱了皱眉，想要看向平芜时却发现这人正好挡在他俩中间。

平芜这会儿有点走神，可以说一个字没听进去，是被身旁陈路嘉撑了撑胳膊后才突然回神，看向眼前举着手机的男人后尴尬一笑："不好意思，我没听清。"她撩了下垂下来的头发，话里带了歉意，眼角微微上扬，显得瞳孔越发明亮。

男人也微笑着，近距离接触发现她比刚才在台上看还要出挑，正欲将方才的话重复一遍，但还没开口就被人打断。

袁景往外挪了下椅子给这位要微信的人让地，转头喊了梁兴一声说要给他敬酒。

梁兴站在两人身后，因为他这话不得不往上凑了凑，一脸不解地看了眼袁景，问："你不是不喝酒吗？"

他笑了下，还是很认真的样子。

"是啊，所以我用橙汁行吗？"

袁景举着杯子就这么站起身，眼角余光瞟到面前这位条纹衬衫扎进西裤里的斯文男人，用力碰了下梁兴的酒杯后抬手喝光。

看那架势，好像喝的是酒一样。

梁兴露出一个意味深长的笑，对他那点小九九心知肚明，袁景这个人他太了解了，所以在机缘巧合遇到后，梁兴并未责怪他不告而别的过去，兄弟之间，有些话可以直截了当地说出来无所顾忌，但是感情里，还是要思前想后地考虑许多问题。

　　平芜本想拒绝的，但毕竟是梁兴的同事，而且在一桌人面前这么拒绝也是觉得不好意思，所以从包里拿出手机不得已扫了微信。

　　她没看见，也完全看不见被挡得严严实实的袁景，在她说出那声好之后他眼中瞬间就熄灭的黯淡。

　　婚礼结束后平芜回到公寓，给全屋做了个大扫除后窝在沙发上选了部节奏很慢的老电影，她很享受自己一个人，在京平时也一直独居，人与人之间的任何交往都很耗费心力，如果有时间，她更愿意放在充实自己上面，尽管她的休息时间常常少得可怜。

　　晚上六点半，陈路嘉打来电话邀请她吃晚饭，就在她的店里，平芜不得不佩服这个新娘子的精力，累了一天难道不休息吗？陈路嘉也很无奈，隔着听筒跟她说起是那几个老同学非要跟着热闹，把梁兴他俩全从家里带出来了。

　　"我跟她们没话可聊，所以只能叫你，要不要过来喝一杯？"

　　平芜想了下觉得这个提议不错，挂断电话后拿上车钥匙就出了门。

　　当然，她只是想在这时候摄入一点酒精，以此消解近期的诸多烦闷，但其实也算不上什么，只是单纯需要发泄情绪就是了，人得平衡好工作和生活，她打算自由轻松一些，所以进门后跟陈路嘉找了个角落小酌。

　　梁兴到后厨让人给她做了几盘小炒，结果再从包间出来时看见平芜依旧没动筷子，他拉了把椅子坐到两人跟前，敲了敲桌面提醒陈路嘉少喝，又转眼看向平芜："怎么还喝上酒了，白天还好好的呢？"

　　平芜轻哂一声，又给自己倒了个满杯："谁规定好好的就不能喝酒了？"

　　她酒量不错，这些年一直都很克制，偶尔在家自己也会喝点，此刻说是心里有事倒也不算，但这些原因她不想深究，只是因为想做就做了。

　　"我就不能是替你俩高兴，所以才喝吗？"

　　她喝多了似乎话就会变多，梁兴已经从平芜泛了淡淡红晕的脸颊断定她这会儿已经多了，只是不肯承认。

　　末了，他笑着应和："行行行，你高兴就行，一会儿我找人送你回去。"

　　平芜没理会梁兴这句话背后的深意，继续低头喝酒，陈路嘉看出她有心事，可她这个人如果不是自己主动说，谁问也是没用，想到白天在婚礼上见到袁景，怕平芜以为他们夫妻俩前些日子说没联系是假话，于是跟她讲起偶遇袁景的事。

只是话刚说到一半就被平芜打断，她皱了下眉，应该是不太想听，陈路嘉及时收回。

就这么断断续续喝到快九点钟，期间又有几个同学进了包间，平芜在外面躲了这么长时间，最后还是得在众人面前露个脸。

她这会儿喝得已经很多，远远超过她平时酒量的一倍，不过除了头有些晕之外并没觉得任何不适，甚至比清醒时反应还要快。

平芜站在包间门口，因为里面正在谈论的话而突然停下了脚步。

"你们都不知道吧，其实他认了个干爹，没想到咱们学霸也有如今的时候。"

"就那个栗洲集团的老板贺全洲啊，我姑父不是也在栗洲上班嘛，之前我有一次去的时候见到了，人家贺总对外就说这是他干儿子，要不说还是得人家脑子好啊，就算是干爹也能少走好几十年弯路了，咱们可都得学着点。"

再好的人，都有劣根性的一面，憎恨、妒忌和得不到。各种各样的阴暗面令他们对高处的人趋炎附势，而在面对跟他们平等的人时却又变得面目可憎。

平芜听着这些越发刺耳的字眼，放在门把上的手突然加重了力气，门被关上时发出一声巨响，桌上的人齐齐回头看她，满脸都是惊诧。

她环顾一圈，最后将淬着寒意的目光对上说这话的始作俑者，轻呵着："你连人家老板的私生活都这么好奇？"她唇边露出几分讥讽，从上至下打量着对方，"有这时间研究别人，不如好好研究自己，有句话没听过吗，把眼睛放在别人身上的人都是因为自己过得苦。"

饭桌上的男人本就有些难堪，经她这么一说，碍于情面，伸手拍了下桌子，是在无能狂怒："你再说一遍？"

平芜依旧笑着，双臂环抱在身前，以一个最舒服的姿势站着，旁人眼里都觉得她疯了，她也觉得自己不正常，酒精叫嚣着身体里那些蠢蠢欲动的反叛血液，只知道无所顾忌，站在人前跟对方质问时，叛逆地把自己这二十几年来没怎么说过的脏话都说了个遍。

不知道为什么，她私心只觉得自己骂袁景可以，其他一切别的人，她都不允许。

梁兴闻声推门进来时场面已经很混乱，平芜一反常态，他老婆陈路嘉也跟着她一起张牙舞爪地伸出手指着对方叫嚣，被拉开也依旧不依不饶，场面越发失常，平芜甚至从桌上拿了个啤酒瓶攥到手里，众人都以为她喝多了,因为她这个动作吓了一跳,只有此刻被堵在椅子上的男人知道,她双唇紧闭,神色肃穆,眼里却是腾腾燃烧的火焰。

那样子,真有点不顾一切要跟他拼命的架势。

袁景接到梁兴电话赶来时见到的就是这一幕,往日那个连跟人争执都很少发生的平芜,如今拿着酒瓶气势汹汹站在男人面前要他道歉,这场面冲击力过大,他亲眼看见也始终想不通,可在那几秒的安静中,袁景看到其他人向他投过来的奇异视线,心中短暂涌出些一星半点的可能。

平芜脑袋晕乎乎的,在眼前稍显迷茫的视线中看到了袁景,她松开手上那个酒瓶,声音松散下来却很坚定。

"跟他道歉。"

她用眼神示意,对方也不想在这时候继续陷入难堪,不情不愿地跟袁景说了一句对不起。

袁景看她站在原地不动,想也不想就直接上前。平芜头痛不已,只觉得有股力量拽着她离开,等她后知后觉地反应过来时她已经坐在他的车上,车门被关闭,她在昏昏沉沉中合眼休息,半梦半醒的时候,又听见他上车的声音。

直到车顶的灯突然亮了下来,平芜睁开眼看见正在俯身靠近的袁景。她把手放在身前防御着,下意识地往后缩了缩:"你干什么?"

她嗓音很尖,袁景全当她是耍酒疯,拿了手上折断的碘伏棉签在她眼前晃了下,另一只手则是把她快要糊住一半脸的头发向旁拨了拨。

手指蹭过她微热的肌肤,平芜瞬间安静,任由他像轻抚羽毛那样的动作给她上药。

袁景看她不说话,轻哂一笑,声音也低了几分。

"出息了平芜,现在还学会打架了?"

车内安静许久。

袁景收好东西,见平芜沉默不语,又淡声问了她一句:"为什么打架?"

其实他有点明知故问的意思,酒后胡言抑或是酒后吐真言都好,他不过是想亲口听她说出她的原因,他自己都不敢确定,她会为了他做出这样的事。

他心里没底。

平芜到这时候发觉自己有点心虚,即使被他亲眼撞到也不想承认,醉意尚未散去,所以嘴上仍是不饶人。

"我会的东西多着呢,这跟你无关。"

袁景突然有些哑然,缓缓收回正在看她的目光,自己也觉得有些多余,像是在赌气,凡事都要争个高低,跟以前没什么两样,在她面前还是克制不住某些情绪。

他发动车子,饶有兴趣地一句接着一句向她反驳。

"行,跟我无关,那别人骂我,你气个什么劲儿?"

"你以前也不是这么多管闲事的人,他们要怎么说就怎么说,没必要为了这么个不相干的人伤了自己。"

袁景这话带了些气性,听起来有些冰冷。他们又不是十六七岁的孩子,用不着做出这样的事来彰显勇气,她一个女孩子孤身在燕北,做什么事都要深思熟虑,如果今天不是大家都在,还有稍微清醒的人能上前拉开,指不定会变成什么样。

平芫听出了他话音之外的意思,头昏昏涨涨,眨了眨干涩的眼,也不知道是被酒意驱使还是觉得委屈,转头再看向他时竟然觉得视线有些模糊。

"我自己乐意你管得着吗?我爱怎么样就怎么样,跟你有什么关系,你又有什么资格来说教我?"

平芫再开口时语气已经不对,甚至带了细微的哭腔。袁景听出她的声音变化,太阳穴突突跳了起来,再看向她时有些着急,平芫流下的那几滴眼泪无异于是狠狠砸在他心上的巨石,让他无法喘息。

他将车靠边停下,试图解释:"我不是那个意思。"

平芫没去看他,伸手拉开车门就要下去:"我自己回去,不劳烦您。"

反正就剩下一条街了,她宁可走回去,也不想再跟这个人待一分一秒。

外面似乎正在落雨,应该刚下不久,闷热空气稍微清新,连带着刮起的风也渐渐将她那些模糊思绪吹散。平芫脚步很沉,走了几步后抬头看了眼黑漆漆的天,白天晴空万里,晚上却又罩了些乌云,想来这天跟人一样。

朝令夕改,十分多变。

"平芫!"袁景在身后喊她,三两下追上她的脚步,拽住她的手臂,"我送你回去。"

平芫掰开他的手,仍然生气:"我不需要。"

她继续向前,好像这样就能将这个人的影子从自己的回忆里逐一清洗,雨水变得更密,连同她此刻落下的泪滴一起无声无息地钻进脚下的泥土里。

袁景看着她倔强的背影,沉沉呼出一口气,他攥了攥手,在那几秒钟很快做了个决定。

他走上前直接弯腰将她抱起，任由她对他拳打脚踢，却始终不肯松开，直至把已经醉得一塌糊涂的人送回车里。

他知道自己不该招惹她，可是一想到她只是短暂停留在自己过往的记忆里就觉得无比可惜，人就活这几十年，不应该跟自己过不去，想做的事、想要的人，应该都去尽力争取，而不是越退越后。

平芜再次被他塞回到副驾驶里还有些脾气，袁景给她系上安全带后拉住她正在乱动的手，她的指甲划到他手背，但他并没在意，轻而易举将她的手握住。

袁景低下头，鼓足勇气跟她解释："那些话并没有伤到我，我也根本不在意，平芜，我在意的是你，你受伤我心疼，你替我出头我更觉得不值。"

平芜愣了愣，因他这话突然安静下来，身体仿佛被巨大的电流击中，每一个细小的神经末梢都在微微震颤，四目相对时，她因胸腔激荡的鼓点再度落了泪。

他看到她脸上越来越多的泪痕，拿了储物格里一包新的纸巾，这次没递到她跟前，直接抽出一张准备帮她拭去。

平芜如梦初醒，别开视线向后缩了下："我才不用别的女人的东西。"

她这会儿酒精上头，说什么话都不稀奇，袁景听了有点云里雾里，仔细辨认着她此刻的情绪，试图从她这话里找到些逻辑。

他耐着性子："这是我的。哪有什么别人？"

平芜轻嗤，也不管自己这会儿哭得梨花带雨，泪光盈盈显得更加委屈，她顿了顿，借着眼前并不清楚的光线看到他逐渐朦胧的脸。

"你骗人！哪有大男人用这么香的纸巾？你别糊弄我，我现在可不是以前了，你别以为我会再上当受骗。"

她声音弱下来，有些哽咽，悄悄伸手抹去眼下渐渐蓄满的泪滴。

"袁景，你喜欢别人我能接受，也能理解，大家都是要往前走的。"

"可是，可是你当年为什么骗我？"

袁景本就乱了的五脏六腑因她这句话彻底停摆，他怔愣着，再看向平芜时只觉得无措，他要怎么说呢，他觉得在这一刻说什么好像都苍白至极。

他喉间滚了滚，却始终没说出一个字。

他听见平芜一字一句，语气里有无法释怀的浓重委屈。

"我根本找不到你，不知道你家在哪儿，更不知道你要去什么地方，不是说好了我带你离开燕北吗？为什么骗我，为什么一个字都不告诉我？"

喜欢一个人也太苦了，平芜想到自己满城找他的情景，明明他们两个都说好了的,他们会去同一个城市,如果学校能在一起就更好,她以为会是缀满鲜花的美好开篇。事实是,袁景在那个夏天彻底消失在她的世界里。

她断断续续,借着所有酒意把堵在心里的这些话一一倒了出来,这些年这些话在心里翻了无数遍,如今终于,终于能有机会跟他说出来了。

虽然平芜也知道,现在说,只是为了让她不再遗憾。

从前她一次又一次地在心里做决定要告别,却总是兜兜转转回到原地。这次,她会认真地彻底放下过去,也不会再将自己执着地困在回忆里了。

尽管,她的下定决心更像是幼稚小孩摇摆过后的赌气。

平芜逐渐平复呼吸:"袁景,我们同窗三年,算是共同经历了彼此青春里最浓墨重彩的一笔,我今天看到梁兴穿着校服的时候突然想通了,有些事不是非要有个结果,当年没有答案,或许那就是错的。"

错了就要修正,花上些时间也没什么,人这一辈子,总是要在无数条前路中挣扎顿足,最后才能选出最适合自己的那条路。

人亦是,感情亦是。

袁景的思绪变得越发空白,陷入一片茫茫无际的混乱,被束缚,被缠住,想要逃开却始终无法穿透那层裹了他许多年的屏障。

他试图挣脱,转头看她一眼。

"平芜……"

"送我回去吧。"

她不想再说了,折腾了这么久也彻底没有力气,揉了揉快要爆炸的太阳穴,在酒精的加剧下终是闭上眼休息。

十五分钟后,车子停在单元楼门口。

袁景解开安全带,轻轻喊了她一声。

平芜没回应,睡梦中很轻地皱了下眉,他看了眼外面依旧细蒙蒙的雨,准备抱她下车前脱下衬衫盖到她身上。她睡得迷迷糊糊,感受到顺着车门打开而钻过来的夜风时被冻得缩了缩身体,有衣物披在她肩侧,紧接着,落到了一个温暖的怀抱里。

平芜睁开眼,伸手推了推正在抱她上楼梯的男人,抵触情绪强烈:"我要自己走!"

袁景如她所说放她下来,只是脚上触地那刻她就开始站不稳。他眼疾手快地扶住她的胳膊,半推半拉地带她进了电梯,最后看着她站在门前发呆,直接拿过她的手指替她摁开密码锁。

"你一个人能行吗?"

他得回去了，女孩的房间毕竟不方便，虽然还有很多话没来得及说，可她醉成这个样子估计也听不明白什么。他好像觉得自己也喝了酒，内心七上八下，因她方才那些话硌痛着。

袁景停在门口，松开手看她往里走，结果她摇摇晃晃在刚离开他搀扶时就差点撞到鞋柜，喝醉的人从不觉得自己喝多，她撑住后还靠在墙面，转头向他挥挥手："我能行。"

她此刻是他从未见过的样子，生动、鲜活，是真真正正在他触手可及的面前。

袁景倚在门框，借着玄关的廊灯对上她游离的眼，想要确认她酒醉到什么程度，低声开口："知道我是谁吗？"

平芜重重点头："知道，你是袁景。"

是大骗子，她特别讨厌的一个人。

他眉间那点紧蹙有所舒展，因她这句话，原本被扼住的肺腑吸进去些清凉空气，袁景看她几秒，沉声道："平芜，我没想往前走，也没喜欢上别人。"

反正她明天酒醒就会忘记，也不差这几句。

平芜闻言顿了顿，因他这句话好像突然惊醒，她扬了扬唇角，显然是不信。

"我都在研究所门口看见了，咱俩又不是前任，你也没必要瞒着我。"

袁景挑眉看她，心情有些复杂："所以才拉黑我的？"

"不拉黑留在你结婚的时候随份子吗，我才没那么闲。"

这回轮到袁景笑了，他佩服她的想象力，即使喝醉了也还是能很快反驳他的问题，她一直都这么能说。

人怎么会那么轻易地放下过去呢？

袁景不知道别人，但他自己还是挺难的。

他不会跟别人结婚，更不会喜欢上什么别的人。人长大后对年少的记忆很稀薄，袁景却始终记着平芜校服上的兰花香气，他不知不觉，将过往的习惯延续到了现在的生活里。

"那天你看到的女生是采访贺全洲的记者，我们俩没关系，平芜，我从没打算要跟别人在一起。"

袁景垂眸看她，声音不大不小，每一个字却都清清楚楚地钻进她耳膜里。

"我只是觉得自己没资格再去打扰你，你也看见了，现在的袁景跟以前一样，不值得。"

平芜眼眶含泪，内心某处抽了抽，酒精催人胆量，所有决绝的再见仿佛烟消云散，只要他开口挽留，她踮起脚，在他毫无防备时拽住他领口凑上前。

他呼吸一滞，感受到她身上的气息向自己贴过来。

下一秒，平芜吻住他温热的唇。

"值得。"

/第四章/
我们要不要在一起？

爱，原是自卑弃暗投明的时刻。

平芜是被电话吵醒的。

宿醉一夜令她难受至极，醒过来时仍然觉得昏昏沉沉，反应也有点迟钝。

"好点了没，平芜，你的脸怎么样了？我才想起来你脸上那一条有可能是我挠的，不过你放心，以后你要是毁容了姐们养你。"

陈路嘉叫了她第三声时，平芜才慢悠悠直起身子从床上坐起，窗帘缝隙钻进一缕晨光打到被子上，她低头看见身上皱皱巴巴的裙子，伸手拂了拂，消沉了一夜的声音沙哑无比。

"昨天是你送我回来的吗？"

她只记得她们俩在包间跟人拳打脚踢，后来的事她实在记不起来了。说来惭愧，平芜长这么大第一次喝这么多，还是在陈路嘉结婚这天，想了下昨晚打架的前因后果，她觉得自己简直丢脸丢到十里地外了。

幸亏燕北认识她的人不多，在同学面前丢脸也就丢吧，只是她决定无论如何也不能再喝酒了，酒精害人。

陈路嘉在电话那旁笑了下："你觉得我昨天都喝成那样了还能送你回去吗？你是真忘了还是在这儿瞒着我呢？"

"我有什么可瞒着的，我好像有点断片了。"

平芜用力按了按额头，试图刺激自己想起一些昨天的事，但好像没什么用。

她又开口："所以昨天谁送我回来的？"

"是袁景啊，你真忘了？"

陈路嘉简直不可思议，用力拍了拍身旁梁兴的大腿，挤眉弄眼地跟他示意，继而又低下声问平芜："所以，你是回家了吧？"

梁兴对她这个问题无语，拿了茶几上刚洗好的一盘车厘子递到她面前。袁景才不是那样的人，虽然不知道这两个人现在是什么关系，但以他对袁景的了解，肯定是安全将人送到地方。

平芜停顿几秒后挂断电话，穿上拖鞋下床后走到客厅，家里空空荡荡，唯独沙发边沿上多了件浅咖色的男款衬衫。

指腹划过布料，香水味气味幽淡，是她常用的那款，除此之外，便是这衣物本身的。像是被植物根茎揉碎的清冽气味。很难形容，却很好闻。

平芜思绪渐远，随着陈路嘉的提醒和这件衬衫想起来是袁景送她回来，但只有他站在门口的一个朦胧影子，除此之外就是断断续续的碎片。

头痛之时，电话铃声又一次响了起来。

她以为还是陈路嘉，所以连看也没看就接通，声音懒散："又怎么了？"

那旁安静一瞬，袁景很轻地叫了她一声："醒了吗？"

平芜听出他的声音，后背莫名其妙有些僵硬："嗯。"

"头还疼不疼？"袁景语气柔和，平芜听着却有点思绪纷乱。

她开始懊悔自己昨晚喝了酒，沉默一瞬，随便问了个问题打断此刻不同以往的气氛。

"你怎么知道我手机号？"

袁景应该是心情不错，隔着听筒隐约传来一声很短促的笑，一字一句给她解答："培训会的时候你写在黑板上了。"

当然，主要还是因为微信是拉黑状态，没办法联系她，只能直接打电话。

平芜"哦"了一声，他也顿了顿，抬头望向她所在的窗户，眼眸柔和，嘴角也有一抹很浅的笑。

"我在楼下，要不要一起去吃早点？"

他已经很多年没有这样的心情了，昨晚回去时的轻松状态不亚于高三那年第一次模考时看到自己成绩单的笃定。

袁景一夜没睡，把他枕边那本书从头至尾又翻过一遍，天亮时又去菜地里耕了次土，可是心里仍旧被潮水激荡波澜，一切都很混乱，唯一清晰的只有她昨晚说的那句值得。

他只要确定平芜还肯往他这面走一步就好，剩下的无论是九十九步还是更多，他心甘情愿。

平芜微讶，快走两步到阳台，她楼层不高，所以很清楚地看到楼下站在车前的袁景，他现在似乎很爱穿浅色的衣服，晨光给他周身镀了层淡淡的光晕，她隔着玻璃静静看他，耳边听筒里还有他匀称的呼吸，也不知怎的，到了嘴边的拒绝突然就说不下去。

"那你等我一会儿吧，我收拾完就下去。"

"好。"

平芜速战速决去卫生间洗澡，为了节省时间连妆都没化，换好衣服就急匆匆下楼。

尽管如此，她还是用了快半个小时。

早餐店不远，楼下就有几家，袁景本打算开车带她去从前吃过的一家老店，不过看出她有些倦怠，也就顺着她的意思遵循就近原则，选了平芜伸手指向的最近一家步行过去。

九点半，店里已经没什么人了，两人坐下时系着围裙的大姨拿着菜单放到两人跟前，袁景把那张塑料纸往她面前推了推。平芜看了眼，只要了一碗馄饨，她没什么胃口，其实不太想吃。

"就这点？"他抬眼看她。

平芜点点头："我还不饿。"

袁景应下，随便点了两样，把菜单交回到大姨手上时又补充一句她的那碗不要香菜。

平芜看他一眼，两道视线撞得猝不及防，又在交汇那一刻不约而同地移开。

馄饨熟得很快，端上桌时她将左手边的醋瓶递到袁景面前，平芜笑着："谢谢你昨天送我回来。"

她对上袁景此刻有些茫然的眼，俏皮地挑了挑眉，语气里更多的是拐弯抹角的试探。

"我昨晚，应该没说什么乱七八糟的话吧？"

她对自己耍酒疯的程度是心知肚明的，大学毕业前一晚在宿舍里跟舍友们秉烛夜谈，她喝多后把花盆里种的樱桃萝卜拔出来当话筒，清醒后在旁人的多番复盘下总算知道自己喝醉后有多令人费解，为了避免给人增加麻烦，还是问问清楚比较好。

袁景神情微滞，拿汤匙的手突然停下来："什么叫应该？难道你不记得？"

他仔细看着她，似乎是想从她脸上找到些蛛丝马迹，只是她依旧笑着，看起来一点都不在意，不知道是真忘了还是因为酒醒了所以随便找的借口。

"我确实有点没印象，可能喝得太多了，如果我说了什么冒犯到你的，你别放在心上。"

平芜语气认真，袁景听完后却觉得这饭算是吃不下了，他反复看了她好几遍，嘴角溢出一抹难以察觉的自嘲。

"平芜，你是真的忘了吗？"

他到底还是开口，不见棺材不落泪一般，无论如何也不想就这么算了。

平芜闻言抬起头，看到他漆黑瞳仁里闪着微弱的光，她思索后，声音放低："我是不是说了什么不该说的？"

"是，你说了很多，而且你不止说了你还……"他叹了口气，说到一半就赶紧住嘴，袁景有些无奈，没发觉眼里好像被热气熏得微微湿润。

也是，喝醉之后的事怎么能记得呢，是他心存幻想，脑补太过。

平芜瞥到他眼眶微红，霎时着急起来："啊，我都说了什么，我是不是还打你了？"

"袁景，你知道人喝醉之后的行为是不可控的，所以你别放在心上，我为我昨天的事跟你道歉。"

她确实对后面的记忆有些混沌，这也要怪她喝了太多。平芜看着袁景的神色，一遍又一遍在脑海里搜寻昨晚的场景，可越努力就越模糊。

袁景沉默许久，抿成一条直线的唇在平芜的注视下很快敛起，唇角微弯，皮笑肉不笑把自己尚未开口的话咽了下去。

"没事，我不会放在心上的。"

平芜见他没再开口彻底松了一口气，低下头继续吃这碗不放香菜的馄饨。

她方才确实因为他记得自己不吃香菜有一瞬恍惚，把"放下"重新捡拾了起来，可感慨之余又很快记起这些年的空白。

或许，她能再试一次，在袁景这些天跟她的相处里看到彼此是否还保持着相同的心意，但毕竟过了这么久，青春期里的悸动在现实面前还能否如一尚不确定。

况且，她心里也并没有十足的把握来证明他们两个是否合适。

毕竟，十七岁跟二十七岁是截然不同的。

开车回村路上，途经镇里时遇上集市，袁景停下车去买了几包菜籽。

他打算在新家的院里种些青菜，人没什么心情时适合做些体力劳动，不过他时间很赶，到家后先去了老房子看袁向富，这些天他比以前安静不少，不知道是不是那天二爷爷将他大骂一顿颇有成效，总之他没再折腾袁景，偶尔也会想要坐着轮椅出去晒晒太阳。

"干什么去了？"看他进屋，袁向富悠悠问他。

袁景开窗通风，简单收拾了一下看起来还算整洁的屋里，并没回答。

"我想出去，你推我去你新房子看看。"

袁向富一时反常，袁景这次总算没再不说话，有些疑虑："你不是一直都不承认那个新家吗？"

他以前可是死活都不去的，新家完工那日，村里的人做主给袁景庆贺搬迁，都觉得他一个孩子到这份上不容易，所以人人都替他高兴，可袁向富却在宴席上大闹一通，在旁人上前敬酒时将饭桌上的盘子一扫而空，口口声声说他们父子俩今后分家，各过各的，他甚至还在人前打了袁景一巴掌，指责他有什么可炫耀的，每每想到这儿，袁景都觉得脸颊那处火辣辣的。

无论过了多久，伤口总是很难痊愈。

袁向富根植在他身上的，是他逃不出去，日益加深的痛苦鞭笞。

可他还是将他从床上抱起到轮椅上，拿了盖毯掩住他没有小腿的下肢，袁向富看到袁景认真的下颌，微不可察地愣了下。

他许久没感受到这么热烈的阳光，坐在轮椅上经过道路两旁时目不转睛盯着那些花看了半天。

"听他们说你要把咱们这发展成旅游村啊？"轮椅进了别墅院内，袁向富转头问他。

袁景不知道他听谁说的，估计除了张五也就只有二爷爷了，村里其他人也没人愿意来看他。

"怎么了，你也想出出主意啊？"

袁向富环顾四周，冷哼一声："我能出什么主意，你小心站得高摔得脆！"

假期结束，平芜继续回归繁忙的工作。

袁景被她抛到脑后搁置暂不去想，虽然内心时常闪现，但到底还是故作无事地翻了篇。成年人之间有些话不必说得太清楚，更不用深究，毕竟他俩除了同学身份之外再也没什么说得上来的名分了。她别扭地觉得或许他们之间需要放一放。

年份长的陈酿历久弥新，或许他俩之间也需要时间。

连续半个多月，平芜觉得自己像村口拉磨的驴一样忙得不停转圈，因为研究所持续推进山地一号的实地应用，每天都要分组下乡去各村辅助嫁接的农户，江清河甚至还带着所有人浩浩荡荡挨个村镇逐一转了个遍。

辛苦确实值得，除了牦岭沟的野生栗树无人在意，全县十八个乡镇和将近二百个村子几乎都试用了一部分的新型品种，推广效果显著。

成绩有目共睹，但累也是真的。

平芜被工作摧残，导致她下班后彻底丧失个人时间，到家洗完澡就直接睡觉，有几次累得不行，躺在沙发上就迷迷糊糊睡了过去，直到半夜被冷醒，这才赶紧上床。睡到一半又听见雷声，感觉到腰背和腿部肌肉的酸痛感，半梦半醒之际想到来研究所的第一天江清河告诉她的清闲，现在想想，还是她太天真了。

不熬夜做实验发际线尚且能保住，但是这两条腿在面对燕北崎岖的山地时还是能力有限。

窗外又落起春雨，地里新种的庄稼应该会长得很好吧，平芜翻了个身裹紧被子，听着滴滴答答的雨声陷入梦乡。

第二天总算没有了下乡任务，江清河在大会议室开了个近期的工作总结会，平芜心不在焉，还是惦记着牦岭村的那些野生栗树，她打算再去试试，所以会议一结束，她就拦住即将要回办公室的江清河跟他说明："我再跟村主任一起努力给农户们做做动员，不过今年的嫁接肯定是赶不上了，让大家再了解一下也好，没准明年就能用上了。"

平芜神情认真，江清河听完后也很快答应，只是突然想起来向菁菁请假了，这两人是一个小组，如今就剩她自己不太方便，他转动手中的钢笔思索着："要不我去外面找个人跟你一起吧。"

"不用，我自己去就行。"

她这样说着，心里已经有了决定，既然要动员，还是得先把大家都凑在一起。平芜及时求助梁兴和陈路嘉，让他们俩帮忙联络一场下乡电影，晚间她要让村口所有人聚集在一起，在大家心情不错时跟他们再讲讲这件事，到时候再放个前两天县电视台刚拍好的推广纪录片趁热打铁，只是尽力一试，不成功也不会让自己留下什么遗憾。

下午六点钟，平芜准时开车往牦岭村赶，这里又偏又远，村子坐落在山与山的沟岔之间，只余一条弯弯绕绕的水泥路指引向前。

车子拐进村口，垒满灰色石砖的小广场上已经支起纯白色的幕布。高耸山间掩去仅剩的一点白昼，夜幕尚未完全降临前的傍晚很像将明未明的晨光。

她把车停在不碍事的地方，下车时看见站在广场中央的袁景，虽然只是个背影，但看到那刻她眼皮还是条件反射地跳了跳。

"怎么是你啊？"平芜走上前，在他肩侧处低声开口。

袁景闻言偏头看她，似乎并不意外，捕捉到她说这话微挑起的眉眼时还轻轻牵了下嘴角。

"有谁说这地方我不能来吗？"他低声反驳，语气里却没掺杂一点生冷，反而还多了几分调笑柔和。

"当然不是。"平芜仰头仔细看他，末了笑了下，"我只是对你的出现有些意外。"

上次见面一起吃早餐还是二十天以前的事了，她不可否认，换了旁人会有生疏感，可在袁景面前，这二十天好像算不得什么时间，也或许是他俩本就隔了太多年的缘故？再见到好像确实没什么稀奇的，二十天在她跟前好像也像昨天。

袁景转过身正对她，微低下头，对上她游离的视线。

"那你别意外，因为我是专门过来找你的。"

他声音笃定，好似山间古刹沉寂多年终被敲响的钟，久久在她胸腔回荡不息。

"你，找我有事？"平芜停顿片刻后问他。

袁景点了点头，话到嘴边又好像没法开口，他这些天忙着村里和基地的事一直没空找她，大脑在他们两个的事上思前想后，犹豫退缩，又念念不忘。最终，他还是不甘心就这么当一个没名没分的老同学，既然放不下彼此，那就努力再往前走走，但这事无比重要，他得选一个合适的时机来说。

他犹豫这十几秒的空当里，后面穿着无袖背心调好设备的男人已经慢悠悠地走到袁景旁边，对方看起来跟他年纪相仿，五官端正，小麦色皮肤显得整个人更加硬朗，手臂肌肉黝黑紧实，看到平芜后伸出手撑了下袁景，语气轻快："不跟我介绍一下？"

袁景回过神："我高中同学平芜，这是小张。"

平芜点头问好，男人却伸直手臂跟她自报家门："我叫张之赫，是袁景朋友。"

只是话音刚落，身旁袁景已经先她一步拽过他的手，揽住此时多嘴的男人往后面走，大声开口提醒："你可以去放电影了。"

等两人走出大老远，张之赫愤愤不平地掰开袁景的手指："哎哎哎，我不过就是要跟人握个手，你至于吗？"

"至于。"

袁景沉声回答，再看向平芜时发现她已经去找村主任安排大家的座位，张之赫看到他视线追随那道身影,攀上他肩膀在他耳旁笑了笑。

"你别以为我不知道,这是照片里的那个人吧,确实漂亮,要是我,我也忘不掉。"

袁景没理会身旁人一句又一句的八卦话语,目光锁在不远处的平芜处,她正热心地帮着几个老人弯腰搬起板凳,袁景注视许久,自己也没发现在看她时弯了弯嘴角。

漂亮只是她最不值一提的地方,她身上有他这辈子很难拥有的圆满和明媚,有他无论怎么努力都无法在最初抵达的灿烂,可她拥有这么多也还是会在旁人狼狈痛苦时蹲下身安慰,甚至伸出手帮忙擦拭眼泪,她对谁都好,或者说,她本就是个特别特别好的人。

那些个幽暗沉寂的岁月里,她像一束恰好照到他身上的光,没有人会在黑暗角落里拒绝光明和温暖。

爱,原是自卑弃暗投明的时刻。

牦岭村已经很多年没这么热闹过了,对这些常年居住在村里的老人们来说,看电影就像是20世纪的事,虽然家家都有电视也连了网络,但上了岁数的人们在电子产品的使用上仍是停留在最初的陌生。平芜选了部还算欢乐的家庭类喜剧电影,在开始放映之前拿着调好声音的话筒站到幕布前简单说了几句,大家倒没像上次那样爱答不理,只是在这件事上依旧保持着原本的态度。

她说完后退到人群最后,靠在很矮的砖墙上。

人正走神呢,袁景从她后面出现,绕了一圈走到她身边,把手里一个白瓷碗递到她面前,平芜借着路灯看了眼,碗里红彤彤一片,她看了半天也没认出来这是什么果子。

"桑葚。"袁景看出她疑惑的眼,手又往前伸了伸,"不是超市里卖的那种,这个长在山上,但是很好吃。"

平芜将信将疑,捏了一颗尝了尝,甜丝丝的汁液化在舌尖,果真不错。

"你摘的?"

她又拿了几颗,果子上还带着水珠,怪不得刚才一直不见他人。

袁景点点头,看出她兴致不高,于是跟她讲起自己小时候也经常看这样的电影,夏日夜晚,众人围在一片空地乘凉,闹腾的孩子们只要一挤到最前面就会被各自的家长骂回去,平芜听到这儿笑了笑,再看他时眼里多了几分温和。

"所以你小时候也很淘气。"

袁景笑着算是默认,不想跟她讲起不好的事,看到她指间被汁水染红很快拿出纸巾,照顾她的动作过于娴熟,两人间更有种难以言明的默契感,恍惚让人生出些老夫老妻的错觉。

平芜看他一眼,心莫名一跳,接过纸巾擦手后别开视线,有些没话找话:"你还没说找我有什么事呢?"

她说这话时已经侧过头,可袁景还是看到她漆黑的瞳仁被昏黄路灯融进一些细碎的光,原本红润的唇也像是被染红几分,在灯下越发明显。

袁景怔了怔,想到那晚她吻过来的触感,五脏六腑在这短短几秒里爬了无数蚂蚁来回吞噬啃咬。

目光停留几秒,袁景抿了抿唇,学着她的样子移开眼。

"是很重要的事,不过……"他看向远处的山,夜幕之下隐藏的山峰平静无言,跟身前的喧嚣场景对比明显。

也幸好是有这片喧嚣,内心某处始终不稳的心跳才得以掩盖。

"平芜,你还欠我一个愿望,记得吗?"

袁景声音很轻,说这话时也还是没有看她,他盯着地面上被路灯映照着缠在一起的影子,像是想起来当年她答应时的场景。

故人再见就怕提起从前,平芜沉默了。随着他这句话而来的,是心底深埋许久终于被钥匙成功打开的潘多拉盒子,是她忘不掉也放不下的美好回忆。

"记得。"她过了好一会儿才低声回答。

袁景笑了下,因为兴奋而转头看她,语气郑重。

"那说好了,今年生日我陪你过,我有重要的事要跟你说。"

两人毫无阻隔再次撞上彼此的视线,胸腔里因为时间退去的潮水在这一刻卷浪重来,沉寂许久的心底某处被填满,终究没再躲开眼前这双真挚热烈的眼。

那是十八岁就深谙于心的笃定,很难改变,不会改变。

连绵不断的青山在疾驰中跟视线渐行渐远,窗外从层次分明的农田慢慢进入钢筋水泥的繁华世界。

经过隧道时,贺全洲终于按捺不住一路无人聊天的寂寞,看向对面自上车起就沉默不语的袁景。

他"啧"了声:"你怎么陪我出个差像出殡似的。"

没等人回答，贺全洲又伸出手故意摸了摸他额头，开口跟他玩笑："体温正常，那就别跟根冰棍似的杵那了，出来看看多好啊，当散散心。"

"公司里那么多高才生不用非要我陪着，您不怕我到外面给您丢脸啊？"

袁景有些无奈，这趟出差，他完全是被贺全洲强拽来的，根本不给他反驳的机会，栗洲集团受邀到京平参加一个农产品的研讨会，明明不关他的事，但贺全洲在公司里点兵点将，最后还是决定麻烦袁景，倒不是因为什么专业性，只是单纯觉得他外形条件好，通俗来说是拿得出手，这是他骗袁景时的话术，私心是带他结识人脉，或许公司里很多人议论他俩的关系，可贺全洲不在意，他想对一个人好是没有理由的。

尽管，这个理由这辈子也不能让袁景知道。

贺全洲刻意转移话题，目光从窗外划过，沉声问他："你知道燕北像什么吗？"

袁景摇摇头，没参透他这句突然生出的高深话题。

"像什么？"

"燕北就像一座无人问津的山，房子盖在山上，粮食种在山里，大家都在拼命往外走，但总要有人留下。"

贺全洲知道，袁景跟他是同一个选择，真爱这片土地的人们，走了多远也会回来，即使他从未真正走出去。

在京平的最后一天，贺全洲忙完工作后叫袁景带他去医院看看姜顽。

其实这两个月袁景断断续续往这儿跑了几次，只是能见到姜顽的机会不多，有时候只是从病房外远远看一眼，他的分型很不好，现在刚做到第二个化疗，短时间内移植也找不到合适的配型，只能是走一步看一步，这次再见到姜顽，他竟然比上次还要消瘦。

两人从医院走出来，袁景原本阴沉的脸更加暗了暗，贺全洲招手叫了辆出租车过来，上车后拍了拍他的肩膀轻声安慰："人这一辈子总有命数，想开点。"

上了年纪的人说话都直白，也许是生离死别见得太多了，贺全洲有时候想也觉得人活着没意思，生老病死，疾病困苦都要一一经历，可既然到这世上一遭，那必然是有值得留下的意义，他说不出什么大道理，只觉得既然活在这世上就别辜负每一天，任何事和人都要好好珍惜，别浪费时间。

出租车驶过繁华的市中心，路过一处熟悉的商场时袁景叫了司机停下。

贺全洲惊讶地看着他："你要去哪儿？"

"我有东西要买,你先回酒店吧。"话说完,袁景拉开车门下了车。

他习惯了他生活里突然降下的霹雳,他一直在雨中行走,被浇湿浸润了那么多年早就习惯,他以前对命运侵袭而来时有种悲戚的无力感,他什么也无法改变。但现在,他有了坚持下去的意义了。

天气越来越热,偶尔能听见窗外树下的蝉鸣。

端午将至,所里总算短暂的轻松两天。

下班前,平芜在完成最后一项记录关闭电脑时侧眼看了看桌上的日历,屋外拿着包赶着去幼儿园接孩子的几个同事闲聊着说起明天还要参加儿童节活动,听着这些声音,她笑了笑,伸手扯下今天的这页。

人一旦生了某种期许,便会反反复复陷入一个循环。

袁景一句不长不短的话,轻而易举将平芜拉进一个只有他们两个的圈套里。明知不能深陷,她却还是隐隐约约在心底埋下一颗种子。没别的原因,只是因为这个人是袁景。

他在她过往的平淡岁月里留下很多浓墨重彩的回忆,高三那年,平芜从小到大雷打不动过生日要吃蛋糕的仪式感,因为高考在即被封闭在学校而不得不中断,倒也不是真的非吃不可,只是觉得过生日有点可惜,尽管陈路嘉在早饭时给她打了一碗豪华版的长寿面,可她还是不可控地生出了些低落的情绪,现在想想都觉得是很矫情的事,但她骨子里对仪式感就是有种执拗的坚持,外人无法理解,也不会理解。

平芜原以为那一天会照常过去,直到上晚自习前半个小时她从操场回来做题,看见从下课起就不见人影的袁景回到班里,众目睽睽之下,他把手里提着的那盒包装严实的蛋糕放到她课桌上,自己则是跟个没事人一样转身回了座位,平芜好奇他怎么请假出校的,因为当时班主任严令禁止,可他没说,她也就没再继续追问。

她很久以后才知道,袁景为了让她在剩下的几个小时里吃到蛋糕,选择铤而走险从小操场后面翻墙出校。他长这么大第一次做这样偷偷摸摸的事,还因为着急崴了脚,可在看到平芜露出笑容跟大家分享蛋糕时,他还是觉得一切都值得。

他虽然能力有限,但还是竭尽所能帮她完成心愿。

不为别的,没什么原因,只是因为这个人是平芜。

她想做的任何事,他都愿意替她去做,但这些都是他自己的选择,所以她不用知道。

平芜想，他这个人之所以难忘，大概也是过往堆积的那些细微故事，谁都能做，可是谁都不是他。

"傻乐什么呢？"向菁菁看她盯着撕下的日历纸发呆，背上包起身往她这面走，"咱俩去吃剪刀面吧，楼下新开了一家好像还行。"

"你怎么每天都在研究吃？"

平芜回过神，收拾好桌子后跟上她的脚步，随着她俩逐渐相熟，关系越来越不错，走近时甚至已经习惯互相挽着胳膊，向菁菁笑着跟她解释"吃饭不积极，思想有问题"的名言警句，两人一起往外走。

结果刚迈出办公室就迎面撞上江清河。

与此同时，还有跟在他身侧，似乎不该出现在这里的方植。他看到平芜，眼角流露一抹难以掩饰的喜悦。

"哎，小平，我正要给你介绍呢，这是来咱们所实习的小方，你俩是校友对吧？那可太好了，这以后都在燕北，能多个照应，我把他交给你了啊，我得赶紧回家了。"江清河喋喋不休地说了一大堆，拍了拍平芜的肩膀后就急匆匆地走了。

向菁菁后知后觉，看向眼前的陌生男人，又看了看不太对劲的平芜："老江刚才说的啥？"

"我也没听清。"平芜如实回答，抬眼看向方植，发现他也正在看着她。

视线交汇，他嘴角弯出温和弧度："见到你太好了，平芜，我今天差点没赶上来燕北的车。"

向菁菁敏锐嗅到了非比寻常的八卦味道，与此同时她的理智和饥饿的肚子都在告诉她应该远离，她也确实这样做了，走之前凑到平芜耳边说了句话然后就脚底抹油一样的光速离开。平芜无奈地看了眼她跑下楼梯的背影，发觉这个人真是有种难得的分寸感。

回过头，方植正在看她，眼角眉梢都是欢喜神色。

没办法，谁让他俩是校友，就算平芜有一万个质疑他来这儿的念头，可她也没法在这时候问出口，她不能自己给自己找麻烦，更何况，眼前这个人还是个锲而不舍的高手。

"吃饭了没？"她淡淡开口。

方植微微颔首，又很快摇头："没有。"

"那走吧，请你吃饭，算是感谢你在我生病的时候买那么多药给我。"

两人一前一后走到大门口，方植好心情地笑了一路，看她走路太快，连忙跟上她的脚步。

"平芜，我来燕北你开不开心啊？"

她看他一眼，不想回答他这句没意义的问题，然而方植在她身后继续开口："这个实习机会我争取了很久呢，虽然只有四个月，王教授说你只调任一年，那你明年春天是不是也就会回京平了，我想好了，等你回京平的时候我也去……"

"方植。"

落日余晖下，男人原本黯然的眼经过晚霞照耀又生出些不灭的火焰，她神色平淡地对上他的视线，极力在心底组织语言，可是那些话直说太伤情面，沉默片刻，平芜还是将声音放到最缓："走吧，我带你去吃面。"

她心知肚明，再说下去又要彼此不快，板栗不是他的研究方向，以他的成绩，就是考到最差也不至于来燕北。认识这几年里，方植总是这样，恰好地出现在她身边，并始终坚定不移地以她的轨迹作为自己下一步的方向，他一直这样，但她以为自己上次说的话已经很清楚了，实际上并没有——这人是会自己曲解她的意思，拒绝都能分析出是为他好。

平芜思绪纷乱，吃饭时也有些心不在焉，拿出手机看了看，自从上次把袁景从黑名单拖出来后一直没发消息，他只告诉她要去外地几天，具体哪天回来说不定。方植看她沉默，有意打破眼下的尴尬氛围，于是笑着跟她讲起铜锅里面条的形状："像小鱼。"

他声音轻快，平芜收起手机看了眼，摇头说不像。

又一次回归沉默，方植也不再刻意开口，她不想说就不说。

两人各有心事，彼此无言地吃完了这顿并不热闹的饭，然后又一起沉默地走回小区。

虽然是实习，但江清河也按照应有的标准给他分配了公寓，负责接他的人从车站出来后就直接带他来了这里，方大少爷在看到狭窄的一居室后想也不想就准备拿上行李去住酒店，直到身旁男人说起平芜也在这栋楼里，他这才收回正在录入身份证信息的手机，硬着头皮放下行李安顿。

他暗自在心底给自己打气，只要离她够近就行了，所谓近水楼台，必然是有存在的依据。

爱情是盲目的，但也能给予旁人不需要的勇气，再多困难和磨难也没所谓。

平芜对他也住在这里的事实已经提前知晓，因为她刚才无意中翻看手机消息时发现江清河已经把方植拉入了研究所的工作群，这人如今是真实地要跟她在一起工作了。想到这儿，她还是在树荫里的甬道上停下脚步。

"方植，其实你没必要来这儿的。"

他笑了下，是已经预料到她能说出的话，想也不想就很快开口打断她："张师兄说你高中是在这儿读的，我虽然刚来还不了解，但我也觉得燕北很好，平芜，或许我以后也会像你一样喜欢这里，这怎么能是没有必要？"

方植认真地看她，语气笃定："我认定的事不会变的，从来都是这样。"

他怎么会不清楚呢，他早就知道眼前这个人对他没意思，可身体里那点蠢蠢欲动的血液告诉他，遇到喜欢的不能轻易放弃，她就是这样的性格，需要时间，更需要一点一滴渗透，这其中也少不了时间，所以他心甘情愿在她这里反反复复，因为他喜欢。

生日这天，平芜依旧忙碌。

上午雷打不动的工作会议结束，各村镇定点人员马不停蹄下乡进行新接品种的开花查验工作。

六月第一天，燕北县的平均气温已经逼近三十度，地表柏油路被烤得炙热，在进入停在室外的车那刻像是到了蒸笼，平芜艰难地适应着滚烫座椅上的温度，系上安全带后很快打开空调。

"真是要命，等咱俩从山上走一圈回来肯定已经变成黑炭了。"向菁菁关上车门后也是热得直咧嘴，玩笑着跟她吐槽道。

平芜笑了笑，不用看她也知道她肯定全副武装，这些日子以来，向菁菁每次下乡都是用防晒衣和防晒面罩将自己捂得严严实实。她们工作特殊，跟长在地里没什么区别，除了一项又一项的研究调研就是下乡应用，紫外线的杀伤力确实不容小觑。

"不过你真的有点过分了，为什么你都不会被晒黑？"

向菁菁百思不得其解，她们两个成天风吹日晒，但是平芜看起来并没有什么变化，反倒是她，从手到脸肉眼可见地暗了一度。

"怎么可能，我也会晒黑啊，你没看我出门前涂了这么多防晒。"平芜开口回答，说完后把包里一管用了一半的防晒拿出来给她看。

向菁菁注意力被她露出整截的白皙手臂吸引，从上至下仔细端详着她。其实平芜不是那种锋利浓颜的第一眼美女，甚至五官单拿出来都不怎么出众，可是偏偏结合在一起就多了份与众不同的清冷气质，在看过之后很难移开视线，这样的人这样的长相在哪里都是引人注目的，恐怕也少不了前赴后继的追求者们。想到这儿，向菁菁不免记起昨天从露面时就一直追随她目光的那位"奶狗"师弟。

"话说你那个新来的师弟今天怎么没来开会,不是你昨天给人家撵回去了吧?"

平芜转头看了她一眼:"这跟我有什么关系?"

"我可都看出来了,他是因为你才来的,平芜,你是不是不喜欢他,喜欢那个,叫什么来着?"

向菁菁嗔笑着,一脸我懂的表情,平芜无力招架,连忙制止她逐渐脑补的好奇心。

"哎,打住,工作时间不聊八卦,咱们先去哪个村?"

两人都很聪明地点到为止,话题就此终结,与此同时汽车离峪河镇也越来越近,按照位置远近,她们两个先去了镇上最外的两个村子,就离上次吃过饭的镇中不远。

进入夏天,群山翠绿,山坡上的栗树郁郁葱葱,深绿色的树叶在太阳的照射下发出油亮的光泽。

板栗花形状特殊,区别于其他树木,密集地在枝头上长出淡黄色的带细小绒毛的长条花簇,一根根环绕在一起,远远望去就像是岔开长在树上的狗尾草,花簇挂满枝头,漫山遍野树尖一团团淡黄色栗花,随风轻轻摇曳。

小石村在路线最后,到的时候已经是下午三四点钟,高空悬挂的日头依然很晒,平芜跟向菁菁分头行动,结果还没走到山坡的岔路上就听见身后有人叫她的名字,闻声回头,是消失了一上午的方植。

他脚步匆匆,生怕他再晚来一会儿她就要跑了一样,迎着烈日在她跟前站定,满头大汗地平复呼吸。

"你怎么来这儿了?"平芜不解地看着他开口,到底觉得这个人有点神出鬼没了,不管怎么说都不能把工作当儿戏,这一点是她绝对无法容忍的。

"江所长让我跟着你一起,我上午耽误了一些时间,要不然早就过来了。"

方植伸手抹了抹额间的汗,脸被晒得红红,只是嘴唇看起来有些苍白,解释的语气也比之前低了低,像中气不足。

"你不舒服啊,是不是水土不服了?"

平芜仔细地看他,发现他确实不太对,平时生龙活虎的一个人现在看起来简直像被霜打了一样蔫儿。

"你回去休息吧,今天工作不太多,你也帮不上什么忙。"

方植听着平芜稍微平缓的逐客令,坚定地摇摇头:"我没事。"

他从昨天到了燕北后就觉得浑身难受,吃也吃不下睡也睡不好,就连喝水都想吐，早晨实在起不来，所以在公寓里那张丝毫没有舒适度的床上躺了一上午。经她这么一说，方植后知后觉地确定了这是水土不服，看来燕北就跟平芫这个人一样，始终不会让他轻易得偿所愿。

平芫只好带着身后这位看起来并不怎么正常，但是非要坚持的男人往山上走，没办法，这尊大佛不是她能随便请动的。

方植第一次来到这样的地方，虽然两人是同一个专业，但是细分下来，农业下属学科无数，方植读研是做了偏向实验分析的研究类课程，所以对这种身临其境的直白调研有那么一丁点儿难以适从，一来他确实不了解板栗，二来这山也太陡了，他本来就很恐高，上去的时候根本不觉得有多高，直到站在坡上往下看，简直心都要跳出来了。

处在这样的环境里，人的内心很难平静，也根本无法平静，所以当他看着平芫的身影在他面前轻快地走到每棵树前查看长势的状态时，沉默了一路的方植终于在她身后开了口："平芫，我认识你六年了，我知道你对我没有好感，你对试验田里的青苗都比对我有耐心，但我真的很喜欢你，虽然我也不知道自己为什么这么锲而不舍，大概是因为我太倔了吧，来燕北之前我想了很久很久，猜到你会因为这个决定很不高兴，可我还是来了，人活一辈子总得彻底撞一次南墙。"

他声音清晰，即使周遭树叶被风吹得窸窸窣窣作响可还是毫无阻隔地传到她耳朵里，人在高地，处在山间，身边的一切都空旷至极，除了漫山遍野的树外再也没有别的东西。

"平芫，我真的没机会了吗？"

她闭了闭眼，过了好一会儿也没有转过身，就这么背对着，沉声回答他的问题："方植，你早就知道我的答案的，无论是六年还是六天，在我看来根本就没什么分别。"

她很理智，这些年她翻来覆去说过许多次这样的话，但他都没听进去，她自己就是执着的人，可是看到同样像她一样的人时第一反应却是远离，爱这事真的很简单，不喜欢便是真的不喜欢，或许旁人能因为时间和感动培养起爱情，但平芫绝无可能。

她不会轻易开始，因为她始终没将心里的位置彻底腾开，带着往事的人是很难拥有新的故事的，她无所谓，她不想放下。

她宁愿什么也不考虑地再爱一次，只要自己不后悔就够了。

"对不起，方植。"

平芫总算转身，只是刚越过脚下的石块便突然停住了，她目光如炬，一眼看到了站在方植身后不远处树荫下的袁景。

他拿着锄头,弯下腰在给眼前那棵树干很粗的老栗树周围除草,察觉到她的视线,很快停下手中的动作。这一切实在是太荒谬了,理智告诉他应该尽快离开这里,可真正从头到尾听她说完这些话后,内心又燃起零星火焰,她不喜欢这个人,这就够了不是吗?

"你不要说对不起,这没什么好对不起的。"

方植话说到一半就被身后突然走过来的人吓了一跳,他悠悠回神,一惊一乍地看着眼前多了个男人径直往平芜身边走去,于是也快走两步跟他同行。

"哎,你好,你是村民吧,哎,你!"

方植忙不迭跟在这两人身后,一边操心着平芜的安全另一边又要看准脚下的路,他走得很慢,手脚并用之时又大声叫嚷:"平芜你别怕,我这就过来了。"

袁景没理会身后聒噪的声音,沉默地上前拉过平芜的胳膊准备带她往山下走,这里不适合谈心,他也总算觉得昨晚是自己冒失,就算看到别人跟她一起回家也不至于就这样失魂落魄地把车开离,有些话是要说清楚的。

"我带你去个地方。"袁景意识到掌心灼热,微微松了手同她低声开口。

可刚将手收回垂在身侧,身后小跑下来的方植就又一次抓住他的手。

"你是什么人?别动她!"

袁景愣了愣,看到自己胳膊上突然多出的这只手后觉得此刻更加滑稽了。平芜也是,方植大义凛然地警告他时另一只手还护在她身前,一副老母鸡护崽的情景,她无奈地笑笑,伸手拉开像只斗鸡似的方植,先跟袁景解释:"这是我学弟方植,刚调来燕北工作。"

话音刚落又转头看向方植,一字一句告诉他事实。

"这是我同学,你放心,他不是什么坏人。"

方植闻言拧眉看他,从上至下将人打量一圈,悻悻地收回手,都说女人间的第六感最准,其实男人间有时候也很敏锐,方植隐隐约约地觉察,他脑中那根名为情敌的引线在看到袁景那刻叮叮哒哒响个不停,不过现在怎么响也都没用了。

他方才已经没了最后一次机会,他也在这一秒彻底想了个清楚。

末了他打起圆场:"不好意思啊,我看你刚才的那个样子有点误会了。"

袁景淡淡看了他一眼,嘴角微弯:"没事。"

至此,三人不得不一起下山,方植走路很慢,遇到点陡路就十分腿软,但他不得不装出一副坚强的模样,硬着头皮说服自己不去看两侧的高度,平芜原本在前,回头发现他停在峭路上不动,准备拉他一把时身旁的袁景却已经走上前。

就这样,袁景搀扶着方植一路下了山,平芜偶尔转身看看,他们俩的脸色都很一般。

人间六月,周遭青翠盎然。

方植实在待不下去,下了山就跟平芜说他先回去。

离开阳光直射,他脸色缓和一些,只是额头上仍然挂着一层虚汗。平芜不太放心,想着他一个人来到这么人生地不熟的燕北,不管怎么说都是因她而起,如今又生了病,不做点什么的话心里好像也有些过意不去。

"还是很难受吗?用不用我带你去医院?"

方植摇摇头,觉得倒是好很多了,他想起自己从小到大每次考试前都有这种类似状况,因为紧张所以临近考期时都会生病,大概也是心理紧张的因素吧,总之,他现在认为这个考试已经彻底结束了,以往次次满分的测验经历里,感情是唯一答不上来的白卷,但没关系,他圆满了自己的这个遗憾。

"我没事的,回去休息一下就好了。"

他直起身,背对平芜往方才停车的地方走,绕到一侧打开车门时又停住动作,回头笑着冲她挥了挥手。

"生日快乐,平芜。"

再多的祝福,他也只能说到这一步了。

红色汽车逐渐消失在视线里,平芜转过身,再一次对上袁景那双沉静的眼。

他刚才回去洗了脸,半干半湿的脸上更显眉眼漆黑。

她扬起嘴角,试图跟他算账:"某人好像又一次骗了我。"

平芜声音很轻,脚步也刻意放缓,语气里没有一丝不快,尾音上扬带了点俏皮,不像算账倒像是撒娇。

"上次在牦岭村怎么跟我说的来着?"

她当然是存心明知故问,所以说出这话时目不转睛盯着袁景,生怕错过他一丝一毫变化的神情。

"没有骗你,我昨晚一回来就去你家找你了。"

袁景认真对上她眼眸,周遭轻拂过的风也给他本就磁性的声音蒙了一

111-

层温柔。

"你看到我跟方植了?"

他点点头,如实回答:"嗯,看见了。"

袁景神色正常,平芜听他说完后却有些按捺不住,她急于解释:"其实我跟他没什么。"

"我知道。"

到了这时候,不用她说什么他都一清二楚,何况刚才在山上听得明白,也无需她再赘述。再倒退一百步,就算平芜喜欢上别人,他也是能理解的,八年不是八天,他准许自己一直空白不肯向前,但她的任何选择他都支持并能理解。

"平芜,我不在意这些的。"

她弯弯嘴角,伸手拽住他衣角:"我在意,我要跟你解释的。"

她语气实在柔和,更像安抚,说完后冲他眨了眨眼。

"刚才你说要带我去哪儿?"

袁景没说话,牵住她停在他衣角上的手,微凉的掌心小心翼翼包裹住她此刻的温度。

太阳尚未落下,也没有火红的余晖,但彼此脸颊处都染了细微的粉红,云霞是少女心事,亦是肌肤相触时逐渐攀升的烟花。

袁景带平芜走到村后一处低洼空地,这里最近在施工,是村企合作的改造居住工程,也是日后旅游村"乐园"部分的一点小小角落,如今干涸的河床日后要变成盛放莲花的池塘,老式木桥也要换成弯弯曲曲的游廊。

她刚好奇起这里的变化,他却不等她说话直接继续往山上走,村口后山有一棵年头最久的古栗树,是整个小石村乃至峪河镇常青板栗品种的母树。树干粗壮,要三个人才能勉强环抱住,现在被研究所保护起来,四周围上一圈石墙,树干下也做了很多支撑。

平芜路过这里很多次,却没怎么正儿八经在这棵树下驻足。如今站在树下,倒真切实觉得人类的渺小和大自然的诸多繁盛。

袁景没有松开手,在树荫下专注地看向她此刻仔细观察的眼眸。

他很久很久没有离她这么近了,只看着她在眼前就觉得心满意足,有种失而复得的珍重心情。

末了,他抬起头,语气一本正经:"这棵树有个传说。据说在这儿说谎话的人,会被树上的栗蓬掉下来砸伤。"

平芜闻声皱起眉头,明显不信:"你胡说八道吧,栗蓬还能把人砸到受伤？"

虽说栗蓬外面的小刺砸到身上确实会疼，但他这故事编得也太没边了。

"是不是小时候村里的老人拿来吓唬不听话的小孩的？"

袁景装作严肃地摇摇头，讲起随便杜撰的故事简直信手拈来，平芜一开始有些迟疑，听到最后却越发被他吸引，眼眸都亮了起来，彻底上了他的圈套。

看她一瞬不瞬地看着他，袁景说到最后自己也忍不住笑了，阳光下他笑容爽朗，是她许久未曾见到的灿烂，这样的笑，她只在那段恍如前生的学生时代见过，重逢后还是第一次，不可否认，平芜真真切切被晃了晃眼。

人是骗不了自己的，喜欢的人即使掺杂误会和遗憾，无论过了多久也还是会喜欢。

袁景捕捉到她漆黑瞳仁中只有自己的那片倒影，伸出手揉了揉她的头："这样的瞎话也就只有你才信。"

平芜这才恍然大悟："原来你在骗我啊！"

她眼疾手快打了他的手："我说怎么可能有这样的故事，听起来都很假。"

"假，你还不是听进去了？"

"那是因为讲故事的这个人是你，你看吧，我总是会被你骗到，无论现在还是以前。"

袁景站定，垂眸看她一会儿，空着的另一只手也轻轻将她拉住。

"平芜，我一直没忘记过你。"他顿了顿，抬头对上她的眼，一字一句，"我一直，都很喜欢你，无论从前还是现在。"

他深吸一口气，不愿错过她一丁点细微的变化，自己都没注意此刻牵住她的手微微加重了力气。

"站在你面前这个人，可能跟以前那个袁景判若两人，但我绝对会直视对你的爱意，希望我这句话没说太晚，平芜，你，你还愿意接受我吗？"

是时隔很久的心情，丝毫不亚于晕水的他人生中第一次坐船，每一个翻腾的浪花都能轻而易举将他吞噬，摇摇晃晃没有安全感，唯一能做的不过是抓紧眼前的扶手栏杆。

袁景胸腔一颗心脏毫无章法地狂跳，像是离水上岸拍打身体的鱼一样无法呼吸，他自己也没注意话音里已经有些微微发颤。

"我们要不要在一起？"

平芜静静注视着他说完这些话，微微用力挣开他原本牵住的手，眼尾上扬露出微笑,在他踌躇不安时飞快踮起脚亲了下他的侧脸。

"要。"

觉得有点亏,她又在袁景有些怔愣时掰过他抬得过高的脸,双手交叉放在他脖后,稍一用力就让他低下头。

平芜凑上前蹭了蹭他高挺的鼻尖,含糊着在他咫尺间悠悠开口:"所以,那天你要说的话就是这些?"

"嗯……"

袁景呼吸全乱了,不敢直视,睫毛也抖个不停,她离他这么近,两个人的呼吸都交缠在一起,耳后被太阳晒得更热,血液从上至下缓缓喷涌,唯一能做的就是避开她盈盈深邃的瞳孔。

"很早就想说了,那天,那天你喝醉的时候,我就想说了,但我又怕自己耽误你,毕竟当年不告而别的人是我。"

他闭了闭眼,试图向后跟她隔开一些距离。

平芜却在这时候仰头含住他的唇,在周遭只闻到青草香气时一点一点描绘他的唇线,脑海中名为循序渐进和清醒理智的弦彻底崩掉,袁景感受到她唇齿间的温度后心尖一颤,彼此闭上眼浅浅试探认真索取对方的唇瓣。

过去的都过去了,重要的是现在。

命运安排他们两个再遇见,那就再信一次吧,坚定彼此,守护彼此,永远都不分开。

"袁景,我也很想你。"

八年分别,一朝重逢,其实两个人心里都有别扭的地方在,小心谨慎步步试探,明知不可为却还是不可控制地被彼此吸引,过去的时间是空白的,这本遗失许久的书,谁也不敢保证里面的内容是否还像从前,可从前心动过,真正爱过,细细翻读过每一字句的,即使过了很久再遇到,也还是会不自觉地再次翻看。

爱是什么呢?

是你看到这个人,便只想着跟他在一起,可能很冒险,前路幽长未知但你仍旧坚定。或许没有结果没有意义,可这永远不会改变爱他时的坚定决心。

"你不要说什么耽误,什么云泥之别,你并没有对不起我,我只是介怀你当年什么都没有说。袁景,这些话以后不要再说,现在我们都是扎根土地的一颗种子,土地需要我们,听到了没?"

许是觉得那样说太过生硬,平芜又变化了一种语气说给他听。

袁景承认，她这番话像是突然席卷而来的浪潮，在他心里翻滚来去，到底还是奔向最脆弱的那处逐一填满。

世界纷杂多变，无数人随波逐流，她却始终保持着面对这世界最初的童真。

向菁菁的电话打来时正好提醒平芜该回去了，于是跟他一起走回去，傍晚的天空依旧蔚蓝纯净，群山在夕阳的照耀下染上一层漂亮的暖橘色，跟天空交相辉映，连此刻的光影都变得温馨。

两人恋恋不舍，都走到村口才后知后觉，袁景恍然大悟忘了东西，回家拿了之后把礼物隔着窗子递给她。

"生日快乐。"

平芜接过来看到黑皮纸上熟悉的 logo（标志），有些意外地跳了下眼皮。

她环顾四周，这时间大家都在吃晚饭，路口只有这辆车和站在外面的袁景，她突然就笑了笑，眨了眨眼告诉他还有话说。

袁景闻声弯腰低头，她也抬高手，隔着车窗小鸡啄米一般在他脸颊落下一吻。

"谢谢。"

她很开心，不是因为自己又长了一岁，而是体会到失而复得的珍重心情。

端午假期，平芜没了像上次那样在燕北停留的理由，在平建瓴的催促下不得不订了最早的票回京平。

整整三个月没回家，夫妻俩心知肚明她躲着的原因。除了逃避家里之前一个又一个张罗的相亲对象，平芜最主要的是逃脱汪敏女士的"控制"。

决定来燕北，是所有事情堆积到一起的决定。

那阵子平芜因为工作时常连轴转加班，为了手头的几个项目几乎就没熬夜睡在研究所里。汪敏有好几次叫她相亲都因为工作没去，汪敏以为这是她的推托之语，最后越来越变本加厉。

猝不及防把相亲对象带到她家里，迎面撞上熬了通宵蓬头垢面的自己这种事已经可以忍受，但最令她无语的是，母亲把手伸到了她的工作里。仗着跟王企德的私交，直言所里要给她少安排一些工作量，不然这样下去谈不到男朋友。

人好像只有工作后才能明白，真正属于自己的时间其实少得可怜，而在离开学校之后，比起时间流逝，更怕面对的是要按部就班地结婚生子，长辈眼中无论在事业上多么优秀的女性如果在这件事上稍落后他人，便会被一视同仁成为异类。

所以平芜这次没能顾着汪敏的脾气，撑着困倦的眼皮坚定反击。

"妈，你能不能别管我了？

"我现在不想谈，对结婚更没什么想法，我一个人挺好的。"

汪敏白了她一眼，看看平芜这副随波逐流的样子后更有些生气："不结婚，你是当一辈子孤家寡人吗？"

母女两人各有各的思想和主张，所以那天的对话并不愉快，甚至有些剑拔弩张，最后平芜彻底清醒，心一横提交了那份申请。

她叛逆期或许来得有些迟，不愿意回家是真的，但偶尔想想也觉得不是什么大不了的事。

不过平芜低估了汪敏在此事上的执着程度，人刚进屋，就发现了一楼不同往常的热闹气氛，再往里看，客厅里平建领身边围坐了几个西装革履的青年才俊。

老平瞥见她的身影，放下手里的茶杯，其他人也顺势停下了话题。

"到站怎么不说一声，我叫司机去接你。"

平建瓴看到闺女回家，露出笑意，眼角眉梢都是喜悦，招手让她坐到身边："今天人多，给你介绍几个新朋友认识认识，你们年轻人聚在一起有话题，这世界啊，还是属于你们年轻人的。"

换汤不换药的相亲局，也不知道是他俩谁的主意，竟然放弃了一对一，估计是想着以前直接甩给她餐厅地点让她去这种老套骗局已经不流行了，所以直接把人安排到家里。

平芜皮笑肉不笑，被平建瓴架在这里走也不是留也不是，只是在那六位无论是长相还是穿着都相同无二的人走过来向她问好时一一点头回礼。

怕记不清名字，所以她直接连称呼这步都省略了，最后在平建瓴的提示下起身握手示意。

哪有这样相亲的？眼前这六位的严肃程度丝毫不亚于入职面试，但现在这样还不如只是面试，面试又不用跟人一起吃饭，再怎么不感兴趣，只要说句不符合标准就能将人打发回去，可现在不行，上了饭桌就得应付下去，还是家里的客人，平芜再想摆挑子也碍于礼仪。

这些精英男表面言谈举止都优秀出众，但聊起天来实在有些无趣，平芜对他们的工作并不好奇，所以自始至终也没怎么抬头，只是把注意力放在自己面前的盘子里，家里阿姨炒菜好吃，她的胃散漫了三个月，确实得吃点好的。

专注吃饭时，平建瓴右手边一个戴着金丝眼镜的男人开口问她问题："平小姐是做什么工作的？"

平芜抬头望过去，对上男人狭长精明的眼，玩笑着说了句："种地。"

男人果真有些尴尬，意识到自己这问题有些刻意，所以连忙给自己找了个台阶："平总说您在农科院工作，我觉得这个工作很有意义。"

平芜笑容更盛，瞥了眼拿起酒杯的老平，风轻云淡地阴阳怪气道："那还真比不上您，我觉得你们搞建筑的才是最有意义的，不是有那么句话吗？当诗歌和传说都缄默的时候，只有建筑在说话。"

她从小到大就很厌烦这些场面关系，即使她根本不是父母眼中不懂社交的木头人，她会看眼色也会说讨人开心的话语，只是大多时候她不愿意违背自己的内心，所以才会一如既往地用不会说话来掩饰自己的懒怠无趣。

平建瓴听出平芜的意思，笑呵呵地主动打起圆场："什么工作都还是要脚踏实地，来，咱们再碰一个。"

九点钟，饭局总算结束。

车子纷纷驶离别墅区，送完人后平芜转身拿起手机打开微信回复袁景的消息，刚谈恋爱的人是这样的，不在身边也总有话说，尽管她大部分都是说一些没什么逻辑的废话。

袁景却恰恰跟她相反，聊天记录里更多的是他拍过来的照片和视频，他一天的事情很多很满，早晨跟小仁一起包了粽子，上午照常去了栗园和村后的施工地，他自己起初都没发现每天有这么多事等着完成，几乎是见缝插针跟平芜聊天，时不时跟她分享燕北的蓝天白云，从不让她等太久才回复。

平芜听人聒噪了这么半天，突然就想听听他的声音，于是拨通电话后快步跑到楼上卧室，顺便把门锁得严严实实。

"怎么了？"

袁景很快接通，声音经过听筒放大悉数钻进她耳中，他语气很轻："不是才回了我消息？"

"是啊。"平芜爬上床，盯着天花板故意跟他逗趣，反问一句，"回你消息就不能跟你打电话了？"

他应该是笑了，过了好一会儿才辩解："我才不是这个意思，吃饭了吗？"

"吃了很没意思的一顿饭。"平芜回答他，躺在床上伸手摸了摸身下顺滑柔腻的真丝被单，也不等他再问，趁着两人都安静的时候压低声音，"其实我没什么事,就是想听听你的声音,没有打扰到你吧?"

"怎么会,你的消息永远不会是打扰。"

他求之不得,并心甘情愿。

因为如今这样的时刻,是他从前未敢轻易幻想的,因为知道永远不会有实现的这一天。不曾料想,他们两个人还能再次走到彼此身边。

一楼客厅。

平建瓴和汪敏面面相觑,而后又不约而同将目光移到了二楼。

各自沉默几秒后,平建瓴低声开口:"你发没发现闺女有点不对劲?"

汪敏闻言赞同地点点头:"发现了,她刚才那是回谁的消息那么开心?咱们给她叫来这么多人她看也不看,最后等人走了抱着手机笑得挺灿烂,她不会是谈恋爱了吧?"

平建瓴"哎"了一声,扭头看向疑心很重的妻子,揽过她的肩膀笑了笑。"你不是总催着让闺女谈恋爱结婚,人家现在要谈了你怎么还这样?"

汪敏不满丈夫这和稀泥的态度,伸出胳膊挣开他的手:"你那不是废话吗,我不是反对她恋爱,我是怕她再像之前那样,难不成你忘了在燕北的时候?"

经她提醒,平建瓴脑中那根上了发条的弦再一次紧绷起来。

燕北,这个地方对他们一家人来说都记忆颇深,他在心里飞快地想,上次去的时候确实见到了袁景,并且从旁人口中得知他一直没有离开家乡,他一直瞒着汪敏,也是怕她反应过度,那样的话估计平芫就不能在燕北继续安心工作了。

他确实是个慈父,所以有什么事都先考虑平芫。

"我当然没忘,不过当年这事毕竟闺女不知道。"平建瓴声音放缓,视线始终锁在楼上紧闭着门的房间,"说到底还是咱俩不对,她这么多年都不交男朋友,多多少少被这事影响了,她高中那个男同学倒也还行……"

"你住嘴!那样家庭长大的人能有什么可行的?"

汪敏不知不觉音量变大,眉头皱起来,伸手指向乌鸦嘴的丈夫,平建瓴立即捂嘴噤声。不说这些还好,一说起从前的事简直如鲠在喉,汪敏坐立难安,话没说完起身就要走。

"不行,我得去问问。"

结果她刚要迈开脚步就被身后的平建瓴及时拉住了:"消停点吧,闺女刚回来,让她好好休息,可能是咱俩想多了。"

汪女士沉不住气，第二天带着平芜逛街的时候还是拐弯抹角问了她几个问题。两人坐在休息室里等模特换好下一套成衣，她放下手里的咖啡杯看向一旁刷手机的平芜，从她在燕北的工作开始聊起，每句话都有点刻意。

"你在那边读了高中，朋友应该也不少，平时别总忙着工作，该休息的时候也要出去玩玩。"

平芜"嗯"了一声，坐在沙发上看着面前拿了新品包包正在介绍的导购，没什么主动聊天的意思，身旁的汪女士却继续旁敲侧击："我记得上学那会儿有个短头发的女孩子跟你关系最好，她现在也在燕北吗？"

"陈路嘉。"平芜点头回答，"她已经结婚了，上次你跟我打电话的时候我就是在给她帮忙呢。"

汪女士颔首了解，眼锋一转又继续问起，没什么技巧水平地为接下来的主要话题抛砖引玉。

"我就对她还有点印象，那个小姑娘性格很好，再然后就是你们班学习第一的那个男孩子，他爷爷之前在菜场卖过南瓜的，叫什么来着？"

平芜眼皮轻抬，闻言很快收起手机，猜不到母亲的心思，但还是沉声回答："他叫袁景。"

反正以后总是要知道的，不现在曝光是为了保护，但她没想瞒着，在一起就是在一起，跟时间长度无关，她只要从心里确定了这个人便是百分之百的认定，不会轻易松手，何况袁景，到底跟别人不同。

她骨子里有些固执，更有点不切实际的理想主义，彼此喜欢就要各自坚定地在一起。

"你记性还挺好，这都多少年了还能记得名字，上学的时候关系很好吗？"

汪女士微微挑起眉头，更加确定自己心中的猜想恐怕是正确的，目不转睛地盯着平芜，试图从她还算平淡的神色中寻找到一些蛛丝马迹的证据，但这话到底是明显的，所以平芜听完后便很敏捷地掩饰过去："我记性好呗。"

她弯唇笑了笑，起身指了件衣服就赶紧跟着导购进了试衣间里。

多说多错，还是能躲则躲。

幸好只是在家待三天，糊弄过去也就是了，汪女士在这件事上执着，老平倒是一如既往地支持闺女，稍一发现两人之间气氛不对，就赶快说点什么别的把这事揭过去，但等送她到高铁站的路上只有他们父女两个的时候,老平那点试探手段也跟他老婆不谋而合。

先是宽慰她别计较这几天疑神疑鬼的汪敏,然后有一搭没一搭地问起不相干的话题。

"这些天在燕北还好吧,爸爸看你最近的状态好了很多。"

"挺好的。"

平芜看向车窗外高楼林立,下意识地想起燕北的青山翠茂:"我挺喜欢燕北的。"

平建瓴笑了笑,从后视镜里看她心情不错,语气舒缓停顿一刻:"是喜欢燕北,还是喜欢那的什么人啊?"

他们父女俩也算是有什么话都说,高中时平芜虽没指名道姓跟他说起袁景,但她伤心难过的那一阵还是平建瓴一点点跟她开解的。从小到大老平对她的耐心都比汪女士多,所以平芜基本有什么事都愿意跟平建瓴倾诉。

这次也是一样,不过她也打算换个方式。

"难不成燕北的人我不能喜欢啊?"

"您跟我妈不是挺想让我成家的,我遇到喜欢的人总归也比不结婚强吧?"

平芜刻意回答,平建瓴眼中神色当即变了变,只是因为开车所以没办法回头看她此刻的坦荡表情,平建瓴过了好一会儿才将信将疑地问她,仍然希望着会是她的玩笑之语:"所以,我闺女确实是有喜欢的人了?"

她点点头,算是确定也是认同。

说话间已经到了高铁站,平建瓴心情波动还想再说些什么,可看到平芜迫不及待拿起包准备下车的动作还是选择了沉默。

京平气温尚可,还不算特别热,车窗降下时有微风顺势吹拂,平芜看了眼时间已经不太多,拉开车门跟老平说了句注意身体后就光速下了车。

她自己都没发现她有点归心似箭,尽管她也没能说服自己,是怕耽误工作所以才提前半天回来。

明明是喜欢一个人的私心。

到燕北是下午一点,悬挂正中的太阳烧得灼热,平芜快走几步准备随便打辆出租车,结果抬眼就看到站在路旁车前的袁景。

他暴露在烈日下,饱和度低的浅色系衣服在夏日里更显得人清爽几分,看到她身影后小跑上前,裹挟着绿色树荫中的几缕凉风一齐冲她扑了过来。

"我不是说不用你接吗?"

平芜明显有些惊喜，从他身前探出头来认真看他，笑起来的时候眼尾那颗小痣似乎都更明显了。

"那不行，我不能让你一个人回去。"

袁景伸手替她把乱了的头发一点点梳顺，目光沉静，垂眸看她时也放缓几分，其实是想早点见到她。这种感受很陌生，是只要想到见到这个人就会无法控制地心情变好，什么疲惫和难题在见到她的时候都觉得算不了什么。尤其是，他在走过来时看到平芜脚上穿着的那双鞋，嘴角笑容便更加抑制不住。

他以前明明不爱笑的。

"怎么提前回来了？"

袁景很自然地牵着她的手往前走，两人步伐同步，平芜对上他的视线后坦然开口："当然是想早点见到你。"

不过这话说完，她自己也觉得脸颊有点热，以往那些在工作中的直率勇敢到了感情面前还是难以越过这份生涩习惯，她安慰自己初恋是这样的，尽管她都到了这个年纪才开始初恋，说出去应该也没人信。

袁景倒是没因为她这话脸红，阳光照到脸上时也看不出什么细微的变化，只是牵住她手的力气微微加重，再望向她的时候目光更加柔和。

"我也是。"他轻声道。

平芜没听清，绕到右边拉开车门，准备坐下时却看到放在座椅上的一束玫瑰，白色的，跟周围滚烫的温度看起来格格不入甚至是鲜明的对比，她看了眼袁景，他已经替她拿起那束花放到后座。

平芜却在他伸手向后时挡住了他的动作，坐下关上车门，笑着把那束花放到自己面前。

"买给我的？"

他应了一声，发动汽车。

她存心逗他："那怎么不拿出来给我，还藏在车里。"

这样说着，平芜脑海里已经在想他要是拿着这束花站在车前会是什么场面，按照以往对他的了解，这人肯定坐立难安，确实也不像是他会做的事，上学的时候，他这个人就纯真得近乎木讷，从来都是有一说一，不会太多弯弯绕绕的，现在这样已经很出人意料了。

袁景弯唇笑了笑，确实是因为不好意思。

其实没有特意打算什么，只是来的路上经过花店就停了车，或许只是即兴而为，但他知道平芜喜欢白色。

到了她家楼下，两人一起下了车，袁景怕她拿不了所以主动接过她手里的包，走了两步又想起来差点忘了一件东西，连忙从后备厢里拿了出来。

平芜看着他拿着的纸壳箱有些好奇，他虚扶着她的肩膀轻声给她解惑："台灯，你的那个不是坏了。"

结果她听完之后更加迷惑："你怎么知道我家台灯坏了？"

袁景无奈地笑笑，不知道该怎么跟她说起那天她喝多之后的事，她竟然到现在也没想起来，他再一次领略到她醉酒后的模糊意识，其实他早就买好了的，只是一直没机会拿给她。

平芜见他不开口，伸手拽住他手臂，眉眼严肃地警告他："你还没告诉我答案呢。"

袁景反手扣住她手指，不打算在这时候跟她回忆，电梯门缓缓打开，平芜抬眼时就正撞上要去扔垃圾的向菁菁。看到两人牵在一起的手，她明显愣了一下，目光在平芜身前晃了一下，勾起一个意味深长的笑容。

"你回来啦。"向菁菁语气还算正常，只是那双飘忽的眼看起来却十分揶揄。

平芜笑着点头，身侧跟他合拢的手却始终没动，问她："你今天怎么也这么早？"

"回来大扫除了，你去忙吧。"

向菁菁不打算当电灯泡，看准时机光速开溜，电梯门彻底关闭，平芜转头看向不太自然的袁景，他刚才有一瞬间缩了下手，不知道是因为害羞还是什么别的，虽然是个很小的动作但是她还是感受到了。

电梯缓慢上行时，她踮起脚微微靠近，对上他的视线，声音很低："为什么躲我？"

"又不是见不得人。"

这样近距离看她时，袁景发现她眼皮上有很多细小闪片，在昏暗光线下显得眼睛亮亮的，瞳孔像是珍贵璀璨的琥珀，光是这样被注视便很难不被吸引其中。

她还像以前一样爱刨根问底，她似乎永远都有那么多话要说，可她在外人面前明明是个不善言辞的冷淡人，只有面对他，才会从他如今的目光里找到一些从前零星不多的倒影。

电梯门即将打开之前，袁景俯身贴了下她的唇瓣。

"我才没躲。"

/第五章/
青春，有时难堪有时耀眼

成为同学，成为朋友，甚至成为雨天里支撑彼此的一把长伞。

七月上旬，小石村栗园半山腰上的一处空地开始施工。

峪河镇依山傍水，生态环境得天独厚，不止有漫山遍野的栗树，更有风景秀美的水库，近年来政府大力呼吁各村镇改变原本朴素落后的旧貌，扶持新兴绿色乡村产业，假以时日，这里稍加改变便能使一个原本无人问津的山村变成一个世外隐居的桃花源。

袁景跟平芜各自忙碌，度过了有些焦头烂额的一个月，期间平芜还跟着江清河一起到同样种植板栗的临县出了几天差，赶上雨天信号很差，在乡下有三天没联系上袁景，算是切身体会了一下异地恋的痛苦，但她也并没觉得有什么不适应的，各自工作的时候全身心投入，感情只在无人知晓的暗处浓烈汹涌。

板栗基地宣布成立那天，县里来了几位农业农村部的领导到村视察，贺全洲怕袁景一个人搞不定，自始至终在他身边陪同，看着他并不怯场带着众人上了山，站在高处向下俯视山底蜿蜒交错的村庄，袁景跟身后的人谈起今后的构想和不远处几项正在施工的改造项目。

他讲起这处生他养他的村庄总是满眼自豪，介绍起事情来也简明扼要，没办法，他太了解这里了，山山水水乃至一草一木，他作为一个从没离开过这里的人，知道用什么样的方式才能让这里彻底变好。不是要靠山吃山靠水吃水，而是要用保护生态的方式为这里寻求一条最为合适的前路。

板栗基地作为日后村收致富的主要来源之一，不单单作为优质品种直接供给大的工厂，而是也纳入之后小石村的旅游项目其中，让游客亲身感受每一株树木从生长到结果的全过程，再在栗园高地中建造风格明显的民宿，多个项目结合运作，进而达到将生态环境优势转变为发展优势。

众人从划分的栗树基地绕了一圈后下山，贺全洲在前面引路时身后沉默半晌的一位领导突然走到他身边开了口，语气里有几分赞赏也有几分好奇。

"贺总，这么有想法的年轻人，就没想着留在你公司？"

这话其实意味颇深。袁景作为一个没背景没水平的毛头小子，怎么能有这么大的本事和实力出资做这么多事？他是不是只是贺全洲的一个马前卒？而这么一个大老板甘心给一个二十几岁的后生当引路人，背后是不是有些秘密不能传人？所以这句话表面看起来只是闲聊，实际上是想探查两人的真正关系。

贺全洲微弯着腰，全不在意地笑着肯定道："我还真想留过，不瞒您说，这孩子十八岁的时候我就认识他了，当时我还在做工程呢，有一次开车的时候出了事故差点就活不成了，是他救了我，我这人反正孤家寡人一个，难得遇到跟自己这么合眼缘的孩子，倒是真想帮帮他，只是他不愿意，他说了，想在村里做点事，这条上山的石板路就是他出钱修的。"

贺全洲深谙人情世故，三言两语撇开交情后刻意讲了些往事："这孩子从小就苦，您去问问刘站长他肯定知道，高考成绩是咱们全县第二，可惜啊，被他那个污糟家里耽误了。"

他们这个年纪，人生前半生像浮云一样掠过，什么苦都吃过了，讲起这样的事来更能感同身受，袁景走在最后听不见这些，只是在不经意抬头时看到贺全洲身旁的人突然回头望了他一眼。

末了，那位领导有些感慨："这世界需要年轻人，燕北也离不开年轻人，展翅高飞虽好，脚踏实地却更难得啊！"

或许袁景在过去的某些日子里也想过要走出这里，走出这处贫困终如一日的山区，可在这些年日复一日的劳作和生活中，他渐渐明白，自己长在这里不是为了有朝一日离开，而是留在这里，改变这里，像株禾苗一样用力扎根在地。

平芜出差结束，忙不迭到小石村记录关于百年树龄的栗树信息，彻底忙完后站在山下一片阴凉地等着袁景，结果领导们都走了也不见他下山，正想着他今天怎么慢到这个地步，耐心耗尽时总算看到他身影。

"袁景！"

她叫他一声跑上前，张开手臂给了个结结实实的拥抱，一个多星期没见，说不想他都是假的，虽然她在电话里表现得十分无情，可真到了他面前发现又是另一回事，不知不觉，环住他的手就在无意中微微收紧。

末了感受到脸侧他衣物不同寻常的布料,伸出手又轻轻摸了下,刚想开口问他今天怎么样,抬起头发现他戴了副眼镜。话到嘴边突然就说不出来,只怔怔盯着他发呆。

"怎么不告诉我你回来?"袁景温和地对上她的视线,目光透过镜片显得更清澈几分。

"告诉你你又抽不开身,我知道你忙。"

平芜突然就笑了笑,仔细看他,始终没移开眼。

袁景的长相其实是有点锐利和攻击感的,他面无表情时会显得脸色很沉,不笑的时候看起来特别忧郁,以前高中的时候她也是因为这个人不爱笑所以一直对他记忆犹新,但现在脸上多了副眼镜,好像整个人的气质突然就稳了下来,静静注视着她的时候,甚至还添了几分温柔。

袁景看她不说话,眼里闪过一丝不自然,伸手扶了下镜框后轻声问她:"看起来很奇怪吗?"

她摇摇头,依旧笑着:"不奇怪,很好看。"

两人说着又一起往回走,经过这些天的往返工作,平芜已经把小石村的所有山路和道口都摸了个清清楚楚,现在甚至不用袁景说都能知道哪条路离得最近。他们俩在一起的时候很爱散步,大概也是因为村子里几乎没什么别的娱乐活动,不过平芜很喜欢跟他走在一起,你一句我一句的闲聊之中已经将他们两个这些日子忙的事说了个清清楚楚。

天边是即将下山的落日,可这次村口处不像上次空荡,恰恰相反还围了一大群人。

平芜本来还好奇是不是因为来了商贩所以大家都聚在一起,她记得有几辆常来卖蔬菜水果的三轮车。可等到两人走到人群跟前时,袁景突然停下了脚步,原本垂在身侧的手也不受控制地有些颤抖。

他神色怔愣,却不是因为见到眼前这个人的欣喜和激动,当下的第一感受,是迟疑着不敢确定。

云禾穿着一袭红裙被身旁几个同龄的妇人簇拥在人群中,隐隐可见身后乌亮顺直的长发,她回过头看向袁景。

十年没见,他这个自小就跟村里格格不入的时髦母亲如今看起来依旧年轻,笑起来时眼角的皱纹也并没那么明显,时间仿佛未在她身上留下痕迹,只是那张脸不似记忆中柔和平静,虽是笑着,却并没有让人觉得她是真心高兴。

见到袁景，云禾从人群中撤回脚步。

"咱们有空再聊，我先回家看看。"

她弯唇笑着往这边走，高跟鞋踩在砖石上微微作响，走到袁景身边，目光看到平芜后也有短暂吃惊。

"小景，这是？"

平芜没反应过来眼下是什么情况，只是此刻从站在她面前的人的眉眼之中找到与袁景相似的地方，他们母子的眉眼真的很像，可她回头看一眼袁景，他仍是方才那般怔愣。末了她也只好尴尬地笑笑，介绍了自己的名字后便不再开口。

"你谈女朋友了啊小景，真好真好，妈妈总算能放心了。"

云禾脸上依旧挂着笑，从上至下将平芜看了一遍，倒像是有几分满意一般，打量过她之后又抬眼看向袁景，快走两步到他跟前，似乎想要伸出手拍拍他的肩，但他几乎在身前人抬手那一瞬间同时条件反射般地快速躲开。

周遭还有很多看热闹的村民，无数双眼睛盯在这里，身后还有很多低声议论的杂音。平芜站在那儿，再看看袁景，他眸光黯淡，眼镜下的眼角微红，嘴角抿成一条直线，他此刻十分无措，是真的不曾预料到的神色表情。

云禾却把那双停在空中的手放在平芜身上，拉住身前年轻女孩细嫩纤长的手，转过头声音轻柔温和地跟袁景解释道："我今天回来得匆忙，没给你带东西，听你张叔说你现在过得不错，这样妈妈也放心了。"

大概也是发现身后人多不便谈话，云禾低声拉过平芜准备往远一点的地方走，袁景觉得眼前这一幕无比刺眼，在平芜亦步亦趋跟着云禾往前走时牵过她被拉着的手。

他尽量使自己保持冷静，垂眼瞧她，轻声开口："你先回去吧，我不忙了再去找你。"

袁景心情很差，不想让她见到家里最难堪的一面，即使两人现在已经在一起，可这些事都跟她无关的，她没必要也被搅和到这个千疮百孔的家，又或者说，是他还想留下一份自尊。

平芜也知道自己继续在这不合适，他看起来情绪很差，虽然不知道袁景跟他妈妈之间有什么过不去的事，可她到底还是在他需要空间的时候抽身退步，拿上车钥匙背对着两人往外走。

谁承想，下一刻袁向富自己推动轮椅出来了，他眼力极好，一眼就看到袁景身旁站着的云禾。多年来的爱恨终于在见到这个人的面目之时如浪潮侵袭,他伸出一只手指向前方,大声骂着,叫嚷着,彻彻底底,丝毫不顾忌身后围观紧盯的众人。

"你还敢回来?

"姓云的,你怎么还没死在外边!

"袁景你也滚,跟你妈一起滚得远远的,别再让我看见你们!"

细算算,云禾离开燕北已经有十年光阴。

对袁景而言,这个亲生母亲自从六岁那年将他抛下后就一直很少出现,说实话,童年乃至成长至今他都不知道母亲在身边是什么感受。

小时候他也曾有过许多疑问,甚至很早就先入为主地认为是袁向富的问题,如果不是他因为喝酒被工厂开除,家里没了经济来源,云禾也不会往外走,这样一个破败不堪的家庭和只知道酗酒的丈夫,换作是谁都会想要逃离。更别说云禾念过书上过学,长得漂亮人又出色,如果不是因为家里困难没有选择,或许她根本也不想嫁给这样的人了此一生。

所以袁景从没怪过她,尽管这个母亲未曾尽过一天责任,可他总觉得她是有苦衷的,如果不是太过痛苦,又有谁会舍得抛下自己年幼的孩子离开,而她这些年断断续续在逢年过节时偷偷回来看他一眼更能证明她并不是村民口中无情无义的人。

直到那天——

袁景记得很清楚,那是八月下旬的某一天,离正式开学已经没几天了,他跟爷爷一起忙着打山上熟透掉落的板栗,那段日子他一直上山,他怕自己上学后就剩下爷爷一个人,从早到晚不间歇地劳作,穿着袁向富剩下的一双胶皮鞋每天爬上爬下地采摘,他将所有栗蓬背到家,再把剥壳挑选后的板栗送到收购站,只是为了能在价格稍高的时候把家里的板栗都卖出去。

天热他回家喝水,路过村主任家门口时看见停在外面的黑色轿车,再向院里看,是站在前门处的云禾,因为怕袁向富知道,所以他们母子俩每次都是在村主任家里待一会儿,这次也不例外,云禾给他买了很多新衣服和零食,手上大包小包,远远超出之前。

袁景虽然察觉到了什么,可见到母亲那刻还是难掩喜悦神色,两人坐在一起,他在云禾拿出衣服给他看时跟她讲了自己还算不错的中考成绩,以及他很快就要上高中的好消息。

云禾静静看他,听他说完后缓缓开口,语气轻柔,话却像是寒冷的雨滴密密麻麻砸入心中:"小景,这是妈妈最后一次来看你,我以后,可能不会再回来了,你照顾好自己,如果有什么事拿不定主意可以给我打电话。"

他原本扬起的嘴角突然僵住,他到这一刻才明白,为什么这次买的东西会这样不同以往,原来不过是告别前的最后温柔,他不敢奢求父母的爱,从小到大他就知道自己没有什么,更别提拥有。

袁景疲惫地闭了闭眼,将理智从过往纷杂不清的思绪中抽身出来。

轮椅是特殊定制的,熟练操作各项功能后速度很快,袁向富以前不肯下床,教他他也不肯动手,现在却操作流畅,直直冲着云禾所在的方向滑过来,眼见着离两人越来越近就要撞到腿,袁景到底还是拉过身旁的人躲开。

不过也只是刚迈开一步,袁向富就将轮椅停在距他们两个只有几寸的对面,他沉下语气,抬眼打量着此刻站在面前的前妻。

"云禾,你现在回来干什么,要抢你儿子是吗?"

他有太多怨气和恨意,尽管他过去是真心实意爱这个妻子,可是谁能忍受被最爱的人背叛呢,袁向富思想守旧腐朽,在他心中这是天大的屈辱,旁人每时每刻的目光似乎都在宣布他有多可悲,那些视线在他回忆里都变成了凌迟。

谁都说他又傻又无知,你有这么漂亮的媳妇又有什么用?人家还不是给你戴了绿帽子?每每翻想,这些话就在他心里滚了一次又一次。

云禾没回答,只是淡淡望向袁景:"妈妈只是想回来看看你。"

在外人面前闹成什么样终究都是笑话,袁景无法接受那些奇异叹息的目光,不顾袁向富的反对将他推回了家,云禾跟在他身后,再次走进那座多年未曾踏进的老房子里,她站在院内向一扇小门隔绝的屋内看去,里面昏暗漆黑,如同她不见天日的那些过去。

袁向富一贯自暴自弃,稍有不顺心就情绪失控,袁景早就习惯了,就算是他扔掉身边所有的东西都不稀奇,可这次,袁向富一反常态,也不知道什么时候拿了矮柜果盘里的一把小刀,抵在自己脖子上不让袁景出去。

他从前再怎么闹也不会这样,只是一味地让袁景滚,但现在,他迷乱的眼中夹杂了许多恐惧,倒像是真怕他会走一样。

不再像方才怒吼那样高声大气,再开口时嗓音沙哑,一双眼紧紧盯着袁景。

"你不能跟她走。"

"你忘了是她抛下你的吗?她根本就没有心。"

袁景蹲下身,伸手去拿他手里死死抓住的水果刀,也不知怎的,看着这样的袁向富,他心中那些根植多年的恨意在这一刻好像少了些。

他握住那把刀,轻声安抚:"我不走。"

他能去哪里呢,他这辈子都注定要在这片山坳了,他哪里都不会去。若日后有什么变故,那应该是为了平芜,她不会留在这里的,所以他会竭尽所能配得上她,再一步步走到她身边去。

袁向富得到他这句承诺,总算是泄了一口气,袁景心神俱疲,跟小仁交代过后收起刀走了出去。

太阳彻底隐到山底,最后一点余晖也渐渐散去。

"出去走走吧。"

对于一个十年未见并且不管不顾的亲生母亲,他哪怕一句话不说都合情合理,可他不是那样的人,也做不到像他们这对父母这样心狠。他带着云禾去了后面的新房子,拿了水果到厨房里一一清洗,他以为母子再见应当多些温情,但事实告诉他,他这些站在大人角度为他们考虑的每件事都很多余。

因为正当袁景端着切好的水果放到云禾面前的茶几上时,她酝酿许久的话术总算直白说出:"小景,妈妈有事想找你帮忙。"

他在内心无人处偷偷想过许多年,却不曾料到与母亲再相见时,对方先给他的不是拥抱,而是一盆凉彻心扉的水。她回来这一趟也是有利可图,算计着他的真心又算计着他如今为数不多的名利。

云禾听说他现在挣了钱,赶着回来见他的目的是想要他出钱资助她出版自己的诗集,她这些年追逐自我追逐爱情,生活琐事没让她老去半分,跟袁景说起她这两年写的文章怨气颇深,她不甘心没人看上她的文字,所以想花钱自费,钱从哪儿来呢?她是不信男人的,经历越多越知道男人不可信,但她自己生下来的儿子,总是值得托付的吧。

"我本来也不好意思麻烦你,但是这本书对妈妈来说太重要了,你能理解的吧,小景,这是妈妈的梦想,我如果不做这件事的话是会有遗憾的。"

袁景转身看向神情认真的母亲,接过她在包里拿出的那沓厚厚的A4纸,铅字密密麻麻排列整齐。

她的诗句短而精,遣词造句写满爱和生机。明明歌颂的是美好的,可他看了又看,始终没在那些篇幅中找到属于自己的一言半语。

"多少钱?"他问。

云禾瞬间就亮了下眼,凑到他跟前:"十万就够了,妈妈不会要你太多。"

袁景听着，心中那股翻腾的酸楚涌上来。

"十万。"他突然就笑了下，眼前视线也开始变得模糊，"我高三那年爷爷病重，手术费甚至都不到十万，妈，你当年为什么不接我的电话？"

在他最无助、最痛苦的时候，他把最后的希望寄托在云禾身上，可她始终没出现，甚至连电话都打不通。他又哪里来的父母呢，反正他身后始终空无一人。

晚上十点，平芜快睡着的时候手机铃声突然响起。

她迷迷糊糊地睁开眼，看到来电人是袁景，立刻打开台灯第一时间接通，他那边信号似乎不太好，听筒里响了一阵杂音才慢慢传来他的声音："对不起，我才看到你在微信上跟我说的话。"

他在解释这么久没回她消息的原因，但她其实并不在意。她只是看出他情绪不对所以在走之前发了几条信息，他家里的事她不清楚也不好问，只是希望袁景能稍微开心一点，他见到云禾时紧锁的眉头一瞬间让她想起了过去。

"没事的，我知道你不忙的时候就会回我了。"

平芜直起身靠在床头，听着他在耳畔处清浅的呼吸声后轻声开口："袁景，你如果有什么不开心的事可以跟我说的，别一个人闷在心里，女朋友是用来倾诉的。"

她一本正经，还没说完自己就笑了，安慰人这样的事还是要当面做，隔着电话总觉得别扭，更有一点点难为情。

"反正我是觉得你不要不开心，你还有我。"

袁景嘴角已经微微上扬，听到她这话后更是变得温软，她一直都是这么好的一个人。末了，他声音微哑，含糊着纠正她："女朋友是用来宠的。"

她不是他一个人的情绪垃圾桶，再爱的两个人如果有一方总是向其投放负能量，长此以往这段感情总会受影响，尽管他不愿承认是他那早就刻入骨子里的自尊心作祟。

或许是性格使然，在谁面前他都很难真正揭露自己的内心。

哪怕这个人是他的爱人。

基地一落成，袁景分身乏术，没空去想家里乱七八糟的事，暂且抛诸繁杂只顾眼前。

板栗临近成熟期，栗园管理更加严格，旁逸斜出的野草和病虫害稍不注意便会蝴蝶效应一样在细微处影响产量，燕北的板栗因为品种不同所以成熟有早有晚，但大部分都会集中在八月中旬至九月上旬，彻底成熟之前的每一天都无比重要，它们虽然比不上实验室里需要时时刻刻精心保护的幼苗，但坚固屹立多年的参天大树在即将丰收时同样需要小心翼翼。

自从得知朝夕生活的地方要改变新貌变成旅游村，村民们个个斗志满满，几乎平均每天上一次山，不定时地除草修剪，那情形不像是守着还没成熟的栗树，反而像是守着一座未经开采的金山。

袁景摩拳擦掌开始筹备工作，他在自媒体上虽然有一点经验，但孤掌难鸣，况且之后旅游项目的推广和电商销售也都需要一个专业并且有经验的团队，他发了许多招聘消息还是石沉大海，贺全洲倒是给他介绍了几个还算靠谱的年轻人，家都在燕北，跟他也有话题，但唯一的困难是对今后要在村里工作这件事有些顾虑，袁景没强求，把应有的待遇讲清楚后又把主动权交回到他们身上。

他思前想后，先拉着闲云野鹤的张之赫入了股，让他负责在网络上的宣传工作，讨论了大致的构想后张之赫就先住在了小石村，每天拿着相机上山拍摄，新家俨然成了工作室，有时候忙着忙着就到了深夜。

但他无论忙到多晚，睡前总要到老房子看一眼袁向富，他睡觉很早，八九点就已经进入深度睡眠，可今天都快到了凌晨还开着灯坐在床上。

"都这么晚了还没睡？"

袁景抬手关门，倒了杯热水放下，而后站在床前开口解释："我最近有点忙，白天的时候也顾不上你，你有觉得不舒服吗，如果有想吃的东西就告诉我，这两天阴天伤口是不是挺麻的？"

许是夜晚静谧，让他本就柔和的话中多添了几分亲昵，袁向富闻声看向身前的袁景，眼睛睁得半圆，他后知后觉自己这些年失去了很多东西，除了那两条小腿外，还有他从前最向往的亲子天伦，旁人发生巨变会移情转性，可他没有，一直将无情和打击贯彻到底，硬是将所有的事都一一搞砸了，把那片本就破碎不堪的镜子狠狠碾成细粉灰尘，一点余地也没留。

"我没事……"袁向富吸了口气，语气里掺杂了点鼻音，"我就是有点后背疼，睡不着，听见你进门的声音就起来了。"

这些天袁景每次来，他都能听见些动静，起初他觉得他不过是三分钟热度，只不过是因为怕他想不开抑或是什么别的，可连着十天每晚都来时，袁向富背对着他，一直紧闭的双眼默默流了泪。

他被自己的疑心害了，更害了他唯一的儿子，云禾临走时曾到过他的屋里,她拿到钱心满意足,大概是觉得这么多年亏欠袁景,所以最后见了袁向富一次,云禾知道,袁向富这么多年对袁景不好无非是在意旁人口中的野种和为别人养孩子之类的话语,少年夫妻了解彼此,他的所有疑心她都清清楚楚,她告诉他一件事实——她确实不喜欢他,但袁景也真的是他的孩子。

"后背疼?"袁景听他说完后伸出手碰他的后背,他皱着眉,"很疼吗?明天去医院看一下。"

他一只手扶稳袁向富的肩膀,另一只手则在他后背上摩挲,袁向富顿了顿,感受到身后掌心传来的微弱温度,心脏一阵酸涩抽痛。

"没事,我没事。"

袁向富过了好一会儿才沉下声,抬眼望向近在咫尺的袁景,忽然就低下了头。

"是我不对,这些年总拿你出气,这双腿不是因为你才没的,你对我已经仁至义尽了。"

袁景怔了怔,听着他这句似是悔过似是认错的话语。

这是什么意思呢,难道过去的种种如今只是这样一句轻飘飘的话就能彻底抵消吗?他喉结上下一滚,到底还是继续沉默了。

太久了,他根本就不在乎了,又或者说,是他不想再回忆那些过去了。

大暑过后下了场小雨,燕北持续不断的高温总算降了几度。

修剪整治工作告一段落,平芜被江清河调到栗树保护的临时行动小组,要在现有收录的数据之内继续查漏补缺,对全县域内超过百年树龄但是没有记录在册的古栗树逐一记录并且上报所里进行保护,她最近一直在做这项工作,于是又继续整日下乡走访,各小组细分到沟沟岔岔的村子里。

因为人手不足,所里跟各乡镇都吩咐下去让村民在旁协助,对于地形不熟的村落要积极寻求当地人的帮助,平芜被分到隧山镇,她以为凭借着来过两次的经历应该轻松很多,但没想到这次要去的村落是在更远的深山角落里。

方植跟她同组,下车后看到眼前土路两侧高长浓密的杂草,心里突然就有些没底。

"平芜,你来过这吗?"

他这段时间已经完全适应了现在的工作,甚至还能发觉出一些兴趣来,不过两人的交集仅限于工作,私事一概不问,原本方植以为放下挺难的,可看到平芜注视袁景的目光，他突然就知道了死缠烂打没有意义。一方的深情在另一方那里感受不到就是没有，他选择放过自己。

平芜点点头，仔细环顾四周，车子只能开到山下，村里一弯狭窄小路泥泞得根本开不进去，他们两个踩着湿滑的泥走进村去，幸好里面还有几家尚未搬出的人家，问了栗树在山上的大致方位，拿上东西就一起上了山。

平芜主动走在前面探路，觉得方植没来过所以下意识照顾他，还拿了棍子替他拨开腿间丛生遍布的野草，开口提醒："这是荨草，你别被刮到了。"

她对这事记忆犹新，上次在小石村也见到了这样形状的草，围簇在地上生得繁盛密集，袁景看她差点要踩上去提前拉住了她，末了还笑着跟她说起这种草的俗名，平芜当时笑着他是关公面前耍大刀，如今这么一想，不自觉嘴角就浮了抹笑。

"刮到可疼了。"平芜看一眼方植后又总结道。

山上栗树不多，他们两个绕了一大圈才找到几棵树干粗壮的，平芜拿了工具测量，发现这有两棵树的长势特别不好，叶片末原本应该长得繁盛的栗花只挂着寥寥几尾，她仔细观察周围地形，首先排除是因为光照。

"大小年严重，应该是因为没有定期去势。"

方植站在树旁沉思，在她还没说话时率先开口断定，平芜闻言回头，笑着肯定他最近很好学。两人标记过地点，还没继续向前走就听见头顶一声闷雷，天气阴沉耽误不得，怕下雨于是两人紧赶慢赶往山下走，山间土路湿滑，平芜小心翼翼走在前面提醒方植好几次注意脚下，但他还是因为不稳又急躁所以滑了一跤，连带着她也一起滚到树下的凹沟。

平芜没在这时候责备，拉起方植准备继续往下走，结果这人好像突然受挫无法接受，因为脚上的剧痛而干脆窝在地上不起来。

"不行不行，我脚太疼了我走不了了！"方植疼得龇牙咧嘴，形象彻底没有，心中多日积攒的苦闷也在这时候一一表露，"平芜，我到现在才发现咱俩真的不是一类人，这样的工作你也能做得下去，我真是鬼迷心窍了才会来到这里。"

他大概是在跟她哭诉，但话里话外有很明显的埋怨意思。方大少爷哪里受过这样的苦，在这么一个鸟不拉屎的地方工作摔倒，甚至还要满身泥满脸土地面对自己以前喜欢过的人，他觉得自己已经落魄至极，从未有过的溃败感在这一刻如雨后春笋悉数涌起，所以说出再惊人的话都不稀奇。

平芜没工夫在这儿跟他感慨人生，也不想计较他此刻有些哀怨的话语，想着下雨后不好开车，耐着性子扶起方芷：“你先别说这些，咱俩先回去成吗？”

方芷却执拗着，任她拉起手臂也纹丝不动，他抬眼，脸颊几块斑驳的泥土中显得目光更加清澈见底。

"平芫，我不理解，你留在这里，是因为你喜欢的那个人吗？他根本就不值得你为他放弃京平来到这里。"

她在此刻聒噪的言语中转过身去，满目郁郁葱葱的绿色中，她突然看见袁景在山下向这里奔跑过来的身影。

平芫下意识地看一眼手机，自己并没向他求助，只是工作之前发了条报备自己动态的消息，人跟人之间难道会有心灵感应吗？要不然怎么每次她需要帮助时，他就像个及时雨一样匆匆而至。

她突然就笑了下，拉起愤愤的方芷，轻声告诉他自己的答案："他从不会劝我放弃。"

这样说着，袁景已经迈着大步走到他们俩面前，他先看向平芫，得知她没事后直接弯腰蹲下背起方芷，一句多余的话也不说就带着两人往山下走。方芷趴在男人宽阔炙热的后背，颠簸一路总算被送到车里。

到这时候，他好像才明白平芫为什么不喜欢他的原因。

太好的人是忘不掉的，更遑论是跟其他人比，没有任何人能超越她心中的那个位置。

张之赫开着车先送方芷去医院，袁景则是直接上了平芫的车，车内空间封闭，他看着她一身的土和泥，心里说不上什么滋味。平芫大概也看出他选择沉默的话，于是顾不上擦手就扳过他的脸先亲了下，若无其事地跟他打岔："我今天看到拉拉秧了，就是你上次告诉我的那种，这次我可没踩到。"

她笑容灿烂，刻意逗他开心。袁景拿她没办法，被占完便宜后故作矜持地攥住她的手，在平芫迷茫看他时拿了湿巾一点点擦去她脸上的污渍。

末了，袁景扣住她的下巴，俯下身一字一句："知道了，平大专家。"

他声线温和，嗓音也像一汪沁人心脾的清泉。

平芫知道他没生气，总算放松下来，懒洋洋地靠在座椅上等他开车。袁景无奈地笑笑，他一直拿她没办法，心疼也只能继续顺着她的意思，她有自己要做的事，要去追寻人生价值，他全力支持。

还想再说点什么时，放在他裤兜里的手机却突然响起。

他拿出手机接通，对方尖锐焦急的语气中传来噩耗一般的消息。

"小景!"

"你爸,你爸他……"

车窗外落下密密麻麻的雨滴。

到底,到底还是又下起了雨。

袁向富突发急性心肌梗死,人还没到医院就不行了。

他咋咋呼呼自强了这么多年,一直不知道他们家里有严重的遗传史,发病还不到半小时,汗湿透全身始终觉得憋屈,小仁叫了很多人七手八脚抬他下床又送上救护车,没承想最后一口气落在了半路。

袁景赶到医院时人已被推出了抢救室,白单刺眼,全部盖住他的身体,他脚步僵硬,胸腔里天翻地覆阵阵抽痛。这一切都令人始料未及,而他这些年似乎也一直都活在意外里,被那根称为命运的丝线在无形中反复缠紧,是他挣扎着延缓窒息,可还是抵不过天意。

葬礼办得很盛大,上至吹丧队伍下至棺材和寿衣,一应全都是最好最贵的,灵堂设在老房子院里,唢呐哀乐不分昼夜整整吹了三日,袁景披麻戴孝跪在棺前接受着村里人来来往往的拜祭。有些上了年纪的老人低声在背后议论说袁向富胡闹折腾了一辈子,临了还不是要靠他这个儿子,大多是感慨之语。

他却不以为然,人活一世,风不风光的又有什么要紧呢?

他只是在抚慰自己那些过去,那个从小到大挨了无数次拳打脚踢,张口闭口被骂作野种,被输光学费后又不得不承担亲生父亲赌债咬牙坚持到现在的自己。他恨过也痛过,如今却没像旁人说的那样该松一口气,或许他胸口那块深压多年的大石因为他自己,他背负了这么多年,早已经习惯了。

但今后,他身边只剩下自己,也只有自己了。

燕北阴了三天,出殡那日天才晴,袁景跪在坟前,早晨七点钟的朝阳照在身上,周遭的白色孝布刺痛双眼,他神色疲惫,只靠仅存的一点精神吊着自己,看着铁锹扬起的黄土将坟一点点填满,听着身后停下的唢呐声继续吹起,嘀嘀嗒嗒送了最后一程。

送殡的人们一走,站在他身后沉默许久的二爷爷上前扶起他,开口:"小景,咱们回去吧。"

袁景没起身,声音有些微弱:"二爷爷,我想一个人待会儿。"

老爷子了解他性格,知道他有什么事都憋在心里,虽说是那么一个浑蛋父亲，可到底是唯一的亲人，骤然离世怎么能不伤心。想着这三天他在人前一滴眼泪都没流过，也确实需要发泄，如今人都走了，他自己哭一哭兴许也能和缓一些。

"好，那你别总跪着了，地上凉。"

袁景听到二爷爷叹了口气，似乎想要再安慰他些什么，但最后也只是伸手拍了拍他肩膀。

旁人说再多，日子还是要他自己过。

袁景也说不清自己在想什么，跪在地上怔怔看着墓碑上的遗照好一会儿才离开墓地。

他漫无目的，只是需要安静，走着走着就上了栗园的山。袁景找了块高地坐下，不在乎身上的土，他向山下望去，看到他那栋洁白的房子屹立在村里，在周围十几座灰瓦房下更显得突出。他到底在执着什么呢，为什么一定要盖一个重新装潢过的新房子，他想有个真正的家，一个幸福得如同洁白墙壁一样单纯纯粹的家，他想要温暖，而不是缠满蜘蛛网的灰墙。

袁景合上眼，干涩的眼角始终没流出半滴眼泪，他小时候就知道了，对于弱者来说，眼泪是别人看穿伪装的软肋，所以他从不轻易在人前展示脆弱，他以为自己装作若无其事就能掩盖千疮百孔的伤痕，但事实是悲伤积攒太多稍有温暖浇灌便会功亏一篑。

就像此刻平芜拨开脚下的杂草，踏着露水迎着朝阳，无所顾忌跑到他面前来找他的时候，袁景承认，他此刻眼里的炙热绝不是因为直射的太阳。

平芜小心翼翼地走到他身边，他鼻间微酸，只能先尽力别开她的视线。

"你怎么找到这儿来了？"

她穿了条浅色牛仔裤，想也不想就坐到他身边，袁景起身找了几片很大的叶子递给她免得弄脏衣服，她却并不在意。

"我不放心你。"平芜柔声开口，眼里溢满关切。

事实上如果不是袁景非要她回去，她是想一直留在村里陪他的，但葬礼事多，人又闹哄哄的，难免会有不好听的闲话传出去，她只是他的女朋友，没办法在这样的时刻跟他同进同出，唯一能做的，只不过是让他少些麻烦事。她原本在村口等他，结果看着送殡的人一个个都回来了也不见他的身影，幸好二爷爷好心告知她才找到。

只是一来就看他支起双腿坐在一棵栗树下，双手环抱在身前，是一个防御性很强的姿势。

周遭寂寥安静，偶尔响起清脆的蝉鸣，明明是一幅很好的场景，可他此刻脸色冷淡，消瘦的侧脸透出几分颓废和低迷。

"袁景。"

平芜看他目光躲避，心中酸涩不已，她太了解他了，眼前这副样子再熟悉不过，她比谁都清楚。

"你很难过的话就哭出来吧，这样会好一点。"

她觉得自己声音已经温和到极致，可还是有些不满意，唯恐这话会让他更加触景生情，所以说完后伸出手去抚他的侧脸。袁景此刻毫无形象，下巴上的胡茬泛起淡淡的青，他拉过平芜放在自己脸上的手，慢慢对上她珍而重之的目光。

"我没事的。"

也是怕她担心，所以他又挤出一个比哭还难看的微笑。

平芜看到他勾起的嘴角更觉得心酸，什么也顾不得就凑上前将他抱住，俯在他耳边一句又一句柔声安慰："你这样我很担心，现在只有我们两个在这儿，除了我不会有人知道你哭。"

她空着的另一只手还在他后背轻拍，哄小孩一样的温暖。

"袁景，你还有我。"

就这一句话，让他刚整理好的情绪再次溃不成军。

这么多年他身边没什么人，会在他难过受伤时主动上前安慰，又或者说，这话只有她说才会这么深刻。

滚烫液体滴落她的锁骨，那是他流下的眼泪。

平芜抖了抖，想要隔开距离给他擦拭，他却更用力将她抱紧，双手箍在她身后不让她动，彼此紧贴着各自的肩侧。

他看着眼前一片片随风飘动的栗树叶，跟她讲起自己始终不愿面对的内心的一处回忆。

"我从小跟爷爷长大，我妈读过书，不喜欢我爸，她当初结婚是跟我姥爷怄气，所以我从小就没怎么见过她，我爸不想离婚，对这事耿耿于怀，这么多年借着我妈抛家弃子打了我无数遍，我就是在这样的环境长大的，你以前说我不爱说话，我其实不是不爱说，是不敢说。

"高考结束后不久，我爸赌博欠了很多钱，把家里所有的东西都卖了，还把爷爷原本留给我的学费偷走了，我爷爷生气拿他没办法，又不想让我知道，只能上山打枣子出去换钱……"

袁景停顿几秒，声音微微发颤。

"他年纪大了，从树上摔下来，进了医院没治多久就去世了，后来没几天,我爸出了车祸要截肢,家里每天都是来讨债的人,我当时没办法,我只能接受这一切。平芜,我不是真的要违背跟你的约定的,我是想跟你离开燕北的,我也想跟你走的,但是当时,当时我好像只剩下这一个选择了。"

他才十九岁,老天就给了他这么大一个难题,或许他站在病床前看袁向富时也想过拿着那份录取通知书一走了之,可他心里的那点恻隐之心到底还是驱使他留下了。

他做不到的,这或许就是天意。

天意如此,他就该顺应天意不是吗?

袁景说完后将脸埋在她肩侧,任由泪水浸湿布料,平芜听着这番话,心脏像是生了密密麻麻被针扎了无数的伤口,她唯一能做的,就是将他抱得更紧。

她都知道的,事实上从她来到燕北的第一天,在栗园看到他的样子时她就应该想明白了,分开这么多年,她虽在意当年他不告而别,却更想在多年后重逢时看到他意气风发的模样。为什么又心甘情愿被他吸引,不过还是因为看到他即使身陷囹圄却依旧积极向上,明明能做遨游四海的鹰,如今却愿像野草一样扎根土地,他从来都没有变,这么多年都还像从前。

"我没有怪你,我从来都没有怪你。"

平芜哑然,喉间大抵也被泪水灼烧,那些阴霾时隔多年,如今总算彻底被摊到太阳光前。

揭开伤疤总是痛苦的,她低下声问他:"疼吗?袁景?"

"这些年,你疼不疼?"

他慢慢地松开她,毫不在意地将自己此刻红肿的眼暴露在她面前,袁景摇摇头,伸手拭去她脸上的泪。

"不疼,我已经习惯了,而且你现在在我身边。"

她再度抱住他,声音很轻:"这些年,我经常想起你,想你在哪个城市,过什么样的生活,工作的时候会不会被上司骂,有没有结婚。"

可她想了无数可能,都不愿意相信他过的是最坏的日子。

最坏的这八年,他们一直分别。

沉默许久,平芜开口问他:"如果我不来燕北,我们是不是就这样错过了?"

袁景定定注视着她,红红的眼眶之下隐隐可见星星点点的泪光。

"不会的。"

彼此惦念的人不会错过。

袁景第一次见平芜是报到的第一天。

他拿着写好的退学申请书来到班主任的办公室外，踌躇犹豫地站在门口好半天，刚想敲门时看见校长带着两人走了过来。他低下头，靠在走廊墙边让自己不那么显眼，脚上踩了双他在来之前刷了很多次的帆布鞋，是他妈前些天偷偷回家看他时给他买的，他一直舍不得穿，云禾或许是觉得耐脏，在回来路过的集市上买了一双黑色的，因为不知道他的鞋码，最后还是有些大了。

可他是开心的，试穿时还折了张报纸放在地上垫着，很懂事地替云禾解释说他穿穿就好了。

他为见到母亲而高兴，但也很快知道这是她最后一次来见他。袁景知道这个将他抛下的母亲并不真心实意爱他，家庭的温暖和亲人的爱他从未真正得到过，他在爱里匮乏。

所以，他无比羡慕那些因为被爱而游刃有余的同龄人，显然，平芜就是足够瞩目的那一个。

屋内平建瓴在校长的引荐下跟班主任礼貌交谈着，话里话外都是一个父亲因为不放心闺女的关切之语。

"我跟夫人都不赞成她跟着我们一起来，可这孩子主意太正，她在京平的时候成绩不错，就是脾气倔了点，以后恐怕免不了给您添麻烦，不用特殊照顾，我也是想让她在这儿好好学学规矩。"

平建瓴语气恭敬，没摆架子也没刻意低声下气，他自己是凭着一路苦读才有今天的日子，尊师重道是应该的，他来见见平芜的班主任，要说私心也有，不过是为自己闺女打通关系。

班主任听完后笑着摆手，极其客气地打了保票："您放心，我这个人最严格了。"

平建瓴场面话说得很足，最后又不刻意地夸了夸学校的管理水平。平芜在一旁听得直扬眉，她想的是，老平刚才来的路上可不是这么跟她说的。

"新环境适应不了就别太为难自己，同学们相处得不好也不用逼着自己相处，但是被人欺负了可不能受着，听到没？"

"爸，我是去学习，不是去当校霸的行不行？"

"总之你保护好自己，有什么事跟爸说，知道了没？"

她爸真的很双标，平芜无奈地勾起嘴角，顺势听着身旁的校长正在夸她，笑容更甚。

办公室里欢声笑语，袁景透过半扇未完全关闭的窗户缝隙看过去，平芜就那么漫不经心地站在办公桌前，身上的蓝色衬衫裙在沉闷的屋内格外亮眼，一根棕色皮带细细地环在腰间，裙摆规规矩矩地停在小腿肚，白色皮鞋露出一小截如玉的脚腕，他不知不觉地被吸引了注意力，怔怔地盯着此刻那道距他很远的身影。

他在很多年后才认识她那时候常穿的几个牌子，在县城里大家的经济水平还停留在几百块的快销店里时，她就已经用上奢侈品了。尽管对她而言这只是日常品而已，跟军训的衣服穿起来并没什么两样，唯一不同的除了体验感之外也就是样式不那么漂亮。

袁景鬼使神差，目光流转在她白瓷一样的脸颊和笑容上，停了几秒后突然回过神，在无人注意的寂静走廊里默默收回视线。

窗外香樟树郁郁葱葱，偶尔可听见几声短促的蝉鸣。

等三人彻底走后，袁景这才伸出手敲门。

办公室里闷热不已，棚顶三片发黄的老旧扇叶转动缓慢，周遭空气燥热黏腻，阳光照在身上像是裹了层密不透风的玻璃。

他站在桌旁，到底还是把手里那张纸交到班主任面前。

"你要退学？"

袁景在对方惊讶的目光中缓缓点头，如实讲起他现在面临的问题。

学费因为贫困生名额全部减免，可生活费还是需要他自己想办法，爷爷年纪大了身体不好，总是病痛不断，现在又是九月份，是家里农活最忙的时候，地里的庄稼和山坡上成熟的板栗都要有人去收，而他上学不仅一点帮不到家里，反而还让爷爷为他的学费着急，最后不得不上山劳作。

十七岁，他的生活里全部是一个又一个围绕着他的难题，家里只有他这么一个劳动力，如果他退学在家，不仅可以照顾爷爷，那些收下来的板栗和玉米也能卖出几千块，还上借别人的钱后他还能剩下一些带爷爷去医院检查总是咳嗽的毛病。

"孩子，你心疼家里我能理解，但你不能这么放弃你自己啊。"

班主任多多少少知道他家里的情况，如今听他这么一说更觉得他坦率赤诚，青春期的孩子有阶段敏感，涉及自尊心的事情便羞于启齿，但袁景的每句话都没有丝毫躲避，反而让人心疼。

"你回家可可以，那你以后都要守在那个村里吗？难道你不想考一个好的大学，不想出去看看外面的世界？"

班主任看他有些迟疑，故而放缓语气，认真地同他劝解："我给你批几天假,你忙完家里的事就回来上课,你好好想想,自己以后到底想过什么样的日子。"

以后……

袁景想了一路,拿着假条走出校门时彻底将那份密密麻麻的退学申请扔进了校外甬道上的墨绿色垃圾桶。

那就再跟命运博一次吧,用这三年苦读换一个有可能变好的未来和以后,他脑中混混沌沌,想清楚后无意中又看见那道身影。她拿着行李箱站在车前跟她衣着体面的父亲挥挥手,光是那么站在门口就足够瞩目。

这是跟她的第一面,他只是个远远仰望月亮的旁观者。

但他完全没想到第二次见面会是这么容易的事。

夜晚视线不清,小操场漆黑一片,他不过凑巧路过,却被她拉住手臂一起往前跑,手腕处是陌生的温度和触感,连日上山劳作的腿酸痛难挨,不过刚跑几步,就被脚下砖头绊住,结结实实摔倒在一旁的草地。

那盒摔出来的炸鸡也沾上泥土,彻底暴露在强光之下,当然,还有此刻无辜摔到草坪里的平芜。

"你没事吧?"

平芜转身看了他一眼,借着直直照到各自身上的手电光才看清他额头上似乎是受了伤,似乎是被什么东西撞到过,额间一片擦伤的红,她下意识凑近想要看得更清楚,袁景因为过近的距离吓了一跳,在这时候突然向后,沉默着抿了抿唇并没回答。

"是刚才撞到的吗?对不起。"平芜以为是她非要拉着人跑才害他擦伤,内心愧疚不已,觉得自己刚才简直鬼迷心窍。

教导主任在这时候也走到两人面前,伸出手一一拉起,仔细打量着树荫下的一男一女。

平芜看了他一眼后很快主动承认错误:"是我自己叫了外卖在这儿吃,这位同学只是路过,我俩不认识,他没错。"

怕人不信,她又把那盒乱糟糟的炸鸡重新捡起,提着盒子递到主任面前。

教导主任姓李,个子不高,头发稀疏,因为近视戴着很厚的镜片,板着一张脸时看起来非常彪悍,有点不怒自威的气势,可听到她这话却笑了笑。

"不认识他你还拉着他跑,我又不吃人你说你怕什么?"

平芜干笑两声,倒是没什么怕的,主要是怕这事传到父母耳朵里,于是使劲低头躲避视线:"我没怕,我是想着炸鸡凉了不好吃……"

"你倒挺有理。"

大李悠悠看了她一眼，接收到眼镜下锐利的视线后，她又急忙承认错误："我点外卖不对，下次绝对不这样了。"

诚如彻底打入一个地方先要了解过往历史，她开学没几天就已经跟同学们熟了，把学校里凶一点的任课教师还有主抓纪律的主任们了解了个门清儿。教导主任绰号大李，对违规违纪的同学们丝毫不手软，动辄请家长扣分记过，但只要认错态度好，他也就不说什么了，平芜不想刚到新环境就出名，何况有些什么事丢的是老平的脸，所以在这时候把认错态度放到最低。

大李滴溜溜将他俩打量个遍，隔着光线总算认出平芜，想到校长前些日子开会的嘱咐，气焰消了一半。

"学校里严令禁止不让点外卖，你刚来可能不清楚，但是下次再犯我就要找家长了。"

末了，大李收起手电筒，背着手在路灯下教育了两句就让他俩回去了。

从小操场回宿舍楼的甬道上空无一人，袁景低头走路，感受到身旁专注的视线也未曾看她一眼，始终沉默寡言。

"刚才对不起了，我不是故意要拉着你跑的。"

平芜努力在黑暗中去寻他的眼，只是怎么看都不太清楚，唯一可见的是昏黄路灯下影影绰绰的侧脸。

"你是哪个班的，我明天买了药拿给你。"

她停下脚步，在他面前站定，轻声介绍起自己的姓名："我是高一（3）班的平芜，你呢？同学你叫什么名字？"

周遭万籁俱寂，只有两道在路灯下被拖得老长的影子，他转过身，慢慢对上她的目光。

"袁景。"

相识最初，两人几乎是凭借着一种难以言明的好奇。各自过往人生里从没遇见过这样的人，巨大的悬殊感和完全不同的生活经历让他们彼此戒备，却又彼此吸引。

一开始他们俩的交集并不多，平芜虽然因为他身上这份破碎感屡屡注意他，但到底秉持着陌生同学间不闻不问的友好准则，尽管每次考试排名都紧挨着，可谁也没有主动搭话，袁景在学校独来独往，很少参加集体活动，跟其他男同学也不怎么交往，似乎把所有的注意力都放在学习上，除此之外无趣至极，常被那些活跃的同学戏谑为书呆子，不过老师们倒是都很喜欢他，几乎是抢着让他成为课代表，平芜偶尔课间看他抱着一堆作业去办公室也会主动上前给他帮忙，不过这人冷淡至极，除了一句公式化的谢谢之外什么也不说。

整个高一的上学期，他们俩统共说了不到十句话，每次还都是平芜先提起。

直到有一次在阅览课上两人不约而同地选中书架里的同一本书，袁景总算没像平常那样沉默下去，在平芜以为他会松手让给她时，他却面露难色低声向她请求："不好意思，这本能不能先借我看？"

他指腹干净，泛黄书皮上的手背有很明显的青筋露出，有几处很浅的疤痕，平芜不动声色看过后很快移开眼，瞧见他怯生生的目光后站直身体。

"可是我也想看怎么办？"

袁景眸光微滞，闻言急忙妥协松手。

平芜发觉这人不太经逗，还真有点像木头，嘴角莫名翘了翘，大手一拍将书放到他前。

"还是让给你吧。"她语气灵动，说完后就麻利地擦肩离开。

平芜承认，自己一开始是完全出于一种猎奇心理，跟所谓情愫无关，当然，或许也是因为袁景这张脸，他长得好看，安静得不像个正常人，却又写满了跟旁人不同的故事感，是一种很单纯的吸引力，让人接近得心甘情愿，似乎这样就能多些了解。

所以等袁景拿着书坐回一旁桌前翻看时，平芜在绕了一大圈也没找到想看的书后，她拿着摘抄本直接坐到了袁景旁边。阅览课大家都很安静，而且他的座位就离老师不远，别人不愿意坐这么靠前，所以他旁边的空位一直没人，平芜轻手轻脚落了座，除了袁景也没人注意。

她压低声音，悄悄往他的方向凑了凑："袁景，咱俩能不能一起看啊，我没找到想看的。"

见他纹丝不动，平芜又把摘抄本挪到他面前，怕他不信，所以义正词严解释原因："我写作文要用到的，都是同学别这么小气。"

袁景短暂地心烦意乱，因耳旁这道细微声音无法专注。他侧头看她，视线从她的脸上过渡到桌前，笔记本摊开一半，钢笔也开了盖，握在手上，她字迹娟秀，工整到像是经过对照后被拓印在纸上的，他看着看着，目光停在她手上时想到新生迎新会上她拉琴的那一幕。

追光下，她穿着白裙站在台上，在无数道惊叹的视线中缓缓拉动琴弦，那年代县城里条件好点的家庭们在艺术领域上给孩子们花费甚少，所谓艺术课外班也无一例外是钢琴架子鼓一类,别说小提琴班,普通人连见到小提琴的都少之又少,更别说她是从小到大学了这么多年,袁景从前也只在电视里看到过,真正站在台下切实体验时只觉得她那双手简直生得出神,怎么她的手能将曲子拉得如此婉转动听,每一个韵律和节点都恰到好处,完完全全犹如天籁。

"袁景?"

"怎么样,你同意了没,你要是同意我就写啦。"

他走神严重,在平芜继续开口时总算清醒过来,大抵是她笑容灿烂无法拒绝,所以犹豫片刻后还是点了点头,下一秒把书往她这旁移了移。

那可以算得上是他们俩从陌生人转变为友好同学的一次关键事件,相似的阅读品味成为一道引线,将两个天差地别的人控制着捏到了同一面。

成为同学,成为朋友,甚至成为雨天里支撑彼此的一把长伞。

自那之后,平芜总是时不时出现在他身边,有时候在食堂看见他一个人孤零零坐在一旁时会端着盘子坐到他对面,他也是第一次遇见这么能说的人,不管身旁的人会不会应答都不耽误她说自己的话,近朱者赤,袁景自己都没发现无形中已经被这个人感染。

虽然大多时候他依旧习惯一个人,但在别人问他问题时他不会再像以前那样沉默寡言,偶尔被开玩笑时也会浅笑着回应一两句,整个人看起来有了些温度,不像最初那样冷冰冰了。但他也知道,自己永远无法真正做到像她那般自在,他在被打击被唾骂中走到现在,他习惯无声无息,因为这样不会有人注意。

记忆最深的一次,班级里举行篮球比赛,袁景因为身高腿长被班主任强行凑数拉到队伍里,可他真正打起篮球时才发现自己连双像样的篮球鞋都没有,脚上唯一的一双运动鞋还是爷爷在集市上花了六十块买的,是那种仿制品牌,完全可以看得出的廉价款式,他什么都不懂,所以跟班里一个穿了正版的男生同时在球场上出现时被一旁围观的人指指点点,那些奇异视线游离在他身上时仿佛成了冰凉刺骨的利剑,连带着奔跑起来时都变得无比难安,精神不集中,最后没能拿到名次,彻底输给了另一队。

等他结束后坐下时才明白大家为什么用那样的目光看着他,这双黑色白底的鞋因为洗了很多次所以鞋面开了胶,跑起来更加明显,他自己竟然也没发现,后知后觉地有些难堪。这段时间他一直都在议论中心,因为每次放假都是爷爷骑着三轮车来接他,小小的车后装满要带到市场去卖的瓜果蔬菜,久而久之,关于他家里的传言便被人以讹传讹地说了出来,加上学校里公布过的贫困生名单，袁景不可避免成为课间十分钟里大家口中添油加醋的美强惨对象。

他不得不又一次在人群中变得沉默寡言，但当他垂下目光准备继续做一株缩在角落里的野草时，平芜不畏旁人视线迎着光走到他面前。

"听说你今天打球很厉害，早知道我就不跟陈路嘉走了，我应该来看你比赛的！"

她勾起嘴角，伸手把矿泉水递到他面前，语气一如既往的温润和缓。

袁景接过水道谢，神色淡淡："反正也输了，看也没什么意思。"

"这话可不对！"她看出他眼底的黯淡，笑嘻嘻地纠正，"输了是结果，结果不重要，过程才重要，你想啊，打球的这个过程你挥洒了你的汗水，得到了快乐，就算输了也没关系的，已经尽力了。"

"你怎么知道我一定快乐呢？"

袁景慢腾腾地对上她的视线，心情好了大半，只是想听听她怎么绞尽脑汁地"狡辩"。

"你快不快乐咱们先不说，但是我看你打球挺快乐的，你虽然不快乐但是你带给我快乐了，所以四舍五入你还是快乐的。"

平芜坐到他身边，只是打算逗他的，但看出他情绪不会那么快消散，于是从随身背着的帆布包里拿出几颗山楂给他。

当时学校宿舍楼后面有棵很大的山楂树，因为隔了层形同虚设的栅栏，所以每年成熟的时候都会有很多人去摘，久而久之这棵树成了燕中特色，校长贴了提示牌也依旧没用，那棵树人人都摘，红彤彤的果子钻进校服口袋里，只剩下光秃秃的树叶。她跟陈路嘉已经惦记了很长时间，所以找准机会就去了。

周遭人群稀少安静，平芜把手往他面前递了递："不要不快乐，请你吃山楂。"

袁景看了她一眼，有些不解："你难道不怕有农药吗？"

其实是逗她的，但他话音刚落她已经拿了一颗吃上了，对他的这句提问置若罔闻，看他不动时还挑眉解释："我都洗过好几遍了，从食堂洗的。"

他被彻底逗笑，拿过一颗放进口中，倒没那么酸涩。

平芜喋喋不休跟他说起摘这几颗山楂的经过，她刚来这儿不久，对这里的一切都好奇也是正常的，袁景却觉得她这个人真的很不按常理出牌，总是会一本正经地做出一些看起来就不像是她会去做的事。

初秋傍晚，风里都是燥热，操场上没什么人，比完赛的一群男生兴致高涨地围在一起往前走,篮球场后的长椅上只剩他们两个,绿荫下平芜盯着地面上的树叶倒影,过了好一会儿才轻声告诉他:"袁景,我们可以不去在意别人的视线的,不管那些目光是善意的还是什么别的,都不会影响我们脚下的路,你说对吗?"

大抵是这话太过温暖,像清风拂面,袁景沉默着,感受着胸间那汪被悉数灌满的清泉,似乎有什么东西在——清洗他过去的那些尘埃和阴霾。

他当时想像她这样,有朝一日成为别人灰暗岁月里永久恒亮的太阳。

时间一长,袁景确实受平芜影响发生了很大改变。

这种变化很难形容,不仅是外在上的一些性格转变,跟开朗或是寡言的描述不太相关,更像是内在感受,是她的观念和想法深深将他耳濡目染,他在人群最后走到人前,不再畏惧其他人的视线,从最初独来独往到身旁被人围绕簇拥,靠自己向上蓬勃的生命力和成绩赢得众人的喝彩。

他因为平芜而改头换面,彻底跟过去挥手再见。

但袁景看似平静的生活只是停留在校园,假期回到家里,他还要继续面对来自袁向富的诸多辱骂,喝了酒输钱稍不痛快就要拆家,任何东西到了他手里都会变成称手的武器,有时是扫把,有时是从凳子上卸下来的木板,他麻木了也习惯了,只是看见旁人在他面前伸出手时会无法控制条件反射地躲开。

这还不算,因为高三开始后课程节奏加快,原本两周一次的假期延长到一月一放,袁向富回到家找不到人,几次三番到学校找他。

他当然不是真的关心他,只是单纯因为手里没有余钱去打牌,所以把主意打到了袁景身上,他假期里一直有找地方兼职,以此自己供给开学后的生活费用,袁向富情急之下跑到校门口堵他。

十一月份,燕北落了今冬的第一场雪,细碎雪花由灰白的天空纷纷扬扬向大地飘洒,校门敞开后人群蜂拥而出,背着书包的学生们各自加快脚步,因落了小雪而更着急回家。

袁景挥手跟梁兴再见,准备走到公交站点时看见袁向富站在他面前,他似乎一直都站不直,身上那件软塌塌的黑色羽绒服内胆在风雪中看起来有些单薄。

"放学了,小景,爸爸可在这儿等你好半天了。"

袁向富笑着走到他跟前,伸出手拉过他的胳膊以此靠近。天确实很冷,袁景呆了一瞬,听着耳边不断响起的鸣笛声突然惊醒。他强行让自己不去注意袁向富放在他身侧的手臂，问："有什么事吗？"

他不是三岁小孩子，他太了解他了。

"没什么大事，就是爸爸有点急事，你手里还有没有多余的钱借我用用？"

袁向富表面上客客气气地试探，手却已经不听使唤地摸向他的校服口袋，袁景意识到后很快反应过来，伸出手制止他动作，将他掏出一半的钱包紧紧护在身前。

"这是要给爷爷买药的，不能给你。"

"我过两天手里有了就给你补上，先让我看看你这里有多少。"

袁向富耐着性子哄他，一脸的大义凛然，袁景避开他那双深不见底的眼，好像这样就能不去想他用力打在自己身上的那些瞬间。

平芜走出校门时余光瞥见他的身影，即将上车前突然停下脚步。

"袁景，你怎么回去，用不用我送你一段？"

因她这一句话，袁景转过身看她，同时袁向富瞅准时机抢过他钱包，等他反应过来袁向富已经熟练地拿出那一小叠薄薄的纸币放在指间点数。

"怎么才这么点？你书包里还有没有了？"

袁景摇头否定，告诉袁向富这是他唯一剩下的钱，有雪顺着风刮进脖间，凛到骨子里的寒，袁向富把钱包扔回给他，像脱缰的野狗一样扑到袁景身前，丝毫不在乎此时此刻的场面有多难看，跟惩罚一个犯错的人一样去翻他的衣服口袋，甚至是书包的每一条拉链。

平芜皱起眉，飞速小跑上前，拦住袁向富即将脱掉他校服外套的手。

"把钱还给我同学！"她语气着急，还以为是哪个欺负人的流浪汉，一手扣住袁景敞开的衣领，一手伸到袁向富面前，声音很低地在他耳畔询问，"袁景，你认识这个人吗，用不用我帮你报……"

袁向富笑了一下，从上至下打量平芜一眼："姑娘，别误会，我是他爸爸。"

她眼里写满疑问，抬头看向袁景试图寻求一个答案，可他看起来脸色很差，唇色微微发白，原本漆黑的双眼在这一刻也好像变得空泛。

窒息，铺天盖地的窒息感从他胸口涌到眼前，只是看着眼前这个人便无法不对他产生恐惧心理，末了他只能闭上眼。

"你走吧。"

直到袁向富的身影消失不见，袁景才像溺水之人抓住浮木一样爬上岸边，他蹲下身大口呼吸，不知不觉中抓住平芜的手臂，她衣服毛茸茸的触感很好，像是燃烧着的细小火焰，温暖地抚平他心中的冰冷痛苦，他过了好一会儿才恢复如常。

"你看起来很难受，袁景，他真的是你爸爸吗？"平芜看他额头沁出一层冷汗，拿出随身的纸巾轻轻擦在他额间，"要不要我带你去医院，你这个样子我不太放心。"

她声线实在温暖，他听着都觉内心渐渐舒缓，袁景摇摇头告诉她没事，准备起身时一阵天旋地转，眼前一黑，彻底没了意识。

他那时候为了节省一点饭钱每天不是馒头就是稀饭，中午也都是挑一个没有一点油水的炒白菜，连日摄入营养不够导致低血糖，在医院输了补液后才醒过来。

平芜看他这样十分难受，不免更加气愤他那个拿了钱就走的父亲，天底下真有这样的人吗？他们竟忍心让孩子受这样的磨难，她人生中第一次也是唯一一次面对真实的苦难课程，告诉她生活实苦的人是袁景。或许很多年以后，她才在自己选择学农的理由中找到一丝源头，如何消解苦难，那个雪天里埋下珍贵种子的不仅仅只有她自己。

所以从那之后，她总是绞尽脑汁地想要帮助袁景，可太直接的方式他一概不接受，尽管她也做出了故意弄丢他饭卡再往他卡里充钱的蠢事，但这事没过一天就被袁景发现，他当时来还钱的时候还笑得很开心，没有半点被戳破自尊心的样子，一边开玩笑一边告诉她不用主动帮忙，柔声跟她说自己应付得来。

平芜看出他清澈眸光下的倔强，表面应下背地里却还是想要帮助袁景，先是打听了学校里除了那点微薄的贫困生补助外还有没有别的，得知不能再增加其他资助项目时想起了老平，她头脑灵光，要老平出资做一个奖学金激励计划，专门选择成绩优异的学生参与资格评选，平建瓴还真照做了，只是这一套流程下来也已经到了期末。

袁景顺利得到那笔钱是在元旦放假的前一天，课间休息时班主任叫他去校长办公室。

他敲门进屋，平建瓴坐在一侧的沙发上看他一眼，校长介绍起袁景的情况和成绩，只不过是些冠冕堂皇的夸奖，平建瓴听完后连连称赞，最后又笑着去握袁景的手。

"好好读书，当下生活里的一切事都不重要，你还小，以后人生的路还很长呢。"

平建瓴只知道他的姓名不知道班级，虽然好奇平芜跟他提及这件事的契机，但想着是件好事而且钱又不多，怎么说都是值得的，所以见到受助者也没说太多，三言两语讲完了事。他一直如此，慈善不应该大肆宣扬，只要切实帮助到就够了。

但等袁景走出门，校长闲聊着说起"这个孩子跟您闺女在同一班级"时，平建瓴眼皮毫无征兆地跳了几跳。

平芜以为这次总算天衣无缝，但袁景知道的，所以在元旦假期约了梁兴陈路嘉和她一起吃饭，表面上是新年聚会，其实主要是想亲自感谢她的这番心意。

两人坐在靠窗的位置，火锅热气模糊视线，袁景找准时机在只剩他们两个时轻声开口："平芜，真的谢谢你。"

她正在夹肉的筷子顿了顿，装作听不懂："啊，我有什么好谢的，我应该谢谢你请我们吃火锅。"

她多聪明啊，光是看他一眼就能发现，这些事本来也不希望让他知道，平芜帮他没有任何私心，只不过是不忍见他成绩优异却要放弃，如今这么被他开口感谢，多少还是有点心虚。

袁景牵了牵嘴角，知道她的意思后也不再多提，从羽绒服口袋里拿出一个盒子，他眸光真挚，看向她时神色也有点不自在。

"送你的，新年快乐。"

平芜惊讶，接过盒子后直接打开，是条纯银手链，做工一般，样式却很好看，光一照亮晶晶的，她只是看看就觉得喜欢。

"谢谢。"

她自顾自戴上，末了卷起袖口伸出手在他面前晃了晃："好看吗？"

袁景点头，对上她笑盈盈的目光时眼里也很明显地亮了亮。如果有人问他高中时最大的收获是什么的话，他一定会不假思索地说是朋友，没有人能一直习惯一个人，而人总归都要遇上志同道合的朋友，互相影响互相成长，哪怕总会走向人生路的分岔口，可过往那些回忆都是青春里最宝贵的财富。

"什么好看？"

陈路嘉跟梁兴拿完饮料回来，坐下时互相打量起他俩，最后将目光定格在平芜手腕上，仔细看过后阴阳怪气地说："好啊袁景，你竟然背着我俩偷偷给平芜送礼物，请问你是何居心？"

陈路嘉爱玩爱闹，说起什么话都不稀奇，但这句意味深长的话被她如此直白地说出后，两人都有些不自在，平芜更是觉得那根细细的金属条在微微发烫，连着脸颊也被热气熏红。

"新年礼物大家都有。"袁景无奈地笑笑，连忙将剩下的两个盒子一一给了他俩，话题被轻轻揭过，梁兴倒满饮料提议碰杯。

窗外有人放起烟花，他们齐声说了句新年快乐。

而此时离高考，也只剩下一百五十七天了。

一月底放寒假，袁景依旧没有回家，他在县里找了两份稳定的兼职，白天去做家教辅导小朋友，晚上则是在饭店后厨打杂，点单送菜用不上他，他能做的也不过就是清洗餐具或收拾卫生。

无意撞见平芜那天是小年，餐厅里人特别多，她跟父母一起在包间吃饭，中途去洗手间时看见他穿着工作服推着一车油腻腻的餐盘从走廊经过，平芜低声叫他，情急之下说漏了嘴："学校不是发了一笔奖学金给你了吗？怎么还要来兼职？"

袁景看她时笑了下，打趣着说在家闲着也是闲着，没告诉平芜那笔钱又被袁向富搜了去，何必再让人担忧再添麻烦，他自己有能力解决问题，身体上的劳累和痛苦比内心煎熬要好受许多。

"那你几点下班？"平芜见状又问他。

袁景推着车往前走，没去思考她这句话，如实回答："十一点吧。"

平芜点点头应下了，吃完饭回家拿了趟东西，趁着爸妈睡着后悄悄溜出门去。这几日气温很低，天气预报一直说有雪也没下，平芜返回饭店坐在门口空调下的位置，撑着困倦的眼皮等着袁景。

幸好他们老板没有耽搁时间，说十一点真就十一点，袁景换好衣服走出饭店，看见平芜时愣了愣。

"怎么这么晚了还不回家？"他眉头轻皱，看到她身上只穿了件短款的毛呢外套后更是惊讶。

"这不是为了等你嘛，又不好耽误你的工作。"平芜笑着起身，眼睛微亮，"走吧，边走边说。"

她家离得不远，只穿过一条步行街就是小区，这时间路上已经没什么人，道路寂寥，路灯下也只有他们两个的身影。

周遭静默片刻，平芜率先开口问起他去兼职的理由，袁景这次没再玩笑，声音平静，如实开口："因为我想走出这里。"

平芜对上他的目光，在昏暗光线中看到他眼神坦荡，明明是漆黑的瞳仁却在那一瞬间发出宝石般夺目的光。

"我家里情况特殊，可能你也听同学说过，我确实很困难，所以我想读完高中的话只能自己去挣钱。"

袁景看到她微微震颤的睫毛，嘴角多了抹温暖弧度。

"平芜，你帮了我很多，虽然你不说但我也知道，倘若有朝一日我能走出这里，功不可没的这个人是你，是你让我看到我人生中的另一种可能。"

他目光纯粹神情真挚，是真心实意在感谢她，平芜似乎没曾想到他会说出这番话，怔愣一瞬，紧随其后的便是涌上心头的片刻柔软，她不知道该如何回应，低下头时想起自己手上提着的盒子，停下脚步将东西递给他。

"新年礼物。

"你最该感谢的人其实是自己。"

平芜语气轻快，见他不动后直接把袋子放到他手里，跟他挥挥手后小跑着进了小区。寒风中她回头看到袁景驻足良久，心中升腾起前所未有的感受。

再开学，高中生活已经进行到最后，时间也越发争分夺秒。

袁景不再执着生活里的其他难题，只一心扑在学业上，竭尽所能在这段时间里将成绩继续往上提，一次又一次地过关斩将，春去夏来，转眼间就来到六月份。

考试前五天，学校给所有高三学生开了毕业典礼，家长也进校参加，袁景惴惴不安，从班主任那儿得知袁向富会来时一直心惊胆战。在老师眼中，无论父子关系如何，都要见证孩子人生中最重要的瞬间，何况袁景还被选为"毕业生代表"上台发言，旁人都有家长陪伴，总不能他自己孤零零的吧。班主任自认自己贴心，殊不知袁景根本不想见到袁向富。

自从上次他把那几千块的奖学金拿走之后就一直没有出现，袁景放假时给他打了无数个电话让他带爷爷去医院，可他都没回，手里有了点钱就跑出去玩牌，一连几个月没有消息。他上台前心里曾怀着某种希冀期待着袁向富不会出现，但这次他一向不好的运气依旧如此，抬眼望向台下时看见袁向富衣着光鲜地坐在他的空位旁。

他满脸笑容，旁人眼里十分温和慈祥，时不时就伸出手鼓掌。

但袁景知道，这一切不过是他在人前的伪装。

在他演讲结束后，袁向富拉着他到了一旁："儿子，你肯定知道你爷爷的存折放在哪儿了吧，我跟你说，爸爸现在要做一个大生意，我需要点本钱，但是你相信我，我肯定会挣回来的，到时候你去外面上学，等你毕了业家里什么都给你准备好。"

袁向富心里清楚，老爷子那点棺材本肯定会留给袁景当学费，他现在想不了那么多，因为被人糊弄着设了局，输了后不得已借了高利贷，留给他的时间不太多了，他还想着要靠赌钱逆风翻盘。

袁景眉头紧锁："所以你来就是为了要钱是吗？"

他这个父亲怎么会在意他的人生时刻呢，他或许希望自己从没出生过才是。

"你这是什么话？我难道不是为了你吗，你废话少说，我今天不想跟你吵，你只要告诉我你爷爷放存折的地方就行了！"袁向富疾言厉色，装了许久总算是演不下去了，眉一横，恶狠狠地盯着他，手掐住他露出的胳膊。

袁景用力地挣开他的手："我说了没有就是没有！"

"好啊袁景，你不给我是吧，我去找你同学要，对了，我就找之前跟你说过话的那个姑娘，你别以为我不知道她是谁，她叫平芜对吧？我去找她要！"

袁向富摸住他七寸狠狠按打，一脸得意地看着他："你以为我是个傻子啊，看不出来你的事？你想攀高枝也得先掂量掂量自己配不配，袁景，你想瞒我还嫩了点吧！"

身后是人群密集的操场，班主任已经拿了气球——发到众人手里，同学们在家长的陪伴和守护下写满一个个高飞的心愿，袁景远远望着，却觉得自己身处其中也像是一个带了线的气球，被眼前这个自己的亲生父亲狠狠拴住动弹不得，始终飞不出去，唯一能做的，不过是仰望着那些自由自在飘入高空的旁人。

他没资格，自由这两个字似乎永远都跟他的人生无关。

高考结束，袁景卸下短暂沉重后迎来的却是更大的深渊。

他回到家里，正撞上追债的人上门，原本家徒四壁的屋里再无可搬的东西，那些人便乱砸一通，爷爷惊慌失措站在一旁，袁景跑上前将爷爷护在身后，情急之下上前理论，得知是袁向富欠了债时脑袋中"轰"的一声。

他接过那张有袁向富手印的单据，彻彻底底在这一刻认清了生活的真相，那就是有的人这辈子都变不成张开翅膀的鸟，因为身上负累重重。

再一次白天黑夜连轴转兼职，袁景倒比之前从容很多，只是他心里很乱，连同学聚会也没有时间参加。

他心底蛰伏许久的自尊心在此卷土重来，无意识开始逃避起跟同学们的相处，甚至开始疏远起平芜。

平芜察觉到他不太对后一路跟着他找到了他兼职的烧烤店，她站在一旁,看着他穿了件深蓝色的T恤站在烟熏火燎的烧烤架前工作,额间是密密麻麻的汗珠,手臂的线条却很好看,晒了多日却依旧很白。

"袁景,你怎么不接我电话?你是遇到什么困难了吗?有什么事你可以跟我说的。"

平芜还在试图理解他,可他却连说话的空隙都没有,手中的十几个串烤熟装盘,小跑几步端到桌上,再回来继续重复。

见他不回答,她挽了衬衫袖子走到他身旁,拿了沾满酱料的刷子就要去帮他。

袁景胳膊弯下来,稍微用力把她挤开。

"不用你。"他声音听不出情绪,胸腔已经开始泛酸,"我没事,你赶紧回家吧,太晚了不安全。"

袁景没再看她,直到架子面前又一轮新的烤串已经熟了,把它们放到离他最近的桌上,座位上几个喝着啤酒的中年男子跟他开起玩笑:"帅哥,你别对女朋友那么冷淡,人家大老远来找你呢!"

他没理会旁人的这句调笑,平芜听完后却极不自在,应该是离炭火太近,脸颊也被烤得发烫。

她没有走,就这么站在一旁等他下班,那时候已经快到一点。袁景领完一天一结的工资后拿上他因热脱下的衬衫在路灯下慢慢往前走。

到她面前时拿出一瓶可乐递给她,刚从冰柜里拿出来,瓶子上的一层水珠先被他拿衬衫都抹了下去,喝到嘴里微凉,燥热消散了一点点。

"饿不饿?"他问。

平芜摇摇头:"我是吃完了来的。"

"你下次别过来了,天太黑了不安全。"

他们两个并肩走在羊肠小路,平芜听完这句话后突然抬头看他。

"袁景,我带你离开燕北,你想报哪个学校,我们一起。"她不知道从身上的哪个口袋里拿出一张银行卡,模样真诚,"我的压岁钱,先借给你,你不要再来这里了。"

袁景怔了怔,垂眸看她良久,到底还是舍不得跟她说狠话。

他一路沉默着将她护送到家,直到停在小区门口时才总算回答,他别开视线不去看她的眼,轻声决定:

"平芜,你离我远点吧。"

"我们不是一类人。"

/ 第六章 /
天悬地隔的差距

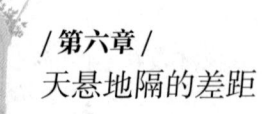

她还在看他，但他知道，自己被吞噬得心甘情愿。

"你来燕北那天，我做了个梦。"

日头烈起来，透过树影照到两人面庞，袁景情绪渐渐平稳，声音也变得清朗。

"什么梦？"

山上蚊虫很多，平芜不去注意胳膊上传来的细微痒意，侧头专注看向袁景。

他眼角有些红肿，但眼眸里已经没方才那般悲怆，或许是她在身边的缘故，这些一直不敢想的过去如今坦然说出口倒也没那么难受了。

"我梦到自己问你为什么回来，你一脸严肃地告诉我反正不是为了我。"他说到这儿笑了下，只是稍纵即逝，"我们分开后我就一直在想，想到你高中的时候跟我说你以后想做的事，想了很多很多，就是没想过会在燕北再遇见你。"

他想她该繁花似锦地去走她的康庄前路，轻轻松松、自由自在地去过她原本就开阔坦荡的人生。

没想到她还真说到做到，在毫无可比性的分岔口面前选了这条看起来要更加偏僻难行的路途。

沉默良久，袁景拉过她的手，声音虽轻却很笃定："一直以来我都不觉得自己能跟幸运这两个字扯上什么关系，但是平芜，我唯一幸运的是遇到你，你真的救了我一次又一次。"

大概是上天仁慈，见证过他所遭受的波折，所以在他身陷困境时让他遇到她。

尽管，她并没觉得自己帮上他什么，平芜攥紧他手腕，任由风刮起她侧脸垂落的头发,坚定开口:"袁景,我只希望你不要再难过。"

四目相对,他眼里闪烁着,末了抚过她手臂被叮咬过的那处红肿,指腹轻轻按了下。

"走吧,回家给你找花露水。"

袁景牵着她起身,结果刚走两步就有些踉跄,一阵眩晕开始蔓延,恍若无数颗流星降落在眼前。

"是不是又低血糖了?"

平芜扶住他的手臂,关切地查看他的脸,实在苍白,比先前瘦了一圈,可这不过才短短几日。

袁景闭上眼缓了缓,摇头告诉她没事,强撑着跟她一起下了山。

平芜看出他不舒服,进屋后扶他去房间休息,自己则是下楼去了厨房,冰箱里很多蔬菜水果,应该是被人添置过,她站在一旁仔细想了想自己会做的,最后还是只拿了两颗番茄切碎煮面。

她水平有限,翻来覆去会的不过是那几样简单的,在京平时很少做饭,唯一会做的也不过是早餐。

面条熟了时,袁景拿了一瓶花露水走下楼梯,他本来就没有睡意,被平芜强行扭送到屋里也不过是闭目休息,这几天确实没怎么吃东西,低血糖也是意料中的。

看着她在厨房里忙碌的身影,袁景心底难免触动。这样的事不该是她做的,所以他在平芜拿了碗准备端到餐桌时连忙从她手中接过。

"你怎么下来了?"

平芜不确定他好了没有,仔细看向他的脸:"头还晕吗?"

"好多了。"

袁景轻声回答,放下碗却没急着动筷,拉过她的手后拧开瓶盖,在平芜已经感受不到那处叮咬的刺痛时给她轻轻涂抹花露水。

两人距离很近但是并不亲昵,这似乎是一件再平常不过的事情,甚至习以为常到平芜闻到鼻尖那股清新的香气时还下意识扬了下嘴角。

张之赫进屋时看见的就是这一幕,往日那个冷淡彻底的袁景在她面前像是被镀了层温柔光晕,脸上没有任何表情,可目光始终是柔和的,此刻的袁景令他陌生,可他又觉得,或许这样才是真正的袁景。

"我是不是来得不巧?"张之赫笑着上前,话虽如此但是心里并没有半分叨扰的想法。

袁景淡淡对上他的视线:"不巧那你就会出去了吗?"

"那当然不会。"张之赫说完已经拉开椅子坐到袁景身边，余光瞥到桌上这碗有些清汤寡水的番茄面时又调笑着看他，"不对啊，景儿，怎么你现在做饭的水平就这样了？"

倒不是看起来有多难以下咽，只是卖相实在一般，而他以前可是尝过袁景手艺的，怎么看也不像他能做出来的，他这人心直口快，完全是想到什么说什么，不经过大脑也不考虑别人。

平芜闻言看向那碗面，经张之赫这么一说，确实好像不怎么样。

袁景看到她踌躇欲动的手，转头瞪了张之赫一眼，拿起筷子开始吃饭。

感受到他的锐利视线，张之赫转移话题，主动跟他说起这几天总算有成效的基地推广。

"现在已经有好几个外市的学校跟我联系想要把夏令营里参观农业研学的一部分流程放在咱们基地，我觉得我们正好可以等到栗树成熟期，让这些人身临其境地体验从采摘、分类，最后到炒熟这一全过程。"

张之赫一直没闲着，葬礼这几天也在帮袁景处理他家的事，他这人表面看着不靠谱但实际上还是挺能扛事的，袁景伤心糊涂了他才更要保持清醒，虽然基地暂时还安静着，但成熟期已经就在眼前，不能不去想之后的事情，而且既然要跟栗洲集团合作创立一个新的品牌，前期大面积推销有机基地是很重要的。

燕北这么多板栗，真正能说出去的品牌却没有什么，栗洲虽然在省里颇有盛名，但产品线单一，而且销售模式除了特产式的捆绑外便再没有旁的了，贺全洲有意创新但一直掣肘，如今也想借着他们年轻人的想法多多尝试。

袁景若有所思，吃到一半去书房拿了平板，两人就坐在餐桌上，从头到尾梳理了一下之后待完成的几项工作。

平芜见他这样才慢慢放下心来。

这一切太过突然，从那天下雨她陪着袁景到了医院再到今天下葬，他确实需要时间去消解，她无法感同身受，但她比袁景还要难受，尤其是听他说起从前，尽管她隐隐察觉到他或许还有事瞒着她，但到了这时候，她不想再过多地纠结从前了。

过去种种其实都不怪他，只是命运太多波折了。

既然彼此再遇见，那就要好好陪在彼此身边。

之后的一星期，平芜再忙都会抽出时间开车到小石村看一眼袁景，虽然大多时候他都是在山上或是村部监工,可平芜来的时候他总会放下忙碌,他跟她分享做好的效果图,跟她讲路过的每个和善微笑的大爷大妈,给她做一餐不算简单的晚饭再送她回去。

袁景看起来跟之前没什么不同,似乎还要更加积极充满斗志,每次见她都笑着,说再多话也不觉得厌烦,可平芜却总觉得他不太对,但是自己又说不上来到底哪里出了问题,直到周六那天晚上下起大雨她被截在小石村没法离开,这才总算知道他的症结所在。

半夜她睡不着从客卧出来准备下楼倒杯水,路过袁景房间时看见半敞着门的屋里还亮着灯,当时已经凌晨两点,她以为袁景还没睡所以推门进去,结果他睡着了,只是睡梦中似乎也不怎么安稳,眉头紧皱,光是看着都觉得难受。

她放轻脚步走到门口准备关灯时,刚从书房里走出来的张之赫突然制止:"别关灯,他怕黑。"

话音刚落,张之赫已经到了卧室门口,大手一伸轻轻拉上门,而后有点意外地看向一脸懵懂的平芜,低声说道:"他是不是都没告诉过你自己怕黑?"

平芜愣了愣,完全没想到会是这个原因,她在记忆里翻来覆去搜寻个遍,也没找到什么关于袁景怕黑的蛛丝马迹,他看起来也不像是这样的人。

"看来你还真不知道,他生病的事你是不是也不知道?"

张之赫声音平淡,平芜听完后却皱起眉,声音也不知不觉大了几分:"他生病?"

意识到再说下去好像有些多嘴,张之赫说了句早点休息就要往楼下走,平芜快走几步跟上他脚步,颇为执拗地开口询问:"你能跟我讲讲袁景吗?"

他们之间空白了八年,她想知道在他口中云淡风轻的过去是否真的如他说的那般顺利。

张之赫叹了口气,带她进了书房,拿起书架上在灯光下闪闪发光的奖杯递给她。

"我跟袁景认识好几年了,不知道他有没有跟你说过自己以前的事,自媒体刚开始发展那两年他很聪明地抓住了网络这条线,算得上是小有名气吧,最起码拍的视频都还算火,最开始的那一条光是收入就上百万,后来就很顺利地签了公司,我那时候是他账号的运营,其实我很佩服他,因为他是我见过最能硬撑的一个人。"

平芜接过手去看,黑色底座上刻印着"年度十佳账号"一行金字,这些袁景竟然从未跟她说过，他们俩认识十多年，她如今却要在别人的口中了解自己未曾参与的那段过去了。

张之赫看着她继续开口："那时候也是年纪小，自己看得不够清楚，他想做的有很多，但是公司觉得他这些全都是白扯，流量时代只要博人眼球就够了，所以一直强制性地让他做一些没意义的视频，他这个人也是倔，因为这些事跟公司闹得很僵，被威胁差点要爆出家里的事，没办法就把账号给放弃了。"

"他一直都失眠，经常要靠吃褪黑素才能睡着，这些事他不愿提起，如果你想知道具体的，还是让他来告诉你吧。"

良久，张之赫关上门离开书房，平芜在这份寂静里默声许久，到底还是湿了眼眶。

时间未必能完全消解痛苦，但生活却一直向前。

八月底，峪河镇最早的板栗已经成熟，漫山遍野的栗树上挂满密密麻麻的绿色栗蓬，在太阳下悄悄开了口，露出内里一颗颗褐色宝石。

板栗跟其他树种不一样，因为最外面包裹着厚厚一层带刺的栗蓬，所以给采摘工作增加了一份难度，大多是先用一根长棍敲打树枝使栗蓬落下，然后再从地上一一拾捡装袋，农户们披星戴月早出晚归，每天拿着工具上山采摘，一片繁荣景象。

与此同时，小石村的板栗基地也陆陆续续迎来研学的游客们，第一批是在南淮一所中学举办的特色农耕文化夏令营，一行人在欣赏过峪河镇水库的朴素景色后坐大巴来到栗园，村里对此重视，热热闹闹举办了迎接仪式。毕竟是基地第一次重大场面，平芜挤出半天空闲时间主动帮忙，在张之赫忙不过来的时候热情地带着孩子们上山观察，又顶着烈日在树下跟众人讲解关于板栗的生长知识。

带队的老师看起来跟她年纪相仿，看到树下地边栽了很多油葵后不免好奇，询问她这是不是为了压榨食用。

平芜笑着回答不是，在栗园附近种植油葵不是为了收获而只是单单吸引那些蛀食板栗果的害虫，以此减少对栗树的虫害。

她说完后又戴上特制手套实地去教大家采摘，学生们新奇不已，手上偶尔扎到小刺也觉得开心，在捡拾完足够板栗后又带到山下的合作社去炒食，整套流程下来大半天已经过去。

袁景也是十分繁忙，整日用焦头烂额来形容也不为过，从早到晚几乎全天驻扎在栗园里,白日里跟前来视察的领导们讲解,晚上还要安排人继续完善栗园里的捕虫装置,除了树干悬挂的诱虫板外还需要在树与树的间隔之中安装捕虫灯。

这是研究所一年前才推广应用的物理防虫技术,形似路灯,灯顶有太阳能板负责供电,有飞虫扑到跟前便会触电。

彻底忙完已经快十点,袁景送走工人后这才下了山,虽然累到了极点,可回头望向身后的点点灯光时心里到底还是满足多过疲倦。那些微弱光线仿若在群山间的萤火虫,纵使他一人置身黑暗,也还是会有细微光芒照亮他脚下杂草丛生的路。

"袁景!"

走神时,不远处传来平芜清脆的声线。

他转身去看,树与树狭窄的水泥路间她拿着手电筒一点点走上前,周遭是浓墨般的黑暗,她手上的那束光晃来晃去还是照到他面前。

袁景心下一暖,小跑着到她身边,本想问她都这么晚了怎么还没回去,转眼想到她白天打电话说要为他庆祝,于是笑着从她手中接过那根发光的电筒,又十分自然地揽过她的肩。

"都这么晚了怎么还出来,万一看不好路像上次那样摔倒怎么办?"两人脚步齐缓,袁景关切的声音萦绕在她耳畔。

"还不是你这么久都不回去,菜都要凉了。"

平芜低下头注视因强光照射所以坑坑洼洼的小路,没去说是因为他电话打不通情急之下跑出来找,或许是她想象力丰富,自那天在他床头柜的抽屉里发现他以前吃过抗抑郁的药物后便一直思前想后。这些日子她来小石村确实勤了些,最初只是觉得他在这样的时候需要陪伴,但现在,她更多的是不放心。

袁景闻言将她搂得更紧,声音也低了几分:"对不起啊,我忘了你说给我庆祝这回事了,是不是等了我很长时间?"

平芜因他主动认错的语气笑了下,总算抬头看一眼身侧的他,黑夜给他五官蒙了层很薄的纱,唯一可见的是望向她时更显深邃的眼。

"你怎么这么爱道歉?"她伸手戳了戳他的脸,看他没什么笑意有点不满,故意冷下语气,"袁景,你那梨涡是不是跟你一起进化掉了,为什么我现在都看不到了?"

他任由她那只手在他脸上作乱:"天这么黑当然看不到了。"

平芜来了心思想要逗逗他,准备从他手里抢过手电,只是刚垂下视线就看到脚下一只趴在地上的蛤蟆,她吓了一跳,在看清楚那位"不速之客"后背上凹凸不平的皮肤后直接尖叫着拉住他的手臂。

"这有一只蛤蟆,那么大,它那眼睛都快突出来了!"

慌乱中,她手脚并用,整个人就差没挂在袁景身上,惊魂未定地叫了他一遍又一遍,最后将脸埋在他身前不去看令她恐怖的地面。

扪心自问,平芜胆子虽然大到连蛇都不怕,但对这个浑身上下只看一眼就要起鸡皮疙瘩的蛤蟆却是怕得不行,从小到大都是这样,这几乎是她的死穴。

袁景反应了几秒,看到地上那只因她尖叫也蹦跶起来的蛤蟆,目送着对方离开后笑着摸了摸她的头去安抚她。

"不怕不怕,它已经被你吓跑了。"

平芜小心翼翼从他身前抬头,怔怔地对上他的眼:"走了?"

袁景点点头,将手电筒对准地面:"不信你看。"

她当然不敢看,所以只是皱着眉加快速度赶紧下山,连带着抓他的手臂也用了些力,袁景看她这样后笑了笑,不由得感慨她还是很像从前。

清澈、坚固,却始终保持着最纯粹的赤诚和天真。

"平芜。"

也就是那一刻,袁景轻轻唤了她一声,把手上拿着的手电筒塞到她掌心,下一秒直接捞过她的手臂将她背在身后。

平芜呆滞片刻,等回过神的时候他已经背起她往前走,月色清浅,小路两旁是浓密高大的玉米地,被风刮过的叶子交缠在一起,黑暗中,她环在他面前的手微微收紧,趴在他后背上听着他沉稳有力的脚步声,连带着心跳都乱得彻底。

她的唇离他耳畔很近,最后还是微微下移,停在他脸颊某处尚未显露出来的梨涡部分,重重亲了下去。

"袁景,你还怕黑吗?"平芜抱他更紧,目光直视即将抵达的村口后缓缓问他。

他摇摇头,虽然沉默但已经有了回答。

不怕了,因为有你。

平芜心情忽地很好,硬是拖到快进院里才慢慢从他后背上下来,夏日里空气闷热,袁景背着她走了这么一大段路出了些汗,放她下来时看到她紧盯自己的视线后连忙开口解释:"我是怕摔到你所以才用了些力气。"

他唇角微弯,唯恐自己说错什么,这话简直求生欲十足。

平芜嗔他一眼便径直往前，张之赫跟小仁已经坐在餐桌上等了半天，见到他俩后齐齐移开视线，一个进厨房去拿碗筷，另一个则是把蛋糕端到餐桌中间。

不是什么日子，但她私心想给袁景庆祝，这一个月来他一直紧绷着，如今总算有了一个还不错的开头，她只是想坚定地告诉他关于他的所有选择都值得。

饭菜都是张之赫跟小仁做的，平芜帮不上什么忙，唯一的贡献不过是买了个蛋糕，她明天一早还有会议必须参加，所以吃完饭就准备走，袁景看了眼时间觉得她一个人开车不安全，于是拿上车钥匙跟她一起出去。

平芜累了一天，上车后就开始昏昏欲睡，袁景开车安静，跟窗外浓重的夜色一样沉默，她就这么迷迷糊糊地坐在副驾驶上睡了一路。

醒过来的时候车已经停在楼下，平芜放空几秒，最后任由着袁景抱起她。

"我上次喝醉的时候你是不是也是这么送我回家的？"她不禁好奇，只是怎么想也记不太清了，如今这样重新感受了一遭，脑海中难免有零星记忆细碎涌到眼前。

"当然不是。"

袁景垂下眼去寻她亮莹莹的目光，想起之前总算是笑了笑："上次你很不听话，也不让抱。"

平芜看到他若隐若现的梨涡突然来了精神，想要再说些什么时他已经放她下来，两人站在门口，她摁开指纹锁后也不急着进去。

大概是夜晚人的意志薄弱，他总觉得此刻的平芜比以往更加好看，廊灯下光线幽暗，他看到她唇色已经慢慢变浅，察觉自己大脑混乱，袁景只看了她两秒后便很快移开视线。

"你早点休息，晚安。"

平芜捕捉到他躲避的视线，勾起嘴角凑到他面前，语气里有几分不满："你是不是还忘了点什么？"

她用气音低声开口，存心逗他一般，鼻尖抵着他鼻尖蹭了蹭。

袁景认栽，对上她的眼，揽过她的腰俯身亲了下她的唇瓣，一触即离，仿佛再多停留就要点燃引线。

平芜笑容灿烂，伸手摸了摸他有些发烫的脸，鼓足勇气，轻声唤他名字。

"嗯？"他像是从喉间挤出这句疑问，看着她近在咫尺如若琥珀的眼，几乎是直面一汪深不可测的湖面。

"我怕黑，你能不能别走了。"

她还在看他,但他知道,自己被吞噬得心甘情愿。

刚上大学那几年,平芜身边不乏许多陷入恋爱的女孩子,宿舍里熄灯过后的晚间话题也是花样百出,偶尔遇上这类问题都能叽叽喳喳谈论半宿。那时候她在旁人眼里是个只知成绩的木头美人,纵使性子和善但总是少了些趣味,所以大家很少跟她提及这类话题,只当她对这事没有发言权一般。

二十出头的年纪,有人在春风里拥抱朝雨,有人在秋日里收敛枝叶。

爱或许有些盲目,但她唯一清醒的是任何行为都要以喜欢为前提,也正因为这个人是袁景,她才会这么肆无忌惮地表露自己。

周遭沉默十几秒的空当,平芜感觉不妥便连忙改口。

"好吧,我是骗你的。

"其实我不怕……"

眼前突然一黑,袁景关掉廊灯后掩上门,紧接着,她尚未说完的话被悉数堵进他的呼吸。

玄关空间狭窄,平芜退无可退,被他抵在墙边角落,身后是冰凉平直的墙壁,身前是他炙热浓烈的气息,两道身躯毫无距离,彼此前所未有的亲密。

平芜渐渐有些喘不过气,原本放在他胸前的手向后推了推:"不是要走?"

他突然就笑了,在黑暗中慢慢对上她视线,温热的唇小心翼翼辗转到她耳畔:"我怕黑。"

那十几秒是他纠结思考的来回,亦是踌躇难决的心跳。

平芜被他话逗笑,感受到他再度凑上前时咬了他一下,袁景滞了两秒,伸手抚上她咬过的那处嘴角,在她还未把手搭到他脑后前直接将她抱起。

就这么在看不太清的黑暗里抱着她走进卧室,又借着窗外透过来的月光一点点将她放倒在床上。袁景俯下身继续,原本轻柔的吻却在这时候有些加重,连带着一直都很克制覆在她肩上的手也不知不觉开始发烫,指腹停在她锁骨。

平芜没见过他这样,似乎在这时候才彻底意识到眼前这个袁景已经不是十七岁时被她逗几句话就要脸红的少年,而是几个微小动作就能让她方寸大乱的成熟男人。

这样想着,放在他衣摆上的手突然攥紧,因在黑暗中交缠在一起的呼吸更徒增了几分紧张。

"袁景。"她低声叫他,睁开眼对上面前越发浓重的目光。

袁景理智回笼,起身跟她隔开一些距离,声音微哑:"怎么,这回害怕了?"

他来过这个公寓很多次,但卧室还是第一次踏足,她的屋子里乃至床单上都有她常用的一款香气,刚进来不觉得,时间稍长便萦绕在鼻间挥之不去,其实本来也没想真做什么,只是存着逗逗她的心思,他心里清醒,现在并不是什么合适的时机,他们两个还有很多事是模棱两可的,跟她在一起像是置身在轻飘飘的云里,当然,这不是她的问题。

只是他说不清楚,更有许许多多对于自己当下的思虑,甚至困惑着她是否是因为过去的遗憾或是心疼才会重新跟他在一起。

末了他停下动作,伸手整理平芜歪歪斜斜的衣领时认真同她解释:"刚才的话是在逗你。"袁景声音很低,语气里更有几分笑意,指腹在她脸颊处摩挲几下,感受到有些滚烫的温度后俯身跟平芜耳语,"你放心。"

这话不说还好,一说平芜更觉得脸烧得慌,她直起身试图理论,想说一句他变坏之类的言语,结果人刚靠在床头还未开口就又被他按住。

"我得回去了,明天一早还要上山,你早点休息。"

袁景恢复正经,动作很轻地亲了亲她的额头。

"晚安。"

平芜怔了怔,悬在半空那颗心脏慢慢落回原处,但同时,也被袁景塞进来一团软绵绵的花种,那些像羽毛一样的种子被风吹过,轻轻划过她的五脏六腑,最后在最荒芜的干涸许久不生新草的一片枯地慢慢扎了根。

这一晚她睡得不太沉,梦里也似乎都是袁景。

她不禁觉得荒谬,分开那些年里他一个梦也不曾让她回忆,在一起后却三番五次闯进她梦境里,老话说日思夜想,她却完全相反了。

第二天是秋收动员大会,研究所要分组到各个乡镇做志愿者。

平芜状态不佳,整个人站在院里听江清河讲话时昏昏沉沉,连打了好几个哈欠。向菁菁看她这些日子早出晚归,悄咪咪到她耳边问她是不是恋爱使人颓废,她觉得这话无从说起,趁着台上无人注意时摇头告诉她不是。

"得了吧你,你最近工作都是心不在焉的,就差没长在小石村了。"

向菁菁笑了笑,说完后又想起前些日子的一件关键事迹。

"你是不是忙得连你那高才生师弟走的时候都没去送送?"

方植走的时候在所里也算是热闹了一遍,虽然像这样实习到一半走人

-163-

的也很常见，但这位被家里生拉硬拽走人的还是头一遭。向菁菁也是生平第一次见识，原来小说里来了一群保镖将大少爷押送回家的事竟然真的存在，虽然那位大少爷看起来并不想离开，但是也被硬生生地开了结束实习的手续，连人带行李一起被押上了车。

　　她以为平芜不知道，所以当新鲜事讲给她听，但平芜听完后神色平淡，并没半点惊讶表情，反而她给疑虑的向菁菁开口解惑："他本来就在这儿待不长，家里就他一个儿子，能让他学农已经是天大的宽容了，可别提在这种荒山野岭让他寻求人生价值，那是幼稚孩童的叛逆。"

　　向菁菁觉得她这话颇有意思，往她身边凑了凑后好奇地问她："那你呢，你就不是叛逆了？"

　　平芜顿了顿，笑容僵在嘴角。

　　她吗？她这应该算是，在更接近灵魂深处的地方寻找真正的自己。

　　台上话筒的一阵杂音打乱思绪，江清河伸手拍了拍话筒后再次放到嘴边，大声开口分配任务："今天所有人集中在峪河镇，去查看今年早熟板栗的成果率，对于春天新嫁接的品种要多看几次。"

　　平芜每次都觉得露天开会像是放羊，领头人牵着所有羊群聚集在一起，告诉完大家该去的山坡和草地后便一哄而散，燕北夏日里天气纯净，澄澈的蓝天和绵密聚集的白云，开车往乡镇赶的这段路，她有时也感慨这份工作快乐至极。

　　到小石村的时候不过九点，栗园里却到处都是采摘的农户，最早的人大概凌晨四五点就上了山，不间歇地忙到中午回家吃个饭，等下午太阳稍微落山后再上山，每年板栗成熟时，山畔地边到处都能听见竹竿敲枝干的声音。

　　平芜不急不缓地慢慢上山，路过树群看见有人时也会走过去说几句，村主任也在树下打栗蓬，看到平芜的身影时还收起竹竿笑着跟她打招呼。

　　她想要去看板栗的品相，于是小心翼翼走上前不去踩地面那层野草。

　　距她不远正在弯腰拾捡栗蓬的大婶看到她后笑了一声："我说姑娘啊，你怎么跟小景儿似的，对这点破草还这么保护着。"

　　平芜轻轻扯了下嘴角，拨开头上垂下的树叶后站到大婶旁边开口解惑："您不知道，这野草在栗园里可是有很大好处呢！可以平衡温度，保持土壤墒情，而且栗子熟了掉在地上还能帮助缓冲。"

　　大婶听完后恍然大悟："哦，原来是这样啊，怪不得小景说每年只割两次草就够了。"

人不经念叨,平芜正准备去找个手套帮忙,结果一回头就看见袁景站在不远处。

他穿了一件豆绿色的衬衫,下身是米色的工装裤,夏日里这身穿搭确实足够清新,但把场景放在地里就觉得不是很适宜。尽管她也不是那种因为浅色衣服容易弄脏所以只穿深色衣服的性格,可他上学的时候一直都穿黑色系的。

阳光下,他越过脚下那些野草慢慢走到她跟前,笑容也越发明显。

"五婶,您刚才说我什么呢,我可都听见了啊。"

平芜短暂被他的笑晃了下眼,大概也是光线太强的缘故,她将他脸上所有微小的神情都尽数收入眼帘,他那张脸这样看似乎一直没有变。

身旁的大婶也是一脸笑意,尤其是看到他们两个并肩站到一边,遮阳帽下一双精明的眼在两个年轻人身上转了半天,最后还是只剩下称赞。

"我可没说你坏话啊,我刚才跟小平领导夸你呢。"

平芜闻言连连摆手,玩笑着解释:"大婶您别逗了,我算哪门子的领导啊。"

袁景觉得她说这句话时的语气有点可爱,垂眸看她说完后牵着她离开。

群山苍翠,栗树连绵,太阳直直照射着,即使走在树荫下的地边还是很晒,平芜穿了防晒衣将自己捂得严严实实,可毫无防备的额间走了这一会儿已经沁了层很薄的细汗,袁景看到她微微紧蹙的眉,脱下衬衫后罩在她头顶。

"开完会了?"

平芜点点头,觉得自己披着他的衬衫有点奇怪,于是走了两步又停下来。

结果他以为她还是很晒,于是伸手将衣领往下拽了拽,动作干脆利落,声线却十分温和。

"昨天没睡好?"

"挺好的啊。"平芜不太自然地敷衍了一句,没去注意他此刻的目光里分明夹杂着几分揶揄。

山间青草气息浓郁,烈日蒸腾的热气熏在发红的脸上。袁景饶有兴致地瞧着她,瞥到她说这话时微微闪烁的眼睫,收回视线再往前走时笑了下:"嗯,那就好。"

他没说他也失了眠,那些被埋在土层之下许久未见天光的植被悉数开始蔓延,从过去一点点填满到现在。只是他自作聪明掩饰得好,忙了一大早所以看起来还算得上神采奕奕。

"你今天要看哪里,用不用我跟你一起?"

袁景知道她因为丰收而突然加大的工作量,以前每年这个时候研究所的人几乎天天待在村里,坐着乡亲们的三轮车一起上山,把所有栗树看了个遍才能回去,平芜虽然很少跟他提及现在的工作,不过凭着这份了解他也能猜个大半。

她脚步很快,完全熟悉了这处山地,怕耽误他时间,一边走一边跟他解释:"就顺道看看那些新品种的成果率,你要有事就去忙你的。"

她不说这话还好,一说袁景总觉得有些别扭,尽管他知道她肯定不会有旁的意思,但他听起来就像是自己要抛下她一样。

思索片刻,袁景很快追上她脚步,牵住她的手轻声跟她提议要不要一起去摘板栗。

平芜扬眉答应,跟他一起往山坡下新接栗树的区域走过去。途中袁景就近取材在她身后编起花环,大功告成后趁她不注意戴到她头上,平芜转身谑他幼稚,但拿起花环时渐弯的嘴角却没藏住心思。

"你还有这种本事呢?"她看他一眼后慢慢戴上,话锋一转,跟他玩笑,"是不是小时候给村里的小姑娘编得太多所以熟能生巧?"

她难得问这种问题,袁景听完后不由得露出笑意,他在这一秒里发自内心觉得现在的她比以前还要有趣,不过两人的注意力很快就被坡下树荫处的欢声笑语吸引过去。

新嫁接的栗树还算茂密,又因在阳坡严格控制疏花,所以结果不少,村里每户根据各家区域也在对负责的栗树进行采摘,这片树多又密集,所以人也都集中在此,大婶们一边弯腰捡拾一边闲话家常,你一言我一语地感慨今年收获颇丰。

燕北最早熟的板栗品种在八月下旬成熟,其余大部分则会在九月上中旬成熟,一株树上的栗蓬从第一个开裂到全树成熟需要十天左右,而这一个多月里栗农需要做的就是随熟随采。

袁景找了副手套也去帮忙,又跟人要了根长夹递给平芜:"你还是别伸手去碰了,不然会扎到你。"

板栗外面有一层厚重且带着无数尖刺的外壳,将栗果包裹在最里面,只有成熟后才会开了小口落到地面上,比起光捡板栗,处理这层如刺猬一般的外壳需要费上好多时间。

平芜跟在袁景身后,兴致勃勃地跟他一起,看他动作熟稔地捡起地上散落的板栗，若有所思地想起张之赫零星跟她提过的几句话语。

"袁景，你这些年是不是一直都这么辛苦？"

她不太会婉转试探，想问什么自己就问了，袁景闻声回头看她，倒没好奇她这句突如其来的问题。

"要说辛苦其实也不算，这世上比我更苦的人多的是，不过要说不辛苦好像不太真实。"

他表情平淡，把地上装了一半的化肥袋子拽平，平芜走过来帮他撑住袋口，看他手脚麻利地再次往袋子里装满栗蓬。

"我那时候什么工作都做，隔壁镇的铁矿我去过，镇子上哪家盖房子需要小工我也去，村主任不忍心，劝我去上学，全村人凑了五千块钱给我，我那时候挺感动的，虽然没能出去，但也没有一直颓废下去。"

他语气平静，一点情绪起伏也没有地说出了这番话之下惊涛骇浪的过去，到后面还笑了下，怕她心疼也怕自己说得太沉重，所以开玩笑跟她自诩自己对于体力活的工作经验有很多。

平芜听完后却更加沉默，没去纠结被他省略的重要部分，只是目光柔和地看着他，那眼神里掺了很多复杂情绪，袁景直视后一一解读清楚，不想让她心疼，可他到底还是让她难过了。

于是放下话题再度蹲下身，用胶皮鞋踩住地面上开了口的栗蓬壳去拿里面的板栗，不过他忘了自己刚才装袋时已经摘下手套，指尖探下时被坚硬的长刺扎到，但他习以为常，并没觉得有多疼。

平芜拽过他的手到跟前检查，又把他放在一旁的手套递给他。

"你看起来吃了很多苦。"

袁景笑着揉了揉她的头，轻描淡写道："都过去了。"

如果问这些年他最大的收获是什么，那就是不再沉溺于被困住缠绕的过往，纵使在刺骨寒潭里挣扎许久，也能毅然决然回身砍断束住手脚的水草。

"那你呢？你这些年好不好？"他问。

"我很好啊，一路保送上来还算顺利，虽然一年到头也没什么自由时间，不过还挺充实的，工作虽然累但是是我喜欢的。"

平芜如实回答，猛然发现自己好像很少跟他提起过去，这两个多月他俩表面亲密，可实际上对于过去总是寥寥数语，或许是怕伤着彼此，也怕勾起那些不好的回忆，所以都很默契地选择不去提及，八年还是太长了，这些空白一时也不能完全填满。

还需要很多时间。

九月份，板栗基地第一批面入市场的有机板栗取得燕北有史以来最高的收购价格。

峪河镇也重新打通了名气，在去年就算丰产的基础上翻了将近一倍，小石村因为接连宣传板栗基地，游客不断，虽然民宿和旅游线尚未完全打通，但慕名而来实际体验采摘的人们接二连三。县里闻声而动，政府牵头农业和旅游局在小石村办了场声势浩大的板栗文化节。

会上平芜代表板栗研究所出席，从科学栽植的方面分析了基地板栗丰产的原因，领导们听完后连连拍手，最后让基地负责人袁景说点振奋的话语来表表决心。

贺全洲看到袁景拿起话筒时连忙拍手鼓掌，眼角眉梢都是骄傲神色，仿佛此刻站在他身旁的是他最得意的学生，但平芜看过去时隐约觉得，这位人好心善且一脸慈爱看着袁景的企业家是毫不吝惜地欣赏他。

袁景本来写好了发言稿，觉得自己照着读应该问题不大，可真等他起身面对众人以及正对着他的摄像机时还是很难适应，索性舍弃发言稿里冠冕堂皇的话，真情实感地讲了讲自己的心里话。

"这些年，我在村里看着大家为这片土地费心费力，所以也想用自己的一点微薄力量帮助这里，从前有个人跟我说过一句话，就算是贫瘠闭塞的山坳里也能飞出翱翔天际的鹰，我或许没本事鹏程万里，但我愿意做一个阶梯，在政府的共同托举和帮助下让我们这片土地上的板栗终有一天能越过山峰走出去。"

他声音平淡，可说完后那些像潮水涌来的掌声无一不在证明众人的感动。

平芜在一片喧腾中慢慢对上他的视线，发自内心为现在的他高兴着。人人都会遇见难以抵抗的深渊，吞噬意志折磨精力，但只要走出去，只要往前看，像他说的那样，就总会遇见阳光和暖的春天。

会议结束是歌舞节目，广场里热闹非凡，邻村的人也挤过来看表演，领导们临走前又叫上袁景去基地里转了转，贺全洲这次陪同，一句多余的话也没说，所有介绍和讲解都是袁景独立完成，领导们了解到栗园里趋于完善的各项流程后满意离开。

贺全洲跟袁景返回广场，平芜找了他一圈总算看见人影，正准备往前走，结果一旁拿着摄像机的两个记者先她一步上了前。

为首的女生穿了蓝色裙子，平芜觉得这背景有几分熟悉感，走了几步想起来这是那天从袁景车上下来的女孩子。好奇心驱使她加快脚步到了袁景跟前，原本想听听他受访时会怎么回答，但刚到他身边就听见他开口拒绝："还是算了吧。"

他对镜头有些畏惧。

秦滢举着话筒的手放了下来，嘴角扬起微笑："你快帮帮忙吧，我这素材不太够，好歹是朋友，干吗这么不够意思。"

贺全洲看到平芜时扫了她一眼，渐渐琢磨过不对劲来，凑热闹似的劝了袁景一句："随便说两句，刚才在台上说的不挺好的？"

这话彻底把他架在这儿，平芜见状走上前帮他，主动跟对方介绍自己来自板栗研究所，基地里的问题她都能回答。

秦滢闻声抬眼望她，笑容有些凝固了。

"您能代表袁景吗？我们要采访的是基地负责人，您……"

"可以。"袁景打断回答，笑着拉过她的手郑重其事地向两人介绍，"这是我女朋友，她的想法就是我的想法。"

袁景这句女朋友一出，两人皆是怔了怔。

贺全洲最惊讶，方才按捺下的眼神再度掀起来定定地看他，目光有几分犹疑，他对平芜印象很深，江清河私下里也跟他说过这位空降兵的来历，他却从没把袁景他们两个放到一起联想，就算是上次在葬礼上见到也只以为是凑巧，如今想来，确实是他疏忽大意了。

他就这么悄无声息地谈了恋爱，还如此干脆地承认，着实跟他以往的性子不太相同。

"什么时候交女朋友了也没说一声？"

秦滢带着平芜跟摄影师去空旷的地方找光线，贺全洲在人走后拍了拍袁景的肩，揶揄着："上次不还跟我说一个人挺好？"

"没有她的话一个人当然也很好。"

虽然是以往从未渴求的奢望，但她如果不出现，他确实觉得一个人也没什么大不了。

"前些日子焦头烂额的，家里的事处理完又忙基地，每天跑得脚不沾地，哪来得及跟你说自己的私事。"袁景开口，视线紧锁前方的背影。

如果不是她一直陪在他身边鼓励他，再加上大家的帮忙，他现在恐怕也做不成什么。阳光落满肩头，他在这时候才真正觉得内心放松。

"我是没想到你小子动作挺快，看来是真喜欢，这棵铁树总算是开花了，怎么追上的?"

贺全洲笑着感叹,是真的为他高兴,但他很快顿了顿,语气里有点不确定:"但我听江所长说她只在这儿工作一年,那她之后要是回京平了你怎么办?"

贺全洲这句话出于关心袁景为他考虑,站在一个长辈角度,燕北对平芜这样身份的人而言不过是美丽画卷上的一处点缀,可以经过但不是终点,那既然是经过的路程,感情在现实面前又能有多大力量呢。

袁景嘴角微滞,停了几秒后再次看向前方,捕捉到平芜露出笑容时也无意识弯了弯唇,末了他轻声回答:"那能怎么办,追着一起去。"

是他的玩笑之语,但袁景在这时候总算知道,他心底那点不知名的迷茫和疑虑到底从何而来。

他们都不是十七岁了,自然知道相爱可抵万难这种话只能是在懵懂无知时才算数,成熟的感情要考虑诸多因素,他做不到对现实视而不见,也没办法让自己不去想这些问题。他想长久地跟她走下去,就要把潜在的危机和阻碍一一解决平坦,哪怕他现在还没有太多能力。

国庆假期,平芜瞒着家里跟袁景回了趟京平。

他带她去看了还在治疗中的姜顽,平芜也是到了这时候才见到他高中时就经常提及的这个发小,只是两人对比明显,病床上面容枯槁却始终笑着看她的瘦削男人令她感慨颇深,她原本有很多话想说,可从医院出来后就一直沉默,连出租车经过农科院时也忘了跟他说,就这么未发一语地带着袁景回到自己将近五个月未曾踏足的家。

房子有人定时打扫,一尘不染跟临走时没什么两样。

冰箱里空空如也,平芜给他倒了杯水放到茶几上,自己则是拿起手机熟练下单。

周遭沉默片刻,袁景抬眼看向站在一旁的她:"是不是替姜顽难过?"

他看出她情绪不对,自己更是有些后悔,如果不是姜阿姨跟他说姜顽情况不好,他不会冒着每次都是最后一面的想法来见他,而今天也只是为了不让自己留下什么遗憾,这话也是姜顽说的,他一直知道平芜的存在,原本以为这辈子都没机会见到袁景口中最重要的人,所以见到她才会那么激动。

平芜感受到他说这话时语气发哑,扔下手机后坐到旁边抱住他。

"有点吧,尤其是听姜阿姨说你们两个小时候没人管的时候,姜顽再不听话都有妈妈给他撑腰,可那时候谁能保护你呢?"

她把头闷在袁景怀里,眼眶溢出些滚烫的水汽,他身上的每一处伤口、每一瞬不好的记忆都会感同身受催起她的泪滴,她明明不是容易哭的人,可在袁景面前,所有理智都轻而易举被情绪击溃。

平芜收紧双手,埋在他身前瓮声瓮气地继续说:"如果你早点认识我就好了,我小时候谁都不敢欺负我的。"

袁景伸手抚了抚她后脑勺,因那句早点认识胸腔紧缩。

他轻笑着,闻到她发上幽微的馨香,柔下声安抚她:"这不算什么事,小时候怎么样都不重要,我现在不是好好的?"

衬衫被泪打湿,袁景向后撤了下同她对视,指腹在她眼角擦了擦,不想见她这样所以故意玩笑着:"平芜,我以前怎么没发现你这么爱哭?"

她确实被逗笑两声,但放在他身后的手很快去掐他,只是袁景腰腹紧实,反倒磕了下她的指甲。

平芜疼得吸气,仍是执拗地纠正他:"我这是心疼你!"

他笑着去握她的手,低下头放在眼前细细查看,慢慢摩挲着她的手背,刻意故作高深地问她:"难道你没听过那句话?"

平芜盯着他因为嘴角噙着笑而显露出来的梨涡:"什么话?"

袁景觉得她认真时微微挑起眉的神态特别好看,白日里也挡不住眼里那份光彩,笑容越发浓重,凑到她耳边,低下声来一字一句地告诉她:"心疼男人,倒霉一辈子,没听过吗?"

这话从他嘴里说出来实在好笑,平芜愣了几秒后才意识到他这是故意的,于是很快挣开他的手,捧起他的脸一点点靠近,面庞在她眼前渐渐放大,最后在将触未触的距离停下。

"袁景才不会让我这样。"

她声音很轻,他的心脏却重重跳了两下。

袁景俯身吻她,隔了层柔软的沙发将她慢慢放下,平芜闭上眼感受他越发失控的触感,想要解开他衬衫扣子时他却停下了。

"就这么相信我?"

他睁开眼瞧她,与此同时也清清楚楚看到了落地窗外的繁华,这栋房子地段太好,还未站在窗前就已经感觉到俯视一切的视角,她轻而易举从一出生就拥有这些,而他穷极一生好像也很难赶上。

平芜搂住他脖颈重重点头,想要用行动回答问题。

但这时候门铃响了,是她下单的东西到了。

原本的旖旎氛围戛然而止，袁景松开她起身去门口拿，看到外卖小哥提着满满一大袋子蔬菜水果还有鱼时皱了下眉，刚要伸手去接，平芜突然着急忙慌地小跑到跟前接过，跟人道过谢后关上门，有些费力地往厨房拿。

"太重了我来吧。"

袁景上前帮她，平芜却推搡着让他去忙他的，两人短暂拉扯了下，本就不结实的塑料袋彻底挣开，里面的东西也随之散落在岛台附近的地下。

袁景弯下腰去捡，手在拿到一个边角方正的盒子时停滞一瞬，再看向平芜时眼里有几分复杂。

"这……"

平芜眼疾手快接过去，脸颊腾地烧了起来，到这地步也不用想什么凑单买的蹩脚借口，二话不说拿着东西进了卧室，等她彻底把那个烫手的小盒子塞到枕头角落，才觉得灼热有所缓解。

晚饭时两人都有些沉默，幸而平芜不是沉得住气的人，三言两语岔开点别的也就过去了。

袁景见她这样也故作镇定，神色如常地回应她，一顿饭食不知味，好不容易煎熬着吃完总算能避开跟她直视，结果等他收拾完走出厨房时看见平芜拿了一套睡衣递给他。

"上次回来逛街的时候给你买的，本来想拿到燕北但是忘了。"怕他误会她连忙解释，说完后还当着他面帮他拆掉吊牌。

"你去洗澡吧，客卫里洗漱的东西都在。"

她重新换了件衣服，淡青色的连衣裙在棚顶一圈柔和灯带的映照下更显她皮肤白皙，袁景垂眸看她，目光扫到她锁骨处的一点阴影时喉结无意识滚动一下。

他顿了顿，按住她的手臂低声应答："好。"

平芜在他转身前踮脚亲了他一下，声音低到微不可闻："我等着你。"

像是有烟花在耳畔炸开，脑中最后一点理智也因为这句话彻底倾覆，袁景松了一半的手再度拽上她，彼此仿若不受控制的磁铁相互紧贴着。

平芜被他吮得昏昏涨涨，感觉自己快喘不过气时被他拉进了浴室，对他而是完全陌生的环境，他却很快适应过来，关上门后在她站不稳时自然地揽住她，伸手打开热水悉数降下，屋内水汽淋漓，原本宽敞的浴室因为逐渐升腾的爱意和炙热越发让人难以呼吸。

最后她实在招架不住，袁景默不作声，裹上浴巾抱着她进了卧室。

床头只亮一盏夜灯，她掩在被子下的肌肤似乎比在浴室还要白，袁景听着彼此近在咫尺的心跳,小心翼翼释放爱意。

　　他温热的唇辗转吻过她每一寸身体,将动作放到最低,与其说是跟欲望博弈,他更想取悦平芜,床榻间情潮翻涌,窗外夜色也越发浓重。

　　最难挨时,袁景始终保持着那么一份清醒,在唇齿呼吸彻底乱成一团时关了那盏灯,他在黑暗中对上她湿润的眼,俯身在她耳畔柔声低语。

　　"平芜,我爱你。"

　　这将是他此生最难寻到的美梦。

　　入秋过后燕北下了几场雨。

　　天气转凉,平芜下乡的次数也因忙碌的采摘季彻底过去而慢慢变少。

　　气温骤降,人尚未完全从暑热中抽身就要忙不迭适应阵阵落下的秋风。

　　平芜以往最不喜欢秋天,尤其见到落叶时感慨万千,而一个人就更显落寞了。

　　但今年她不是一个人了,因为袁景就算再忙也总会三天两头出现在她公寓门口,在她下班后陪她吃顿简单晚饭,抑或是空闲时跟她一起去看最新上映的电影,梁兴和陈路嘉夫妻俩也时常跟他们俩见面,就是平淡又普通的日子,尽管每次都是为数不多的相处时间,却始终保持着频繁的见面,频繁到袁景已经习惯,好像两三天见不到她就觉得少了点什么。

　　日子一晃就到了十二月。寒潮预警毫无准备,一夜间万物凋零。

　　民宿彻底竣工这天燕北落了今冬第一场雪,傍晚平芜离开办公室时跟袁景发消息说今天适合吃火锅,收起手机下楼打算开车去超市采购食材,不曾想刚走到院里就看到他站在研究所门口的甬道上。

　　周遭被雪染成纯白,他却穿了件黑色大衣站在车前,这场景有些熟悉,她想起过去上学时他站在学校门口等公交车的每一个冬天,他一如既往的脊背挺直,再多风霜雨雪也未曾改变。

　　平芜小跑上前,顺着冷风和小雪扑到他怀里:"怪不得跟你说话你没回,原来已经杵在这儿等我了啊!"

　　她抬眼对上他的视线,看到他浓密的睫毛因为雪变得湿漉漉,平时看起来很温和的人在冰雪下竟然添了几分冷寂。

　　平芜没忍住用指腹触了触他眼睫,笑着喋喋不休:"咱俩这算心有灵犀了吧,我刚要去找你你就出现了。"

　　袁景眼眸带笑,捉住她的手给她取暖,但两手相触时还是她的更热一些,最后也不知道是谁给谁取暖,就这么站在一旁好一会儿也没想起来要上车。

平芜想起大学时每晚熄灯前的宿舍楼下，脑子里不由得冒出一句恋爱中的人都是傻子。但他们两个都很享受这样的时刻，以至于到了超市也一直牵着手，最后是平芜被空调吹得手心冒汗这才强行松了手。

她对做饭这事一窍不通，挑选食材这样的事也不怎么擅长，袁景推着车子带她走到蔬菜区，选好后一一告诉她这些小技巧。平芜听到最后自惭形秽地笑了笑，跟他说自己简直白跟土地打了这么多年的交道。

袁景闻言宠溺一笑，牵过她的手往收银台走，声音平淡地宽慰她："没关系，反正这种事以后家里有一个人会就够了。"

以后，这是个美好的字眼。

美好到平芜只是想想就觉得未来值得期待，尽管，她此时未曾察觉山雨欲来。

平建瓴和汪敏将近大半年没见到平芜再加上每次给她视频通话都是草草了事，一向警觉的汪敏总算发现了不太对劲。平建瓴起初还替闺女瞒着，但到底经不住连番试探，没几个回合就缴械投降，囫囵把燕北的事说了个大概，没具体说是见到了袁景，只是劝她闺女长大了该有自己的生活，就算是谈恋爱也都正常。

汪敏听到最后皱起眉："我又没不让她谈，但她去了燕北这事就不对，谁在燕北你还不清楚吗？"

当年的事始终是横在她心里的一根刺，她绝不会，也不允许这样家庭的孩子跟她的女儿在一起。

平建瓴试图劝解对燕北防备心极强的妻子，可最后还是胳膊拧不过大腿，不得不悄无声息地跟着汪敏一起来了燕北。

而平芜怎么想也没想到，在她跟袁景一起提着东西从超市回来往单元楼门口走时，一旁停了许久的陌生商务车里走下来两个再熟悉不过的面孔。

"爸妈？"

她下意识开口，在不断落下雪花的迷蒙视线中看到汪女士那双有些阴恼的眼眸。

平芜眉间轻蹙，像是预料到她妈下一句即将脱口而出的问题，就势拉住了身侧袁景准备松开她的手，紧紧攥住。她虽然也好奇两人大驾光临的原因，但此刻顾不上那么多了，尽管这个会面不算正式，但顺其自然吧，她本来也没想瞒着，无论是谁反对，只要她决定好的事就很难更改。

"爸妈，你们今天怎么有空来了，正好给你们两个介绍一下，这是我男朋友袁景。"

她语气坚定，说这些话时神情有点毅然决然。

袁景愣了下，心底平静许久的湖面因她这句称谓荡起层层涟漪，他一直在被她坚定地选择着，无论是八年前还是现在。平芜察觉到他有点走神，伸手晃了晃他示意，大概是她给了他一些很难拥有的底气，袁景努力挤出还算自然的微笑看向汪敏和平建瓴。

"叔叔阿姨，你们好。"

平建瓴应了声，准备开口打破尴尬时却被身旁妻子的一记眼风按了下来，汪敏目光里充满了审视，嘴角却勾起一抹很浅淡的笑意。

"袁景……对吧？"

他点点头，不由得站直身体，像是回到了那年去她家里带走袁向富时的场景，宽阔的小区花园里，他就是像这样站在两人面前，在周围所有充满奇异又打量的视线中用力拉着死活不肯离开的无赖父亲。

那天燕北三十几度高温，他却浑身冰冷，今天也是。

"我们跟平芜还有事要说，麻烦你先回去吧。"汪敏打量的目光很快从他身上划过，话音稍显冰冷，不太理智地给他下了道逐客令。

平芜瞠目看向跟以往大不相同的汪敏，声调不知不觉有些上扬："妈！您这是干什么。"

袁景也知道自己留在这儿不合适，安抚地看了一眼平芜，而后松开被她紧紧牵住的手。都这种时候了，他嘴角的笑容还是很温和。

"叔叔阿姨，那我先走了，再见。"

平建瓴觉得这场面尴尬，所以也像打圆场一般跟袁景挥挥手："开车注意安全啊。"

汪敏到这时候才总算纳过闷来，原来这父女俩联手瞒着她，她还以为自己闺女在燕北是为了醉心她那伟大的农学事业，按照她那位极力推荐的老师王企德所言，她是要把青春的每一滴汗水都洒在祖国需要的土地上，她也确实认为平芜这么多年虽然一直我行我素，但大方向上从来不让家里操心，当妈的该收手就收手，她却不承想自己松了这么久给她空间，最后是要看着她到这么一个荒山野岭里跟自己看不上的一个人谈恋爱。

她怎么能不生气？

汪敏气得太阳穴生疼，在雪中站了太久也仍然没降下去内心燃烧的躁意，她保持着最后一丝清醒，直到平芜带着他们两个上了楼，汪敏进门后环顾一圈屋内布置，脱掉大衣放下手提包后坐到沙发上总算开口："说说吧,在一起多久了?"

"什么时候见到的,是在你来燕北之前还是之后?你真是我的好女儿啊,现在还会玩先斩后奏这一套了,我们要不来,你是不是也就打算这么神不知鬼不觉地在这儿跟人过一辈子了?"

汪敏越说越动气,自己都没意识到这话不像问询更像是带着浓浓怒意的质问和凌迟。

厨房里站在料理台前泡茶的平芜闻言一顿,手里正在撕开的茶包也因为走神掉出一些零碎,她完全没想到从小到大都宽容理解她的母亲如今竟然能说出这样的一番话来。

"你冷静冷静,别吓着闺女。"

平建瓴低声劝说,非但没用还愈演愈烈,汪敏很快转移战场,丝毫没什么理智地开口斥责:"你还好意思说?要不是你跟她一起瞒着,我至于到今天才知道吗,你们父女俩一条心是吧,就我是个外人?"

公寓地方小,客厅跟厨房不过隔了层玻璃门,平芜听到这句话实在忍不下去了,拿着两杯刚泡好的茶放到沙发旁的方几上。

她耐着性子回答,尽量忽略掉方才汪敏情急之下说出的那些话。

"我们俩在一起半年了,但我不是为了他才来燕北的。"

平芜目光真挚,试图晓之以理动之以情:"爸妈,我是个成年人了,我知道当下生活里我最重要的是什么,我真的挺喜欢袁景的,以前就很喜欢,但我不是因为喜欢他就会放下自己来燕北的目的,我是真的在好好工作好好生活,我现在比在京平的时候快乐一万倍,所以我真的很希望你们两个能像以前一样支持我。"

她只不过是想按照她所期望的方式去生活,这么多年被家里保护着,几乎让她快要忘掉一个人真正面对生活该是什么样子,她是因为再见到袁景才猛然惊醒她这二十几年的一帆风顺不过都是人为因素上得到的眷顾,是家庭为她托底让她可以无忧无虑追寻梦想,但她现在,是想完成真正意义上的为自己活。

汪敏却听不下去这些,她似乎已经形成某种条件反射,看到袁景就想起记忆里的袁向富,她生平从未遇到过那样泼皮无赖的人,时隔多年也记忆犹新。

"我们怎么支持你?支持你跟这样家庭出身的人在一起?"

汪敏情绪有些激动,脑海中关于过去的某些片段逐一闪现刺痛神经。

"就算我跟你爸不在意你们两个之间的差距,那他自己呢,他那个家里呢,你是不知道当年他爸有多难缠,这样的人家我绝对不会同意!"

平芜静静听着,意识到什么后突然抬眼。

"什么当年?你们有事瞒着我?"

眼见着母女俩之间的气氛越发胶着,平建瓴到底还是没有继续沉默下去,按照他一贯在家里充当灭火器的角色,给了汪敏一个眼神后轻声安抚不太冷静的平芜。

"当年没怎么。你妈刚才情绪有些激动了,不是我们不同意你谈恋爱,只是你选的这个人我们总得了解了解吧。"

这话说完,夫妻俩又很默契地对上视线,平建瓴在汪敏平复情绪这段时间里继续跟平芜聊天。

"你跟爸爸说说,他现在做什么工作呢,对以后有什么打算吗?我闺女可不是什么人都能随随便便嫁的,你也不能为了他在这燕北待一辈子吧。"

平建瓴一字一句,把事实悉数摊在面前,尽管在说到一辈子的时候汪敏还是白了他一眼。

婚姻就是这样的,总要掰开了揉碎了逐一分析,年轻人一上头爱得死去活来,可真到了柴米油盐的时候又开始厌烦这份琐碎,所以无论多喜欢,谈婚论嫁时都要另当别论。

尽管在父亲的心目中没有任何一个人能配上自己的闺女,但平建瓴知道,事已至此,强硬无用,越反对她没准越来劲,只有把事实放在面前让她权衡才能多少听进去一点。

平芜默了默,如实开口:"他现在的工作都是围绕村里进行的,我们俩还没谈过以后这个问题,不过我觉得这些都没什么。"

但她唯一清醒的是,袁景不会让她为他留在燕北,她也不会强求他跟自己去京平,现实问题虽然触目惊心地摆在眼前,但她每次都选择了忽略,她就想什么也不顾忌地去爱一个人,哪怕在外人看来是傻得可以她也不想在意。

她和袁景已经错过了最好的那段时间,她不想再像以前那样错下去,所以尽管是到了如今这个该权衡利弊谈婚论嫁的年纪,也还是执着地想要一份坚定赤诚的感情。

人总是计较现实有什么意思呢?她承认自己是纯粹的理想主义,渴望并执着地想要拥有绝对圆满的爱情,虽然她知道,这世上总是彩云易散琉璃脆。

"你连以后这么重要的问题都不谈,这恋爱还有什么可谈的?"

汪敏听她这个无所谓的态度有点生气,原本平复下的情绪再度卷土重来,说完平芜后又将枪头对准平建瓴。

"你看看你闺女被你养成什么样了,我就说了她是个不食人间烟火的主,待在京平还好些,现在到了这么个地方还能听咱们的吗?连谈恋爱这么大的事都悄无声息的,以后她哪天在这儿偷偷结婚了咱们也不知道,都是你惯的!"

平建瓴被这么大一顶高帽子差点砸晕,笑容有几分无奈:"这怎么又成我的问题了呢,闺女可是咱俩生的,你能不能客观公允一点?"

"我还怎么公允啊,你闺女都要跟人结婚了,他爸什么样你不知道啊?当年跑到家里来赖上咱们,一口一个亲家的你都忘了?这样家庭的孩子身心都会有问题,反正我不同意。"

汪敏话越来越密,完全没意识到已经彻底说漏了嘴,平芜仔细听着这句话,脑海中绷紧的那根弦总算找到了原因。

她暂且不去好奇过去,在当下只是想为袁景正名,于是不吐不快地重声纠正:"他爸是他爸,他是他。"

在她心中,袁景已经背负他那个父亲太久太久,即使眼前的人是自己的亲生父母,她也不想要他们这样误解袁景。

"而且他爸已经去世了,你们不要再说这样的话,就算以前有什么那也都过去了。"

"去世了?"平建瓴和汪敏异口同声,显然是有些吃惊。

"是因为截肢的毛病吗?"

平芜摇摇头,想到这儿不免有些难过,声音也越来越低:"是心脏上的病,就几个月前的事,所以你们俩能不能别这么有偏见地看待袁景啊,他一个人真的很不容易,这些年照顾他爸又创业,现在好不容易有了点成绩,他绝对不会是你们说的那样的,我们了解彼此。"

她永远相信自己十七岁就看中的少年,她近乎固执地愿意为他付出一切,爱人之心茫然迷失心智,她甘愿没那么清醒。

只要好好爱他就够了。

雪越来越大,在浓重的黑夜中顺着锋利的冷风密集地扑到车前玻璃。

袁景放慢车速,握住方向盘的手微微收紧,尽量使自己不去陷入那片回忆里的泥沼地。可有些事越想忘记就越清晰,他记得的,那是出成绩后的第二天。

接到平建瓴打来的电话时他正在烧烤店,周遭乱哄哄的食客和铁板上油吱吱冒出的声音扰乱他清晰的听力,过了好一会儿才辨认到电话那旁的声音,挂断电话,他匆匆跟老板请过假后就骑车到了平芜家小区,也不知道是因为暑热还是畏惧,后背滚了一层冷汗,真到门口时那双手却像是被施了法怎么也抬不起来。

他太怕了,因为他在电话里听到了袁向富的声音。

他来这里会干什么?他那个人赌到兴头上恐怕什么都忘了。

如他所想,袁向富确实像个浑蛋无赖一样丝毫不客气地留在人家家里,袁景进屋时他那个不成器的父亲正大剌剌靠在沙发上,姿势自然得仿佛这是自己的家里,见到他,还笑着跟站在一旁衣着得体的平建瓴和汪敏开口介绍:"这就是我儿子,正好你们见见,跟您家闺女多般配啊,以后这两个孩子要是结婚了,咱们就是一家人!"

袁向富脸不红心不跳,说到一半还拿起茶几上放着的待客干果,吃得唾沫飞扬也还是继续讲着他一个人的痴心妄想。

"咱们一家人也不说两家话,虽然现在订婚是有点早,不过他们两个已经成年了,咱们可以升学宴和订婚宴一起办,我最能操持这些事了,如果你们放心,就交给我来吧。"

平建瓴和汪敏良好的修养控制着他们两个在面对这样的袁向富时尽量做到不发一语,只是冷眼看着他像个自来熟的疯子一样乱咬人,汪敏原本在丈夫的安抚中冷静下来,但是听到订婚这样的字眼实在无法冷静,她锐利地向一进屋就带着一身油烟味的袁景投去一道视线,打量着此刻站在面前的少年,许是于心不忍,所以竭力保持着自己还算平稳的语气。

"小袁是吧,你父亲来了很长时间了,我们不知道他要做什么,你还是带着他回去吧。"

袁景只觉得浑身发冷,或许是因为屋内空调开得太低的缘故,他每一寸皮肤都像是被灌了冰块进去,侵入骨子里的寒意顺着毛孔从脚下蔓延至头顶。

"对不起叔叔阿姨,给你们添麻烦了。"

他弯腰道歉,而后上前架住还不肯走的袁向富,用尽手上力气想带他走,可袁向富非但不动还拉过他要一起坐下,他笑容谄媚,抓住袁景的手不肯放下,一字一句大声道:"小景啊,你别客气,这里以后也是你的家,你大学的学费不是还没挣出来呢吗,就跟你未来的爸爸妈妈先借点用用吧。"

"荒谬！"

汪敏总算是忍不下去了，她看着眼前这两个无赖父子，心中压抑的怒火腾地烧起。

"你儿子跟我闺女就是个同学，你这么贸贸然地上了家里，我们好心招待你，也只不过是看在孩子的面子上，什么订婚什么爸妈，你再胡说的话我们要给你请出去了。"

平建瓴见局势不可控，拉住身旁激动的妻子，情急下打了电话叫司机过来，总算是彻底把人送了出去。

袁向富被司机请出小区时满脸不快，他本来是想借此机会要点钱的，没想到这么难办，一分钱没借到还惹了这一身埋怨自然是不行，想着这些体面人最怕没脸，自己也顾不上什么所谓的颜面，心一横直接躺在小区门口的马路上，哭哭啼啼地叫嚷着。

司机哪里见过这样的场面，听着袁向富一句又一句地指桑骂槐，赶紧跑回去告诉平建瓴。袁景站在一旁看着此时毫不在意身旁路人视线的袁向富，仅剩下的那点自尊被他碾压践踏得稀巴烂，他又怎么会在意他儿子的脸面呢？任何人不过都是他予取予求的筹码。

袁景觉得自己就快喘不过气，但还是用了所有的力气上前拉起他，他精疲力竭，用最大声音叫他也还是低。

"这里是马路！"

袁向富反倒推开他的手又往后挪了挪，夏日里柏油路被太阳晒得滚烫，他却丝毫不在意后背上逐渐上升的温度，反倒对着袁景拍了拍地上。

"你也躺下，我看他们能拿咱们怎么办，我跟你说，对付他们这样的人就得这样。"

袁景看着越来越丧心病狂的袁向富，长这么大，这是他第一次想逃离，是真的想离他远远的，这辈子都不要再见到了。可上天似乎总是在他萌生那么一点阴暗想法时给他狠狠一击，在他数次拉起袁向富他却始终纹丝不动时，袁景转身离去，但眼前发白的下一秒，他听见身后一声尖锐急促的刹车声。

从那时候他就知道了，他逃不开，永永远远也逃不开的。

雨刷器裹了层雪在玻璃前飞速摆动，昏黄灯光下的道路安安静静，袁景思绪回笼，最后还是将车靠边停下。

他知道他与平芜之间的差距，正是因为知道，当年才在平建瓴跟他说出那番话后选择拒绝平芜，他确实配不上她，但他愿意竭尽全力去弥补。

他不想,也绝对不要再一次失去平芜。

元旦这天,平建瓴和汪敏做东邀请袁景吃饭。

袁景内心不安,赶往约定餐厅前简直度秒如年,席间也是提心吊胆,唯恐说错什么抑或是让两位长辈不满意,甚至还未等平建瓴和汪敏开口就极其诚恳地说了自己现在的情况,这是来之前张之赫临时教他的,让他不管怎么样都要表明态度,他也确实这么做了。说到最后,坐在他旁边的平芜忍俊不禁地笑了起来。

"你怎么跟提亲似的?"她在桌下拽了拽他放在身侧的手,用只有他们两个人能听见的音量小声在他耳旁说,"我爸妈又不会吃了你。"

平芜从没见过袁景这个样子,倒还觉得挺新鲜,说完后又抬眼看看平建瓴和汪敏。虽然她在心里也疑虑过两人就这么轻而易举地同意并认同了袁景是否有些太快了,但她没想太多,从小到大,只要是她喜欢并且坚持的事,就算两人再不同意,时间一长也总会妥协。

她以为这次也是如此,但平芜不会知道,也根本无从知晓,平建瓴吃到一半借口包间太闷出去透透气时叫上了袁景。

室外雨雪消融,仍是冰冷,平建瓴从口袋里熟练地摸出烟盒后抽出一支递给袁景,看他迟疑犹豫了几秒后又很快收回,掏出打火机点燃,在寒风中吞云吐雾。

"不抽烟?"

袁景如实回答:"不喜欢烟味。"

他也忘了是不喜欢还是因为心理阴影,只是隐约记得小时候被袁向富打的时候曾被他用烟头烫过,自此之后他每每见到闪烁的猩红火星都会下意识闪躲。这么多年也一直清醒地保持着离这东西远远的,未曾改变过。

平建瓴笑了下,只当他还有几分自控力,从社会最底层的地方摸爬滚打走过来,鱼龙混杂什么人遇不上,他却凭借着这份年轻和一点坚持有了那么点出淤泥而不染的意思。

"知道我为什么叫你出来吗?"

袁景摇摇头,看到平建瓴已经收回视线里只那一瞬的欣赏,笑容也随即消失。

这神色他很熟悉,跟八年前在手术室外递给他银行卡时一模一样,当年平建瓴也是如此,言语上未曾伤害他半分,却直截了当地点明了两人之间天悬地隔的差距,今天也是这样,甚至比那次还要坚定。

"你是个聪明孩子，我也不跟你打哑谜。"

平建瓴掐灭烟头，定定对上袁景的眼。

"我不承认你们两个的恋爱关系，跟过去一样，我们始终不同意你跟平芜在一起。今天这顿饭，是为了让她安心的。"

他跟汪敏逗留燕北这几天不过也是思考对策，怎么能在不伤害闺女的前提下干净利落地解决掉这件事，思来想去，与其等日后到了不可控制的地步，那倒不如由他来做这个恶人。反正棒打鸳鸯的事他做得也很顺手了，不在意是第几次，只要能处理清楚就行。

平建瓴并非有根深蒂固的门第之见，只是作为父亲，他更希望女儿顺心遂意，所以他会给平芜选一个各方面都跟她匹配并且是在幸福家庭里长大的另一半，而这个人，绝对不是此刻站在他面前的袁景。

"再过几个月她就调回京平了，我希望你能跟她讲清楚好好结束。"

袁景怔了怔，心脏像是被人紧紧攥住无法呼吸，他知道没这么容易，却还是不甘心再次重蹈覆辙。

他抬眼对上平建瓴淡漠的视线，冷静下来后在夜色中诚恳开口："叔叔，我知道我跟平芜之间的差距，在您眼里，我这样的人配不上她也是事实，但我们彼此相爱，所以希望您跟阿姨能给我一个证明自己的机会，如果我没本事让她幸福，我会离开，可是像您说的这样，我做不到也不能做。"

他不想再像过去那样因为种种难以言说的原因违背自己的本心，明明喜欢却还是要拒绝，他永远也不想再发生这样的事情，哪怕现在这个反对的人是她的父亲。

"我闺女我了解，她跟你在一起肯定是执念多过喜欢，你们俩看起来认识很多年，可实际相处呢？不过因为过去的那点执念和新鲜感，这事你们年轻人不明白，但我却很了解，婚姻哪像你们想象中的那么简单啊，你们俩不只是差距，而是人生路径完全不同，先不说你现在所有的工作都在燕北而她很快就要调回京平，就算你可以为了她放弃现在的这一切去京平，那你又能做什么呢？"

平建瓴语气认真，袁景听完后却沉默了。

这番话真实地扎到了他的痛处，是啊，人生路径不相同，即使短暂交集也不过是因缘际会，河里的鱼跟海里的鱼是游不到一起的。

平建瓴见他不作声，以为他是默许，所以在进门前又拍了拍他的肩膀跟他协商条件。

"等她调回京平你就跟她说分手吧。"

"如果你想要补偿，我可以帮你在旅游新村的项目里出点主意，你自己想想，是前途重要还是爱情重要？"

末了他走上台阶又想起了什么，转头对上已经脸色不好的袁景，再次下了狠狠一注药。

"如果这事让平芜知道，那我会即刻带她离开燕北的。"

袁景再回到饭桌时平芜注意到他脸色有点发白，以为是在外面待的时间太久，想要伸手试探温度却被他挡了下来。

"没事。"

"闺女偏心，我也在外面回来，你怎么不问问我？"

平建瓴玩笑开口缓解气氛，说完这话后给了汪敏一个意味深长的目光，夫妻俩相视一笑，觉得时间差不多了就准备离开。

袁景心不在焉，直到跟平芜一起目送车子开出大老远也还沉浸在方才，他心情复杂，不知道该怎么形容此时此刻的自己，来之前就知道这顿饭没那么容易，只是没想到平建瓴在拒绝时还是这样言简意赅。

他无端想到之前板栗文化节那天有人见他牵着平芜时的几句闲谈话语，在外人眼中，他们两个确实怎么看都不合适。

平芜见他眸光微滞，准备挽住他的手伸到他眼前晃了晃："想什么呢，这么出神？"

她凑上前看他专注的目光，眼角眉梢都是笑意，整张脸放大在他视线里，近到两人只能看得见彼此。

"没什么。"袁景轻牵嘴角，声音有些低。

平芜没注意到他这点细小变化，还只当他是在见家长的紧张情绪里出不来，于是牵着他的手上了车，拉上安全带后又转头告诉他自己有三天假期。

"我这几天就留在村里陪你，你说好不好？"

她想着元旦节日难免家家团圆，虽然有小仁和张之赫在，但也不怎么热闹，正好那天跟陈路嘉和梁兴一起吃饭时说起民宿建成后要来看看，之前一直没空，假期无事，就在一个环境不错的地方欣赏冬日美景也不错。

"到时候咱们可以在院子里围炉煮茶，陈路嘉和梁兴也要来的，他们俩说了要当你的第一个客人。"

这样想着，平芜已经在看她手机里购物车加购的一些东西，前些天袁景让她帮忙参谋选购民宿里的床品和装饰，她就顺便买了点自己喜欢的东西。

袁景看到她的明媚笑容，很想努力把自己心中的阴霾一扫而空，可有些事越想装得轻松便越发沉重。

　　末了，他别开视线，发动汽车后沉沉说了声"好"。

/第七章/
恒久停留的雨天

> 他们之间始终隔着一张网,是他亲手织的,是无名的阶梯也是所谓的配不上。

第二天燕北又落了场小雪。

山空寂静,坐落在小石村栗园半山腰上的民宿却因为有客到来而热闹起来。

陈路嘉和梁兴是下午到的,跟着平芜在村里转了一大圈后冒雪上山来看民宿,雪天里城堡外形的民宿远远看去在山地中更显得错落有致,淡蓝色的墙壁颜色跟周遭渐渐发白的山尖形成明显对比,不过因为雪天上山不便,众人原本打算在民宿吃火锅的想法临时终止,待了半小时便又下山回了袁景家里。

这几乎是有史以来家里人最多的一次,往日空荡的圆桌上今天总算是彻底坐满了人。

张之赫自来熟,吃饭时特地开了一瓶酒,想着今天氛围不错日子也特殊,所以在给众人都倒完酒后试探着问了句袁景:"还是不喝?"

袁景微微颔首,拿起桌上的果汁示意自己喝这个就行。

梁兴见袁景还是一如既往的执拗,碰杯时看到平芜杯中装满的酒时笑着打趣两人:"你这样,等以后结婚的时候我们可就只跟平芜敬酒了啊。"

只是一句玩笑话,袁景听完后却皱了下眉头,转瞬即逝的动作,旁人都没注意,平芜看到了。

"这算不了什么,没准我俩婚礼的时候都以水代酒呢。"

她笑着覆上袁景搭在椅子边沿的手,主动解释这句他似乎上了心的玩笑。

小插曲很快过去,饭桌上再度恢复欢声笑语,屋内热气腾腾,平芜却觉得坐在一旁的袁景好像有些不同,尽管他看起来并没什么变化,还会主动跟一旁的梁兴和张之赫开玩笑。

一行人就这么热热闹闹地聚到了晚上，吃过饭一起收拾好厨房后还在客厅里玩起了桌游，直到时间将近凌晨顶不住困意才各自回了房间。

平芜喝了点酒有些发晕，坐在床边等袁景时差点睡着，迷迷糊糊中听见关门的声音后赶快睁眼起身，看到袁景走过来时很快拽住他手臂。

他肌肤上残留着微凉的水汽，跟平芜滚烫的手心形成对比，可她没松开手，反倒笑着把藏在枕头后的礼物递到他面前，眼睛一亮一亮地盯着他。

"生日快乐，袁景，以后你每年生日我都会陪着你的。"

她困得不行，说这话时也软绵绵的有些飘，袁景接过东西后扶住她的手，心脏重重跳了两下。

"你怎么知道是我生日？"

他从来不过生日，高中时也从未跟平芜提起，在他心中这个日子并不好，所以一直觉得没什么可庆祝的。

"我当然什么都知道呀。"

平芜掀开被子让他躺下，自己则是像寻找舒服的靠背一样枕在他臂弯，她说这话时尾音上扬，轻而易举就让听到的人心情很好。

袁景笑了笑，总算是露出一个发自内心的笑，没去追问她怎么知道的，只是轻轻将她抱住。

她喝了酒情绪高涨，脸颊泛起酡红，眼前视线也逐渐模糊，隔了层微弱光线，平芜盯着他低垂的睫毛柔声开口："你今天好像有点不对劲，你不开心吗？"

她声音很轻，就像柔软的羽毛轻轻划过他的皮肤，袁景抱她更紧了，结结实实把人搂到自己怀里，感受到平芜灼热的呼吸喷洒在他胸口，仿佛想透过这层骨头温暖里面的血肉。

良久，他闭上眼，感受到有泪滑下来时摇了摇头。

平芜喝了酒比平时活泼，贴在他怀里絮絮叨叨说个不停，直到顶不住越发沉重的眼皮才慢慢睡去。

袁景定定地看她一会儿，眼眸里因为方才的一点晶莹更显柔情，台灯下她睡颜安静，整个人毫无存在感地躺在他身旁，姿态自然到仿佛他们本就是同床共枕许久的夫妻，大抵是夜晚意志薄弱，他竟怔怔看了她许久也不忍心将视线从她脸上移开半寸，耐心辨别着她彻底熟睡后又小心翼翼地给她调整了有些歪扭的枕头。

深夜里实在太过寂静，仿佛时间都在此刻暂停。

袁景给她掖好被子后靠在床头，总算想起来去拿被他遗忘在床头柜上的红色礼盒，打开来看，里面是她常戴的那只手表的情侣款，整体设计相同，只是表盘稍大且表带黑色以作区分，他认识这个牌子，所以只看了一眼后就很快将盒子放回原处。

也不知怎的，平建瓴所说的话一直在脑海里回荡不停。

她对他很好，无论是从前还是现在，自始至终都像一束照到他幽黑岁月里的光，带他越过荆棘，也给予他向前奔跑的勇气，他被这份光芒感染，所以自己也想成为那样的人，那她呢，他似乎从未问过她为什么喜欢自己，从前是没这个身份，如今想问却也不敢了。

或许他只是她平坦顺遂的人生路上一处完全不同的风景，因为特殊也因为从未见过这样的地方所以才频频驻足，人跟人之间有时候也并非是因为爱才会吸引。

袁景胡思乱想许久，入睡后也没能彻底放松，那些在他潜意识里无法说明的恐惧化成迷离之际一个又一个的噩梦，他在梦中变成山变成水，变成所有不被人注目的草木，却始终无法躲避在他身后穷追不舍的野兽。

他一清二楚，梦境所示不过是自己在现实里逃不出去的无形牢笼，是他跟平芜之间始终隔着的那道暗涌。

二月初，研究所整整一年的忙碌进入收尾工作，江清河在年前最后一次下乡巡视结束后开了年终会议。

会上总结了一年到头的所有任务，最后细化到每个人负责的部分轮流述职，平芜被要求最后一个上台，大家都说得朴实，所以她也没准备什么发言稿，只是简单论述了她到燕北这一年的工作，从最开始的推广新品种到试验成功，古树维护，以及病虫害防治和全程目睹山上无数棵板栗树从光秃秃的枝条到抽芽长叶开花结果，果树的一生不过茂盛在结果期的深秋，可这每一棵树木背后都有无数人在关心呵护。

她说得真情实感，台下掌声雷动。工作一年，从前那几个对她有些偏见的同事早已经在日复一日的工作中对她转变看法，从怀疑她来这里镀金到确定她是真心喜欢这份工作，基层需要这种理想主义的奉献，久而久之大家也慢慢被她感染。

平芜被这份热烈掌声微微熏红了脸，结果刚准备下台又被突然拧开礼花筒到她头顶的向菁菁吓了一跳。

身后幕布被换上了提前准备好的图片，江清河跟簇拥过来的同事们站在首位端着蛋糕走到平芜面前:"不管你今后飞得多远,我们燕北板栗研究所永远为你敞开大门!"

平芜思绪发蒙,这才反应过来大家是在给她办欢送会,虽然还没确定自己就要离开,但她还是配合大家吹灭蜡烛,等热热闹闹的风头过去后赶快叫住沉浸在喧闹氛围中的江清河。

"我不是申请了延期调回吗?"

她前些日子知道任期将至所以提前跟王企德打了个电话,老师虽然人在京平但时常关心她在燕北的情况,听说她工作顺利倒也十分满意,末了又问起她的下一步规划,平芜当时就有些犹豫,说还想在燕北留些时日,至少让她把还未完成的事做完。

王企德当时在电话里对她颇为赞许,只是沉默片刻又问起她逗留的原因。

"除了继续推广新品种的试用,留在燕北是不是还有一点私心?"

她想了半天也没回答,最后王企德笑着跟她说尽量为她争取,她原本以为以老师在农科院的话语权,让她留在这几个月应该不是什么问题,结果没承想事与愿违。

"你的延期申请被驳回了,京平那边让你三月份按时返岗。"

她愣了愣,眼中一闪而过的情绪怎么看也不是开心,似乎是不相信。

江清河看她走神有点不理解,但还是笑着宽慰:"早点回去也是好事啊,说明你很受器重,这以后可就跟之前不同了。"

他也是第一次经历这样的事,只感叹人才抢手,在哪儿都是引人瞩目,一个短期下放的研究员竟然连大领导们都关心着动向,恨不得赶紧办好手续就让她调回去。

平芜虽有疑虑,听完江清河这话后也就没再多想,工作本身就充满了各种变数,只是她觉得有点遗憾罢了。

欢送会结束后她直接开车去了小石村找袁景,所里新年福利给每个人都发了米面粮油,她那公寓一直没开火,而且她马上就要走了也用不上这些,与其堆在那浪费,不如让这些东西在他这物尽其用。

下班晚,平芜到的时候已经九点钟了,村里夜晚安静,车子行驶在路面上的声音格外清楚。

袁景本来在书房里跟张之赫讨论民宿的营销方案,听见声音后很快小跑下楼,平芜下车时大门口的灯光正好亮起来,她站直身体,看见袁景走过来才挤出一点笑意。

"怎么不告诉我一声去接你，大晚上你一个人开车不安全。"

他准备从她手中接过车钥匙把车停到车库里，平芜却伸手跟他指向满满当当的后备厢。

"研究所发的春节福利，领导开玩笑说要在除夕吃团圆饭那天跟家里人一起吃，所以我拿来跟我的家属分享一下。"

她嘴角上扬语气轻松，在他面前刻意掩饰着自己失落的情绪，但袁景眼神锐利，还没等进屋就看出她脸上显而易见的疲惫。他直觉强烈，她回京平的日子又越来越近，估计她的这些情绪也是因此而起，他们两个都是习惯一个人处理问题的人，这么多年遇到再多的事也都是自己解决，不是不愿意跟人倾诉，是觉得那些负能量说出来会更加影响彼此。

不过袁景到底没按捺住，像往常一样，在平芜躺到他腿上等他给自己吹干头发后找了个机会开口："是不是不开心？"

他指腹干燥，拂过她发尾时还带着一点尚未消散的热气。

平芜在他怀里点了点头，如实跟他开口："有点不开心，因为我要调回京平了。"

她仰头看他，在这个角度里他的五官暴露在顶光之下，她看不见他眼里的神情，只能看到他嘴角微微抽动。平芜突然就有些难过，于是忙不迭又跟他说起前因后果："本来我申请了延后的，结果没通过，我还打算今年把隧山镇那边的新品种弄出来的，但是现在也没办法了。"她情绪低落，话里也是浓浓的失意。

袁景垂眸看她，不想在这种时候还要影响她的心境："回京平是好事。"

"可是这样我们就要异地了。"平芜伸手捏了捏他的脸，眼睛里难得闪过几分撒娇神情，"而且到时候我们肯定不能像现在这样能经常见到，难道你舍得我啊？"

她从没说过这样的话，今天几乎是破天荒的第一次，袁景笑了笑，随即抓住她在自己脸上作乱的手，俯下身认真对上她的视线。

"当然舍不得，但我不想成为你在面对选择时要犹豫的原因，其实你不用考虑我的。"

她要怎么样，那都是她的选择，她没必要，也不该因为他打乱自己原本的计划，他不想成为她的负累，这句话说起来会很伤人，所以袁景只是在心里有过一瞬念头便很快压制下去了。

平芜听完这话后却还是不可避免地有点生气，搂住他的脖颈稍一用力就让他正视着自己，两人离得很近，近到能看到彼此瞳孔里的倒影。

"你这话不对,我怎么可能不考虑你呢,家属的意见也是很重要的!"

她总是有本事三言两语就清扫他阴霾的情绪,袁景心下一动,因她重复的这句家属,胸腔溢满暖流,像是在跟自己战争,脑海中两道不同的声音交织打斗始终分不出输赢。

到最后他不想再去纠结这些痛苦,盯着她此刻专注的眼眸,稍一低头就吻住她柔软的唇。

他呼吸发沉,灼热的气息喷洒到她耳后的肌肤。

"那你家属告诉你,他支持你的任何决定。"

周遭彻底失去光亮后他密密麻麻的吻也落了下来,窗外是寒风呼啸的冰天雪地,屋内却因为彼此浓重的呼吸温度攀升。

肌肤相贴那刻,两颗心脏都重重跳了跳。

平芜意识涣散,盯着他此时已经湿黑的眉眼,整个人像坠入云端,四肢酸软着融合成了飘动的云,偏偏雨点还在接二连三地落下来,一波又一波冲刷着,她眼前白光乍起,彻底没了力气后软塌塌地倒在他怀里。

袁景将她搂得很紧,拨开她额前被汗水浸湿的头发,手在身后轻轻抚过她脊背,指腹所到之处激起细微电流。

"困不困?"他声音很轻,还夹杂着一点喑哑。

平芜摇摇头,在他怀里蹭了蹭找了个更为舒服的姿势,大抵是这样的时刻太过柔情,她私心想要一直不离开袁景。

"你跟我一起回京平过年好不好?"她不想在阖家团圆的时候只有他一个人,所以说完后她又很快补充一句,"我爸妈肯定也会同意的。"

她声音柔和得彻底,像一汪冰冰凉凉的清泉悉数灌到他心脾。袁景知道她这是不放心自己,她似乎一直都在为他考虑。但他也清晰地记得平建瓴所说的那些话语,先不说他根本就不会去,就算真的去了也是徒增麻烦,这样阖家欢庆的时候,他不适合也不能够去打扰两位长辈的好心情。

"小仁还在这儿,我不能让他一个人在家里。"袁景语气和缓,如实拒绝了她。

平芜想想也是,他还有他的事需要完成,而且年后村里的旅游项目落成即将投入使用,他也实在是离不开燕北。

"那好吧,那你千万别太想我了。"

她笑着抬眼看他,选了个俏皮的方式向他倾诉自己的不舍。

平芜以前从没觉得自己会是这样的,大概感情这东西只有横亘其中时才能明白,见不到彼此的每一分一秒都因思念煎熬百倍。

"好,我不想你。"

袁景本来是想逗她,但平芜听完后条件反射地推了推他,像是生气一般,挣开他箍在自己腰间的手,直接翻身背对着他,甚至还拽过一大半的被子裹在自己这边,不言不语却用行动表示她对这句话的不满。

袁景愣了一瞬,反应过来后连人带被子捞到怀里,低声哄她:"我说的是反话。"

她当然也知道,只是分别在即想让彼此更轻松一点,于是很快回头望他,四目相对,彼此又不受控制地吻在一起。

平芜是在年三十晚上回的京平。

春节期间家里的阿姨都放假休息,她到家时平建瓴和汪敏正在厨房炒菜,听见她的声音连忙走出来,平建瓴着急见她,手里还拿着锅铲。

"可算是舍得回家了?我跟你妈还以为你要留在燕北过年呢。"

他心情不错,尤其是看到她身后拿着的行李箱,不管怎么说,调回京平都是好事,人在跟前总比在看不见的地方好掌控,尽管他也不愿意见闺女伤心难过,但无论如何,他们都不能眼睁睁看着她往浑水里蹚。

不过汪敏显然对他这句话不满,在平芜转身去洗手时掐了掐身旁平建瓴的胳膊。

"那个小袁到底答应没有,他俩什么时候才分手啊?"

汪敏是急性子,回到京平就担心着这件事,虽然她知道自己闺女不会做出那种为爱私奔等惊世骇俗的事,但到底忧心夜长梦多,如果不是丈夫一再阻拦,她肯定还是要拿出一笔分手费打发人离开。

平建瓴疼得咧嘴,卷起衬衫袖子看了看那一小块红,皱着眉压低音量回复着:"你总得给人一些时间吧,那还能说分手就分手啊,还不得找个能让你闺女接受的理由,最起码也得是调回来之后分隔两地慢慢疏远,你别操心那么多了,人家小袁是个聪明孩子,他知道该怎么做。"

汪敏才懒得听这些话,白了平建瓴一眼后继续开口:"我早知道就不该同意你那个缓和政策,都是馊主意,你看她这么晚才想起来回家怎么能那么容易就分手,你还不了解你闺女吗?她都一条道走黑多少年了。"

话音刚落,平芜走进厨房,她从果篮里拿了个橘子,一边剥皮一边看向两人,听到这句话十分疑惑:"什么多少年啊,您俩在这儿回忆往昔呢?"

她走路无声无息,平建瓴和汪敏齐齐回头,警惕敏锐地打量着她的面孔,看到她神色如常这才松下一口气。

"没什么,拿碗筷准备吃饭吧。"

平芜应了声,拉开橱柜拿了碗筷,锅里最后一道干烧鱼上了桌,一家三口有些久违地各自落座。

上次见她时间虽然相隔不远,可见她在这张桌子上吃饭可是有很长时间了,汪敏在灯光下仔细打量平芜,发现她竟然比上次见还消瘦了一点。

"你在燕北不好好吃饭啊?"夹了块肉放到她碗里,汪敏又把她平时爱吃的菜往她面前递了递。

平芜笑着否认:"怎么可能,袁景做饭很好吃,我每顿都能吃两碗呢。"

她语气自然地跟两人闲谈,目光晃过被她放在桌上的手机屏幕突然亮了起来,人果然不禁念叨,她刚说完袁景他就打来电话了。

平芜嘴角含笑,拿起手机后匆匆走到客厅接通。

她背对着两人讲电话,身后餐桌上的平建瓴和汪敏却聚精会神地投去目光,两道视线紧紧锁住平芜的背影,像是着急想要听到什么关键的话一样,不过直到她挂断电话回来也始终没能按照他们俩内心所期待的那种戏份进行下去。

平建瓴暗暗劝说自己分手这事确实不能操之过急,既然她人已经回来了,那就从长计议,只是这样想着,不免记起那日袁景坚定的神色,他竟然也有些后悔,或许快刀斩乱麻才是最好的结局。

所以新年假期一过去,他们俩又开始变着法地给平芜相亲。表面装作若无其事,在她面前也很少提及,但是背地里没少挑选合适的男孩子,一轮一轮地排除下来,最后总算选到一个满意并且还能跟她有共同话题的。

见面那天汪敏事先做好了万无一失的准备,没像以往那样坑蒙拐骗让她赴约,只是跟她说明是一个朋友家的孩子跟她同一个专业有问题请教,平芜确实信了,时间太久,她已经忘记了之前变相相亲的种种,开车赶往餐厅的一路上都没工夫怀疑,只是在走进包间那刻渐渐察觉出一点似曾相识的不对劲。

可令她没想到的是,屋内正襟危坐等在一旁的人会是方植。

"平芜?"他比她还要激动,当即起身站起,满脸惊喜和笑意。

"是你啊。"她有点意外但还没想那么多,脱下大衣递给站在一旁的侍应生,走上前坐到他对面。

方植眼睛亮了亮,因为她落座而不太自然,在灯下看了她一眼后很快移开。

"我本来还想呢，一会儿见到人了找个理由走出去，是你就没必要出去了。"

他说这话时视线躲避，嘴角却始终挂着笑容，这简直像做梦一样，他大脑空白一瞬，完全忘了她似乎不应该出现在这里。

"你还好吗，好久没见到你了。"

其实也没多久，半年而已，度日如年只是他自己一厢情愿认为的。

被家里强制扭送来的时候，他妈在车里语重心长跟他说了很多，让他宽心，还特意告诉他这个姑娘跟她专业相同，没准就是他喜欢的类型。方植完全没心思，想着见到人了解释清楚就赶紧回去，却怎么都不敢想，也想不到这个人会是平芜。

"咱俩在燕北不是一直见吗？"

平芜斟了杯热茶小口喝着，说完后想起来他上一句有些莫名的言语，放下茶杯抬眼，认真地问他："所以你有什么问题请教？我妈跟我说的时候我还在想呢，竟然是你。"

她还没意识到眼前是个被精心安排的相亲局，而她能这么自然地坐下也不过是因为这个人还算熟悉，才没有像以前那样被她第一时间戳破。

"什么问题啊？"

方植顿了顿，对上她茫然的目光后总算发现了不对，平芜也在这一刻心领神会，两人相视一笑，就这么看着对方笑出了声。

"所以你不知道是相亲啊？"

平芜无奈摇头，细想之后才明白过来："他们俩可真是不消停啊，我都有男朋友了还骗我出来相亲。"

方植眼眸里闪过一瞬失落后很快改变神色，数月未见，她看起来状态不错，想来在燕北这些日子是足够快乐的，她开心的时候他能看得出来，整个人周身都有一种轻盈自在，在学校那些年，他却很少见到这样的平芜。

或许她蓬勃旺盛的生命力，只是在自己爱人面前才放心做自己。

末了他笑容苦涩，声音也愈来愈低："说实话，我还挺羡慕他的。"

能让她从一而终喜欢这么多年的人，方植怎么想都觉得是对方上辈子拯救了银河系，而他就不妄想自己会有这种幸运了，他走到现在一直都是差了点运气。

汪敏见平芜许久未回消息，得意扬扬地跟平建瓴说这次应该有戏。

"以前都是十分钟不到就撂挑子，今天过了一下午也没见人回来，正好是情人节，哎，你说他们俩会不会一起去看电影了？"

平建瓴看了眼窗外华灯初上的夜景，轻轻摇头："我看未必。"

他还能不了解自己的闺女吗？从前一个人的时候就对相亲多有抗拒，更别说现在心有所属，他只盼着一会儿人回来少点怒气，大过年的，实在没必要因为这点事弄得家里不安生。

话刚说完，一楼客厅里响起高跟鞋轻踩地板的声音，两人齐齐向门口望过去，平芜一脸疲倦地走到沙发附近。

汪敏着急进度，放下手里的东西就连忙起身，仔细观察她的神情："怎么样啊，你们俩是不是聊得还不错？"

平芜对上母亲的目光，气极反笑："是不错。你俩还挺会选人的，把我同校的师弟都选上了。"

汪敏闻言转头看她，脸上更露出几分惊喜："你们俩以前认识啊，那岂不是更好了。"

"有什么好的啊！"她把包扔在沙发一角，眉头轻皱，"你们俩怎么还能骗我去相亲呢，我不都有男朋友了，这不是胡闹吗？"

她实在想不通这两人为什么又故技重施。明明都跟袁景见了面并且也同意了，可是现在又弄出这一套来让她无法招架，她真是猜不透他们俩的心思。

"这怎么能是胡闹呢，你有男朋友也不影响你相看其他人啊，再说了，你跟那袁景以后不定什么样，既然调回来了，就先慢慢看着，爸爸妈妈会帮你把好关的，你说说你喜欢什么样的，我们俩按照你的标准去选。"

汪敏言之凿凿颇为执拗，这番话条理清楚又现实得无情无义，平芜听完后怔了怔。

"什么我的标准？"她生气开口，隐忍许久的情绪在这一刻彻底崩了盘，"我的标准就是袁景，你们俩既然已经同意我们在一起，就别去做这些无用功的事了。"

汪敏最见不得她这一副被人灌了迷魂汤非他不可的样，心里恨不得狠狠将她大骂一通，但想到平建瓴之前跟人说得很清楚，也就无意在这时候跟她多争执，生气不说，更影响母女感情。

情绪平复下来后，只告诫她一句便再不开口："我这是为你好，异地恋根本就不靠谱。"

汪敏声音冷淡，说完后就拽着平建瓴上了楼，平芜站在一旁，听着身后两人同频上楼的脚步声，被茶几上那几行排列整齐的照片刺痛双眼。

她知道这件事稀松平常,她也知道自己不应该三番五次反叛父母的意愿,从小到大她接受最好的教育最好的条件,似乎不管是谁来看,都觉得她应该按照父母原本规划好的路线走下去,选一个轻松又体面的工作,再找一个跟自己轨迹趋于相同的人结婚生子。

他们自以为把她保护得很好就可以免受伤害,可有时候操心太过也会痛苦,一把沙子攥在手里无论松紧都会流失,不如让它随风自由落去。

平芜正式回农科院报到是在二月底。

新年伊始,院里的人却并不像刚休息完一样气象一新,对于科研人员而言,写不完的论文、评不完的职称才是贯彻到底的人生。

平芜回归原岗位,继续跟着王企德进行作物研究,忙起来之后整天扎在实验室里,一下班就是在深夜。她适应能力一向很快,而且去燕北之前就一直是这样的工作状态,每天两点一线,全部身心放在热爱的事业上。

王企德夸她状态不错,见她比从前更加细心后肯定她这一年获益不小。平芜听到后沉默片刻,与其说是从燕北学到什么,不如说是那片土地教给了她什么,更深刻的,应该是这小段经历让她短暂放空,暂且找回了缺失的那一小部分自我。

可她很快意识到这样的生活似乎少了点什么,因为回归工作后昼夜颠倒,她跟袁景之间的交流越来越少,由一开始每晚雷打不动的视频变为彼此睡前一句简单的问候,隔着屏幕隔着距离,原本那两颗靠近的心仿佛也被这层说不清楚的距离渐渐阻隔两地。

袁景从春节过后一直在忙村里的事宜,县里对小石村的旅游项目高度重视,还大力赞成他组建工作室,直言当下是自媒体时代,任何生意都离不开网络加持。

于是他跟张之赫招聘了一群年轻人,专门负责之后的各项工作,还把之前袁向富住的老房子重新拆除盖了个新的充当工作室。初春忙碌,他时不时还要去栗园检查所有枝条的春剪情况,研究所虽然也会派人下乡,但到底不像去年那样了,就连村里的人也会问到平芜,讲起她之前在的时候拿着修枝剪上跑下跑的每一天。

"话说我最近怎么看不见你给平芜打电话了?"张之赫每天跟在他身边,慢慢也发现出不对劲,他认真看向袁景,讲起自己的疑惑,"以前我半夜路过你房间都能听见你俩视频,怎么现在连电话都很少通了,你俩没发生什么吧?"

"没事。"

袁景顿了顿，继续处理面前栗树的枝条。即使是热恋期也不能天天捧着手机聊，何况他们俩都有自己的事要忙，他虽然不知道平芜在京平怎么样，但他知道她的工作一定比自己想象中还要焦头烂额，既如此，何必还浪费她的休息时间去打扰。

或许是跟自己较劲吧，他心底里总觉得平芜离开他对她而言更好，她那么优秀，原本就值得最好的，何况平建瓴的那番话，这些日子一直深深压在他胸口无法喘息。

"你别没事没事的，我还不了解你这人嘛，异地恋最忌胡思乱想，你想她就要告诉她，她忙你可以主动找她啊，别在这儿跟自己过不去，要我说，你这样的也就平芜受得了你，换了别人早踹你八百次了。"

袁景没跟张之赫说过平建瓴的事，他自然先入为主地认为是袁景矫情，张之赫恋爱经历很多，可真心相守的却没几个，他认为最难得的就是真心，这年头别说从一而终，就是一段普通感情都坚持得无比困难，所以遇上真心喜欢的，无论如何也不能放过。

"听到没有啊，大男人主动点，就跟你追她的时候一样。"

张之赫简明扼要，说完后还捏了捏他的肩膀。袁景无奈地笑笑，三月间的燕北仍是寒风料峭，他的手被吹得发白，觉得太冷后还是收起果树剪跟他下山。

大概是空旷山间突然刮起的风太冷，袁景眼里被吹进一些细小黄土，他轻揉眼角，想起方才张之赫的话后轻声回答："我这个人好像确实不太值得她对我这么好。"

张之赫听不明白他的弦外之音，但已经有了点想法为他助力，他恍惚觉得自己像个老父亲，为了袁景简直有操不完的心。

平芜工作了半个月后，方植作为王企德的实习助理进入了他们团队工作。一群在学校里就熟悉的旧相识们重新聚首，张哲提议下班后找个地方庆祝，一来欢迎方植，二来正好他们这群人需要放松。说这话时王企德正在旁边路过，听完后笑着说这顿饭他请，大家欢呼着拍手鼓掌没什么异议，饭局的主人公方植却只是定定地看向不发一语的平芜。

"你有时间吗，平芜？"怕她拒绝，所以他只用了他们俩能听到的声音开口。

原本想着她不去也没关系，谁料一旁原本聒噪的大家突然安静下来，看到他们两个低声说话又意味深长地开始起哄。方植被架在这儿任人盯着，平芜想了想还是点头答应。闷了这么多天，确实也需要放松一下。

晚上九点，一行人结伴走出单位大门，结果在分配车座时突然陷入忙乱，张哲的车在坐了女朋友和三个女生后已经坐不下了，另一辆车也已坐满，剩下孤零零的方植就自然而然地进到了平芜的车上。他觉不便，拉开车门前还在副驾驶和后座上犹豫了一下，不过最后到底还是坐在了副驾驶上。

"怎么没开车？"窗外夜景辉煌，车子平稳行驶两分钟后平芜开口问他。

"我爸妈怕我太招摇，让我以后坐地铁上班。"

他如实回答，平芜听完后却笑了笑。汽车被喧嚣街道隔绝成一个狭小安静的世界，他侧头看她，享受着此刻不属于他的又稍纵即逝的美好。

平芜开车一直追求稳妥，宁可速度稍慢也不加塞超车，一路上耽搁了些时间，所以等到餐厅时不得不跟方植坐在最后两个挨在一起的空位。

她脱下外套搭在椅背上，坐下后往旁边挪了挪，用自己的方式保持着跟他的这点距离。

时隔很久大家凑到一起，席间喧腾，欢声笑语，平芜被这份热闹振奋到丝毫没去注意桌边亮了又暗的手机。

另一边月朗星稀的黑夜里，袁景终于挂断打了数次却始终未接通的电话。

张之赫看他坐在一旁有些泄气，大手一伸抢过他的手机继续拨通号码，末了他摁开免提，静静等着听筒那端节奏平缓的忙音。

"算了吧，可能她忙着呢。"他轻声解释，但自己也被那阵忙音弄得心烦意乱。

张之赫示意他再等等，一声短促后电话终于被接通，只是那旁的声音却十分陌生。

"喂？"

男人语气温和，隔着电流一字一句传入他耳中。

"平芜她有点事，等她不忙了我让她给你回电话可以吗？"

袁景胸腔震动，意识过来这道有些耳熟的声音在哪儿听过后伸手挂断电话。

平芜回到包间看到方植拿着自己的手机时愣了下，还未开口，他就已经心虚地不打自招："是袁景的电话，打了好多次我以为有什么急事，所以就自作主张帮你接了。"

她脸色登时沉下来，秀眉轻蹙，从他手中接过手机就赶快往外走。

屋内推杯换盏的人在目睹这一场景后面面相觑，平芜一向性格和善，人前从来没有也不会让旁人有半分掉面子的情况，她虽然无谓照顾别人的情绪，可相熟的人都知道跟她相处起来不费功夫，更很少生气。可今天怎么一反常态得这么彻底？

方植站在一旁略显错愕，后知后觉懊悔自己太过愚蠢，他确实别有用心，所以才会在见到平芜出去后便迫不及待拿起手机替她接通，原本只是那一瞬的情绪上头，现在想来根本是鬼迷心窍的失心疯。

走廊里从头至尾铺了层软绵绵的地毯，隐去高跟鞋踩上去所发出的声音，平芜翻了一圈通话记录里来自袁景的五个未接来电，半秒也不愿再等就连忙回拨过去。她靠在窗口，因为着急，手指无意识攥紧衣摆，每一个忙音都是煎熬。

所幸她并没等太久，那旁很快接通。

"喂，袁景，是我。"

听筒那边沉默几秒后，她才听见一声低沉的回应。

平芜不知道方植在那短短一分钟的电话里都说了什么，但是凭借着对袁景的了解和他此时显而易见的语气也能大致猜到几分，想起他这些天一直没联系自己，心里也憋着一点气，可在这时候，她还是没忍住先开口解释："今天是在跟同事们吃饭，刚才去洗手间了没看见你的消息。"

她略微停顿，仍是皱着眉，似乎在思考着到底该怎么跟他说明。

袁景仰头看向头顶几颗微弱发光的星星，像是在那片黑暗中瞥见她说这话时的神情，说实话，他也不知道自己方才是哪儿上来的脾气，是因为始终都打不通的电话还是方植那句似乎有些刻意的话语。其实他是在气自己，气自己因为眼下的这点阻碍就生出了自弃之意，气这个不近不远却又将他们两个分割彻底的距离。

"没事，我就是想问问你在做什么，方植说你有事所以我就先挂了。"

他再开口时声音平和，完全听不出什么情绪，平芜见他并没误会，悬在某处的心松了一松。或许距离还真是一道无形的屏障，放大了很多莫名其妙的情绪，彼此也像隔了层纱布一样不那么清晰。

她不喜欢这种雾里看花还要不停猜测的相处状态，于是直接问他这个同样困扰自己的问题："那你这些天为什么没有联系我？因为你在忙吗？"

平芜语气很轻的同时夹杂着几分委屈，混着窗边的夜风和电流一起刮进听筒，再全部传入他耳膜之中。

袁景怕她多想，连忙回答不是，可是话语苍白，怎么解释都像是在找借口。

"对不起,平芜,这是我的问题。"

末了他声音很低,诚恳地认下了自己的错误,但她听完后却更加生气,太阳穴突突跳了起来,有种一拳打在棉花上的无力,袁景这句话无异于变相承认他是故意不联系自己。

积攒了这些天的憋屈让她无法继续理智下去,连带着接下来说出的话也多了几分锐利。

"你没问题,是我不对,我不应该奢望那些虚无缥缈的爱情仪式,毕竟我们已经不是小孩子了。"

她不是非要袁景时时刻刻都要陪着她,即使不在身边也要一分不离地聊天,她对距离没什么概念的,她只不过是感受到了从她调回京平后他就开始若有若无的疏淡,工作忙她都理解,她又不是不知道村里的一切都在等着他进行,可他忙到连他们俩重逢的纪念日都错过了,平芜不觉得自己小题大做,她是能够清清楚楚感受到他逐渐稀薄的情绪。

过去那些听不进去的话语在这一刻涌入脑海里,他们俩抛开那些过去和执念,好像确实还不够了解彼此。而她似乎也没问过,袁景口中的一直没有忘记的喜欢到底是因为放不下的执念还是真正的意志。

这些乱七八糟无法言明的想法占据了她此刻乱成一团的思绪,导致她最后说出来的话也不怎么清醒。

"你好好忙你的吧,我正好也想冷静冷静。"

恋爱的第十个月,两人莫名其妙迎来了认识这么久以来的第一次冷战。

成年人遇到问题不会歇斯底里,在感情里也知道要留着大家体面的方式才过得去,没有争吵没有指责,就这么心照不宣的彼此平静下去。

四月份院里指派王企德出差去西江分院进行培训和工作指导,为期四十天,平芜也要陪同。

于是她在还没彻底想清楚该怎么处理跟袁景之间的这点小摩擦时就不得不暂时去了另一个城市。

西江地处荒漠地区,此行是为了完善部分作物的抗旱和抗倒伏的实践经验,平芜一来就被工作弄得千头万绪,算是彻底没了时间去想袁景,除了开会就是去试验田里跟人讲课,这样一来,睡眠时间被调节规律,从前些日子的失眠转变为躺下就睡。

王企德看出她在工作上有点跟自己较劲的意思,还以为她是不适应这里的气候,私下在只有他们两人的饭桌上问她是不是不愿意来到这里。

平芜摇头说不是,王企德又和蔼地问了一句:"那就是男朋友让你生气了?"

平芜夹菜的筷子停了下,有些哭笑不得,不过老师跟她玩笑两句后就很快步入正题。

"下半年有个跟国外联合的重点项目,院里会有两个名额,这个机会很难得,你考虑考虑想不想去,如果你有打算的话,我把手里这个推荐名额留给你。"

这些年他一直把平芜带在身边,是欣赏这孩子身上难能可贵的毅力,沉稳不浮躁的性子里更有几分同龄人缺失的理想主义,而这每一点特质都恰恰证明了她跟这个专业独一无二的适配度,所以有了合适的机会还是想让她试试。

"当然了,出国肯定最少也是要一年半载,你还有时间慢慢考虑,想清楚了再告诉我也不迟。"王企德看出她停顿一瞬的犹豫,已经替她说出了还未开口的顾虑。

只有到了他们这个年纪才会懂得,年轻时每一个看似不经意的岔路其实都会带来天翻地覆的影响,而每一个出现的机会都应该牢牢抓住。

无论是什么人都不能阻挡前行的脚步,就算是爱人也是如此。

峪河镇的旅游项目在今年五月达到了近几年的最好成绩,小石村作为后起之秀的最新改造项目也极受欢迎,来往游客接连不断,民宿日日客满,镇子上的饭馆人满为患,就连村子后山小河边的空地也被游客改成露营基地,往日沉寂已久的群山终于彻底哗然,在这个生机勃勃的春天里焕发出它深埋许久的能量。

县里对旅游村的项目极其重视,袁景忙得不可开交,配合着电视台时不时的采访和领导迎检,又跟着贺全洲一起做属于有机板栗的一道新的产业线,目前来看稍有成效,一切都在稳步向前。

除了他自己,其余的都是在往好的方向发展。

因为在平芜那通冷静电话之后的第二天,在原本他准备处理完手头这点事就去京平找她之前,平建瓴跟着县里调研的领导一起到了小石村。

他陪同着在前带路,看过民宿后往栗园上走。期间有领导调笑着称平建瓴如今拿遍了建筑领域的大奖,不知道还能不能看得上他们这样的小地方,既然来都来了,能不能聊聊合作,最好是设计一个独属于这里的地标性建筑,其实开口提议的人不过是随口一说,但平建瓴听完后却罕见地答应了。

最后在众人诧异时抬头看向袁景,和蔼可亲地笑着:"我跟小袁也是旧相识,这点小忙不算什么。"

袁景迎着旁人的视线,被这句话架在这里,最后只得笑着说些大家都爱听的圆滑话语。

可在人群散尽之后,平建瓴又一次单独将他带到一旁,两人站在山顶的观景台,向下俯视可见无数枝干顶端刚刚抽芽的栗树,眼前是层层叠叠的高山,通往最顶端的这条路无比险峻且漫长。

袁景早已经习惯平建瓴每次见他都是用最温和的语气说最狠的决定,他以为这次定然也是如此,可平建瓴目视前方向下看了半天,最后才缓缓对上他的视线。

"你确实有几分能耐。"

平建瓴目光里并不掩饰对他的欣赏,嘴角微微上扬,夸奖这么一句后很快步入正题。

"我今天是可以不用来的,但我不放心所以还是来了。"

平建瓴甚至没给他一个回答的机会,原本温和的视线恢复淡漠,镜片下的眼也突然冷然。

"你跟平芜尽快结束吧。

"就从今天开始。"

山空寂静,张之赫上山来找袁景时观景台上只剩他一个人,从下向上望去只见他跟个木头一样站在栏杆附近,脸色晦暗不明。

他突然就想起当初袁景提议要修建这处时,他觉得他是多此一举,就连村主任也说不用白费这精力,做观景台的这些钱可以省下来做别的,唯独袁景执着不已。事实也确实证明了他的选择是对的,因为无论来了什么人都想去这上面看一看,群山中最高的这处地方不用费什么力气就成了那些游客争相上山的打卡之地。

"人都走了你怎么还不下去?"

张之赫走到他身旁,顺着他的视线向下看去,半山腰伫立的那几栋民宿倒给青翠山峰添了抹靓丽色彩。

沉默片刻,袁景转头看他,问了个十分无稽的问题。

"如果有一天我不在燕北,你会不会帮我照看好村里?"

他神情认真，丝毫没意识到这句话落到旁人耳朵里简直莫名其妙，张之赫以为他开玩笑，所以也吊儿郎当地回答："行，你放心走呗，到时候我拿着你的钱在村里横行霸道，你该去哪儿就去哪儿，哪怕跟平芜远走高飞都行。"

袁景佩服他无论何时看起来都不上心的这份宽阔心胸，至少这样会少很多烦恼，他无奈地笑笑，看着眼前自在洒脱的张之赫总结道："就知道问你也是白问。"

张之赫这才发现出一些端倪来，仔细看向袁景有些阴霾的视线，声音恢复正经："都要合作了，你怎么这个丧气的样，哎，我跟你说我可查过了，这个平总特别厉害，他们事务所拿过很多国际上的奖项的，就算人家随便给咱们做做，借着这个名气也能让小石村更上一层楼了。"

话说完，他又伸手拍了拍袁景安慰："一切都会越来越好的，你别那么消极嘛！"

袁景对上张之赫颇为关切的眼，沉默一瞬还是开了口："这个合作我不会要。"

他心知肚明无论有没有这个事都不重要，他跟平芜早晚有一天都会结束，可在这个时候，平建瓴纡尊降贵说了这么一个让旁人都感恩戴德的承诺，他实在没办法劝说自己这不是另一种逼迫，不过都是在让他尽快分手，就像从前那样，放下狠话再离得远远的。再没什么难言之隐，平芜第二次听到这样的话肯定也就彻底对他失望了。

"为什么不要？这是多好的事啊，别人求还求不来呢，怎么你还不想要？"

张之赫哪里知道背后的这些事，只觉得他在犯傻，送上门的钱也不想要，就算是再为村子做贡献也没必要这样，认识袁景也不是一天两天，可在某些时候他真觉得他似乎缺了根弦。

"他是平芜父亲。"

"这个合作是有代价的。"

袁景在张之赫的追问下如实回答，他声音渐低，感受到吹拂脸侧的微风时无力闭上了眼，无论做与不做，如今都是他该去抉择的时候了。

张之赫这才恍然大悟，总算是明白了他这些日子隐藏的纠葛和痛苦，怪不得他一直没去联络平芜，原来是有这样难言的苦楚。

"那平芜呢，她不知道这件事吧？"

袁景摇摇头："不知道。"

张之赫替他着急,见他这副样子有些难受,知道最近两个人在冷战,所以很快答应他:"村子这边我先帮你盯着,你要去找平芜的话就赶紧,别总拖着,时间长了感情很容易被消耗的。"

或许两个人在一起,就是要面对很多困难,解决一个接一个的问题。

袁景去京平前跟张之赫仔仔细细交代过村里的诸多事项,但他还未见到平芜,就先接到了姜阿姨的紧急电话。

姜顽这些日子一直不好,骨髓移植后再次复发导致了多种并发症,折磨着他本就如枯草般摇摇欲坠的身体,以至于情况越来越严重,整个人已经瘦成了皮包骨头,生命也将走到尽头。

姜阿姨在电话里哭哭啼啼也没说出个成句的话来,袁景以为是姜顽快不行了,出站后拦了一辆出租车就往医院赶,结果半路堵车,在只剩下一条街的时候他关上车门拼了命一样跑向医院,就怕赶不上见他最后一面。

这些年,他似乎一直在失去,而他看似拥有的,也不过都是短暂的泡影。

幸运的是姜顽抢救过来后生命体征还算平稳,只是需要戴着呼吸机,袁景赶到时整个人像虚脱了一样无力,站在病房外扶着玻璃呆呆地看向屋里。他想起上次来的时候是平芜跟他一起,姜顽那天精神很好,虽然身体看起来还是病重模样,但跟平芜说起他们两个小时候的事却始终笑着,可如今,他的身体掩在宽大的病服之下,怎么看都令他内心刺痛不已。

"你来了啊,小景。"姜阿姨泪眼婆娑,看到他出现在眼前时还以为是幻觉,"今天怎么这么快?"

袁景别开视线,眼眶里一晃而过的湿润消失不见,他沉下声:"您跟我打电话的时候我刚到站。"

姜阿姨一个人照顾生病的儿子一年多,可以说身体没垮都是强撑着,对她而言,现如今唯一能指望的人就是袁景,虽然姜顽一再说不要总是麻烦他,可真到了这种关头也只能是告诉他。

"刚才实在是吓坏我了,阿姨不瞒你说,自从姜顽得了这个病我就想过肯定会有这么一天,但是真到了这种时候还是心慌得厉害。"

姜阿姨伸手抹了把脸,尾音发颤,是真的慌乱到了极点。

"我想着要是他不行了,总要先告诉你的,毕竟你们俩一起长大。"

心脏像是割裂小块,有看不见的刀子在内里缓缓搅动,袁景闻声叹息,拿了纸巾上前安慰姜阿姨,最后将人扶到走廊边的座椅,说了那句在他心底同样是安慰自己的话:"没事的,姜顽会吉人天相的。"

有些时候，他也会抛弃这么多年的固有思维，希冀会有奇迹降临。

"自从上次你走之后他就一直挺高兴的，总是跟我说，就算自己看不到你结婚那天也知足了。"姜阿姨不再落泪，伸手从口袋里拿出之前的那张银行卡交还给袁景，声音很轻，"小顽让我告诉你，你别在他身上搭钱了，我们母子俩手里还有些，你现在也不容易，把钱留着以后结婚用。"

袁景眉头紧皱："阿姨，您这是做什么，我的就是姜顽的，他现在都病成这样了，我真是觉得自己帮不上他。"

姜阿姨轻拍他手心，开口安慰："或许这就是他的命数，人活一辈子，总逃不开一个命字。你这孩子有心我都知道，可你现在要负担的责任这么多，阿姨是不想你还要加上我们这两个负累，咱们村现在很漂亮，这都是多亏你啊。"

他还有很多要做的事，而每件事，似乎看起来都比他自己要重要得多。

从医院出来后袁景去找了平芜，按照她上次临走前跟他提及的地点去了农科院，这些天他确实太不像话了，凡事都在电话里，说也是说不清，便想着当面跟她解释，只是一直到了傍晚，也始终没在陆陆续续下班的人群里见到她。

袁景拿出手机准备拨通平芜电话，但始终无人接听，犹豫片刻准备离开，方植却很不凑巧地在这时候出现。

天边晚霞绯红，他站在门口的背影颇为惹眼，方植眼神很好，确定是他后很快走到他面前。

"你来找平芜吗？她出差了。"

袁景闻声抬眼，视线交汇时压下心中那几分不安，还未来得及开口，方植见他迟疑一瞬后便迫不及待地反问："难不成你这个男朋友不知道她出差啊？"

他话音轻蔑，从上至下仔细打量他一遍，对方植而言，他可以接受自己不被平芜喜欢，却无法承认自己会输给袁景，他骨子里倨傲，私心认为平芜不过是因为他这张出众的脸才念念不忘多年。

所以好不容易见到他，方植又怎么会错过讥讽他的机会？

末了他笑了笑，向前走了两步同他对视："不过这确实也正常，毕竟工作上的事跟你说了也不明白，她现在受院里重用，出差也是工作需要嘛。"

袁景心知肚明他这番话别有用心，仍旧保持着最基本的礼貌，跟他道了声谢后就转身离开。

方植站在原地看他背影越来越远，心中却不像他想象中说出这些话时那样痛快，他或许是个小人，可袁景自始至终都没把他当成一个敌对的人，在燕北时的那几次碰面，他也都温和友善，这样想着，方植不禁暗自感叹，平芜跟他确实是一类人。

袁景当晚没离开京平，买了晚饭送到医院给姜阿姨后又在病房外静静看了会儿姜顽。

回到酒店时已经快十一点，进门那刻，等待许久的电话也总算打了过来。

袁景关上门接通，原本垂在身侧的手无意识攥紧，很多话想说却还是被她抢了先："你总算知道找我了？"

平芜心情不错，虽然从早忙到晚一刻不停，但经过这些日子她已经慢慢淡忘那天生气的原因，其实本来也没什么大不了的事，只是情绪上头很难控制自己，归根结底是太在意，所以任何微小细节都能成为点燃引线的火星。

耳边的声音久违到像在上个世纪，袁景停了两秒，半晌才开口："出差还算顺利吗？"

平芜"嗯"了一声："挺好的，虽然忙但是我还应付得过来，不过有个机会我也在犹豫。"

袁景听着，音量不自觉放低："犹豫什么？"

平芜如实跟他讲起这件事，说完后自己先笑了："其实我也不想去，出国的话也见不到你了，所以现在这样就挺好的。"

她话音落下很久，电话那端始终安静。

袁景沉默一瞬，平建瓴和方植的话却不合时宜地回荡在他脑海中，她有这么好的前程和未来，人生拥有无限可能，确实没必要因为他有所掣肘。他不能，也不想成为挡住她光明坦途的一片泥泞。

她可以有更好的未来，但他没资格再耽误她了。

他张了张嘴，喉咙像是被砂纸打磨过，异常沙哑："平芜，你有没有觉得，其实我们并不合适。"

这句话声音很低，听筒里夹杂着几缕风声，平芜听得不太真切。

她犹疑着问："你说什么？"

袁景闭了闭眼，脑海里他们这段时间一起度过的画面不停翻滚，一幕幕定格。他极轻地叹了口气，视线落在不远处被风扬起又落下的窗帘，喉结上下滑动。

到底还是没能说得出来。

"等你出差回来再说吧。"

六月份,小石村的旅游项目取得成功后县里对此高度关注,连续几天开会调研确定了峪河镇今后生态旅游项目的初步构想。

袁景回到燕北后一直没有得闲,进入夏天后气温越升越高,栗园里的各项管理和防旱措施需要时刻有人盯着,他虽然都交托给了村里有经验的老人,但还是习惯亲力亲为,土地上的事一点都马虎不得,需要慎之又慎。为了在原有产量上继续增长,就必须保证栗树在生长的每一个重要时期都能严格符合科学管理标准。

所以即使他每天忙得脚不沾地还要去参加县里的招商会议,回到村里的第一件事也还是上山,这几天因为持续高温不降,平地上的栗树生长状态看起来并不好,缺水严重,叶片微微卷曲,紧急上了吊瓶防旱,但见效还需要时间。

"今年实在是太旱了,如果再不下雨的话估计产量要比去年缩减了。"

张五作为村主任一直密切关注着小石村里的所有栗树,几十年的栽植经验让他确信再不采取措施便会受到影响。虽然板栗不像果树那样需要很多水分,但如果土地持续干旱的话,会造成树体营养不良,从而降低产量。

袁景走到眼前一棵低矮的栗树前,这里都是去年研究所大力推广的新品种,嫁接经过一年后已经生得很好,枝条长势不错,只有零星几个叶片微微发黄。他对上张五的目光,认真地建议:"还是先按照刘站长说的给树盘淋水,吊几天液看看情况。"

"入夏之后一直没下过一场雨,希望能够赶紧下点雨吧。"

张五应声回答,直起腰时抬头看了看湛蓝无云的天空,笑着感叹道:"没办法啊,咱们农民就是要靠天吃饭的。"

地边的泥土因干旱凝结成块,踩在上面不似春天松软,树根处原本茂盛浓密的小草也因烈日而发蔫,山还是一如既往,只是这些盘踞于此的植物生命力不像去年那般顽强。

大家都盼着一场雨,但连续半个月下去也始终未见到一滴,到了下旬,山间栗花盛开,旅游局趁热打铁举办了新一年的栗花节吸引游客,众人登山望远欣赏漫山遍野枝头高挂的茸茸栗花,跟着村民们一起捡拾被疏下来的栗花编织成绳,再统一拿到一起点燃驱蚊。

活动结束,晚间依旧热闹不已,歌舞节目彻底结束后还有一场烟花灯光秀,村里已很多年没有过这样的热闹景象,所有人几乎都在用自己的方式庆祝着，袁景站在人群最后看着大家围簇着观看烟花时脸上的幸福欢笑，第一次发自内心觉得自己这么多年总算做对了一件事。

这里确实远离喧嚣，这里也有他始终割舍不断的乡愁和美好。

连闷了这么多天，这场雨真正来临时却十分突然。

一开始只是阵雨，大家还觉得炙热的空气里总算降下凉意，但渐渐地，雨越来越大，毫无征兆一般变成了瓢泼暴雨，从早至晚不间断下了一天。

直到村外河道变宽，山间混着泥石一起滚滚而下的雨水流动得愈来愈快，还有家中院子里逐渐上升的积水，众人这才觉察出不对劲来。

这场雨恐怕要停不下来了！

一场暴雨或许是甘霖，可连续暴雨就是灾难了。

小石村处在峪河水库下游，算是山与山之间的低洼地区，这么多年没遇到过连续暴雨，这次却赶上了天灾，一夜间各级单位进入紧急状态，乡镇干部和基层工作人员连夜冒雨进村，在凌晨时疏散群众离开。

袁景无论如何也没想到过，一夜过后，村里各处遍布积水，主路被山坡上向下流的污水冲刷着，远远看去是一片污浊的汪洋，而栗园里那些原本枝条高耸的栗树也受灾严重，因持续降下的雨而彻底被折断枝条，树叶被风雨刮落凋零。

他和张之赫第一时间紧急去告诉民宿里的客人们离开，下山时积水已经快没到腰部，村部里因为抗洪储备过应急的皮划艇，工作室里的人帮着临时组装完成，一趟又一趟把所有游客悉数带离，又折返回去劝说那些舍不得离开拿着锅碗瓢盆的老人。

气象局临时发布预警，二十四小时的累计降雨量已经达到600多毫米，突破了这些年暴雨之最，可过了一天一夜，这场雨还是丝毫不见停。一夜之间小石村天翻地覆，美好景色被暴雨灌注，清晨降临，入目只剩下湍急流动的积水和泥土。

袁景彻夜未眠，汗水和雨水混在脸上，眼前的视线逐渐发白，他仰头看向翠绿的山间，突然想起点什么之后不顾众人反对跑上山。一路湿滑泥土被水流冲刷得无比稀软，他拿着锄头撑住脚步一点点上到栗园中间。

"你赶紧回去，山上不安全！"

张之赫担心他安危，跟在他身后一起跑上来，拉过他胳膊准备带他下去却被袁景一把推开。

"我要去看看那些栗树。"他低声开口，脚步走得越发沉重。

山脚下玉米地里的庄稼已经倒了个七七八八，原本比人还高的秸秆如今脆弱成了被迫躺在地上的野草，宽大叶边被雨浸泡变软，时间一长就要腐烂。

　　袁景无端想起高中课堂里老师说的一句话，大旱过去尚有收成，但洪灾来临将是颗粒无收。这片山这片土地里有无数人辛勤养育栽植多年的汗水和心血，还有这些当地人赖以生存的一日三餐，有土地才能有种子，有了种子才有希望。

　　栗园经过严格控制，每一处鱼鳞坑都符合管理标准，原本是为了固土保持树木根系水分，如今却被暴雨冲刷到所有梯田消失殆尽，边檐处断裂，被水冲垮，从山的最上面一路像瀑布流到最下。

　　雨依旧在下，成线一般的淋漓雨滴打到身上快要让人喘不过气，袁景却完全不在意了，撑着最后一点快要精疲力竭的力气，像是跟自己较劲一般快步跨到树下的积水坑里，弯下腰拿锄头豁开一道排水沟。

　　他在做最后一点无用之功，栗树根部被水浸泡会腐烂生病，他只是不想看到这漫山遍野的栗树也像山下倒伏的庄稼一样彻底没了机会。他也是在救自己那一点为数不多的希望，尽管在旁人看来这只是一时接受不了的失控之举罢了。

　　张之赫拿着伞撑在他头顶，看他这样突然有些难受，听着周遭惊心动魄的雨声，语重心长劝他保持冷静。

　　"你现在弄这些没用的。就算你把这些水排出去了，照这个形势来看还是要下雨的，我知道你很难过，但你能不能冷静冷静？"

　　袁景充耳不闻，像是听不见也像是听不清，只一个劲地继续去排树坑里的积水，张之赫知道这一草一木对他的重要性，可再要紧也抵不过天意，他虽然算不上什么乐天派，但他这些年一直秉持着遇到问题解决问题，一时的困难不要紧，最重要的是保持理智。

　　可袁景这样，显然是失去了理智和冷静。

　　雨越下越大，再待在山上只会更加危险，张之赫抬头看了看始终阴沉沉的天，扯着嗓子大声开口想要把他骂醒："我告诉你，袁景，你自己不想活了我不管你，但你想想你要是有个什么事村里怎么办？大家好不容易有了点希望，现在你要这么自暴自弃了是吗？

　　"一切都还有解决的办法啊！"

　　张之赫语气铿锵有力，袁景这次总算听见了他在雨声中也还清晰的话语，他顿了顿，直起身时仍旧低着头，他看到山下村庄已经成了洪水蔓延的河流，内心多番筑起的坚固城堡正在慢慢坍塌，他从未，从未如此心痛。

平芜这一趟出差耽误很久，原本打算从西江返回京平后就去找袁景，结果回院里总结工作后又被指派了新的任务。这些日子她觉得自己像是飞起来的陀螺一样，四处跟着牵引的长线转动不停，最忙的时候大脑空空，眼前除了工作再没什么别的事情。

得知燕北暴雨的消息时她正从实验室熬了个大夜，凌晨四点多才披星戴月地从大楼里走出来，天还未亮，黑压压的乌云罩在头顶仿佛不像黎明，京平似乎也在酝酿一场雨。

平芜撑着一双疲惫的眼打开手机，手指划到朋友圈里江清河临时转发的紧急信息时突然顿了顿。脑中"嗡"的一声，想也不想就立刻拨通袁景的电话，只是她站在原地许久，听筒那旁始终无人接听。

末了她抱着试一试的态度给江清河打了过去，出乎意料的是对方很快接通："喂，哪位啊？"

江清河一如既往的沉稳语气稍稍抚慰了此刻内心慌乱的平芜。

"是我，江所长，不好意思这么晚打扰您，我就是想问问燕北的暴雨很严重吗，乡下的情况怎么样？"她不想自己问出这番话时很像采访，但也不好直接说是因为担心男朋友，没什么时间犹豫，几秒后就匆匆开口，一鼓作气说完之后又竖起耳朵仔细聆听。

"是你啊，平芜，哎呀，情况特别不好，尤其峪河镇，听说小石村严重内涝，咱们所里的人也临时抽调去帮忙了，大家一晚上都没睡。好了我不能跟你说了，我手机没电了。"江清河逐一回答，快速说完后便匆匆挂断了电话。

平芜原本抱着一丝幻想，在心底暗暗祈祷袁景没事，可一切发生得太快了，她极度疲劳的大脑如今根本来不及反应，只想着要快点见到袁景。

于是她连忙折返回办公楼跟王企德请假，得到批准走出门后拿出手机查看高铁最近的班次，无一例外都是停运。平芜不安地站在楼梯间的窗户前，外面天光渐亮，但几声闷雷过后已经淅淅沥沥下起了小雨。

方植正巧忙完从实验室走出，看到平芜身影有些意外："你还不回家吗？"

平芜闻声转头，没什么心思地敷衍了他一句自己有事。

方植看出她今天情绪不对："怎么了？是不是有什么急事？"

"燕北下暴雨，我得赶紧回去。"

她用了"回"，而不是"去"，她视那里为家乡。

平芜如实回答，说完后就越过他往楼下走，方植惊讶一瞬后反应过来，快步在身后跟上她的脚步:"马上要下雨了,你要怎么去?"

说话间两人已经走到室外,雨点成线越来越密集,方植停下,撑开手上的雨伞,准备罩到她头顶时她却已经向前。

"我开车回去。"平芜声音坚定,伸手抓紧肩侧滑落的包包链条后毅然决然冲进雨中。

"你疯了?"方植难以置信,认识她这么久也没见过她这副样子,听到她这话后不禁着急,话音加重,"你去了又能怎么办,如果乡镇内涝严重,你根本都进不去,就算是担心他,也得顾好你自己吧!"

"我联系不上他我着急!"

平芜眼里已经有了湿意,话里也带了几分哭腔,她从未这样失去理智,脑海里只有一个念头——要见到袁景。

方植怔怔看她几秒,将伞撑到她面前,最后沉沉呼出一口气。

"我陪你一起。"

她拒绝道:"你没必要这样的。"

"平芜。"方植停了停,竭力克制着语气,雨珠从伞面滑落,浸湿了他额前的碎发,"你有在乎一个人的心情,也请体谅和你有相同心情的我,好吗?"

燕北距京平四百多公里,正常时速开车也要将近五个小时,更别说雨天路况拥堵,车前视线不清。

方植也不知道自己搭错了哪根筋,竟然就这么急匆匆地决定了来送她,他这人其实不是非要死缠烂打,何况有些事不是努力就能达到的。自从那天错接电话,平芜一直对他很疏淡,就连工作分在同一组也是交流寥寥,究其原因,他或许还是看不得她这个样子吧,他承认自己在袁景面前做不到那么无私,但为了平芜,他甘愿这样糊涂一次。

"困的话就先睡一会儿吧,我开着导航,到了地方再叫你。"

方植系上安全带后侧头看了眼副驾驶上的平芜,两人目光交汇,他却已经预料到她尚未出口的话。

"不用觉得为难,把我当成一个司机就好了。"他轻声为自己解释,说完后也不由得笑了笑。

平芜知道他是缓解氛围,但这时候她实在没心情也笑不出来,只是定定看了他两秒:"今天欠你个人情,以后你有什么需要帮忙的尽管开口。"

方植脸色如常,伸手调好空调后目视前方,过了好一会儿才慢悠悠回答道:"那还是欠着吧。"

毕竟，他为她做的任何事又不是为了让她有机会还给自己。

路途漫长，平芜除了试图继续联系袁景之外还在网络上多番查找关于燕北暴雨的最新消息，她从没经历过这样的事，只觉得一颗心脏在胸腔里不听使唤，人也仿佛直立在钢丝上摇摇欲坠。

即使一夜没睡的身体和大脑早已经乱成糨糊，可她这时候还是没有丝毫睡意，整个人焦虑不已。方植见她这样也很心急，想要安慰却又无从说起，最后只能尽自己所能在安全范围里将车子开得更快，快一点到燕北，或许她也能早一点安心吧。

两人心事重重，紧赶慢赶抵达燕北时已经快到中午，雨势稍缓，天却依旧阴沉，县城里积水不多，车子还能通行，但越到峪河镇积水越多，道路的积水几乎是成倍增长，原本平坦的马路成了一片湍急河道，最后他们不得不将车停在镇子外还算安全的地方。

平芜在停车那刻立马拉开车门下车，短暂震惊于眼前这幅景象后总算接受了这个现实。

方植看她不管不顾地淋在雨里，拿过伞跟着她一起去。

鞋子走了几步就全部湿透，平芜对此丝毫不在乎，更感受不到脚下那些混了泥的污水已经将她衣裤都浸湿弄脏，弯腰卷起有些重的裤脚，踩着河一点点往小石村的方向走去。

她此刻未发一语，冰凉河水冲过小腿也感受不到寒意，方植见状拽过她手臂："不行，这水又脏又凉……"

他不是自己嫌弃，他是见不得平芜这样，不想看她冒险，虽然她这个人一向都很冒险主义，在学校的时候就天不怕地不怕，可现在情况确实危险。

方植想了想，把手中的伞塞到她手里："你在车里等我吧，我先进去看看里面到底怎么样了。"

平芜憔悴的脸色在黑色伞面下显得苍白，她空出的另一只手还在拿着手机不断拨通，听着免提里一声又一声忙音，她摇头拒绝方植："我自己去吧，你也不熟悉村里。"

话音刚落，积水另一旁救援队的几个人乘着皮划艇驶到两人跟前。

"雨快要下大了，赶紧回安置地！"

为首的男人说完这句话后反应过来他们两个不是这里的人，起初还以为是县里电视台的，看了后发现两人身上并没带摄像机。

方植抓住机会询问，对方告知他们两个小石村的全部人员已经撤离，村里内涝严重，水位还在持续上升，为了保证安全，所以禁止往这个方向靠近。

平芜听着这番话,脑海里始终印着去年在这个季节里峪河镇的自然风光是多么秀丽,可如今一场暴雨,让这原本美好的一切都分崩离析。

大自然面前,人类看起来始终渺小无依。

所谓临时安置地,只是镇子上一个空间很大的仓库,因为地势较高所以暂时没有积水侵袭。

平芜冒着大雨终于走到那里,最先看见的是视线昏暗且不透气的屋里,众人密集地挤在一起,有些老人甚至就歪歪斜斜靠在对方身上合眼休息,这一幕冲击力过大,她鼻间发酸,借着一束光线去寻袁景身影。

他衣衫狼狈,整个人疲惫不堪,只是靠在最里面的墙壁。

身旁是躺下休息的张之赫和工作室里的其他人,这一晚他们一直泡在雨里,巨大的运动量彻底消耗了他们的体力,到这里后就开始休息。

平芜走到他身前时,袁景怔在原地,像是脑海中的幻觉出现在眼前,这一切令他原本繁乱的思绪更加昏沉迷乱。

"是我,袁景。"她声音很轻,喉间像被什么堵住。

"平芜,都没了,村里有几个老房子都被洪水冲垮了,民宿……估计也剩不下什么了。"

是破损残败的家园,是收容他到现在的故土,就因为这么几场毫无征兆的大雨,就这样葬身在洪水之中。袁景语气很低,对上她视线那一刻时垂在身侧的手臂微微收紧,可下一秒,他看到了跟在她身后的方植。

他顿了顿,缩回方才轻抬一寸的手臂,周遭寂静漫长的几秒钟过去,他带着平芜出了仓库,两人站在屋檐下的狭窄空地,他突然开口,将声音放到最低:"我们还是分开吧。"

平芜以为自己听错:"你说什么?"

"我说我们两个分手吧。"袁景避开她的视线,一字一句。

她思绪已经乱得彻底,如今因为他这句话更是像被缠了一层又一层迷雾一样混沌不清,屋檐下密密麻麻的雨滴顺着肩膀滑落,令她周身起了寒意。

平芜试图让他冷静:"你现在不是很理智,我知道你难过,但是袁景,有些话不能随便说的。"

她知道这里对他到底有多重要,出了这样的意外谁都伤心,她也不例外,可是再难过再无法接受,也总要去解决生活中的突发问题。

"你别担心,袁景,还有我呢,我来帮你想办法,我们可以重新再建民宿的。"

她努力让自己保持清醒，因为着急也因为关心则乱，所以说出的话并没有仔细在脑海中想想清楚，这句话无疑加重他那份难以言明的自卑，袁景向后退了退。

"我很清醒，我也明白我们两个人之间的差距有多大，我拼命追赶拼命追赶到头来还是什么都留不下，平芜，我给不了你更好的生活，不如就这样吧，我不想耽误你，你别在我身上浪费时间了，不值得。"

平芜静静看他，身后还是一场雨，跟他们在培训会上相见那次一样，当时她撑起伞罩到他身上，但如今，是他们两个一起淋在雨里。

他跟她之间始终隔着一张网，是他亲手织的，是无名的阶梯也是所谓的配不上。

可这样的话总听下去就烦了，更何况是现在这样的场面，他语气并不冰冷，只是说出的那些话却像雨一样密密麻麻砸入她最脆弱的心脏。从小到大，她觉得只要自己坚持的事一定都会有结果，当年一意孤行到燕北是这样，如今选择跟他在一起相伴终生也是如此。

但现在，放弃的人是他。

她突然就笑了："耽误？"

平芜抬眼望去，任由雨滴肆无忌惮从头顶滴落身下。

她顿了顿，指节弯过，用力压在掌心："所以我会因为耽误和遗憾等一个人八年？我们认识这么久了，我自以为还算了解你，我知道坚持一段纯真又美好的感情不容易，但因为这个人是你所以我愿意，有什么问题我们一起面对，风雨总会过去的。"

袁景平静的面容下早就掀起几层骇浪，他强压着情绪，迫使自己做那个"坏人"："平芜，你为什么总是这么理想主义呢？"

"你从前不就是喜欢我理想主义吗？"

是，他喜欢她身上那股被好好保护长大的气质，是他永远也学不来的气定神闲，再天大的事出现在身边，也是一如既往的情绪稳定。因为她身后有撑起天地的优渥能力，可他没有，这些年他只是一个人拼命解决困住自己的一个又一个问题。

他实在精疲力竭了。

袁景抬眼看她，漆黑的瞳孔蒙了一层很薄的雾气，他笑了下，想尽力掩饰自己在这一刻的苦涩。

"从前我们能够喜欢上彼此，不过是在象牙塔里不知疾苦的天真，那不是真正的爱，爱其实远没有文字里歌颂的那么伟大，爱就是要门当户对权衡利弊……"他声音愈来愈低,有些说不下去了。

"八年前我配不上你,八年后也是一样的。

"你这么好,别把时间浪费在我身上了,不值得。"

他这个人,原本就不值得她付出这么多的。他这一辈子,也不过就这样了。

一对悲哀父母生出来的孩子,即使拥有再清明的思想,也始终逃不过家族的蚕食。

平芜看着他,眼眶逐渐湿润:"我以为你会懂我。"

"平芜,燕北不适合你,我也,不适合你。"

凤凰是要翱翔的,而不是,盘踞在此。

他早就习惯了接受自己把一切都搞砸的能力,他在十八岁那年,人生就已经定型了,他眼睁睁看着自己离她越来越远却无能为力,他只能躲开,像一个卑微的老鼠缩回自己的洞穴,他只能这样,因为生活从没给他选择的机会。

平芜被袁景这番话彻底刺痛到,理智告诉她,他是有苦衷的,他也是万不得已。可真到了这种紧绷的时刻,是他先放弃的,跟八年前如出一辙,她或许早该想到的。

袁景,是个胆小鬼。

只是,这些话从他口中说出来,还是有些难以接受。他怎么可以放弃她?

眼泪堵在眼眶里,平芜强忍着不让自己哭出来,但喉间发出的细微声音还是染上了哭腔。

"所以,你就是想要放弃我?"

袁景闭上眼,清晰地点了点头。

他们一直都是天悬地隔的两个人,这些日子在一起不过是一场易碎的梦境罢了,如今,他是时候该醒了。

他输不起,他一直无路可去。

平芜沉默良久,最后艰难地发出一个音节:"好。"

她的背影慢慢消失在视线里。

袁景在这一刻想起他们之间的过去,想起她笑眼盈盈地跟他说还有自己,想起她在除夕夜给他打了整晚的视频跟他说以后的每一年都会留下来陪着他。

他知道有什么东西在渐渐远去,他也知道这一切都是该有的结局。

那就让花回到花园,让泥鳅钻进泥土。

视线渐渐模糊,眼角有飞速滑落的东西混着雨水一起落到泥土里。

袁景抬手抹去那些炙热,转身回去的下一秒直接撞上了走过来的张之赫,他方才目睹了这两个人分手的全过程,如今神色凝重,一开口就是为平芜抱不平:"你刚才说的话也太重了,她是担心你才冒着大雨回来见你的,可想而知她这一路上是什么心情,结果你还要说这样的话让她离开。"

张之赫知道,旁人的感情自己这个局外人无权评论更没资格说些什么,可他实在是看不下去,当下发生的这一切确实很难让人接受。

袁景明明两小时前还不要命了一样冒雨跑回村里,那架势很疯,众人阻拦之余都好奇他是不是去拿了像保险箱这样重要的东西,但他回来时手上空无一物,直到进了安置地大家各自休息时张之赫才看清他掌心里摩挲的东西。

小小的、亮亮的,是一枚被他小心翼翼珍而重之,藏了许久的一枚钻戒。

幽暗简陋的仓库里,四周昏黑却始终没有遮挡那颗钻石原有的光彩,张之赫愣了愣,在那一刻很难形容自己的心情,他为这份爱动容,却也有些隐隐约约的担忧。

"你明明不想分手的,刚才不顾一切回去拿戒指,怎么见到她人了反而成了这样呢!"

凌乱思绪逐渐收回,张之赫认真看向袁景,实在不解也是实在可惜。

他们明明是可以好好在一起的,就跟平芜说的那些话一样,哪怕什么都没有了,只要不放弃,就还是会有希望能东山再起。

可现在,袁景一如既往挺直的脊背似乎弯了下去,像一根腐朽的梁木,摇摇欲坠。他出神地看着那条她背影消失的小路,苦涩地抿紧唇角。

"我不能成为她的负累,她也没必要为了我过这样的生活。"袁景缓缓开口,喉咙干涩得难受,他手里紧攥着那枚戒指,硬物戳进皮肤,似乎要融进血肉里。他垂了垂眼,手背因用力青筋凸起,攥握成拳。

尽管未能亲自戴到她手上,能够陪她走这一段路也是值得的。

足够了。

冰凉的雨被风吹到了袁景的脸上,他仰头望了望头顶灰败的天,厚重的云层久久不散。就像他一路走来的这二十几年,短暂地有过晴天、有过彩虹,但最终都被吹散,恒久停留的,只有雨天。

无止境的雨天。

谁让他自己没本事,再好的事到了他身上都会搞砸。

/第八章/
理想主义者

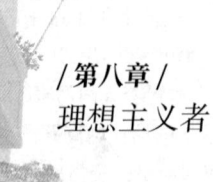

他不是非要功成名就,他只是不希望自己的阴影遮住了她的光。

平芜眼睛通红,一个人在雨里走了许久,整个人都被滂沱的雨水打透。回到车里被热气一烘更有些微微发抖。

方植面无表情地从后座拿了毯子递给她,沉默地发动汽车。这时候他什么都不能也不该说,心里本该因为他们分开而跳动的火苗,似乎也在这场雨里被浇了个透。他攥着方向盘,心绪翻涌。

车子途经县城主路,街道上的排水系统起了点作用,积水比来的时候少了很多,马路两旁的积水退去后只剩下污泥和密密麻麻凋零的树叶。平芜靠在窗前隔着雾气和水珠看过去,这座小城在雨里失去了从前鲜艳的颜色,入目皆是灰蒙蒙的,也像她此时此刻。

平芜不愿在人前流泪,几次深吸也没能压下心里的情绪,索性直接闭上眼睛。其实她睡不着的,但今天太累了,冒着雨长途奔波,时间一久竟也慢慢睡了过去,甚至做了个不甚连贯的梦,梦境里的人被分出了好几张脸,虚无又不真实。

但是每一张面孔都在重复着同一句话——
"平芜,我们分开吧。"
她被这句话定在原地,浑身冰凉到滚烫,再到冰凉。

再醒来时,车已经开到了京平,平芜迷迷糊糊睁开眼的第一反应是觉得头疼,脸颊发热,身上却冒出一阵又一阵寒意。

雨过天晴,傍晚的天边染着绯色红晕,平芜转头看到窗外熟悉的景色,车子正缓缓驶进东弥别墅区。

"你知道我家在这儿?"她开口时声音稍哑,还夹杂了细微鼻音。
方植脸上疲惫明显,还没顾得上回答就看到站在路旁的平建瓴和汪敏,他们夫妻俩刚从外面回来，司机停车的工夫两个人步行回家，没想到这么巧看见平芜的车开了进来，两个多月没见难免思念，汪敏裹紧披肩快步走到车前，看了眼驾驶座拉到一半的车门，见到方植时愣了一瞬后随即笑了起来。

"是你啊，小方。"

方植羞涩地笑笑，只觉得自己此刻蓬头垢面，看到平建瓴也走过来便轻声打了招呼。

"叔叔阿姨好久不见，我来送平芜回家，她今天淋了雨有点不舒服，刚才睡了一路。"

他说完向后看了看车里的平芜，她盖着薄毯缩在那好像还是很难受，平建瓴闻言连忙绕到副驾驶这旁等她下车，结果拉开车门发现她又闭上了眼。

那旁汪敏满脸笑意，还在以麻烦他的名义邀请方植留下吃饭，平建瓴心想自己老婆还真是不放过任何机会，笑着伸出手准备叫醒平芜，手心擦过她额头滚烫的温度时当即皱起眉头。

"平芜，你发烧了？"

他试图叫醒，平芜只是短暂地撑开眼皮几秒后又闭上，她实在头昏脑涨，眼皮更是发沉。

平建瓴大手一伸抱着她下车，告诉汪敏一句后就赶快进屋。方植一听她发烧也十分着急，原本要走的想法暂被搁置，情急之下也跟着两人一起。

她这病来势汹汹，自己脑海里有意识却很难睁开眼睛，只觉得整个人在冷热间来回变幻，时而像是被火炙烤的炭，时而又像是置身躺在冰川。

汪敏关上卧室门后先给平芜换了身干净衣服，叫家里的阿姨拿了退烧药上楼，用湿毛巾和酒精给她简单物理降温之后喂了药，盖上被子看着她渐渐舒缓的眉头，这才下楼回到客厅。

"闺女好点没？"平建瓴一脸担忧。

"吃了退烧药让阿姨看着呢，如果她过会儿不退烧咱们再去医院。"

汪敏宽慰让丈夫放心，说完后抬眼打量坐在一旁的方植。

"小方呀，你们两个去哪儿了，我刚才给她换衣服，又脏又潮的，你们今天是去调研了吗？"

"不是的，阿姨。"方植摇摇头，有些坐立难安，"燕北今天暴雨，平芜联系不上她朋友所以要回去看看，我不放心她一个人就顺便送她了。"

他省略了后面那部分，主要是觉得自己说这些不太合适。

汪敏和平建瓴心知肚明平芜想看的人是谁，但听他说完后气氛还是不可避免有些凝滞，末了汪敏转头看向沉默的平建瓴，眼风一扫，而后低声问道："你不都说这件事解决好了吗？"

汪敏实在对平建瓴的办事效率表示怀疑，明明两个月前他从燕北回来后就信誓旦旦告诉她说两个人应该分手了，正逢那时候平芜在外地出差，算是个绝佳的合适机会，而她以后会越来越忙，所以即使袁景跟她提了分手她也没工夫和时间再去折腾，他们两个正稍稍放下对平芜的紧绷控制，却没想到竟然到现在还没分开。

不管怎么说都是在外人面前，他们俩各自心有疑虑和不满也不能在这时候一一发作出来，平建瓴给了妻子一个目光，随即看向方植缓和着笑了笑。

"不管怎么说今天都谢谢你，这么晚了留下来吃顿饭吧。"

汪敏也很热情："小方你别客气，就跟在自己家里一样，想吃什么去说，我让阿姨做给你吃。"

方植摆手拒绝，从沙发上站起身："谢谢叔叔阿姨，不过我还是先回去了，等平芜好了我再来看她。"

夫妻俩见状也不再强留，平建瓴叫上司机送人出去，等客厅彻底恢复安静之后，两人齐刷刷上了楼。

汪敏按捺不住脾气，刚欲开口指责平建瓴时，阿姨从两人身旁擦肩出去，话到嘴边又生生咽下，柔声细语嘱咐阿姨去煲些汤留给平芜。

阿姨应声下楼，夫妻俩各自坐在卧室床头一侧，看着此刻被汗浸湿额头的平芜。

"我总觉得不对劲。"

汪敏伸手拨开她沾在脸侧的碎发，在灯下仔仔细细地观察着她睡着后的神情。

"你发没发现，闺女眼皮好像有点肿。"

平建瓴嗤了声，慢慢低下头："我怎么看不出来啊？"

他们俩研究得十分专注，平芜再睁眼的时候只看见两张放大的脸在自己眼前，吓得惊呼一声，这才算是彻底清醒了过来。

"爸，妈，你们俩这是干吗啊？"

她撑着起身靠在床头，整个人惊魂未定地抚了抚额头，声音却越发沙哑。

汪敏和平建瓴向后撤了撤，下一秒同时抬手，两只手结结实实覆盖在她额头。

"有没有觉得好一点啊闺女，如果还是难受，咱们就去打退烧针。"

大抵是这一天情绪起伏太过,她一颗心不断悬空又跌落,强忍的眼泪还是从眼角溢出。

"这是怎么了?"汪敏皱眉,拿了纸巾给她擦拭。

平建瓴也十分着急,空着的另一只手轻拍平芜后背,柔声询问:"是不是头疼?还是今天发生了什么事?"

他们俩一个比一个温和,平芜听完后眼泪反而越来越汹涌。

她很多年都没有过这样的时候了,心里像是被刀子磨得鲜血直流的情况,还要追溯到高中毕业那年袁景不辞而别的时候。她那次装作若无其事,眼里未曾这样浪潮迭起,只是在深夜无人时自己难过。

这么多年她舍不得做那个往前走的人,所以才对燕北有这么深的执念,但现在放弃的人是袁景。

她努力了这么多,以为总算可以跟他长长久久走同一条路,可他还是在分岔口的时候狠狠将她推走。

眼泪涌上心口,像决堤的洪水,此刻再也收不住,她伸出手抱住平建瓴和汪敏失声痛哭,话音断断续续,词不成句:"爸,妈,我跟……我跟袁景,分手了。"

从小到大,平芜很少在父母面前这样外放情绪,她一直以来平和稳定,遇到了什么事也都是自己解决,可以说从没有过这样在两个人面前不顾形象放声大哭的时候。

她这一哭,完全是把平建瓴和汪敏的心都哭乱了,又急又忧满心疼的两个人仔细瞧着她,可在听她说完是跟袁景分手后还是复杂地跟彼此对视一眼,心里各松了一口气,但看到平芜这样又很不好受,于是伸出手继续轻拍后背让她发泄情绪。

汪敏怕她轻松得太明显令平芜起疑,给了平建瓴一个眼神后开口问她问题:"之前不是还好好的吗,是吵架了吗?"

平芜感受到母亲放在后背上的手柔软温暖,泪眼婆婆地从两人肩上撤离。她仍是断断续续地抽泣,伸手抹去淌在脸上的泪滴。

"燕北这两天下了暴雨,村子里的农田和建筑都被洪水毁了,受灾严重,所有正在进行的项目也都被迫停止了。"她顿了顿,眼泪又从两侧落下,平芜声音沙哑,"他觉得他现在一无所有是在耽误我,所以跟我提了分手。"

她仍然知道他尚未完全说出来的苦衷,她只是遗憾,遗憾自己不能陪着他一起渡过难关,他在自己最难最需要人帮助的时候先把她推开。

-219-

想到这儿,泪水越发决堤,捂住脸又无声落泪,发烧和心中不断蔓延的痛苦一齐冲刷着她的理智,这一天水米未进,她却丝毫感受不到饥饿和疲倦,只是痛苦,像是内心深处最柔软的记忆被瞬间掏空,她却只能站在原地,被迫面对一片荒芜与空白。

父母两人听完后沉默许久,看着平芜这样心里更是五味杂陈。身为父母,想要子女过得顺心遂意是真的,可如果丧失了快乐,好像也并非他们所希望的。平芜哭声渐弱,将自己埋在被子里不肯出来,平建瓴心脏抽痛,此时此刻竟开始怀疑自己是否做错了什么。正欲开口安慰,阿姨端着汤敲门进了屋。

汪敏接过来放到床边柜上,又弯下腰叫平芜起身,见她不动,最后俯在她耳边柔声道:"多少吃点东西好不好,身体是最重要的。"

平芜声音很轻:"我想一个人待着。"

"好,我跟妈妈就在隔壁,你晚上要是觉得难受就叫我们。"

两人轻轻掩上门,汪敏回卧室休息,平建瓴则是揣着心事去了书房。

乌木桌的抽屉里,他拿出那份可以称得上是袁景人生简历的文件,里面列满了他自高中毕业之后做过的各类兼职和工作,密密麻麻写满了。平建瓴找人打听了许久,最后总算把他这八年所有的经历摸了个清清楚楚,他确实在不停向上攀升,即使身陷囹圄也没有自怨自艾。

想到这儿,突然有几分不忍,末了平建瓴摊开那张尚未完成的设计图,思绪再三还是拨了通电话过去。

"你帮我联系一下袁景吧。"

天灾人祸,该帮一把的就还是要帮一把。

暴雨连下三天,总算停下时天却还是阴沉的。山尖起雾泛起淡淡的白,地面混浊的洪水却依旧不见退。

小石村周边的十几个村子内涝的严重程度不一,但可以确定的是,今年山上的板栗绝对无一例外都要消减产量乃至空苞。这场雨击打庄稼和土地,也浇透了每个人的眼底。他们生活许久的家园正在坍塌破碎,心底也在默默流泪。

在安置地的这三天无疑是度日如年,虽然抗洪救灾部送来了睡袋和物资,可众人躺在黑漆漆的空旷仓库里听见的也只有一声又一声叹息。

"今年这算是什么时运啊,怎么就这么倒霉呢。"

"咱们村刚要好过一点,以后可怎么办啊!"

"这些年也没下过这样大的雨，山上的栗树估计是够呛了吧。"

袁景睡不着，他这三天都没闲着，整个人耗费许多精力，可到了这时候还是翻来覆去难以入眠，耳边是感慨之语，他听了有些百感交集，庆幸这是深夜，即使他眼底有泪也没人知晓。

过了一会儿，他彻底想明白后突然坐起身，对着周遭黑漆漆的一片开口立下决定。

"大家放心，咱们村一定能挺过去的。"他挤出微笑，让众人安心的同时也像是在激励自己，"不就是一场雨吗？等积水没了，还能重新开始。"

他不信自己会一直站在雨里，也不信这些年的暴风雨没有停歇之际，虽然前路未知荆棘遍地，但他还是不会就此止步。他这么多年不也是如此吗？跌倒了拍拍尘土，受伤了治一治，流着泪淌着汗，混着崩开伤口的血，靠一口气撑着继续往前。

袁景很快调整好状态，第二天就跟张之赫决定了现如今能做的事。

洪水完全退去需要时间，但他们不能坐以待毙，栗园经过暴雨后受灾严重，他们要先去清理基地里的残枝落叶，防止病虫害随着翻土蔓延。

栗树遭受暴雨后树体的生长平衡和枝条分布都被打破，应该尽快进行疏、截断枝和受伤枝，尽可能保留叶片使其恢复树势。而对于那些受损严重，枝干无法恢复的要从基部剪去，然后再进行消毒杀菌。

这里的每一项都是大工程，袁景一开始只是叫上了张之赫跟小仁，在村子里积水稍退，步行能慢慢通过时回到房子里寻找工具。但他没想到，等他们三人蹚过水准备上山时，身后原本应在安置地的村民都一应走了出来。

清晨七点，太阳越过山峰总算跟阔别已久的土地见了面，袁景站在污浊的水里向后望去，恍然觉得水波泛起金边，连带着卷起裤脚一起走过来的人们，都在闪闪发光。

他想，或许这才是他留下的意义，这里有他永远割舍不了的故土，有他最初的童真，更有他永不言败的决心。

栗园经过暴雨简直一片混乱，土地泥泞并且到处都是枯枝烂叶，有些树龄稍小的栗树更是直接被雨折断，袁景考虑山上土地松软，所以只是让大家先清理山下的栗树。

贺全洲颠簸一路蹚过积水的河，好不容易走到山下时看见的就是这幅景象，有人重新栽植倒下的幼树，有人弯腰清理地上的枝叶和泥土，人群分布不均但又井然有序。

贺全洲愣在原地,停了几秒后踏着湿透的鞋子爬上山,见到袁景时人累得气喘吁吁,总算舒了一口气。

"也联系不上你,可急死我了。"

他前几天在外省出差,得到暴雨的消息就赶紧回来,但还是慢了一步。栗洲集团临时找了大货车运送物资到各个安置地,他实在是放心不下袁景所以先来了小石村。

袁景放下手中正在翻动土地的铁锹,笑着在晨光中对上贺全洲关切的目光:"我手机没电了。"

"你人没事就好,我找你来有事,你先把东西放下。"

贺全洲走上前拉过他的胳膊向后,避开人群,把自己一直夹在腋下的手包拉开拉链递给他。

"今年基地的产量很难保证,而且就算能长板栗也不一定符合质量,我知道你一直不愿意接受别人的帮助,但是到这种时候了我必须拉你一把。"

贺全洲说完后见他发愣,直接拿出包里的银行卡给他,说话前还看了眼周围,然后低声嘱咐他:"不行你就先别做旅游村项目了,先把基地弄好跟我合作也能盈利不少的,民宿投资太大现在一时间又不能回流。"

贺全洲是来帮他的,就像以往袁景每一次遇到困难时他都会悄无声息在背后为他托底,尽管他拒绝帮助,却也还是真心实意为他考虑。

但袁景不想就这样放弃,虽然连他自己也不确定之后到底该怎么办,可他们努力把这个村子建设得更好,就是为了可以在其他产业上发展经济,而不是按照几十年如一日的传统耕种。城市在不停发展,农村也需要改变,袁景想让这些人不那么辛苦。

"我不想放弃民宿,毕竟一开始说要做旅游村的这个人是我。"袁景沉思片刻开口回答,语气虽轻却很坚定,"等这摊子收拾完了我去问问县里,钱你拿回去,我如果拉不到贷款再来找你。"

袁景不想给他添麻烦,贺全洲是个心慈的商人,可今年板栗产量缩减的话栗洲集团也会受影响。他现在虽然就快到了穷途末路的时候,但还是想靠自己改变当下这糟糕的局面。

贺全洲无奈地看他一眼,到底还是年轻人,骨气比什么都重要。

"那行吧,有事叫我,我回去之后先帮你问问县里。"贺全洲说完就准备离开,往后走了没两步突然想起什么,掏出包里买的一部新手机放到袁景手里,"省得你接不到电话。"

袁景笑了笑,说了句谢谢后扶着他越过脚下这片泥泞,一路送他蹚过积水。

返回时却撞上一位西装革履的熟人。

"你好，袁先生。"

是平建瓴的秘书，上次跟着他来小石村的时候袁景见过一次，男人嘴角扬起浅淡微笑，皮鞋沾满泥土却也丝毫没影响到那股气质。

他从手提包里拿出一张长条支票，单手递到袁景面前。

"平总知道了您现在的情况后很过意不去，所以让我来把这个给您，平总说了，这是给您拿去应急的，之后旅游村的项目他也会跟县里极力促成的。"

袁景没去接那张看起来薄薄的却很有重量的纸，也没在垂眸看到上面的数字后反问一句是不是分手费之类的自嘲话语，他只是很轻地牵了牵嘴角，而后抬起头。

"劳烦您转告平总，谢谢他的好意，但我不能接受。"

秘书愣了下，拿着支票的手动了动："可是……"

"我跟平芜分手是我的原因，这笔钱太重了，我受之有愧。"

袁景的拒绝干脆利落，秘书站在一旁倒十分为难。

来之前平建瓴千叮万嘱，务必要把这笔钱让他收下，他虽然不知晓平总家事，却也能从平建瓴的话中得知一二。这类故事在身边听过不少，处于劣势的那一方会抓住一切机会向上爬，所以就算是被棒打鸳鸯，但在面对高额分手费时也会装作正常地照单全收。

这人却不同。

可他却觉得年轻人其实不必逞英雄，爱情都没了自然要保住事业，到了如今这种时候什么自尊心和骨气都不要紧，应该先渡过难关才是。

"平总没有别的意思，只是觉得您现在需要帮助，他也是一份心意，您也不用觉得为难，谁刚开始创业的时候都会遇到波折的，既然对这里付出了这么多的心血，就要努力挽救。"秘书认真对上袁景的视线，语气缓和过后打起了平建瓴嘱咐他的最后一张牌，"就当是看在平芜小姐的面子上吧，她也希望你收下。"

袁景原本都要走了，听到这话目光一怔，抬眼询问："所以这也是她的意思？"

他声音微微发颤，竭力将胸口堆积的那些情绪一一压制，那天的雨太大了，到今天他都好像还站在雨里。

秘书干笑一声，躲闪着避开他直白的眼："总之你快收下吧。"

袁景沉默许久，还是没去拿那张停在空中许久的大额支票，他转身离开，迎光落下的影子被混浊河流分割成一段一段。他没有回头，径直走向已经满是枯枝败叶的山坡。秘书站在原地看了看，轻叹一声后离开。

积水一日比一日退去，山上的人却越来越多，众人齐心协力，栗园最基本的清理工作很快完成，山上的积水被悉数排下，腐烂的叶子和断枝也被逐一清理。只是有些树龄小的栗树根部被水泡了太久已经无法挽救，只能眼睁睁看着一棵棵倒下又死去，栗园中的树也不似去年那般茂密。

江清河接到县里的任务，带着研究所里的人一起到小石村补救基地的板栗，他们连着加班了三四天，就是在想暴雨之后各处的栗树该怎么处理，虽然准备了应对措施，可看到山上这一片狼藉后还是心疼不已。如今已到七月，马上就要到了长果期，如果再不及时采取措施，恐怕今年所有板栗产量将是燕北县历史最低。

研究所有专门应对灾害后的治理措施，江清河组织懂修剪技术的老人们先把所有断枝一一剪去，并根据树形适当保留基部萌发的枝条，除此之外所有扰乱树势的残枝全部疏除，并由所里的研究员涂抹药剂，作用是控制伤口防止病菌侵入。

第一次药剂喷洒过后，研究所的人就很快离去，他们全所这几十个人要负责全县将近三千万棵板栗树，时间不等人，实在耽搁不起，所以江清河告诉了袁景和村民们所需的药剂名称后就匆匆撤离。

向菁菁在人群最后，离开前提醒了袁景一句："积水排掉之后要及时补充土壤养分，先消毒，然后用叶面肥全部喷洒一遍，不然很容易得根腐病的。"

袁景认真地点头。

这边向菁菁走了两步又回过头，瞥见他颓废的容颜，想起暴雨那天平芜慌乱中打到她手机里的电话，大概是有了那么一点恻隐之心，不爱多管闲事的她也无端管了一次。

"如果有问题联系不上所里就打我的电话，村里应该有。"

袁景轻声道谢，记下所需的药剂名称后叫上张之赫一起去了县里，他的车被水泡过被拖走报修，张之赫开着他那辆经过暴雨历练却依旧无事的皮卡带他越过路坑的积水和泥沼，到园林市场上买了所有能用的肥料和药剂。

等东西搬到车上这一会儿工夫，张之赫去隔壁商店买了包烟，出来的时候顺手给袁景扔了盒薄荷糖。

他看袁景皱眉，吞云吐雾之际伸手戳了戳他拧成疙瘩一样的眉："别总是愁云满面的，你这样，乡亲们也会跟着你着急。"

这些天大家连自己家都没工夫收拾，一心扑在板栗基地，他身上责任重大，心理压力可想而知，张之赫也是看他实在郁闷才开口宽慰："有什么事别憋在心里，跟我说说也好。"

张之赫一如既往在他身上充当心理导师的角色，袁景听到他这话后也很轻地弯了下嘴角："谢谢。"

回去之后，大家都在不眠不休地守护这些栗树，按照江清河说的步骤一一进行，小心翼翼精心养护，就差没住在山上了。可未曾料到，即使这样努力弥补，半个月后，基地的树到底还是生了病害。

就在山脚下的低洼地区，栗树经过清理疏除病枝后一直未曾继续扩大树势，雌花生长受阻，树叶发黄变脆，一连所在区域的近百棵栗树都是如此。众人心急如焚，村里有经验的老人却已经辨明这是腐病，病菌以菌丝体寄生在树体根部，从土壤侵入根系，在树与树之间交叉蔓延，跟病菌接触后极易发生转移侵染。

"我明明都按照研究所的要求消了毒又喷了药，怎么还是成了这个样子！"张五愧疚不已，查看完树根处粗糙病变的树皮后唉声叹气。

这些日子袁景忙着修缮民宿，县里还要时不时找他去商讨后面村子的事宜，都是张五在栗园看护。他栽植栗树多年，知道这种病最为难治，且过程漫长又要耗费大量的人力物力。

大家为了今年的产量情急，却也知道有些事是天意。这些日子虽然没有汹涌的暴雨，可也断断续续下了好几日小雨，这样潮湿的土壤环境，原本的营养流失，生了病害也是在所难免。

只是在这样的时刻，小石村的处境更加艰难了。

张之赫得到消息后从民宿跑到山上，袁景没在，他就成了大家的主心骨，就算再难也不能让这些老人跟着他们俩一起着急。所以他笑着安慰众人："没事的，我跟江所长联系一下，让研究所来人帮咱们看看，大家放宽心。"

在小石村待得久了，他这个假乐天派也不得不在人前变成真的了。

平芜这一病在家休息了好些日子。

其实感冒过了两天就好了，但平建瓴不放心她的身体，始终不让她去工作,一个电话打到老朋友那直接给她休了半个月的假期。这样也好,她心里乱糟糟的,就算去了也是无法集中精力。

只是她在家休息也没怎么清静,汪敏看把自己闷在房间里一连好几天都未曾出门,像是怕她想不开所以时时刻刻守在她身边,平建瓴也是如此,表面上说他们一家三口很长时间没有这样在一起了,实际上也是监视平芜的一种办法。为此他还把工作带到家里,秘书和助理频繁出入家里。

平芜没工夫去思考爸妈的不对之处,尽力调整自己的心情,她一开始也想像从前大学时失恋分手的舍友一样先把手机相册里的所有照片一一清空,可真等到翻出自己为数不多偷拍袁景的那些照片时便突然舍不得了。

她承认自己短时间内没办法那么洒脱,她也不想违心欺骗自己删掉就好了,那样带来的不是轻松而是更深的痛苦。

手指停在屏幕上许久,到底还是没有删掉那点为数不多的回忆。过去的每一刻、每一个瞬间都是真实的。她真实地拥抱过他的身体,他炙热滚烫的亲吻真实地落到过她的嘴唇。可是那样真实的发生过的场景,此刻为什么如此模糊,模糊到她看不清他。

"闺女,妈妈刚才学着做了一个新的饮料。"思绪混乱之际,卧室门被汪敏轻轻敲了敲,她声音温柔,"今天天气这么好,我们两个一起去花园喝下午茶好不好?"

平芜关掉手机屏幕,想了想还是应了声好。她在家蓬头垢面,不出房间时只穿一条淡青色的睡裙,因为怕被晒到肩膀所以随手从衣柜里拿了件衬衫。手指碰到布料熟悉的触感,脑海里几乎一瞬间就想起这是袁景的衬衫,还是她在陈路嘉婚礼那晚醉酒他送她回家时无意留下的。

他有很多款式类似但颜色不同的衬衫,所以即使知道这一件被落在她家里也并没去找,平芜也是,一直把这事忘得干干净净,彻底离开燕北收拾公寓行李时就被她一起带回了京平。

却没想到,如今在这种时刻突然出现,平芜顿了顿,到底还是披上了这件衬衫。

转动门把手走出卧室,还没下楼就已经听见客厅里有些熟悉的声线,侧头一看,方植恭恭敬敬坐在沙发中间。看到她下楼,登时站直身体。

"平芜,你好点了吗?"

方植心情很好,嘴角露出一抹明朗的笑,视线随着她一点点到了自己面前。

"好了,谢谢你来看我。"

平芜面色寡淡，目光交汇一秒很快移开，选了个离他稍远的位置坐下，顺手拿起茶几上那杯奶白色的冷饮抿了口。

她还以为是酸奶，结果是冰镇过的牛乳，里面还加了板栗泥。

"怎么样，好不好喝？"汪敏笑着又让阿姨拿给方植一杯，"正好你喜欢吃板栗，我就按照网上的步骤试了试，是不是还不错？"

栗子的甜腻混着牛乳的清香在舌尖慢慢化开，平芜轻牵嘴角，笑容却有些苦涩。

不知怎的，峪河镇漫山遍野的板栗树在这一刻莫名其妙涌入她脑海中，她想起那日暴雨，心中隐隐担忧那些栗树的情况。经过这场暴雨，不知道今年的产量是否还能如常。

"王老师在忙水稻的课题，所以让我来看看你，他说你这些日子也是累坏了，正好趁这个机会在家好好休息，养好了身体再回去工作。"

方植仔细介绍自己的来意，仿佛加上王企德就能让自己显得不那么刻意，可他把话说完才意识到平芜一直未曾听进去，她盯着自己手上那杯冰牛乳，眼眸低垂，眉头蹙起，是在认真思考的神情。

嘴角那抹自进门起就挂在脸上的笑渐渐隐去，他内心也说不好此时是何种滋味。

幸亏汪敏及时解围，看到平芜半响未接话茬，急忙点头说对："她就是这阵子累的，你们工作性质确实比较辛苦，小方也要注意身体，今晚留下吃饭吧，阿姨给你做我最近学会的糖醋排骨。"

这边汪敏和方植正聊得投入，平芜却像有了预感一样听到自己的手机铃声，她放下杯子匆匆上楼，接通电话那刻竟恍如梦境。

"平芜，小石村需要你。"向菁菁在电话那旁沉沉开口。

就是这句话，让她心里所有纷乱的思绪一刀斩断，像是彻底下定了勇气，有了目的。

平芜换好衣服拿上包再下楼时平建瓴也从书房里出来了，三人看她步履匆忙，异口同声问她要去哪里。

她眼神坚定："我去燕北。"

平建瓴几乎是在她说出这话的第二秒就站起身，眼神犹疑地看着她问："你说什么？"

平芜冷静下来，语气平和地告诉他们两个自己要走的事实。

"爸，妈，我之前工作的地方因为暴雨毁了很多土地，原本能在下个月就丰收的板栗树现在病势严重，我得去帮帮那里。"

向菁菁在电话里只是说了栗园大面积染病，可就算她不细说平芜也能想到最坏的结果。燕北土质特殊，一旦处理不好可能近两年的栗园都要伴随着这种危害根部的病。

"不许去！"汪敏听完后开口制止，反应过来她现在生病不能太凶后放慢语气，"你现在还生着病呢，而且，而且你怎么回来的你忘记了？"

平建瓴闻言急忙附和妻子："是啊，咱们以后就好好地待在京平，别瞎折腾了。"

"不行，我得去。"

平芜那个倔劲儿上来了，她这会儿心里其实根本没想袁景，只是担忧那些染了病的树木，可汪敏和平建瓴却不是这样想，他们两个只觉得她回去只不过是还放不下袁景，所以无论如何都要拦住她。

"燕北是有人给你灌迷魂汤了吗？都分手了你还惦记着那里！"汪敏情急之下脱口而出，丝毫忘了身后沙发上神色为难的方植。

平芜抬眼对上母亲不解的视线："我不是为了袁景，我是为了那些辛辛苦苦忙了一年如今却见不到什么希望的农户。"她话音激动，说完这句又想起那天在暴雨中随风摇摆的栗树，脚步越发坚定，"我只想他们能丰收而已。"

平芜订购了一批治疗根腐病的药剂，留下需要送达的地址就直接开车上了高速往燕北方向走，时隔半个月再回到这片土地，心境却跟上次暴雨时截然不同。汽车顶着烈日暴晒行驶一下午，到燕北时正好目睹一场极美的傍晚余晖，湛蓝天际生出一团又一团绵软厚重的白云，经由落日一照变得金黄灿烂，连带着紧绷的心也慢慢变得松弛。

时气到了大暑，空气里都是密不透气的炙热，连带着山间吹拂过来的风也是温的。小石村变化极大，虽然暴雨那天她没能进入村里，可也能从如今尚有淤泥的石板路和路旁空无花草的荒芜中看出那场暴雨的情形。

平芜把车开进村里，在栗园下的水泥路上停好时正好看到准备上山的张之赫。酷暑难挨，他穿了件白色背心和灰色五分裤，头上戴了顶遮阳的草帽，整个人看起来十分随意。

看见平芜那刻愣了愣，帽檐下原本严肃的面庞突然柔和起来，他眼神惊讶："平芜？你，你怎么来了？"

他话音激动，心里也是惦记着袁景，这人表面上装作若无其事，整日忙着出去谈贷款和投资的事，但张之赫清楚得很，这些日子他根本没有睡过一个好觉，每天晚上都在熬，根本是强撑着让自己挺住，与此同时，那枚戒指更是一直没离开过他身边。

"听说基地的栗树不太好，我回来看看有没有什么我能帮得上忙的，江所长说燕北经过暴雨之后很多栗园都有这样的情况？"

平芜抬手遮挡刺眼的落日余光，没有解释太长时间，一个手势示意张之赫边说边走，两人并排着快步上了山。

张之赫见她神色如常并未提及袁景分毫，自己原本要帮他说的几句话也就不得不吞了回去。

"就最近几天出现的，一开始大家都没注意，因为这些树本来就受损严重，我们想着可能长得慢一些也是正常现象，后来还是村里的老人们看出来的。"

说话间已经走到最近的一棵栗树，平芜抬眼认真望向树面，一一观察过叶片后蹲下身去看距离土面最近的枝干，她神情专注，拿过一旁被竖在隔壁树桩上的锄头，准备把树根处的土壤全都挖出来。

"我来吧。"张之赫看出她要动手的意图，很绅士地接过锄头，"是不是要把树根露出来？"

平芜点点头，伸手给他指了指方向，配合着他挖土的动作随便在地上找了个枯枝，按照根系的脉络一点点查看病菌附着的创口，直到看到那成片发白的菌状体后在心中判定了原因。

"靠近山顶的栗树有这种情况吗？"

张之赫摇摇头："上面的会好一些，不过地势低还有背光坡的栗树就有很多这样的。"

平芜沉思片刻，以防疏漏还是自己上去转了一圈，山下视野有限，她走到观景台时才发现栗园经过这场暴雨虽然损失严重，但基地里的栗树已经事先处理过了。她摸清情况后很快下山，张之赫跟在她身后气喘吁吁，莫名佩服起她的精力，明明看起来是个纤瘦羸弱的，结果体力比他一个大男人都好上许多。

"我在京平定了一批用于治疗根腐病的药剂，估计明天就能送到村里了，到时候你记得查收一下，然后我再来告诉大家怎么彻底防治。"

她大步流星走到车前，跟他交代完之后抬手看了眼时间，此时太阳已经彻底落下山，她在县里订了酒店，也是时候该回去休息了，开了四个多小时的车，身体和思想都很疲倦。平芜降下车窗，准备发动汽车前跟张之赫说了声再见。

张之赫站在车前,犹豫几秒还是开口:"袁景他,他这些日子很不好,最近在外面出差,其实他那天说的话……"

他本想告诉平芜,袁景那天所说的话都是有苦衷的,而那些不能跟她言明的原因是她父亲一次又一次地看似仁慈实则逼迫他离开她的真相。可话一出口张之赫又后悔起来,想到袁景之前跟他说的"这一切都跟平芜无关",他既然不想让她知道,那他也不该违背他的心愿。

于是笑着对上平芜的视线,自己给自己打了圆场:"没事了,我不该说这些的,你开车注意安全。"

平芜沉默一瞬,反应过来后也没再开口,转过头发动车子,慢慢开出栗园。

她也不知道是怎么说服自己接受现在跟袁景已经没有任何关系的事实,可尽管如此,她还是把小石村当作自己的故乡一样看待。车子从栗园下的水泥路开到村庄主路,经过广场时平芜放慢了车速。她在那一片看起来有些荒芜的砖地上想起昔日举办民俗节的种种场景,眸光停留几秒,车前突然传来两声急促的鸣笛。

她回过神,将车继续开离出村庄,跟对面那辆正在往里开的商务车错开行驶。

袁景坐在后座,一整天忙到现在心力交瘁,所以从上车那刻起就闭目养神,贺全洲见他累成这样也就不再开口。他们两个在县里开会商讨接下来的补救措施,嘴皮子都磨破了也没见领导们松口一句,县里财政紧张,这场暴雨之后还要修建各处,旅游村项目也是有心无力,帮不上太大的忙。

"你这两天先休息休息,我忙完手头这些事带你去京平,看看能不能找到人投资。"

车子停在他家门口时贺全洲低声宽慰他一句,袁景睁开眼,侧头对上身侧他关心的视线,淡声开口:"我没事。"

"你先把基地的事处理好,其他的就不要操心了,车到山前必有路。"

贺全洲目送他下车,袁景站定后跟他挥手再见,看着车子扬尘走远,他捏着眉心转了道方向准备上山。

不过刚走没几步就迎面撞上张之赫:"你今天怎么这么早回来?"

他眼神发亮,还没等袁景回答就快步走到他跟前,试探着问:"你刚才回来有没有看到平芜啊?"

张之赫算算时间他俩几乎是前后脚,连十分钟都没超过,他以为两人

-230-

会遇见的。"

岂料袁景闻言突然抬眼,眉头微皱:"她来过了?"

"对啊,不知道谁跟她说了基地树害的事,她说她不放心所以来看看。"

袁景顿了顿,胸腔起伏明显,眼中的情绪几乎是即刻就变了:"那她,她还说了什么别的吗?"

"只说了关于栗树的事,别的,一句也没有提起。"张之赫如实告诉他方才平芜的回答。

末了,袁景垂下目光,了解似的点点头。他知道自己掩饰得很好,但是表情之下,内心的汹涌波涛也只有自己知道。他永远无法平静、漠然地去面对她,哪怕只是此刻经由他人之口提及的她的名字。

当晚平芜做东请江清河跟向菁菁吃饭。名义上是叙旧,其实真正原因是为了小石村那些染病的栗树。江清河知道她的意思,席间见她未动几口筷子便给她一句准话让她放心。

"全县的栗树都有一定程度的染病,我们确实忙不过来,但是小石村基地的那些树我们一定会尽早治的。"

向菁菁看她一脸心不在焉也以为她是担忧袁景,可平芜再开口时却让这两个人都微微惊讶。

"我不是让您给小石村走后门。"她神色认真,"我是有些防治的建议想跟您商量,虽然我还没来得及看到其他乡镇的栗树,但现在剩下的时间不多了,如果我们不能在结果期前治好,那燕北今年的产量可怎么办呢?"

在她心中,这片土地上的每一棵树都同等重要,无论是长在基地里的有机板栗还是山坡上农户每家随意栽植的,它们都是农户们辛苦栽育的,而他们这些人要做的,能做的,不过就是竭尽所能用自己所学的知识在这样的时刻帮农户们挽救损失。

至此,一顿饭吃到后面变成了专业研究,三人经验不同意见不一,可所说的每一句都是为了当下出现的问题考虑。

第二天平芜一大早就开车去各个乡镇查看情况,每个镇子里的栗树受损程度都不相同,但最严重的还是在峪河镇。她看过一圈后又回到了小石村,上午十点,研究所里的人和村民们都分布在栗园。江清河站在染病的树前,示范每两个人为一组,戴上手套防护后开始用药剂灌根。

烈日当空,栗园中热火朝天,每棵染病的树下都有人涂药,汗水落到泥土里,却没一个人喊累想要放弃。平芜见状也上前帮忙,涂药之中还不忘跟村民讲解，大家对她的出现虽有些意外，可每个人都把精力集中在眼前。

袁景上山见到她时，脚步几乎一滞，半个月过去了，他用一件又一件需要自己处理的事情去麻痹、忘记他们两个已经结束并且不会再相遇的事实。但从昨天张之赫说平芜来了，他所有的掩饰几乎瞬间崩盘瓦解，他心里就像放了张挂钟左右摇摆，难以平静。

他抬眼看过去，平芜跟去年重逢时的样子一般无二。此刻她神情认真地蹲在树下涂抹药剂，目光专注，留给他的侧脸更显出几分坚毅，这样的平芜他很少见，所以袁景站在原地好一会儿也没能说服自己移开视线。

直到下一秒，她处理完这棵树后起身时一阵天旋地转，踉跄一步站定，再睁眼，袁景已经快步走到她面前。

他准备扶她的手停在空中，四目相对时的关切也很快变为疏淡："没事吧？"

平芜摇头，看出他脸上的平静神色后也避开了他的眼："没事。"

袁景收回手臂，周遭气氛有些尴尬时他语气犹豫，想了想还是开口："听张之赫说这些药剂都是你买的，我把钱转给你，谢谢你还记挂着村里。"

明明是句再普通不过的话，可落到她耳朵里像是多了些别的情绪，平芜盯着他此刻认真的眉眼，眸中情绪渐渐黯淡，她突然就笑了下。

"就这么着急要跟我撇清关系吗？"

她声音渐低："你放心，我不会给你增加一分一毫的困扰，分开了就是分开了。"

山风吹起袁景额前的碎发，他衣袖之下的指节不自觉用了力，喉咙像被胶水粘住，半天说不出一句话。

他想说我不是这个意思，也想问她这些天还好吗？她看起来状态很差，或许他也如此。可当彼此对上各自漠然的眼神时，他又悉数把话压了回去。

是他提出的分开，是他说的不合适。他亲手放开的人，当然再没资格去干涉、过问她的生活。

袁景喉结上下滚动着，良久，口不择言地说了那句笨拙的回应："我不是这个意思。"

栗园中人影稀落，大家都分散在不同的树前认真，没人注意到此时氛围已经接近凝滞的两个人。

平芜脸侧沁出细汗，周身被燥热包裹紧缠，整个人在烈日之下变得心烦意乱，连带着说出的话也有些不留情面："你的话也对，但钱不用给我了，我又不是为了你才帮村里的。"

她想说就算没了你袁景,她也会在这种时刻毅然决然地回来,虽然只调任燕北一年,时间短暂,可她只要工作过一天,这个地方就该负责一辈子。更不要说是这样后果严重的天灾。但这话在胸腔滚动了一番还是暗暗隐匿下去了,大抵是心软吧。

她在他面前,总是有各种各样的理由去说服自己心里的那点仇恨面。

她也不得不承认,他确实是自己当初回到燕北的根源,她内心深处偶有卑劣想法,他当年的不告而别始终是她心中的一根刺,而这根刺让她始终无法接受旁人,这处伤口和执念只能是袁景才能解决。可如今情况不同,彼此相爱时什么话都能说,分手后却又不得不多了些身份上的束缚。

末了平芜见他一直未曾开口,也犹疑着是否刚才的话太重,但她没有说话,只是摘掉沾满刺鼻药剂的手套。

袁景捕捉到她皱眉的微小动作,下意识去摸自己身上有没有带纸巾,不过慢了这几秒,她就已经很熟练地把挤到身后的挎包拉到身前,当着他的面撕开一张单独包装的湿巾擦拭黏腻的双手。

两道目光短暂交汇,又条件反射地同时避开。

袁景声音很低:"不管怎么说,还是谢谢你。"他也知道自己说什么都很苍白,但这句是真情实感也是真心实意。

平芜闻言向袁景投去一道视线,并不浓密的树荫下,她看到树叶间隙的光线交错着打到他的脸上。透出的阳光照到他棱角分明的五官,白色衬衫也染上淡绿色的树叶影片。她在这时候才发现他比之前瘦了很多,侧脸轮廓明显,眼中的疲惫和血丝更是显而易见。

"你最近还顺利吗?民宿还有村里的事怎么说,张之赫说你这阵子很忙……"

连觉都睡不好。只是这一句,她想了想还是没说。

她没立场,没理由,去莫名其妙地关心一个看起来并不想跟自己好好说话的袁景,平芜也时刻保持清静,毕竟他们两个现在没任何关系,她是来帮忙的,不能为了旁的事耽误自己的时间。

"确实有点忙,不过我也都习惯了。"

这些年都是这么过来的,如今只有自己一个人,某种程度上来说也算能甩开桎梏大手大脚地从头再来,反正他也没什么可以失去的了。

"那你注意身体,我去忙了。"

平芜光速结束话题,把手上用完的湿巾塞回包装里,在没找到垃圾桶后又放到了自己的包里。这栗园好不容易才干净起来,她才不会成为那个破坏环境的人。

袁景目睹她这行云流水的几个小动作，觉得她脸上的小表情有些可爱，转身离开前莫名扯了下嘴角。

难得一次眉头微微松开。

药剂涂抹是项大工程，把病树周围土壤挖开再剪掉病根，留下的伤口处涂抹药剂保护，做完这一切后还要对病株周围的土壤进行二次消毒。有研究所的专业人员指点，村民们做得越来越熟练，连续忙了三天后总算将那些染病的栗树全部处理完。

夏日暮间晚霞壮丽，余晖火红。如今治疗只剩下最后一项，待到气温适宜的天气，把染病的树干涂上一层白漆，防止病菌随雨进入。

平芜是最后一个下山的，怕有疏漏，临走之前她又按照以往的习惯四处巡视了一圈，直到所有涂了药剂的根部都一一检查过后这才放心下山。

路上经过那片内涝过后损失严重的玉米田，心中不免生出感叹，她记忆太好，记得这段路去年夏天跟袁景一起走了无数次，黑夜里他背着她下山，偶有微风吹起玉米秧窸窸窣窣。她趴在他后背上捏他耳垂，低声问他怕不怕鬼。可现在，就算再大的风也吹不响那些叶片了。

人正发呆，身后仿佛有道尖锐的女声叫她，平芜回头，来的人是村主任张五的老婆王婶。

对方一脸笑容，还未走到她跟前就已经伸出手准备拉过她："今天村里杀了猪庆贺，我家那口子让我来找你，大家都在，你也一起去吃吧。"

平芜干笑两声，怕添麻烦也怕人多，婉拒着："我就不去了。"

"别啊，你看你帮了这么多忙，再不留下吃顿饭，大家更过意不去了。"王婶颇为执着，全当是她社恐，又开口补充道，"再说了，还有小景呢，我估计他一会儿也该回来了。"

村里人大概不知道他们两个已经分手的事，只当是两个孩子闹了别扭，但感谢她是应当的，所以无论如何也要留下平芜，这份热情她无力招架，不好拒绝王婶的盛情，最后只好硬着头皮答应了。

平芜并不算什么社恐人士，跟村里人也算熟悉，但是在进到张五家的院子里看到几大桌子人围聚在一起的场面时还是有些局促。幸好张之赫一直自来熟，看到她出现就带她到了座位上。

"看来还是王婶说话好使。"张之赫笑了下，拿了纸杯准备给她倒可乐，瓶盖刚拧开，身后有人放了瓶果汁到桌面上。

两人下意识地回头，袁景已经神色平淡地坐在张之赫一旁的空位上，没跟平芜说话，只是给张之赫一个不太明显的眼神，对方心领神会，放下可乐换上果汁倒给平芜，做完这一切后还用胳膊撑了下袁景。

"咱俩换个地方，我这不好夹菜。"

张之赫说完就站起身，轻咳一声给袁景示意，看他没动后又瞪大眼睛。

袁景后知后觉，反应过来的时候觉得张之赫多余，但看了眼没怎么动筷的平芜，到底还是当着众人面换了座位。

王婶坐在平芜左手边，给她盛了一大碗米饭后又热情地伸长手臂给她夹菜，各种各样的肉被放入她碗中，言语依旧热络盛情："多吃点，别拘束。"

"我自己来就好。"平芜嘴角都快笑僵了，低头看到碗里已经冒尖的红烧肉有些发怵，她最近中暑，完全没什么胃口。正想着怎么样才能在不浪费粮食又不难受自己的情况下解决碗里这些，身旁一直沉默不语的袁景动手夹走了几块。

平芜生硬地对上他的目光，眼中尽是诧异和不解。

袁景看出她没说的问题，温和替她解释："你不是不吃肥肉吗。"

平芜慢悠悠转回视线，变相承认了他的解围。但除此之外，她再也没有跟袁景说过一句话，就这么一直到了吃完饭她跟张五和王婶等人道谢后准备离开，袁景跟着她一起出门，天边如墨暗了下来，他看到她的影子在路灯下被拖得老长。

他沉声叫她名字，语调放缓："我送你回去吧。"

平芜站定，下意识攥紧手里的车钥匙，回头看他一眼，目光平静："不用了，我自己认路。"

话说完拉开车门，发动汽车扬长而去，她心里始终憋着一股气，归根结底或许是在那个下雨天，她想不通袁景既然这么利落地推开她离开，为什么现在又做出这副样子，别扭他自己的同时也让她别扭，那点未能疏解的隔阂成了芥蒂，横在心口某处的重要位置，想要说服自己放下也很徒劳。

小石村的防治只剩最后一步，平芜觉得没什么问题后就准备回京平，临走前去研究所跟向菁菁告别，结果还没进行就被江清河拦了下来。

"隧山镇那边年初嫁接了山地一号的新品种，你想不想去看看？"

当初是她积极鼓动了那里，虽然一直到调任离开也没实现这个心愿，不过现在研究所已经完成了。

平芜听得眼睛一亮，点头应下。

隧山镇地势高，牦岭村的板栗树得以在暴雨过后躲过因积水导致的根腐病，但也因为是嫁接的第一年，很多数据没能按照期待中的那样去发展，长势缓慢，抽条的花穗并不团簇茂盛，反而稀稀落落在叶间显得孤零零的。

三人上了山，在研究所划分的树园里一棵一棵查看，平芜回想了之前做过的测试和实验，对当下出现的情况有些疑惑。

"山地一号的耐旱和抗涝性都不错，按理来说应该不会这样啊。"

她站在树旁思考，拿了一株仔细地观察："会不会是土壤酸碱度没平衡好？农户们有按照所里的标准施肥管理吗？"

"我们也觉得奇怪，从最开始到现在，每一环节咱们所都会出专人过来指导查验，农户们也按照所里的要求定时施肥了，但就是长势不旺，去年小石村也没有这样的情况啊。"

平芜一时间找不到什么别的原因，带着这个疑问下了山，想了一路还是中途拐弯去了趟小石村。

或许对比之后能找到些想法，尽管此时太阳很大，但她还是若有所思地去了栗园。

天气太热，走了一路头昏脑涨的，脸颊里有热气鼓动着想要冒出来，光线过于刺眼，她在树下找了处阴影慢慢查看，仰头盯了一会儿就觉得天旋地转，视线失焦的前一秒，她看见一道模糊的影子跑到自己面前。

醒来的时候已经是在袁景家。

卧室里拉了层窗幔挡去阳光，平芜起身时艰难适应了一下周遭既熟悉又陌生的环境，想来还是这些天体力透支又一直不间断地暴晒在太阳下，中暑在所难免，只是被他看到，还是太不巧了。

平芜正准备下床，他轻轻推门进来。

"还难受吗？"

袁景声音很轻，脚步加快走到床边，在她还没开口时已经伸手覆上她额间，掌心一触即离，平芜却觉得被他碰过的那处似乎激起一道道细细的电流，连带着心口都有颤意。

"你晕倒的时候有点低烧，现在温度应该正常了。"他脸色认真，说话时还仔细端详着。

平芜闻言也抬手摸了摸自己额头，确定自己没事后挪到床边，一边穿鞋，一边回他自己没事。

"我先走了，要不然回京平就太晚了。"

袁景听见这句话时眼中有过一瞬即逝的失落和黯淡，他努力平复着心情，尽可能把语气放平："吃了饭再走吧，我做好了。"

平芜想也没想就回他："我不饿。"

袁景默了默："你太瘦了。"

平芜穿鞋的动作一滞，声音闷闷道："那是因为我感冒还没好，所以没胃口。"

袁景不说话了。

她为什么感冒，不过是因为上次那场大雨，她这么单薄纤瘦，整个人浸在雨里许久，一想到这儿，他心脏狠狠抽动。

"对不起，我那天说的话你别放在心上，我只是……"他顿了顿，终于抬头看她一眼，"我只是希望你更好。"

"所以就赶我走，"平芜笑了，"你这个人就是，总自以为是用你觉得对的方式对别人。"

却从没想过别人想不想要。

对面袁景张了张嘴，平芜赶在他开口前打断："我听你说了太多对不起了，今天就不要说了吧。"

她的唇边挂着几分苦涩的笑意，袁景又被刺痛了一瞬。

他沉沉地吸了一口气："平芜……"

平芜目光落在地面上，阳光从没拉严的缺口洒进来，把两人的影子交叠又拖长，影子看起来是无比亲密的样子，然而面对面的两颗心脏，却又前所未有相隔遥远。

她忍着心头的酸涩，牙齿咬住下唇："袁景，我只问一句。"

她抬起头，目光直直地投向伫立在原地的男人，声音微微发颤："不要考虑你现在的身份和处境，抛下你所谓的这一切，什么都不要想，你还喜不喜欢我？"

太阳似乎落下去了，屋内残留的一点余晖也被收回。昏寂的房间里，平芜一句话问出去许久，也没能听到袁景的回答。

没有答案就是答案。

她太了解袁景了。这样的类似问题即使再问一百次，他的回答也还是大差不差的。纵使他心里清楚些什么都不在乎，可他却没办法说服自己不在乎，这么多年都是如此。十八岁的袁景思考、顾虑的事情，二十八岁的他考虑得更多更重。

他可以自己忍受黑暗、孤独和一切未知带来的折磨。但没办法把这份痛苦分给自己心爱的女孩，她天生就该活在阳光下，拥有世俗意义上的所有美好。

是他自己内心无法越过的这片荆棘，成为阻拦他们两个在一起的真正原因。他不是非要功成名就，他只是不希望自己的阴影遮住了她的光。所以，只想努力一点，再努力一点，不求并肩，只愿能和她一起走在平阔一点的路上。

仅此而已。

"好了你不用回答了。"

平芜再度垂下目光，她不想把周遭的氛围变得更加落寞，尽可能将语气放平静："如果以后基地有什么问题，你还是可以问我的。"

"我们俩这算是，和平分手。"她背过身，径直越过他的身影，"好好保重。"

平芜是在回到京平的一个月后才得知袁景三缄其口的分手原因。

那时已经是八月末，农科院出国研修的人员名单出了公示，她这个从西江就拒绝王企德提议的人却意外地出现在名单上，平芜百思不得其解，急忙去办公室找王企德，后来又辗转到了食堂才总算见到老师人影。

她气喘吁吁地坐下时，身旁跟着王企德一起吃饭的方植还递上来一瓶酸奶，她视线越过方植，十分不解地问："我怎么能在名单上呢？我上次在西江的时候不是跟您说了吗，您怎么把我报上去了？"

王企德撂下筷子，难得听见她沉寂一个多月以来说这么多话，笑着跟她解惑："是院长的意思，我当时跟他说了你的情况和考虑，但他觉得你很合适。"

"院长？"平芜皱起眉。

"是啊，蒋院长说你家里也同意，我以为这件事你知道所以就没再问你，难道你不想去啊？"

王企德说完后也有些费解了，仔细打量着平芜的神情，倒真是茫然不知的样子，还想再说点什么，平芜已经一溜烟走了，连看都没看一眼跟她同在名单之中的方植。

"平芜最近心情不好，她分手了吧？"王企德见人走远，低声问向方植。

毕竟带了她这么久，这点事情还是能看出来的，以前那么一个开朗性子，如今连笑都不笑了。

方植不好讲她私事，只自顾自地吃餐盘里的菜。

王企德不是什么别人，这些年也算是十分了解他们几个人的性格，说着说着就有些话多，末了还跟方植总结一句，似是敲打他也似是单纯抒发感慨："小平这个人吧，其实我有时候特别希望她能功利点，结果这孩子根本不在名利上钻营，你张师兄怎么说她的来着，对，就跟咱们试验田的青苗一样，只管扎根土地，别的什么都不在意。"

理想主义虽好，可人活着哪有完全不在意现实的呢，或许她现在不在意，那以后呢，还能一辈子都不在意这些头衔吗？

平芜走出食堂后已经把事情摸了个大概，院长跟平建瓴是故交，恐怕这事跟她爸也脱不了干系，于是直接开车去事务所找他。

一路畅通无阻，前台的员工要带她上去也被拒绝，自己风风火火地乘着平建瓴的专用电梯上了顶楼。

这层安静，除了他的几个秘书助理外就剩下他自己，平芜正欲推开门进去，屋里却传来平建瓴十分清晰的声音。

"燕北县那边也是这么说的？

"这个小袁还真是够倔的，钱也不要，项目也拒之千里，倒还真是有些骨气。"

屋内空间广阔，平建瓴坐在正对门口的沙发处，盯着茶几上那张图纸若有所思。

其实他平时说话声音很和缓，如果不是因为情绪激动声音稍大了些，平芜根本是听不见的。

但如今，她伸手推开那扇门，怔怔对上平建瓴看到她有些吃惊的目光。

"闺女，你今天怎么有空过来了。"

平建瓴眼底闪过一秒钟的慌乱，看到茶几上放平的设计图后下意识想要拿起，给了站在一旁的秘书一个眼神。对方心领神会，弯腰卷起图纸，只是挪动脚步刚准备走时便被平芜拦住。

她眼风犀利，将那份有些褶皱的图纸看了两眼便确定下来那是给燕北设计的建筑。

她仔细回想这些日子所发生的事，又在脑海中将时间线倒到最前，分手前袁景令她费解又失望的那次冷战总算寻到了答案，他再三沉默不去回答她的问题，眼里却是始终割舍不掉的感情。

她只以为是他现在无法面对自己的失意，却忘了，原来还有这样被掩饰得当的真正原因。

秘书很快离开并关上门,屋内只剩他们父女。

平芜头脑风暴,到这地步总算彻底理清自己纷乱的思绪。

她开口,语气冷下来:"我只问您一句,您都瞒着我做了什么,能不能别让我像个傻子一样被蒙在鼓里?"

这么多年,平建瓴一直很纵容平芜,她也以为自己无论做了什么选择父亲都会支持,因为他一直以来就是这么做的。当年高考结束她说自己想学农,汪敏强硬地劝说她许久,以这个专业太累为由让她换一个别的,最后是平建瓴据理力争,在妻子和女儿两面夹击时给了女儿更多的自由。

平芜也引以为傲地认为父亲一直都是令她心安的存在,所以有些事哪怕再不想说,面对平建瓴时也总会忍不住倾诉,她以为他们父女俩在更多时候也是朋友,她从没想过,更不敢想,平建瓴有朝一日会让她失望透顶。

平建瓴有些无措,也知道现在是瞒不下去了。

"这是你跟爸爸说话的态度吗?"

他起身走到窗边,背对着她此刻难以置信的视线,声音平淡。

"就算是我想做点什么也得对方同意吧,你那个前男友跟你一样倔强,对我给他的帮助置之不理,我也就没再执意了。"

平建瓴说这话时还有些凛然,仿佛他伸出手的帮助别人就该感恩戴德。

平芜有些激动,情急之下声音大了几分:"您是不是让他跟我分手,好顺理成章让他接受您说的那些帮助?"

她眼里渐渐生了一层雾气,迷蒙之际,袁景避开她视线时的隐忍在这一刻毫无防备地闯入自己脑海中。

她激动得牙齿打架,手指发颤。平芜竭力控制着让自己冷静,再开口时嘴角勾起一抹嘲弄,她口不择言,在这时候早就没了什么理智。

"没关系,您说说看,我也听听自己到底值多少钱。"

平建瓴拧着眉转身,心下抽痛,看到她此刻的神情也有些不忍。他声音放轻,试图解释:"其实,我真的是想帮帮他,尤其是那天看你哭成那个样子,爸爸也不忍心,但是你应该清楚,你们两个就是不合适的。"

"不合适……"平芜笑着重复,眼角似有滚烫的液体,她闭了闭眼,开口反问,"那您说什么是合适?找一个符合你和我妈喜欢但是我不喜欢的人就是合适,你是完美主义我知道,可你们不能把自己雕琢好的人生安排在我身上。"

她长这么大第一次觉得无力,带了些沙哑的颤音:"那样我跟一个做工精巧的摆件有什么区别?"

连自己的爱恨都没资格去掌控，又算得上是什么痛快的人生，这样的日子，她早就过够了。

"我从来没有要求过你什么，我只是希望我的闺女能更好更轻松一点这也有错吗？我跟你妈确实是不同意袁景，但我们俩对他这个人没偏见，只是因为你们两个的成长环境实在悬殊，我不敢冒险把我护在掌心二十几年的孩子就这样托付给一个看不到什么未来的人，何况你也看见他现在的境况了，他确实没这个能力。"

平建瓴跟她分析，平芫听完后笑容更甚，她嘴角僵硬，自己也说不清这一刻到底是什么心情。

是心中多加了一块本就沉重的砖石，还是因为得知袁景这份苦衷而松了一口气，什么都没有，她只是觉得胸腔胀痛不已，怎么深呼吸也无法缓解。

平建瓴走到她跟前，伸出手在她肩膀处安抚："你也不小了，我跟你妈虽然从没指望过你要做什么大事，但遇到机会也要抓住，你蒋叔叔跟我说了，院里培养你这么久，你要是去了再回国可就不是一个普通的研究员了，这是你喜欢的事业，难道不该不留余力去做到最好？

"袁景的事确实是我们做得不对，我也知道你不放心那里，之后我会再让秘书问问，看看能不能把这个合作促成，这也算是帮他了，好不好？"

平芫向后退了两步，对平建瓴的安慰熟视无睹，她听着听着只觉得好笑，她明明想要的也不多，可为什么每次都没能实现，当年如此，现在也还是如此。

"爸，你跟我妈都只是看起来很爱我，你们同意我的选择和喜好，托举我让我衣食无忧生活富足，但是你们从来没关注我真正想做这些的原因，什么头衔什么荣誉对我而言根本就不重要！"

她转身，头也没回地走出这间令她透不过气的屋子。

办公室的空调温度实在太低，平建瓴盯着那扇已经关闭的门，周身后知后觉起了层寒意。

他从未想过要操控她的人生，只是想在自己可控的范围里尽可能替她规避所有风险，哪怕，是她真心喜欢的爱人。

有些事真正想明白不过就是一瞬间。

平芫回到单位后的第一件事就是去了院长办公室，她上楼时方植正吃完饭准备进实验室，看到她步履匆匆后开口将她叫住："你要告诉院长你不想去吗？平芫，这是个多好的机会，我觉得你自从去了燕北整个人都变了，你以前不是这样的。"

　　方植自知不是那么好劝解的人，只是心里替她惋惜，她这一路走到现在都很顺风顺水，实在没必要在这样的时刻放弃自己更进一步的机会，而且只是因为一个人，那更是没有必要。

　　平芜停下脚步，转头看他："方植，你听没听过一句话，一个人如果心里放不下一个地方，无论她走到天涯海角都还是会回来的。"

　　她语气很轻，眼角处的肌肤尚能隐约看到眼泪的痕迹，站在她对面的男人怔了怔，轻声叹一口气。

　　"所以你是要为了袁景回去，我听说院里有意在那边成立一个单独的果树研究所，你……"

　　平芜摇头，笑着打断他："我是为了我自己。"

　　她知道这世界上有什么东西比名利更重要，她愿意永远做一个，彻头彻尾的理想主义者，只要她的存在有价值就够了。

　　他们俩在走廊的这番话虽说不上声音有多大，但仅仅隔了一扇门的院长蒋巡还是听了个七七八八。

　　平建瓴的电话来得也很及时，三言两语就跟他这个老朋友叙述得清楚，蒋巡挂断电话，存着过来人的几分心态想要游说平芜，结果这孩子一进门就开门见山地把自己的想法和盘托出，半分让人劝解的余地都没有。

　　"不瞒您说，这几年我一直在问自己到底为什么选择这份工作，我以前以为自己也是喜欢研究的，就像在学校的时候老师说的，选育好不同的优良品种，为我们的农业事业尽一份自己的力，我确实因为这些得到了很强烈的喜悦和荣誉。

　　"但这好像还不够，我觉得我缺失了很多东西，直到去年我到燕北县，每天亲临其境看着那些农户像对待自己孩子一样精心照顾那片土地上的作物，我才想明白。"她话语从容，又带着几分不容否认的坚定，"或许我更喜欢在土地上，帮着大家解决问题，看着他们丰收，用自己所学的知识让那片贫瘠的土地变得更加繁荣。"

　　平芜顿了顿，嘴角依旧扬着那抹从想清楚起就一直浮现的微笑，她弯下腰鞠躬，言辞恳切："辜负了院里对我的这份栽培和信任很对不起，但这个研修的机会，您还是留给更优秀的人吧。如果燕北县的果树研究所建好之后需要人手，希望您能优先考虑我，我愿意去那里。"

/ 第九章 /
人间好风景

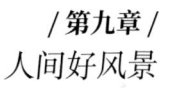

这是他滚烫的青春,亦是她要为此奋斗终生的事业。

袁景已经很久没有这么累过了。

这些日子,栗园、民宿还有贺全洲介绍投资人的饭局一场又一场应付下来,他真切感受到了原来自己并非一无是处,三头六臂或许也是一种能力。

像是回到了从前为袁向富还债的那段日子,也是这样白天黑夜都不停歇,忙到整个人毫无生气,像是游荡在人间的一具魂灵。

幸而人生不会让他一直挫败下去,小石村的项目总算拉到了投资,对方老板产业很大,在这样的时候愿意拉他一把也是因为看中了基地今后在农产品上的发展,签下合作书时是在京平的某个饭店,席间这位老板让秘书拿了几瓶陈年佳酿,合作一成,酒就送到了桌上。

袁景不得不喝,这些日子也一直都在喝。他从前侥幸以为自己可以一直遵循"不喝酒"的原则下去,如今为了合作,生意场上推杯换盏,烟酒轮番都是常事,他那点带着少年气的纯粹和坚守,在现实面前根本不值一提。

有那么几个瞬间他甚至觉得,只要合作能成,让他醉倒在这儿也可以。

只是人的意识一经酒精浸润便无法控制地变得缥缈,而心底隐埋的情绪也会像潮水般不停翻涌。他大概是真醉了,才会在周遭觥筹交错的嘈杂声中想起平芫。包间吊灯流光溢彩,跟她家客厅那盏很像。

袁景渐渐觉得头晕,借口不胜酒力出去透气,这间店装潢雅致,中式风格十分明显,走廊铺设的织花地毯精致,墙面一侧栽了绿竹,灯光下竹叶错落有致的暗影交相辉映,置身其中仿若有些恍惚。

他保持着为数不多的清醒,从洗手间出来,路过靠近楼梯门口放置着华丽摆设的包间时顿了顿,门未完全关严,顺着这个方向正好能看到屋内茶桌旁的两人,一男一女对立而坐,交谈甚欢。

袁景几乎是下意识抬眼向里望去，辨认出的那道背影因为太过熟悉而导致心脏颤动。那一瞬间，脑海中所有思绪纷纷倒塌，目光紧紧锁在包间里。

坐在她对面的男人西装革履，一举一动都优雅温润，看起来跟她很配，他们这样的人，在一起时周身那股松弛又随意的气质是旁人很难模仿出来的。

他知道自己应该走开，却还是岿然不动地站在走廊看她许久。

很奇怪，或许他该为她开心的，她有更好的未来，更好的人，他应该高兴，可不知怎的，酸涩从胸腔蔓延四肢百骸，眼眶也被酒气熏得更热了。

平芜这一趟也是有要紧事。

她本来打算回家后就跟平建瓴和汪敏摊牌自己拒绝研修机会的事，不承想一进家里看到了周怀生。这位小时候短暂跟他们家当过几天邻居的世交兄长如今成了她爸平建瓴的合作方，一顿饭叙旧下来，平芜总算弄清了他近几年的投资方向，心中惦记着袁景，想要为他寻个机会。

于是才选择在一起吃过饭后来到周怀生的酒店。

"这么久没见，跟我喝茶原来是有事找我帮忙啊，刚才在家你怎么没说呢？"

周怀生脱下外套后卷起衬衫袖口，淡笑着给她添茶，想起来平建瓴在她回去之前说他这妹妹鬼迷心窍，为了一个人连工作都不想要了。如今听她说完这份请求，这句话多了点逗趣她的意思。

"我这不是不好意思嘛，这么久没见就让你帮忙，而且这事不能让他俩知道。"平芜神情认真，转眼看了看包间内的布置，视线定格在墙面的一幅挂画上，"我上次来还是开业的时候，当时你没在，这变化也太大了点。"

周怀生随着她的视线望了望，唇角弧度温柔："你嫂子布置的，她现在人在甘阳，我回来把公司的事处理处理也就过去了。"

平芜闻言回过头，发现眼前的男人眼角眉梢都是得意，两人相视一笑，她不禁感叹，想来爱情这东西无论何人置身其中都难逃过。

"那什么时候嫂子有空，回京平的时候咱们一起吃饭。"

周怀生点头应了句好，放下茶杯后又听见她半开玩笑半威胁地问："所以周总帮不帮我这个忙啊，如果觉得为难的话，我得去找别人了。"

这丫头跟小时候一个样，鬼精鬼精的，幸好没从商，不然对别人来说是多大的损失。

周怀生又笑了笑，给了她准话："帮！你都开口了怎么可能不帮，不过你回家之前平叔叔也跟我说了这件事，他甚至连设计图都给我看了，我觉得倒是没必要瞒着他吧。"

　　平建瓴大概是心存愧疚，不然也不会借别人的手完成这个项目，他们夫妻俩只有这一个孩子，出于担忧的父母之心，在她恋爱这事上确实插手过多。但周怀生不知道背后那些事，只当是父女两个意见不一。

　　见平芜喝着茶不说话，他了然于胸的地点了点头："好了好了，我很快就去联系那边，毕竟我也算半个燕北人，还在峪河镇住过些日子，理应尽一份绵薄之力。"

　　平芜得到准确回应，笑着拿起包就要走："那太谢谢了，我明天还有事，要不然真应该请你吃饭的。"

　　周怀生欣赏她这副从小到大都不客气拘束的样子，见她有事也没再执意留她，一脸笑意地准备送她出去，但站起来时却在包间门口看见有人影一晃而过。

　　他没在意也没多想，就这么一路跟着平芜走过长廊，下了楼梯，在门口等司机去把她车开过来的时候又嘱咐了她几句："再有什么事随时找我，电话微信都可以，我第一时间帮忙。"

　　夜色如墨，寄云天大门口不远院中央的雕塑披了层荧光闪烁的彩灯，喷泉里水雾迭起，稍稍降下白日里浮躁的热气。

　　平芜没说话，若有所思地笑了笑。

　　周怀生挑眉看她，有些疑惑："傻乐什么呢？"

　　"我想起来你小时候在池塘玩差点被淹的事，那今天就当是周总感谢七岁的平芜了，行不行？"

　　她板起脸刻意严肃着，但想起这件事还是觉得好笑，嘴角笑容越发明显，童年一起经历的傻事到现在回想起来还历历在目。

　　当时也不知是谁说池塘里新栽的睡莲大到可以承受住一个人的重量，所以每个人都争先恐后地要去试试。周怀生算是这群孩子里最听话懂事的，却也没抵抗住这份好奇，先一步伸了脚下去，结果还没等站稳就"扑通"一声掉到水里，身旁几个孩子尖叫着不知所措，最小的平芜跑到一旁找了根棍子递给他。

　　周怀生经她一提，脑海里也浮现这桩趣事，不过因为太过久远并且算得上是他年幼无知的黑历史就无端红了耳垂，只能嘴角带笑地看着平芜笑得前仰后合，最后一边跟他挥手再见一边上了车。

　　袁景走出大厅的旋转门时看见的就是这一幕，她穿了条水墨晕染的裙子,长度到小腿,裸色高跟鞋上露出一小截纤细脚踝。月光下她明眸皓齿,笑意盈盈地站在车前跟那位温润男子道别,视线中出现的一切都在刺痛着他。

他突然就失去了最后几分理智。

大概是不甘心,也是舍不得。

他什么也不在意了,他只想跟她在一起,这种被硬生生分割出她世界的感受,令他痛不欲生。

平芜拉上安全带没两秒,副驾驶的车门被拉开,紧接着,袁景弯腰坐了进来。

她有几秒迟疑,刚想问他怎么在这儿时就敏锐地闻到他身上的酒气,眉头皱起:"你喝酒了?"

平芜有很多话想问,只是还未来得及说,车窗就被轻敲两下,周怀生叫了两个保安站在车旁,降下车窗后打量着看向副驾驶的袁景。

"这人你认识吗?"周怀生声音很轻,目光中疑虑更甚。

平芜笑了下,确实是让人容易误会的场景,低声回答他一句自己认识,待周怀生走后才再度看向袁景。

"什么时候来的京平?"

平芜升起车窗,见他不语又俯身给他系上安全带,发尾擦过他手臂,一触即离。

袁景伸手攥住她手腕,掌心热灼着她的肌肤,大概是酒精放大感官,他心脏漏掉一拍,没去回答她的问题,只是抬眼看她,似乎有些委屈:"刚才那个人,他……"

他声音沙哑,说这话时语速慢了很多。

平芜很快猜出他没说完的问题,本想逗他几句,结果对上他那双生了些雾气的眼便突然改了决定。

她如实开口:"他是我发小。"

袁景这才松开她的手,心里也像是舒了口气,但很快,难以计算具体多少量的酒精在他血液里活跃膨胀,头也疼得剧烈。

平芜看出他似乎很不舒服,原本想要问他喝酒的原因就此搁置,发动汽车驱离。

袁景因为酒劲上头有些低迷,思绪也不太清晰。他沉默片刻,缓缓回答起她方才的问题:"今天是来这谈合作,跟了好些天终于能敲定了,不过那个老板一直拉着我喝酒,在饭桌上给我倒了好多杯。

"你知道我为什么一直不喝酒吗?小的时候我爸喝了酒总是要打我,导致我对酒这种东西有点心理阴影,我很怕自己有朝一日会成为他那样的人,所以只要是跟他沾边的东西从来都不碰。"

她怔了怔,随即在等红灯时看了他一眼。

袁景靠在座位上,整张脸和耳朵都像是被血浸过,唯独那双眼,几乎是在她看过来时就捕捉了她的视线,四目相对,她心脏某处悬了起来。

话到最后,他语气有些发颤:"平芜,我有些话想要跟你说。"

他再也不要像个旁观者一样被隔开她的世界,他不论如何也不要再放弃她了。

平芜自己心里也有满腔疑问,听到他这话时柔下语气:"等到家再说吧,你不舒服的话先睡一会儿。"

袁景应了声,没有闭眼,只是将视线移到车窗外。

这些年,他来过京平很多次,按照她高中时跟他提过的寥寥数语去找了找回忆里的那片影子。他或许走过她走了无数次的路,但他们两个从未,从未一起走过她大学门口的那条狭窄街道。他不曾参与的那些过去,如今成了只是路过就要将他狠狠凌迟的尖锐,让他无措也让他沉默。

两人彼此都各有心事,这条路似乎比平时更加漫长。

到公寓后是平芜先打破了这份近乎诡异的沉默。

"你随便坐,我去给你冲杯蜂蜜水。"

他大概真是不能喝,除了脸上的红很明显之外,手臂乃至脖颈都有些泛红,不知道究竟喝了多少,但看这情形应该不在少量。平芜鞋也没换,把包放在玄关柜上就准备去厨房。

走了两步,袁景突然扣住她的手臂:"不用。"

顶棚吊灯将他黑色眼眸映照得更为闪烁,眼角也像是被酒意染了红。他嗓音比在车上时更哑:"我现在很清醒,我想跟你说说话。"

平芜任由他又一次攥住自己手臂,就那么站着看向彼此,谁也忘了应该要坐下的。

空寂的房子里,他的声音格外清晰。

"这些年我反复问了自己很多次到底是从什么时候开始喜欢你的,但其实从高一迎新日那天我第一次在办公室看见你,我就知道自己没办法不去注意你。

"我仰慕你这样闪耀明媚的女孩子,却又不可避免在光芒的对比下想起自己身处的困境。

"你可能不相信,我那天在退学跟继续读书中犹豫了很久,是因为你的出现,我才决定再赌一次。"

那三年,他一次又一次跟着爷爷上山,卖了无数次山货才换回生活费。每次收秋后,他回学校其实已经累得直不起身,手臂乃至身上有很多淤青,他根本不适合做这样的活,可没办法,那时候他没有别的选择。他爱穿白鞋,可每次从家回来都要弄脏,为了在她面前得体出现,他总是半夜去水房刷鞋。

他那时候跟自己说再赌这一次,他不信命运,他觉得靠自己可以改变这个糟糕的现状。事实却狠狠打了他的脸,他一次又一次被命运戏弄,乃至是一次又一次,周而复始在她炙热的爱意之下选择了退缩。

"我知道我很差劲,也不值得你的喜欢,爱这样需要珍而重之小心呵护的事物我没能好好守护,对不起平芜,是我不好。"

他声音渐低,感受到眼泪越发汹涌后微微低下头。他承认自己今夜是真的慌了,他怕她会跟别人在一起,怕她的生活他再也无法参与。

平芜怔愣之际,被他抓住的手上似乎滑下泪滴,心脏重重跳了几下,再度抬眼寻他视线时听到他近乎泣音的话语:

"你能不能再给我一次机会?

"我不想离开你。"

浴室里水汽升起,玻璃门上密密麻麻滑落水滴。

对衷景而言,在人前流泪和袒露脆弱都是最需要勇气的事。他从小就知道眼泪这东西没用,所以一直以来都掩饰得很彻底,生平为数不多的几次流泪的经历,都给了面前的这个人。

他脸上的泪被热水一一冲去,温热的唇瓣只是靠近她的肌肤后便浅触即离,成线掉落的水汽里他眼眸氤氲,湿黑的眉眼在此刻显得深邃不已,周遭不断升腾的水雾里,她踮起脚在彼此快要喘不过气的空间里放肆索取,用最直接的方式向他传达自己方才还未来得及回答他的心意。

她过去曾试图在日复一日的相处中摸寻到他尚未显露彻底的灵魂踪迹,是她从未遇到,从未经历,却又无比令她着迷,那是她另一半的自己。但此刻,她终于彻底想清楚,她爱他这件事永远不需要质疑。

她永远,永远都不会放弃这份纯粹又坚定的爱意。

良久,他抱平芜上床休息时她突然起身,在尚未开灯的昏暗房间里捧起他的脸。

她开口，在这黑暗中格外清晰。

"袁景，这个世界并不是需要你拼命争取才会有人在乎你、爱你。

"无论你什么样子我都永远相信你爱你，也请你相信自己，好不好？"

袁景默了默，尘封已久的大门被她这一句话轻而易举打开。他闭了闭眼，低下头含住她的唇细细辗转。

是了，俗世烦琐嘈杂，但永远有超此之外的真正意义。

凌晨时窗外又落雨，平芜在睡梦中被几声闷雷惊醒，睁开眼时她还在袁景怀里，而他感受到她细微的动作也很快清醒。

"又下雨了。"

平芜从他怀里支起身体，摸到床头柜上的遥控器后很快将窗帘拉严，大抵是意识蒙眬，她再回到袁景怀里时跟他感叹一句："我一看到下雨就想起来那些栗树。"

袁景伸手将她抱得更紧，沙哑的话里溢满歉意："我不该在暴雨那天跟你说那样的话的。"

他每次想起来都懊悔不已。

平芜轻声告诉他没关系，依偎着越发跟他靠近，她枕在袁景手臂，抬头盯着天花板跟他讲起过去。

"你应该早点跟我说我爸妈阻拦你的事的，我知道你跟我分开有很多苦衷，但是我不知道原来我自己也掺和其中，其实这些事你可以不用一个人承受的，感情是两个人的事，你什么都不告诉我还算什么同舟共济？

"还有啊，如果我爸妈说了什么难听的话，那我替他们跟你道歉。"

父母之心，他能理解也从未真正责怪过，换了他自己也是如此。

袁景顿了顿，在她耳畔低声解释："你不要道歉，叔叔阿姨说的话我都认同的，我只是怪我自己能力还不够，而且当时我并没有打算要离开你，是后来，后来那一场暴雨让我认清了自己。"

他实在太执着了，因为跟她的这份差距让他下意识要以更严格的标准要求自己，他希望这样能弥补跟她之间看似咫尺实则遥远的距离，但他忘了，这些世俗上的所谓标准，她从来都不在意，她只是觉得他没有像她这般坚持地认定彼此。

平芜听了他这番话后更加心疼，不想让屋内气氛越发沉重所以很快缓和语气。

"总之你以后不要再因为这些乱七八糟的原因把我推开了，那样我是真的会跑的，到时候你想找都找不到。"

话是假的，但袁景听完后还是下意识胸腔酸胀，他侧身对上她的目光，在黑暗中将她牢牢拥在自己胸膛。

"不会了。"

他沉沉开口："再也不会了。"

两人渐渐入睡，这一晚谁都没有再失眠。

第二天平芜开车送袁景到高铁站，结果在路上就接到了汪敏打来的电话。

她妈在听筒那边着急得不行，半带哭腔地告诉平芜平建瓴晕倒了，让她赶紧去医院。平芜一听也很惊慌，踩了刹车急忙停下，袁景跟她换了位置，问了医院地址后就加快车速往那边赶。

"我前天跟他吵了一架，会不会是因为我，我爸才生病的？"

平芜此刻焦急万分，坐在副驾驶也没法冷静下来。她在这一刻原谅了一切，甚至还生出些自责。

袁景也很担忧，拉过她的手柔声安抚："你放心，叔叔吉人天相，肯定会没事的。"

他本想找个更好的机会正式去见平建瓴和汪敏，不承想会是在这样惊慌失措的时候，但到现在他只能尽力让平芜安心。

平建瓴是在开会的时候突然头晕，秘书在送医院的途中打电话告诉汪敏，她没听清，以为十分严重，其实他就是没吃早饭又用脑过度导致了低血糖，他们赶到医院时平建瓴已经恢复如常了。

平芜后知后觉有惊无险，看到平建瓴时直接小跑上前，一脸担心地将他抱住。

"老平你要吓死我了，我妈说你晕倒了，情况很严重。"

秘书原本扶着平建瓴，看见她过来后急忙让开位置，视线向前看了眼袁景，又颇为心虚地往后退了几步。

平建瓴听到她这番话后心里一暖，刚想在这时候跟她道歉，突然看到跟着她一起来的袁景，于是笑着拍了拍她的后背让她赶紧起开："小袁还在这儿呢，让人看见了多笑话。"

平芜这才慢慢松开手，看到站在一侧的汪敏也是眼眶含泪有些感性，她开口："我这是担心您，您看我妈都急哭了。"

汪敏叹了口气，平建瓴也闻声拉过妻子的手臂，缓下语气安慰："我这不是好好的嘛，你自己没听清楚还让闺女跟着一块着急。"

雨过天晴，医院的落地玻璃经太阳照射透出淡淡的金光，柔和的光线洒在面前的一家三口身上，袁景站在原地，同时感受到那片还未照耀到他身上的炙热。

　　平建瓴静静地看他，过了一会儿突然开口，嘴角上扬的弧度也像是蒙了层光。

　　他目光温暖："小袁啊，跟我们一起回家吃饭吧。"

　　平芜眼中亮了亮，当着两人的面挽起他的手笑了笑："那你就明天再回燕北吧，好不好？"

　　袁景迎着平建瓴充满温和的目光，点头说好。

　　那些埋在心里很多年的阴霾在这一刻渐渐消散，随她砸进来的那块空隙一样，被悉数填满像她一样的明媚。那是他很少感受，从未拥有的，是属于家庭的温暖和归属，如今因为平芜，他似乎感受到了。

　　自从上次在办公室与平芜理论过后，平建瓴就一直在思考这个问题，也与汪敏聊过许多，细想这些年，表面上他们夫妻俩赞成平芜做任何事，从小顺从她的意见一直到现在，所以在她问出那番话后他不禁深思，就像她说的那句，重复他们两个安排并规避风险的人生就真的对吗？身为父亲，他想做一把大伞将她牢牢护在雨里，却忘记了他们父母陪护不了她一辈子。

　　她的人生她自己决定，或许他们真该放手。

　　这餐饭没像之前那般不安，至少袁景已经不再紧张。平建瓴和汪敏不再是表面客气，而是发自内心接纳他作为自己闺女的男朋友，席间多番给他夹菜让他不要拘束，平建瓴甚至觉得若不是自己身体不允许还想跟他喝上几口酒。

　　这突如其来的变化令平芜生疑，本欲试探着两人的口风问些问题，结果刚吃完饭平建瓴就带着袁景进了书房。她一路跟到书房门口，在平建瓴准备关门前不太放心地探出头问："有什么秘密是我不能听的吗？"

　　平建瓴看到她来也笑了下，挡在门口伸手弹了弹她额头，一字一句："这是商业机密。"

　　平芜得到回应后撤退，临走前又转回脚步，低声在老平耳边嘱咐道："反正你不要欺负我的袁景。"

　　话说完她麻利关上门，没给老平白眼她的机会。

　　平建瓴被她这句话逗得发笑，回头进屋时看见袁景稍显局促地站在书架旁后让他坐下，直入正题轻声问他："为什么跟县里说拒绝了我的那个项目啊？是埋怨我吗？"

袁景闻言从沙发上起身："不是的，我很能理解您作为父亲在那个时候跟我说的话，是我自己觉得按照村里现在的形势，您这个项目落成了恐怕也要亏钱，而且不瞒您说，我确实是想自己试试看。"

平建瓴倒很认同他这份实事求是的态度，听完他这话后神情也变得轻松。

"那你之后有什么打算吗？可以跟我说说，我来帮你一起想办法。"

这话听起来熟悉，袁景无端想到他之前劝解两人分手的话语，还以为是要在这里再听一次，于是很快开口表明他今后的心意。

"我昨天已经跟一个投资人签好了合同，之后村里这些项目应该会有所好转，平叔叔，我知道我现在能做的承诺都很苍白，但请您相信我，我一定尽我所能……"

话未说完，袁景在脑海中搜寻合适的字眼时被平建瓴打断。

"我不是要拦着你跟平芜在一起。"

他笑着走到他身边，再度拉他坐下拿了那张图纸放到桌面。

"先看看吧，以后小石村的发展潜力还是挺大的，上次咱们两个站在观景台上的时候我就在想，或许你的这些民宿可以换一种外在形态。"

末了，平建瓴拍了拍他肩膀，感慨着："你们两个都放不下燕北，那就一起努力把这里变得更好吧。"

毕竟比起走出去，还是留下更有意义。

半个月后，经过一场暴雨的燕北板栗再次进入了成熟期。

虽然饱受磨难，但不管怎么说都又是一年收获季，纵使产量大幅度缩减，可村里的人们并没因为这样就失去希望。勤劳朴实的农户们每天起早上山，一遍又一遍打下挂满枝头的栗蓬，弯腰捡拾后再统一收好背下山。无论经历再多困难，他们也永远不会放弃这片土地。

平芜亲临其境看到这种场面，不免也被大家的热情感染，于是松开袁景牵住自己的手，小跑着到最近的树下帮忙。王婶见到是她，扬起微笑，从脚下放着的袋子里拿了几颗板栗递给她。

"尝尝，生栗子很甜的。"

平芜道了谢伸手接过，弯下腰准备帮忙时被大家齐齐赶了出来。他们看到身后等她的袁景，一个都极具眼色让她离开。

袁景笑着看她吃了瘪，在她走过来时拿了她手里捧着的板栗，褐色油亮的果实在他手里剥了壳,那枚淡黄甜脆的栗仁被送进她嘴中。

全国各地的土壤条件不同,导致各地板栗的口感也不一样,平芜咀嚼几下,尝到甜味后扬了下眉。

"还真的很甜,但今年雨水这么多,按理来说板栗糖分会少很多的。"

她仔细分析着这点疑惑,袁景已经牵着她继续往上走,他不懂专业上的概率,只是觉得这也算另一种收获。尽管全县的板栗产量大幅度缩减,可质量能保住就还算不错。

她来了兴致一直在跟他说,他听得认真,平芜眼角余光看他专注后没忍住笑了笑,停下脚步站定,抽出被他牢牢牵住的手,从口袋里掏出那枚被他藏了很久的钻戒在身后自己戴上。

袁景看她停下还以为是她走不动,抬手把她松垮的编织帽调整了一个方向:"是不是太热了?要不等晚上再带你来观景台吧。"

初秋太阳依旧灼烤刺眼,平芜轻咳一声没去回答,慢悠悠地将戴了戒指的手亮到他面前。

"张之赫说这个戒指你都买了大半年了,为什么一直瞒着我呀!"虽是责怪之意,但她嘴角笑容明显,"赶紧如实交代。"

袁景愣了下,他看向她右手的无名指,视线里闪过一道被折射出的耀眼,喉咙发紧:"你从哪里看到的,我都还没求婚呢?你把我的计划都打乱了。"

他原本筹谋在更好、更合适的时机,而且他觉得这颗钻石可以更大一点。

"床头柜啊,我才发现你在那个铁皮盒子里留了那么多我上学的时候写给你的纸条啊,袁景,你也太能藏了吧。"

平芜眼角带笑,回答完问题后挣开他的手继续往山上走。

她言之凿凿:"计划不就是用来打乱的?如果人生所有事都按照计划进行,那你现在还能跟我在一起吗?"

这次轮到他笑了:"确实不能。"

因为她是他计划之外,甚至是人生之外的幸运。

观景台上只有他们两个,平芜时隔很久站到这座山的最上面,她仿佛看见,脚下扎根和入目的青翠不只是土地和漫山遍野的栗树,更有蓄势待发的萌芽和希望。这是他滚烫的青春,亦是她要为此奋斗终生的事业。

微风拂面令人心旷神怡,平芜看向袁景,轻声问了他一句跟此时风景不相干的问题:"你知道我最喜欢你什么吗?"

他摇摇头,认真听她的回答。

"就是你永远都不会真正放弃,你是那种,就算摔倒了趴在泥地里,也还是会爬起来继续往前走的人。"

她爱他一如既往的少年意气，爱他永不言败的斗志和真心。这世界上最不能缺失也是最难能可贵的品质，是一颗坚定不移的赤子之心。

"就是有点很可惜，今年的板栗价格估计要很低了。"袁景抬手别起她脸侧凌乱的发，话里有几分惋惜。

"没关系的，袁景，你相信我。"

旭日东升，迎光望去，远处水波潋滟，近处青山苍翠蜿蜒，一片人间好风景。

明年，明年一定是个丰收年。

—正文完—

/ 番外章 /
栗木生谷，一种千收

那道朝阳下挺拔的身影，
在那个最平淡的清晨悄无声息地驻扎进了她心里，
此后多年，都不曾游离。

番外一·飘零久

扪心自问，其实袁景并没觉得自己的童年有多凄惨悲痛。

虽然母亲很早就撂下他跑了，父亲又在喝了酒后动辄打骂，可他觉得这世界对他是有一丝温暖的，因为他有这世界上最好的爷爷。

他会在袁向富要动手时拿出自己的拐棍指责阻拦，也会在袁景半夜睡不着时轻拍后背哄他，尽管他很少拥有像旁人那般天真幼稚的时光，可童年的日子回想起来，未必都是凄风苦雨的阴天，他也有过金黄闪耀般的记忆，虽然这些有一半归功于小太阳姜顽。

他是那时候除了爷爷之外唯一一个陪在自己身边的人，袁景习惯他的存在，并随着时间越发依赖。

与其说是朋友，他更确定他在心里视姜顽为家人。

中学毕业后，姜顽因为成绩太烂辍学打工，跟小县城里同龄的混混头子们驻扎在酒吧台球厅等地方找些零碎的活干。他那时候没少接济袁景，知道他手里有点生活费都会被袁向富搜罗去，所以经常在周末的时候抽时间找他，多的时候一两千，少的时候三五百，他总是想尽办法偷偷塞到袁景口袋。

临走前还会在袁景浑然不知时义正词严地说上一句——

"咱俩哥们不分彼此，我的就是你的，你好好学习，以后考上好大学四舍五入我也是大学生。"

那两年，姜顽一直保持着这习惯，自己吃到了什么买到了什么都想着先给袁景带一份，一直到他决定离开燕北到外面闯荡。

那是在袁景高二下半年的冬天，燕北寒潮来袭，姜顽站在校门口树枝光秃秃的甬道上冻得哆哆嗦嗦,只能无聊地一遍又一遍去踢脚下石砖旁的几个小石子。

袁景走出来很慢,穿着校服在熙熙攘攘涌出的人群中也颇为显眼。只是在他走过来那一瞬间,他看到袁景身后跟了位穿着白色牛角扣大衣的女生,对方跟他说了句再见后直接上了路旁停着的那辆他叫不出名字的车。

姜顽默默看了会儿,这才伸长手臂叫袁景过来。

"我要出去打工,下次回家可能是年底了。"

姜顽咧嘴笑着,把手上买来的衣服和新款手机交到他手里,又从裤兜里捏出一张纸条,不太放心地跟他交代道:"手机卡要用身份证绑定所以我没给你办,你不上课的时候去办一个,到时候给我打这个电话。"

袁景愣了下,反应过来后明白了他这句话的意思,姜顽之前就跟他说过要走,但最后都因为没有合适的机会所以一直留在燕北。

寒风料峭,刮到人脸上有些刺痛,袁景听到姜顽在这片喧嚣中语气坚定。

"好好学习,我等着你的好消息。"

他惜字如金地说完便往后走,迈开两步突然想起来什么后又回过头嘱咐:"离袁叔远点,自己手里留点钱。"

"放心,你在外面照顾好自己。"

袁景跟他再见,看着那道身影走了许久后才移开那道不舍的视线。

他隐约察觉到什么,坐公交车回峪河镇的途中从袋子里拿了衣服和手机出来,长方形的厚纸盒里,放了一小沓皱皱巴巴的红色钞票,应该是他攒了很久的,被堆放在手机盒子里时不免卷起四角的边。

袁景没收那钱,回村后找了个理由还给姜阿姨。

那段日子袁向富还算平静,所以他觉得以后的日子也能这样波澜不惊地过下去,纵使困难也不过是现在,可他没想到,人生中突如其来的风暴和暗涌会将他这一叶摇摇欲坠的孤舟彻底吞并在黑暗里。

他毫无抵抗之力被袁向富拉到了这片泥沼和黑暗。

他现在还能记得那时的绝望,就在袁向富出车祸后的第二天,爷爷从山上摔下来被村里的人送到了医院。

袁景一无所有,烧烤店老板好心预支了他的工资但还是凑不够那些医药费,医院走廊里始终在鼻尖萦绕不去的消毒水味令他快要窒息,竭力让自己保持冷静之时,他只能抱着最后一点希望给云禾打了电话过去。

当然,那旁一直未曾接听。

他有些无力,被狂风暴雨击打下来时已经不再期待所谓的奇迹。

下一秒，急匆匆跑着过来找他的姜顽像个救世主一样出现在他面前，他本来是打算回来庆祝袁景高考结束，没想到正赶上这样的情况。姜顽庆幸自己在这时候回来了，也庆幸自己手里有一点钱，杯水车薪却也好过看着袁景手足无措。

直到缴完费回来，姜顽才总算看到一直站在走廊里西装革履的陌生男子。

是平建瓴的司机，他手里拿着那张没有送出去的银行卡再度上前劝说袁景接受："其实你真没必要这样，平总说了你现在还小，这笔钱可以不用还。"

自从昨天袁向富出事后这人就一直跟在他身后，这也是平建瓴的意思，他们这样的人都怕惹上麻烦，况且袁向富是刚从自家出去的，尽管意外车祸谁也无法预料，但作为亲眼看见事发的平建瓴还是于心不安。拿钱帮助是最简单也是他最擅长的事，趁着平芜回了京平，他正好可以把这个麻烦悄无声息地处理掉。

但袁景拒绝得彻底："答应的事我会做到，钱就不用了。"

若说是一个少年的骨气他不否认，可脑海中转动更深的想法是，他有手有脚，怎么就这么轻易被击垮打倒了呢。

他想靠自己，无论如何都要挺直腰背活着。

于是在料理完爷爷的葬礼后，袁景开始了昼夜不歇只为还债的那几年。

袁向富手术成功后被他送到专门的疗养院，专人看护价格高昂，但他还是毅然决定如此。

他打过很多工，工地上、饭馆里，各种各样的工作都努力去尝试，哪里有活就去哪儿，谁给的钱多就干什么，那些在工地搬砖的体力活和零工，他几乎全都做过。轻松的工作也不是没有，只是那样下来还钱的速度就慢了，他最初还心存一丝妄想，以为自己快点还完或许还有机会再去做自己想做的事。

那两年他没觉得自己有多苦，不过偶尔也羡慕上学的人。

但时间一长，他也就慢慢向现实屈服了。

他从不责怪生活，他只尽力顾好眼前。

认识贺全洲算是袁景人生中的一个转折点，两人的相遇也完全算得上是个意外。

当时贺全洲刚改行做农产品不久，创业初期不温不火，各乡镇的板栗是收上来了，但是公司卖出去的产品寥寥无几。他为了解决问题四处调研，出差回来之后还要开车下乡去看收购站，出车祸时是夜里，他因为疲劳驾驶加上视力不济撞在回程村路旁的一棵大树上。

那条路夜里空寂，连路灯都没有，周遭漆黑不已，他被卡在驾驶座里动弹不得，如果不是下夜班的袁景正好从这路过，恐怕他就真要命绝于此了。

上天安排他们两个人相遇，袁景也因缘际会在这时救了自己此后漫漫人生路上第一个亦师亦友的贵人。

他叫了救护车后一路跟去了医院，一直到贺全洲公司的人来了之后才离开。

贺全洲的助理对他千恩万谢，还要拿出钱来以此表示，袁景很快拒绝，头也不回地离开了医院，所以贺全洲在清醒后并没能第一时间见到他的救命恩人。所幸他跟峪河镇还算熟悉，出院后几番打听下来得知了他叫袁景，是袁向富和云禾的儿子。

贺全洲听完后滞了两秒，几乎没有一点犹豫就让人去找他，在他人来到自己的办公室时默默看了他好一会儿。

他那双眼，实在是太像他妈妈了。

过往回忆涌上心头，贺全洲在这一刻柔声开口，向他询问愿不愿意到栗洲公司来上班。

袁景也很真诚，思考片刻后问了他工资多少。

贺全洲笑了下，亲和力十足地走到他跟前拍了拍肩膀。

"只要你来，按照最高薪资标准发给你。"

话虽如此，但袁景心里有数，以他现在要学历没学历、要经验没经验的情况，狮子大开口也太过不懂事，综合下来他只选了一个最简单的兼职，工作时间在中午十一点到下午两点这个区间，他忙完别的工作后到厂里做给板栗划口的工人。

时间一长两人慢慢熟悉，贺全洲找了机会问起他这个年纪为什么没去上学。当然，这类问题工厂里其他的叔叔阿姨也经常好奇，旁人劝他这个年纪应该好好读书，袁景不置可否，每次都笑着应付过去。

大概是贺全洲身上有种天然的亲切力让人信任的特殊感觉，袁景才会在自己最不愿开口的时候挑挑拣拣跟他说了几句。

"没办法，我也想读书。"他浑然不在意地开起玩笑，"只是生活没给我这个机会。"

贺全洲早在打听他姓名的时候就已经把这些事都了解个遍，得知云禾离开燕北许久更是不胜唏嘘，他跟自己学生时代暗恋的女神有缘无分，那就在自己力所能及的范围里爱屋及乌照顾好她唯一的儿子吧。

他在心里这般想着，表面上仍是云淡风轻地宽慰袁景，还拿出自己年轻时受困在桥洞住过三个月的事迹说给他听。

"一辈子这么长，当下摔了跟头未必就一直爬不起来，最重要的是不要放弃希望。"

就这样，贺全洲几乎成了袁景的忘年交，见证了他最仓皇忙碌也是最孤立无援那几年。

自媒体对袁景而言完全是机缘巧合，被他当作日常记录的视频无端火了一阵，那几年是短视频萌生的时候，走治愈向的风景类视频跟主页上头发颜色各异扭动跳舞的男男女女区别很大，大概也是他运气好，竟然很顺利就敲开了一条全新的路。

若说一夜暴富有些夸张，袁景那时就像是被突如其来的奖券从天而降结结实实罩到身上，没觉得快乐，只是不真实，更觉得荒谬，他可能打一辈子工也比不上那一条视频的零头。

放下面子挣钱容易，用钱挣回面子难之又难。

他想要凭借自己的能力兢兢业业做到最好，奈何当时签下他的公司老板对他这种愚蠢做法十分不赞同，他告诉袁景，以他这张脸可以坐享其成，再由公司打造出一个独一无二的凄惨人设用于直播捞钱。这番跟袁景价值观完全相悖的话让他猛然清醒，天上掉馅饼这样的事不适合他，他更不该沉浸在这种看似成功的误导里。

大概也是因为他本身是个不太相信外界的人，在经历过这一遭后也就明白了这世上看似一蹴而就的事情，背后都隐藏着更为沉重的代价和暗涌。

所以他在拿到钱后先给村里修了路，从村口到村乃至栗园山上，从此赶上雨季上山劳作的人再也不会因土路泥泞滑倒摔落，总有坦途可走。他宁愿舍弃那些看起来光鲜亮丽的前路，过真正让自己顺心遂意的生活。

最迷茫的那段日子也是贺全洲公司最危急的时候，产品卖不出去导致资金链断裂，贺全洲甚至到了要卖房子的地步，袁景知道这件事后想也不想就拿出自己身上所有的钱给他应急。这个人如父如师，是忘年交，也是各自人生中为数不多的一点庆幸。

他记得很清楚，那天贺全洲喝得醉醺醺的，第一次在他面前那般失态，跟他讲起自己创业这些年，说到动情处还因为激动红了眼。

"我也知道自己做农产品是不自量力,可是袁景,总得有人站出来帮他们啊。

"大家都去挖矿,都去做房地产,但这片土地不能就这么荒废了啊!"

袁景在那天才发现他隐藏在粗犷外表下那颗脆弱又理想主义的心,也是因为这份热爱和情怀让他越挫越勇,哪怕知道铁定会失败却还是毅然决然地继续做下去了。两人被彼此感染,袁景也是在那时候下定了决心要跟贺全洲一起努力建设好自己脚下的这片土地。

"不会的,这片土地永远不会荒废。"

番外二 · 命运终有回响

平芜一直觉得,爱对她而言是人生中最不需要费力的事。这并不是需要身经百战逐级增加的技巧,而是她生来就蕴含在骨子里的本能。

可她从未想过,青春里那片刻注意和一瞬心悸,竟然成了她此后八年难以忘怀的过去。

其实她也说了谎,她见他的第一面并不是在漆黑操场,而是开学前的一个周末。

她到了燕北后一直不太适应,连续一星期都是浅睡眠,每天睡到五点多就起了床,吃过早饭后觉得无聊,想着熟悉周边环境所以拿着相机出门闲逛。

县里给她爸安排的这栋房子就在政府大院后面,是有了年代的家属楼,里面虽全新装潢过,但跟在京平的房子比起来还是逼仄太多。

她闲来无事,结果走着走着最先到了菜市场。

晨光微曦,放在推车上的各类蔬菜带了层露珠在阳光下更显新鲜。平芜站在街道对岸,隔着清晨毫无车流的干净马路举起相机,眼前是一幅平静又生动的生活场面,她试图从镜头里寻找到作为她初次实验拍的第一个作品。

镜头聚焦之时,她面前有架堆满茄子和玉米的推车从马路中央过去,但因为推车的老爷爷年纪大了,刚到对面道口便差点撞到人。平芜条件反射放下相机,小跑着刚要准备过去,还未彻底迈开脚步便看见那面多了个穿着白色上衣慌忙扶住歪斜推车的少年。

那人笑容爽朗，站在身旁一众弯下腰的老人之间有些格格不入。平芜以为他只是碰巧路过，可他没一会儿已经接过老人手中的推车，找好地方后将车子支好，放下背上的书包垫在地上让爷爷坐下。而他则是站在那车蔬菜旁，学着大家的样子开口叫卖。

大概是那抹笑容过于灿烂也或许是他清脆润朗的声音与众不同，平芜竟停在原地驻足许久，看着那车茄子和玉米没到半小时就被售卖一空。

那是她第一次见到袁景，他无从知晓。可那道朝阳下挺拔的身影，却在那个最平淡的清晨悄无声息地驻扎进了她心里，此后多年，都不曾游离。

后来在学校的种种，不过都是因为好奇驱使又真正欣赏他这份易塑的性格罢了。

她曾想过为何她会对袁景频频侧目，她从小到大见过的各类漂亮男生也数不胜数，他那张脸也只是侥幸排到最前，除去这些，平芜觉得真正吸引她的，还是他身上那股倔强和独树一帜的生命力。

她甚至不得不承认，自己学农的契机也有他的一点因素在。

高二那年县里举行乡土征文比赛，各学校每个班级选一名代表。平芜无一例外被语文老师指名参加，但她看了许多书籍也始终找不到什么灵感。眼睁睁看着截稿时间临近，而她删删减减怎么写都不满意。

那阵子袁景看她每天发愁实在不像话，主动提议周末放假的时候带她出去玩顺便找找灵感。平芜半信半疑，想了一会儿打算叫上陈路嘉和梁兴时，却被他拒绝。

"只给你看，珍藏的好风景。"

袁景故弄玄虚，周末一大早就骑着姜颀的自行车去接她。那时是三月份，乍暖还寒，空气里却已经有了春天的味道。

他带平芜去了县城周边的集市，那也是她长这么大第一次逛到乡下的集市，一条又长又宽的空地，道两旁的小摊摆得满满当当。袁景放好车后带她往里走，在周围熙熙攘攘的人群中跟她说起这样的集市一月一次，乡下很多老人就等着这一天来买东西。

"你带我来这找灵感？"

平芜虽有疑问却又感觉新奇，她那双眼完全看不过来了，到处都是她没怎么见过的东西。

袁景笑了笑，神色认真："带你了解真正的乡土人情，等你逛完之后回去就肯定能写出来了。"

话虽如此,但主要也是想让她放松,想来这样的茫茫众生她应是难以得见。这是他习以为常的生活,他带她感受他幼时最期待的这一天快乐。

平芜确确实实感受到人间烟火,看到路旁老式爆米花一声又一声爆出了锅。

在她视线停留的瞬间,袁景主动上前付了钱。

平芜吃了几颗又放到他手里,津津有味地评价起这淡淡的甜味貌似也不错。

她心情好起来满脸笑意,看向他时眼尾也始终微微上挑着,那双眼里似乎藏了流星,只注视就耀眼刺目。

袁景看着,忍不住跟着扬起唇角:"走吧,前面还有呢。"

他们两个走过这片食品区往里,经过地面上那堆锅碗瓢盆之类的生活用具,看到角落摊开放在地面上的一袋又一袋各式各样的蔬菜种子。播种时节,这里也是聚集人群最多的地方。

袁景本来应该带着她往另一条路上走,却听到这群准备买菜种的老人之间的几句争吵。

"怎么了?"平芜回过头,看他停下脚步问了问。

袁景拉过她的胳膊往后退了退,自己上前认真倾听情况。原来是这个卖种子的人掺了假,去年有人买了发现不对后找上来他却概不承认,最后还仗着有些老人不识字所以狡辩自己卖的种子都是好的。

争论声音越来越大,袁景见来讨公道的老人们占不到理便挤过簇拥的人群到了卖家面前。

他拿起地上被拆开的玉米种子仔细看了看,断定是质量不佳的陈年旧种之后又拿过包装袋,轻声开口跟人理论:"一般质量合格的种子包装袋上都会注明品种的具体信息和编号,你怎么连种子标签都少了一行编号呢?

"而且颜色不对光泽度也不好,一看就是陈年的旧种子吧。"

他说这话时人虽蹲在地上,声音不大,可每一句都直接戳到了最关键的点上。

对方看他年纪不大,本想着狠狠吓唬他一番,可看到他冷肃的脸和周围越来越多的人群,还是决定息事宁人,无奈在众人注视下给那些上当受骗的老人一一补了买种子的钱。

袁景再走过来找平芜时,脸上扬起一抹很浅的笑意,身后拿到赔偿的老人们笑着感谢,跟他挥手再见。

她十分好奇,对上袁景此刻不太好意思的神色,问:"你怎么连种子都会看?"

他说这不难,在农村长大的孩子只要帮家里种过地其实都会看。他在她面前难得这般羞涩,说完后似乎又觉得她等了太久,准备离开集市前看到一辆卖花草盆栽的车经过。

"送你盆花行不行?"

袁景这样说着,下一秒已经叫住卖家,不过等他真看清车子上的花花草草顿时后悔起来。

因为这里几乎都是蔬菜类的观赏盆栽,满目皆绿的盆栽看起来实在没什么可选。

平芜看出他的犹豫,伸出手指向离他们两个最近的一盆小彩椒:"这个好看,就这个吧。"

那盆颜色不同的彩椒被她带回家时引得汪敏频频好奇,疑问着这是不是她从谁家院子里搬出来的东西。平芜笑着将母亲推出卧室,自己则是把那盆彩椒放到阳台附近光线最充足的地方。

不过可惜的是,她完全不懂养护花草,那盆看起来喜庆又可人的彩椒没坚持过一星期就被她浇水浇死了。

平芜又气又懊恼,最后只能躲在房间里看着那株蔫了的叶子。报志愿那天也是这样坐在自己房间里,思考来去还是毅然决然选择农学专业。

她在自己情窦初开的时候爱上了一个人,不是因为这个人难忘,而是所处的时间太过特殊,早一点晚一点都不行,他就正正好好,卡在了那个让她一直转不过弯的地方。

想忘也忘不掉。

大一的寒假,高中同学曾举办过一次同学会,班长联系了所有在外地读书的人回到燕北,自然而然,平芜也回去了。

她原本以为袁景也会去的,所以即使自己远在千里之外也还是回来了。最后却没能见到他,就连一个影子都见不到,平芜失意到了极致,在同学会上还听他们说起袁景销声匿迹的冷言冷语。

那顿难吃的饭只吃到一半她就走了,打了出租车离开时路过学校,想了想还是下车在门口绕了一圈。

天很冷,寒假时学校里也空空荡荡,当时是新年前几天,校门口只有门卫大爷拿着手电筒在执勤,她无处可去,也不想回酒店,走到门口问大爷能不能进去逛逛,幸亏她毕业不久,当天赶上班主任在校值班,见到是她就让她进来了。

一路跟老师逛到办公室,有一搭没一搭地说起以前。班主任听她说完自己在大学的近况也觉得不错,倒了杯热水给她时又忽然想起遗忘许久的事。他拉开办公桌抽屉,拿出里面那本从前在课上没收的书,是她从前问袁景借的那本,不过有次上课拿出来看就被没收了。

平芜以为这本书早就销声匿迹,结果老师竟然还留着。

"我前些日子搬了新的办公室,收拾橱柜的时候找到的,这是袁景的书吧我记得。"

平芜伸手接过,听到这个名字后滞了好一会儿才点头。

"也不知道袁景那小子去哪儿了,咱班就他一个人没消息,你们俩上学的时候经常在一起,你知道他的消息吗?"

书是在一个年头很久的老书店里淘的,当时就已经很旧了,如今在办公室的抽屉里塞了这么久,书皮更是卷曲得不行,平芜放在腿上一点点抚平,再听到老师的第二个问题后又摇了摇头。

"他毕业后就没再跟我联系,我本来也想问您知不知道他的消息的。"

"你们这些孩子都不知道,我就更不知道了,要说这还是年轻,同学是什么啊?那是你以后一辈子回想起来都觉得美好的青春,他不联系可能是有自己的想法吧,要是有人一直记得他,也就无所谓见不见得到了。"

平芜强颜欢笑地说了声知道,拿着书离开了,临走时又在老师热情的目光中回应说自己有时间会常回来。

可自那之后,她再也没回过燕北县。

如同他那个人一般,无声无息,消失在她的生活里。

上了大学后,平芜将自己融入新的环境,认识新朋友,积极参加社团活动,业余时间给自己安排得满满当当,高中的那些人和事,渐渐被她抛诸脑后,日久天长,她以为自己也会随着时间慢慢忘却。

书里都是这样写的,时间永远是治愈过去的一剂良药,她也是这样认为。

但很快,那条一直小心翼翼被她戴在腕上的手链给她提了个醒。

大三那年的秋天,她在试验田里的大棚忙完之后回到宿舍时发现,手链不见了。

平芜心急如焚,衣服上沾了泥也来不及换,从宿舍楼再度跑回学校后面大片的试验田,连口气也顾不上喘就忙不迭进了大棚仔细寻找,塑料大棚里温度很高,太阳透过一层薄膜照进来晒得人脸颊发红。

方植打她电话不接也跑到这里找她,准备邀请她去尝一家新开的日料店。

他站在门口对着平芜时不时弯下腰的背影喊了半天,得不到丝毫回应后抬脚走上前。

方植弯下腰对上她的视线:"找什么呢?用不用我帮忙?"

"一条手链。"她声音冷淡,说这话时并没去看他一眼。

方植随即低头向下看,伸手拨开叶子:"是你经常戴的那条吗?也不是什么贵重牌子啊,晚上我送你一条更好的,咱们先去吃饭好不好?"

平芜皱了皱眉,不知道是被什么刺痛到,这种猛然丢失的感觉令她心烦气躁。

她再开口,话里也像淬了冰雪让人寒意顿生。

"这世上不是所有东西都要用价格来区分的,对我而言这就是最重要的。"

平芜神色认真,抬眼看向他写满错愕的眼睛,想也不想就继续拒绝道:"我还有事,不能跟你一起吃饭了。"

"可是今天……"方植顿了顿,目光沉下来,"今天是我生日。"

她依旧冷淡,一点也不属于这个阳光热烈的初秋。

"方植,我们不合适。"

她在那时候才意识到,方植这人表面上看起来跟谁都能合得来的温和性格,实际上跟她天差地别,她也更加确信自己的坚定。有些人在见第一面的时候就能确定是否投缘,她跟方植显然不是一路人。

那条手链从下午找到天黑,平芜承认自己在看到混在泥土里亮盈盈的手链时心里松了一口气。

她失而复得地再度捡起那条手链,总算没了那种令她难受又无法形容的感受。

人多不自量力呢,她以为什么都可以随着时间淡去的,但她手上数年不曾摘下的那条手链明晃晃地告诉着她,她根本从未忘记过。即便成年后,她又遇见过形形色色的各种人,见证过身边一个又一个好友的爱情。但内心深处,曾经投射过的影子从未消散,反而随着岁月,历久弥新。

她那时候就知道,她这辈子,或许再也不能像喜欢袁景一样去喜欢上别的什么人了。

如果她从未体会过这种又酸又涩但是无法忘怀的感情,或许她可以心安理得地像平建瓴他们给出的人生计划一样,选一个跟自己还算合得来的人相亲结婚。

可是她遇见了，认识了，甚至差点拥有了，这个世界上或许会有很多世俗意义上的好人、合适的人，但不会再有人，可以代替他在她心中的那个位置。

想来缘分这东西无从知晓，谁也无法真正预料。平芜也没想到，他们两个的羁绊会如此深刻，以至于她多年来念念不忘。

幸好幸好，命运终有回响。

番外三·作为树的形象和你站在一起

峪河镇的旅游产业再次大放异彩是在第二年的春天。

那场二十几年来最大的暴雨和损伤程度最严重的洪涝过后，政府按照每家损伤程度一一给了补偿款，袁景的民宿和基地县里也并没有忘记，就现有形势让旅游局的同志们再次定下之后的项目部署。

虽然那年秋天全县的板栗产量均大幅度缩减，但栗洲集团仍以每年平均最高收购价在农户手中收购所有板栗。村民们拿到赔偿款，几经商讨思虑，最后决定全部投入袁景的项目里。配合电商和新媒体，大家一起分红，一起做老板。

一切都在往好的方面发展。

平建瓴设计的独树一帜的新型民宿也让这处寂静山坳打出了些名气，因距京平不算太远，往来游客渐渐回归以前。经过重建的小石村比从前更好也更加完善。

在这大半年已过的时间里，袁景和平芜因为工作所以大多时候还是分隔两地。他要么是到各处出差要么就在村里，而她则是在京平收尾她还未彻底完成的工作。两人保持着至少一周要见一次，不过袁景怕她辛苦所以每次都是他挤出时间到京平。

五月份的时候平芜总算接到调令，京平农科院的果树分院在整合了燕北的板栗研究所后终于正式落成。

临行前王企德做东在寄云天为她饯行，平芜有一瞬不舍，只好在饭桌上一杯又一杯接过大家的酒。一起共事了这么多年的感情是不容置疑的，她更庆幸自己从毕业起就始终没跟这些人分开，一群人为着同一个梦想流泪也流汗。

一顿饭吃到最后平芜已经有些醉了,方植在众人看向她的视线中发现她右手无名指上那枚足够耀眼的钻戒,沉默许久还是在众人都敬完她酒之后举起酒杯同她开口:"祝今后一切顺利,幸福美满。"

他仰头喝完杯中的酒,辛辣冰凉的液体缓缓滑入咽喉。

他为她高兴,她幸福快乐这就够了。

平芜弯弯嘴角跟他道谢,看到他手里的酒杯空了后自己也将那杯已经喝不下的酒一饮而尽。

周遭是热闹场景,大家不舍之余也不忘调侃着跟她开口,称她如今事业家庭两手抓,总算不像大学时那样冷清。平芜笑着辩解,可旁人眼里她脸上的幸福感不言而喻,说到最后不免好奇,又旁敲侧击问起王老师那位拐了平芜的人到底是何方神圣,就连一向对这些事不感兴趣的傅师姐听完后也连连跟着附和。

她们几个女生颇为吵闹,王企德看吃得差不多就准备散场,一行人走到门口,他等着司机开车过来时转身跟平芜轻声开口:"有什么事拿不准随时找我,我等着你在燕北做出一番成绩来。"

平芜眼眶被熏热,身旁的几个师姐却在这么感动的时候调侃老师偏心,她破涕为笑,点头告诉王企德自己会好好做,最后跟众人一起目送着老师上了车。

"要不要一起去唱歌?"

大家见王企德的车子一走便开始张罗上第二场。平芜实在头疼,摇头说自己无论如何也去不了了。

"我得回家休息,喝了太多了。"

她从车里翻出车钥匙,准备去叫一楼跟她相熟的那个经理送她回家。明天还要回燕北,她实在耽搁不得。

"你这样又没办法回去,干脆叫你那神秘的未婚夫出来接驾,正好我们也看看到底是什么样的人物能把我们农院校花给拐走。"

"对对对,赶紧打电话让他来接你,这也太不像话了!"

身旁两位师姐一左一右将她扶住,完全不给她反驳的机会。

平芜笑容无奈,借着酒劲开口反驳那句不太顺耳的未婚夫:"不是未婚夫,已经领证了。"她神色认真,瞥见几人笑意颇深的脸又很快解释,"他现在不在京平,没办法接我。"

袁景前天的时候刚告诉她自己要跟贺全洲到南淮出差，估计再回来怎么也要一周后了，她虽然吃饭前在微信上跟他说了自己调令下达的消息，不过他并没回复，应该是在忙。

但平芜话音刚落，院内驶进一辆眼熟的黑色商务车，她怔愣之余，后座车门拉开，袁景迎着众人的注视下车走到她面前。

"给你们添麻烦了。"他看到平芜被搀扶着，加快脚步到她跟前从旁人手中将她接过。

平芜回过神时自己已经在他身侧，她抬眼看着近在咫尺的袁景有些好奇，没去在意此刻打量过来的八卦视线，伸手抓住他衬衫之下的手臂："你不是在南淮吗？"

袁景侧头看她，声音很轻："刚下飞机，看到你消息就过来了。"

他说完后又向面前这几个过度关注他的目光开口介绍自己，平芜大脑昏昏沉沉，将头埋在他怀里，听着自己头顶上他一句又一句礼貌回复的话。

师姐们本来还想顺势拉着袁景一起，但看到平芜醉成这样还是放过她了，只是看向袁景告诉他婚礼时别忘记请她们过去。

他笑着应下，嘴角弧度扬起，转身时看到方植身影也随即开口邀请。

方植停下脚步，回头看见他坦荡真挚的神情，点头答复他一定，而后上了自己面前那辆司机开过来的车子。

平芜对袁景一改往日的态度有所疑虑，但上了车后因为酒劲上头昏昏沉沉睡了一路，醒来的时候人已经到了家里，袁景抱她进了卧室，放倒在床上给她脱了鞋后又去冲了杯蜂蜜水。

他再进屋时她已经从床上起身，静静看了他几秒后总算问了自己困惑一路的问题。

"你什么时候跟方植这么熟了？都能越过我直接邀请他了啊？"

其实她也是好奇，想着袁景也许会吃醋所以才这不相干地问上一句。

但他只是笑笑，把蜂蜜水递给她后又伸手揉了揉她因穿了整天高跟鞋而泛红的脚腕处，垂下眼眸："方植对你很好，人也不错，而且我们分手的那阵子他经常打电话劝我，我邀请你这个同门师弟难道不行吗？"

"行是行。"平芜折起双腿往他面前凑了凑，难以置信地笑了一声，"不过，他能劝你什么？"

袁景笑而不语，当着她面扯下领带，解开纽扣看到她瞬间变红的耳垂后转身去了浴室，过了好一会儿才隔着一扇门悠悠开口："秘密。"

因为见不得她伤心，所以如实跟他解释那个由他接听的电话是刻意为之,袁景确实觉得这个师弟人还不错。

当然,如果方植没在情绪上头时大骂他配不上平芜后,也能算得上是劝解了。

但他都能理解,喜欢一个人是会这样的。

袁景打开淋浴头,掬了一捧水先抹了遍脸,结果下一秒平芜突然推门而入。她折腾了这么一会儿已经清醒不少,方才看到他露出好看的胸肌时更是酒意散去。太久没见了,她踮脚吻上他湿漉漉的唇瓣,手像是触了电,隔了层水珠抚上他泛红的脸。

"我想你了。"

她声音细微,在此刻却像是一根引线,脑海中往日循序渐进的那道理智撤退,两颗心在狭窄浴室里狂跳。

袁景手扶着她的腰,低头,加深了这个吻。

酒精在这一刻交汇传递,他好像也跟着有些醉了,她睫毛沾了水,被灯光照得亮晶晶的。

夜很漫长,也永远不再漫长。

平芜醒来时已经是第二天,屋内窗幔拉得严实分不清时间。她摁开手机,才发现已经快十点。

早晨六点多的时候,袁景穿好衣服站在床边告诉她自己先跟贺全洲去参加一个行业会,等晚点的时候他们两个一起回燕北。平芜睡得迷迷糊糊,应了他一声后就翻了个身继续睡。

等她穿好鞋子洗漱完出来,家里的门铃声在此刻响起。平芜打开门,发现是外卖员。袁景卡着她会醒来的时间给她点了外卖。

平芜跟外卖小哥道了谢,拿着外卖,给袁景拨去了电话。

电话那边的人已经结束会议,贺全洲正在给他介绍京平这边的负责人,袁景礼貌交谈后说了声抱歉,拿着手机退到人群后面。

"睡醒了?"他声音很轻,盯着面前的落地窗仿佛看到她那张脸。

平芜点头,拆开外卖包装放到岛台上:"你算的时间还挺准的,我刚洗漱完外卖就到了,你是我肚子里的蛔虫吗?"

他唇角上扬,很明显的笑意从听筒那端传递到她的耳朵里:"蛔虫应该算不上,只是对你的起床气比较了解。"

或许在一起生活的时间长了,彼此的生物钟也算得上了如指掌。

他故意玩笑,平芜听完后也忍不住反驳道:"我才没有起床气,我是太累了好不好。"

袁景唇边笑意更加明显,他刚想开口让她多吃东西,身后方才见了面的一位副总已经找他许久。

平芜听见两人轻声交谈的声音,知道他要忙便很快挂断电话。

这年九月,燕北板栗经过风雨,沉寂一年后终于又迎来了历史上最高的产量。与此同时,研究所花了几年时间培育的新品种"山地一号"在经过多番实验和应用后总算也收获了当地人的喜好和不错的销量。

这片掩在群山之中的热土在多方努力下总算打出了些名气来。

平芜升职后专门负责板栗工作,联合县里一起向农业农村部提交了认定燕北板栗栽植技术为重要农业文化遗产的申请。

她在报告里写——

栗木生谷,一种千收。

燕北县耕地面积12万亩,山地面积240万亩,主粮耕种严重不足,由于地处石质山区土层较薄,降雨较多也不适合开展农业生产,但风化而成的偏酸性土壤恰是板栗生长的沃土。板栗一旦长成,每年都会有可靠的收成,它们富含淀粉、蛋白质等,还能旱涝保收,燕北没有在山地伐木耕田,而是选择了向木而生,家家都种板栗树,村村板栗树成行的发展之路。

燕北板栗栽培系统以板栗栽培为核心,同时在林下间作农作物,因地制宜形成了立体种养、水土资源合理利用等技术体系,有效保护了当地农业物种和生物多样性。(来源百度百科)

……

与小石村的板栗一样争气的还有峪河镇越来越好的旅游产业,家家户户用板栗挣到的钱换上新的房子和娱乐设施,如今整个峪河镇的村民足不出户,便可享受身边日新月异的美好环境。

新时代的乡村振兴要把特色农产品和乡村旅游结合好,小石村成了燕北独树一帜的优秀范例,袁景繁忙之余也被县里主动邀请参加了关于乡村振兴实践的研修培训。

平芜得到消息回家替他收拾行李,看到他满脸愁态时伸手捏了捏他的脸安慰。

"不过才三个月嘛,你好好学习,在此期间努力提升自己,回来之后我还要问你功课的。"她语气柔和下来,说完后顺手帮他把歪了的领带回正。

袁景抬手抓住她手,按住肩膀低头亲了亲,声音里竟然有几分委屈。

"你不在我身边我睡不着。"

他难得有这种时候,平芜听完后第一反应是笑了笑,往后缩了下跟他隔开距离,过了好一会儿才平复下自己有些激动的情绪。

"哪就那么夸张了,咱俩不在一起的时候你可是自己睡了那么多年,别胡说。"

她一本正经,从他怀里躲出来后又去书房拿了书本,放到行李箱——确认无误后准备合上拉链。

"等等。"袁景蹲下身拿走被她放在笔记本最下面的一本旧书,他笑了下,"这个就不用了。"

平芜点点头,只当是自己多拿了东西,见他把那本书放到床头柜上时也没去注意。

直到送走恋恋不舍的袁景离开,再回到卧室,傍晚凉风裹着窗帘一层一层吹了进来,而被他放在床头柜上的书在风中簌簌作响。平芜走上前,看到被风翻开的书页,忽而停下来,夹在内里许多年的一张泛黄的纸张露了出来。

时隔多年,那张纸上的墨水已经有了褪色的痕迹,可她只一眼就认出那是袁景的字迹。

黑色字体棱角分明苍劲有力,清隽地写着:我必须作为树的形象和你站在一起。

番外四·爱是永不停息

婚后第三年,平芜被正式任命为燕北果树研究所的副所长。

从研发新品种到正式推广应用,所有决策和方针都由她全权掌握,工作千头万绪甚至说得上是焦头烂额。

办公室的座椅几乎一直空着,私下时间也被占据,整日在各个乡镇的山间地头神出鬼没。

袁景知道她辛苦,竭尽所能在自己同样紧张的私人时间里帮她周全生活中的琐事。

婚后平芜从没进过厨房,早饭是现成的,夜里不管多晚回来袁景也总是起床给她准备夜宵。

她很适应这样的日子，享受袁景这份润物细无声的照顾的同时也偶尔感叹生活就该如此，即使再繁再忙，琐碎无度，可人群熙攘中，万家灯火里也终有属于自己的一盏。

从初秋忙碌到深冬，到了元旦假期平芜总算能休息几天。

赶上袁景三十岁生日，她原本打算大操大办，但人上了年纪不爱热闹，平芜怕他每天在外应酬已经累到极点，若是过生日也如此紧绷那确实没什么意思。

思来想去后还是一个人在家给他庆祝，买了鲜花气球简单布置过家里后又一头扎进厨房动手，结果努力半天也没什么成效。

幸而平建瓴和汪敏掐着点一样赶来燕北，看到手艺不佳的平芜直接让她退下。

夫妻俩大包小包给她安置，又各自从她手里接过锅铲。

"小景也是的，这都给你纵成什么样了。"汪敏看了眼锅里糊到已经无法拯救的鱼，语重心长看向平芜，"你再这样下去可不行，基本的生活技能还是要学会的。"

平建瓴闻言也笑了笑，卷起衬衫后给汪敏系上围裙。

"不做就不做吧，反正小景心疼她，也轮不到咱俩。"

平芜十分赞同父亲的话，洗了盘草莓后递到两人跟前，点头附和："对啊，袁景都没嫌弃我只会煮面条，你俩怎么还这么较真呢？"

汪敏伸手点了点她额头，而后整理食材在厨房忙碌。

事实上自从两人结婚后，这夫妻俩就已经把袁景当成自己的亲儿子了。

大概是因为从前阻拦的愧疚以及真心疼他幼年孤苦，想到这孩子这些年没有父母在身边倚仗也是不容易。所以平建瓴和汪敏竭尽所能弥补，如今对袁景的关心远远超过平芜。

"哎，小景不吃香菜，你把汤盛一份单独的出来。"

"我知道我知道。"

平芜听完不由得想笑，走上前到两人身后捣乱。

"爸，妈，有没有可能我也不吃香菜？"

平建瓴端了汤走出来："知道，你们俩的这碗骨头汤里没放香菜。"

"那就好。"

其实袁景没那么挑食，主要是因为平芜不吃香菜照顾她的胃口，时间一长自己慢慢也就不吃了，平建瓴和汪敏不知道，全当他们俩都是对香菜过敏。实际上只是生活在一起久了慢慢趋于相同的习惯罢了。

说话间，门口传来解锁声音。

平芜快步走到玄关，看到袁景弯腰换鞋时急忙站到他面前。

她笑着，伸手捏了下袁景有些微凉的脸颊。

"生日快乐呀，小寿星。"

男人黑沉的眼眸突然就亮了亮，疲惫一扫而空。他伸出手，揽过平芜在她唇瓣上贴了下，而后站起身，若无其事地走进厨房跟两人打招呼。

"爸，妈。"

"是不是等我太久了？"他柔声解释，"有个会所以晚了点。"

平建瓴满脸笑意，把最后一道菜端上桌。

"没有没有，我跟你妈也刚到，你回来的时间正好。"

蛋糕被放到桌上，平芜点燃蜡烛后往袁景前面推了推。她坐在他身侧，眼角眉梢都是雀跃。

"你先许愿。"

袁景唇角扬了扬，闭上眼睛的下一秒听到三人齐齐哼唱的生日歌。烛火在他眼前一晃一晃，有温暖在鼻间酸涩蔓延。

他睁开眼，吹灭蜡烛后用笑掩饰眼眶那一点湿润。

孤身一人肆意生长的这些年，他从不过生日，从小到大仅有的几次还是因为平芜主动给他庆祝。亲人将他丢弃忽视，平芜却始终铭记他的点点滴滴。

如今不止她铭记，就连她的父母也跟她一样，袁景真真切切，感受且拥有了幸福。

饭吃到一半，平芜又想起来过生日要吃长寿面。撂下筷子跑到厨房，还特地跟三人声明必须她自己做。

平建瓴和汪敏心照不宣看她一眼，碰杯时小声感慨平芜厨艺实在一般。

夫妻俩笑着，末了又告诉袁景应该教教她做饭，不然等到七老八十也只是会煮面。

袁景知道汪敏这是说笑，却仍认真答道："我来做就好，小芜跟我结婚又不是来伺候我的。"

他私心不愿束缚平芜一分一毫，即使是婚姻，也没有什么所谓要做的分工，男主外女主内那番言论简直荒谬。袁景最理想的日子，就是平芜想做什么就做什么，而他只要在身后为她托底就好了。

她那些热情和理想就该用在土地上，他也喜欢看她面对那些禾苗时的斗志昂扬。

不过平建瓴和汪敏虽然也算是开明的父母，但对催生这类经久不衰的话题仍是未能免俗。

"你们俩别想着年轻拼事业，孩子也是要紧的，趁着我跟你爸爸现在还能帮你们带带孩子，以后等我们老了想帮你都是有心无力了。"饭后两位女士照例被请出厨房，汪敏坐在沙发上调低电视音量，拉过平芜的手轻声提醒。

"这点上你跟袁景已经落后你们同龄人了，不说远的，就说跟你关系最好的那个小陈，她儿子都四岁了吧，多可爱啊。"

这类话平芜已经听得耳朵都起茧子了，她反驳不了，多说多错，反正说什么汪敏都会找出各种话术劝说她。于是只能皮笑肉不笑地说暂时还不急。

就这样直到晚上休息，平芜躺在床上辗转反侧怎么也睡不着时想起汪敏的话语，沉默片刻，她若有所思问袁景："你说咱俩是不是真的老了啊？"

她十分不解，三十岁明明是最好的年纪。虽然她每个年龄段都自洽地认为当下最好，但她从不认为人要遵循年龄抉择选项。

袁景在黑暗中将她搂到怀里，手指穿过她发间，指尖定在她太阳穴揉了揉。

"怎么，是妈又催我们了？"

他们两个用了同一款沐浴露，淡淡的柑橘味在床榻周围萦绕，平芜心安一瞬，将脸埋在他胸前，感受着肌肤之下搏动有力的心跳。

"可不，她恨不得现在就让咱俩变出来一个孩子给她玩，孩子有什么好的，除了打断我们两个所有的计划外就是不停制造出一件又一件麻烦事，我才不想这么早就把咱们两个交付出去。"

她不习惯打断自己的计划，她原定的构想是抓紧燕北发展的这几年关键期，竭尽所能把农业项目做得更好，甚至是在原有的基础水平上做出更新更高产的品种。

所以结婚后她一直侧重事业，袁景也是。

他们有各自的宏图大志，儿女情长反倒不太热衷。

袁景见她语气烦闷，笑着将她搂得更紧，放在身后的手有一搭没一搭顺着她的发尾。

"那下次妈再说这样的话，你就把问题推到我这边来。"

他声音低沉，在夜晚的枕畔间十分清晰地传入她耳中。

平芜心情缓和，借着几缕透到屋内的月色看了他一会儿。

陈路嘉常说男人花期短，结婚后的男人更是直接丧失管理自己的能力，不过袁景却好像吃了防腐剂。她年少时被吸引的那张脸，经年过去也未改分毫，反倒更胜从前。

"在想什么？"袁景见她一动不动，垂眸盯着她因为走神有些虚焦的眼。

平芜笑着，把放在他身前的手移到他脸上，从睫毛到嘴唇仔仔细细摸了个遍。

"我在想你是不是吃了什么长生不老药，怎么我看你好像一直都没变，还跟以前一模一样。"

她玩心大发，手又渐渐下移。

袁景笑容愈浓，拨开她作乱的手控制住。

"是，我吃了唐僧肉，叫平芜。"

话音刚落，她眼睛被挡住，是他细密的吻落了下来。

窗外月色清浅朦胧，屋内唯有心跳越发急促。

次日平芜一觉睡到中午十二点，醒来时平建瓴和汪敏早已离开。

"爸妈回京平了，年底事情多，说下次等你工作不忙了再来。"袁景掐着她起床的时间，说这话时正好将锅里已经漂浮的水饺一一捞出来。

平芜睡眼惺忪，干涸的嗓子像是被一团沙子堵住。

袁景看她落座后迟迟不动筷，隔着桌子探过身用手碰了下她额头："是不是不舒服？"

她大脑空白，过了好一会儿才慢悠悠地摇头："好困，我感觉还没彻底醒过来。"

昨晚胡闹到凌晨四点，她现在还觉得眼皮有些发沉，平芜在这一刻终于承认她确实上了年纪。以前就算在学校通宵做实验也不会疲倦至此。

袁景倒了杯温水放到她手边，眼波流转时嘴角多了抹不易察觉的笑意。

他压低语气，几分玩味中也有柔情："还不是因为你非要挑衅。"

平芜瞪了他一眼，夹起饺子狠狠咬了一口："这是爸妈包的吗？"

"妈调的馅，我跟爸一起包的，妈还多包了素馅的放在冷冻里了。"

吃过饭，平芜起身准备收拾碗筷时被袁景拍了下手臂，他不紧不慢地从她手中接过，绕到水池洗碗。

她有些疑问："你今天不用去公司？"

前些日子实在太忙，平芜因为研究所明年要面世的新品种焦头烂额，袁景也没好多少，每天等着他的事少说几十件，公司还在起步阶段，村里的各类项目也需要时不时创新。要不是有张之赫这么一个得力干将,他自己一个人估计更是连回家都抽不出时间了。

但工作的事再多,爱人也同等重要,袁景不希望自己为了工作忽略平芫,工作永远是做不完的,但她就一个。

"不去,这几天在家陪你。"

四目相对,两人唇角都扬了起来。

平芫心情很好,洗了两盘水果后放到茶几,外面是阴沉的雪天,她拉上一层窗幔后调好投影放了部电影。

袁景整理好厨房后又从零食柜里拿来她往日爱吃的食物,长臂一伸,揽过她靠到自己肩膀。

窗外落了雪,空气里都是凛冽寒气。

燕北漫长而寒冷的冬季,平芫却并没感受到凉意。恰恰相反,她觉得屋内比夏天还要炎热。

因为,这是她从前期望过的,琐碎、平淡,但又美好的普通日子。

只要他在自己身边,她可以全身心去依赖他,什么都不用想,什么都不如他重要。

想到这儿,平芫在袁景专注看向屏幕时侧头亲他,只是一个蜻蜓点水的吻,她刚要退缩时又被一双强硬有力的手给带了回去。

屋内光线昏暗,幕布上时亮时暗的光映在他的脸。

袁景伸手钳住她下巴,俯身过来,加深方才的浅尝辄止。直到呼吸渐乱,耳旁只有彼此的喘息。

一通电话打断了这份恰好的气氛。

陈路嘉语速很快,接通后三言两语跟平芫讲清楚——店里有人闹事,她跟梁兴要出面解决,但孩子一个人在家不行,所以想麻烦她跟袁景帮忙看一天。

平芫答应下来,挂断电话穿上外套后跟袁景一起出门。

外面下着雪,原本宽敞的马路因为纷纷扬扬飘洒的雪花导致路况有些堵塞,两人好不容易赶到梁兴家里时,独自一人睡了午觉刚清醒的小男孩正坐在客厅乱糟糟的地面上摆弄玩具。

见到两人进屋,他笑嘻嘻眨了眨眼睛,拉长语调奶里奶气地开口:"干爸干妈!你们两个怎么这么慢呀。"

见两人不说话,他站起身,小手交叉放在身前:"我可都等你们好久了。"

梁团团今年四岁半,是个鬼见愁,陈路嘉每天最大的心愿就是他在幼儿园能少闯祸。

袁景和平芜相视一笑,走上前坐到他旁边。

"你等我们两个干吗?"

梁团团伸手指向窗外:"等你们两个带我去堆雪人,我可厉害了,上次在幼儿园跟小朋友一起堆雪人他们都夸我厉害。"

平芜有些无奈,想到外面的气温还是摇头拒绝。

"不行,你妈妈说了,你只能乖乖在家里玩。"

袁景被她这句临时胡诌的假话逗笑,低下声凑到她耳边:"我怎么没听见这句话呢?"

"嘘,我这是为了团团考虑。"

平芜皱眉,不过因为声音不小所以当即就被听见。

梁团团眼睛睁得老圆,神情委屈:"干妈你在骗人,我不喜欢你了!"

"好好好,咱们不理你干妈了。"袁景站起身拉过梁团团的手,"你真想出去玩吗?"

他点点头:"想去,爸爸妈妈都没空陪我,他们两个说好下雪的时候就跟我堆雪人的。"

"那既然想出去玩,是不是要听我们两个的?"

"嗯!"

"你把地上这些弄乱的玩具都收好,戴上帽子和手套,我和干妈就带你出去好不好?"

袁景话刚说完,梁团团就蹲下身去收拾玩具,平芜看了眼逐渐恢复整洁的地面,抬手冲他比了个大拇指。

外面的气温不算太低,走出门时雪花已经积了不算太厚的一层。

梁团团一到室外就像是脱缰的野马不受控制,玩到兴头上更是差点没在雪地上滚来滚去。袁景在他身边贴身看护,看见他躺下了就急忙上前拎起,一大一小两个身影在雪景里四处乱窜格外显眼。

平芜跟在身后,拿出手机拍照记录,从微信界面上退出时,猛然想起一件要紧的事。

几个月前所里为了培养新的果树品种所以专门弄了几个大棚培育树苗,幼苗越冬,防寒是重中之重,赶上大雪平芜不太放心,怕温度骤降也怕棚内的加热设施有安全隐患。

思来想去还是要过去看一眼,于是跟袁景说过后带着梁团团一起转移了场地,将车开到研究所后面租赁实验大棚的空地。

大棚里有正在值班的同事,平芜查看里面一切正常的树苗后总算放下心。

快要离开时袁景看到棚外积攒的一层厚雪,主动拿了工具清理。及时把积雪清理掉是保护室内的温度,防止雪层积攒太多压垮棚顶。

建所初期经费有限,平芜在这些辅助设施上秉持着能省则省的原则,没有选用能自动清雪的智能温室,而是用了最基础的能越冬防寒的调温大棚。

梁团团站在一旁看着大人们忙碌,踩着雪走到袁景身边,因为新奇所以总是喋喋不休问他问题。

"干爸,你现在在做什么?"

"这不是干妈工作的地方吗?难道干妈的工作就是种树?"

袁景笑着,低头看了眼鼻尖发红的小孩,摘下自己的围巾给他戴上,语气认真又柔和:"差不多,你干妈的工作呢,就是种很多能结果子的树。"

梁团团被他裹紧后只露出一双眼,他瓮声瓮气:"那你的工作呢?"

"我的工作就是帮助你干妈,顺便再帮农民伯伯们把地里种的所有粮食都卖出去。"

"那你们两个都好厉害!"

北风吹起来,带动积蓄地面的雪花飘散。

平芜抬头望向还在四散降落的白色雪花,轻声感叹:"瑞雪兆丰年。"

袁景走过来拉住她,点头附和她方才的话:"是啊,瑞雪兆丰年。"

一定会越来越好,一年胜过一年。

这一晚送走梁团团后两人独自返回家中,平芜回忆起这半天跟他的相处,倒慢慢发觉小孩子好像也很有趣。

两人洗过热水澡回到床上,平芜在袁景给她吹干头发后轻声提问:"袁景,你喜欢小孩吗?"

"我喜欢你。"他回答得很快,眼眸里满是真挚。

平芜白了他一眼,伸手拍了拍手臂:"我说认真的。"

袁景笑了下,拿开吹风机后凑到她面前:"我也是认真的,我更喜欢你。"

她时常朝令夕改三分钟热度且过于刁钻的问题他都一一领教过了,所以有任何选择，袁景都是无一例外只选她。

他的世界里除了平芜没有任何选项。

平芜被他的回答取悦，跟他讲起一件从未对他说过的事。

"其实我之前还真想过你有孩子了会是什么样。"

袁景将她捞过来揽到怀里，伸手点了下她鼻尖："什么样啊？"

平芜跟他讲起自己之前做过的梦，来燕北之前有一晚梦到他跟别人结了婚，重逢时他还抱着孩子跟她打招呼。这个梦过分真实，平芜每次回想都心有余悸。

"分开这些年，我很想跟你重逢，又很怕跟你重逢。"

怕再见到的袁景跟当年意气风发的少年再无相同，也怕他过得辛苦艰难而她于心不忍。

幸好，即使日子再难，他跟从前也始终没什么变化。

依旧是那个，赤诚纯粹的少年。

想到这儿，平芜眉头微挑："袁景，不然我们也生个孩子？"

就这样，袁今喜小朋友悄然而至。

又过了两年，燕北县因为全面开花的绿色产业在全国声名大噪，袁景也在三十三岁这年，拥有了世俗意义上功成名就的圆满。

工作依然忙碌，平芜成为研究所的所长后也还是整日奔波在各个田间地头。

但比从前好的是，他们两个无论多晚回家，家里都有一个乖巧懂事的女儿在等着他们。

"妈妈，爱是什么？"袁今喜小朋友正在重复动画片里的问题。

平芜把问题抛给了袁景："你来说，爱是什么？"

他笑着，目光熠熠，紧紧盯着此刻眼前的妻子。

"爱在我面前呢。"

是他永远落到她身上的目光，是长久凝望的注视，更是此生都在他眼前恒久耀眼的光。

爱是永不停息。

—番外完—

/后记/
树

不是每个人都要在蓬勃的春天里茂盛生长，晚一点也没关系。

这本书最初出现在我脑海时还是一个很久之前的秋天。

但无论过去多久，我都永远记得那一幕——山峰之下郁郁葱葱的翠绿树木，因为许多劳作的身影变得更加珍贵夺目。

农者，万物繁盛之源泉。

对土地而言，栽种和丰收都是再平常不过的事，而对于祖辈坚守于此的农民们来讲却算是个苦差事。春种秋收忙忙碌碌，然而再多辛苦也不会阻挡他们的脚步。

这也是我写这本书的初衷。

想要用文字聚集一些鲜被人注意的角落，在山涧沟壑，在田园地畔。总会有人弯下腰来，对着一片沉默已久的土地倾诉美好愿景。

连载快四个月，从春到夏，这本书见证了我人生中一个非常重要的节点。我当时处在一个迷茫又困惑的时期，常常觉得不知道怎样做才是正确的，人生又该怎么选择才不会后悔。

但在讲述这个故事的途中，我说服了自己。

太累的时候，不需要往前冲，而是停下来。

当然，这比起说服更像是一种退无可退的自洽，但我还是和解了，于是就有了书里的那句话——

"不是每个人都要在蓬勃的春天里茂盛生长，晚一点也没关系。"

生活没有什么标准答案，比起未来，更重要的是当下，是发自内心认同自己，认同自己想做的任何事。纠结焦虑的诸多痛苦终究是昙花一现的情绪，不能被这些东西裹挟。

写文如种树，在这棵树尚未长成之前倾注最多的是栽植者，挖坑填土，浇水施肥，每一个步骤都同等重要，但做完这一切后才是树木成长的开始。

　　根须蛰伏土地，树叶可能茂密也可能稀零，最坏的结果是或许直到长成都无人问津。

　　幸运的是，这棵树还有今天。文字变成铅字是每个作者的梦想，我也很荣幸自己多年前憧憬的事如今终于实现。

　　谢谢陪我见证这棵树成长的所有人。因故事结缘的读者，给予帮助和指导的编辑老师，还有在我无数次想放弃但始终坚定并拉住我的亲友。

　　最后的最后，衷心祝福每个女孩子都能无拘无束做自己想做的任何事。

　　在世俗与理想之间，毫不犹豫选择你的热爱。

　　昂首见前路，低头自耕耘。

　　愿祖国农业繁荣，民安物阜。

张叙